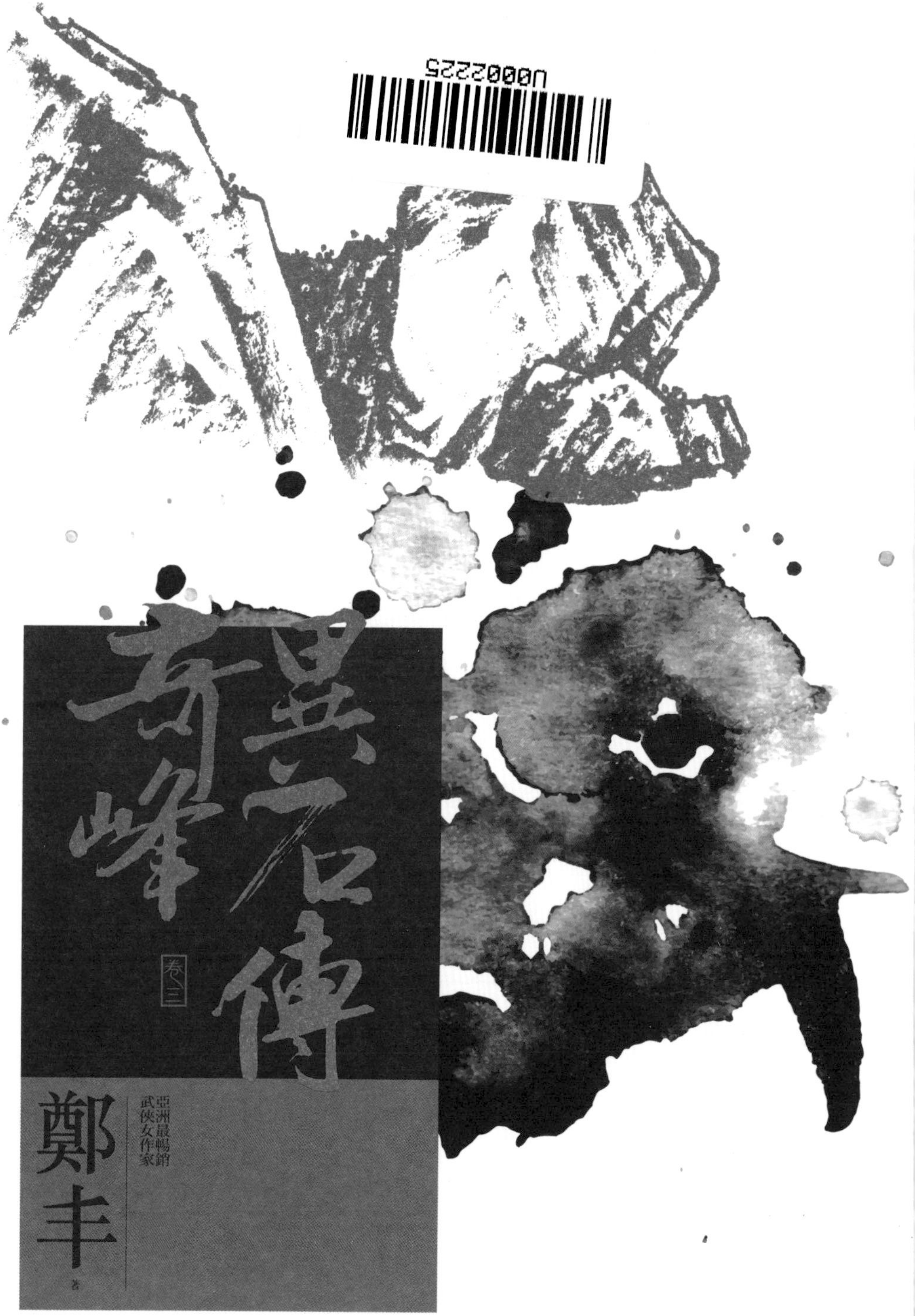

奇峰異石傳

卷三

亞洲最暢銷武俠女作家

鄭丰 著

—鄭手作品集—

奇峰異石傳

目錄

第三部■大唐帝國

目錄

第三部

大唐帝國

放棹遵遙途，方與情人別。嘯歌亦何言，肅爾凌霜節。
夫人皆薄離，二友獨懷古。思篤子衿詩，山川何足苦。

——謝惠連〈離合詩二首〉

第一章　廢墟中

天寒地凍，一場鋪天蓋地的狂風大雪剛剛止息。

此時正是午後，終南山上寂靜無聲，平靜寧和。

沒有人能猜想得到，那片白茫茫、平坦坦的白雪之下，竟然掩蓋住了一座怵目驚心的廢墟。

這是終南山寶光寺的舊址，別人可能尋找不到，看不出來，但是韓峰卻絕對不會認錯。

他在這座寺院中度過了兩個年頭，早課晚課，打禪行香，挑水砍柴，練功嬉戲……這兒是比他原本的家更加像家的歸宿。

然而寶光寺已不復存在。

韓峰獨自站在當地，凝望著被白雪覆蓋的「家」，默然無語，心中滿是疑惑。

初上山時，尚未下起大雪，韓峰一眼便看見了被大火燒燬的寶光寺廢墟。他不可置信地望著滿地的斷檐瓦礫，想起那封飛鴿傳信中所寫：「寶光寺燬，和尚圓寂……沙彌全數殉難，無一倖存……」

他一想到這廢墟中定掩埋著許多師弟的屍身，不禁全身顫抖，難以克制心中的激憤和恐懼。

他吸了一口長氣，下定決心：「我必須挖掘出師弟們的遺體，好生埋葬，替他們誦念超生。」

他戴上好友小石頭昔年爲他縫製的兔皮手套，在斷檐瓦礫之間奮力翻找了一整日。

他找到佛堂供桌的桌腳，桌上的銅香爐，燒黑了的蒲團和半毀的佛像，還有破碎的鍋瓢缽碗等。但是，卻沒有找到任何一具屍身。

三日之前，韓峰在跟隨唐國公李淵赴太原上任的途中，驚聞寶光寺寺毀人亡，立即辭別唐國公李淵和李世民父子，趕回寶光寺，打算親手埋葬遇難的師弟們，並尋訪至交小石頭的下落。

然而事情卻大大出乎他的意料之外。他並沒有找到師弟們或是小石頭的遺體，只找到一片燒燬的廢墟。這裡究竟發生了什麼事？

他來到寺後的鴿樓勘查，只見鴿樓早已燒成平地，原有的二層樓房如今已不復影蹤，只有幾道矮矮的土牆還立在當地。

他走入鴿樓舊地，地上滿是扭曲焦黑的鴿籠。仔細一瞧，但見所有的籠門都是開著的，籠中連一隻鴿子屍體也沒有，想來有人在起火前打開了所有的籠門，將鴿子都放走了。

他熟知魏居士和小石頭對這些信鴿疼愛非常，定會不顧火勢，衝入鴿樓打開鴿門，不讓心愛的鴿子被活活燒死。

然而他們卻人在何處？

韓峰感到又是沉重，又是困惑。他信步走去，來到了抄鴿信的書房舊地。他記得第一次和小石頭來到這書房找魏居士時，只見房中堆滿筆墨紙硯、書冊信件，雜亂無章；自從小石頭開始在這兒抄寫鴿信後，她便花了不少功夫，將書房徹底地清掃了一番，整理得桌面乾乾淨淨，信札整整齊齊。

然而一場大火後，書房中連桌子、窗櫺、土牆都燒成了焦炭，更別說筆墨信件了。

韓峰心想：「鴿樓中藏了這許多祕密信件，如有敵人攻上山來，魏居士或小石頭一定立即將信件全數燒燬，以免留下痕跡。說不定……這把火正是他們放的？」

他在書房舊地細細探查了一番，盼能找到小石頭留下的半點蛛絲馬跡，然而直到天黑，都未曾找到任何線索。

韓峰頹然在一塊斷石上坐下，望著一抹夕陽緩緩消失在樹梢，心中的疑問不斷升起：「魏居士、小石頭和師弟們究竟是生是死？如果沒有死，他們的人卻在哪兒？」

他呆立了一會兒，忽然想起信中提及：「和尚圓寂，法身歸葬清心尼庵。」

他立即跳起身，騎著追龍，往山北馳去。他曾運送柴米去清心尼庵，記得尼庵所在，馳出十多里，終於來到尼庵之外。

清心尼庵不大，跟寶光寺一般共有三間草屋，庵中平日由一位八十多歲的老尼主理，照顧著五十多個小沙彌尼。當時投奔上終南山寶光寺的孤兒中有不少是女孩兒，老和尚便將她們安頓在清心尼庵中。寶光寺的通靜年紀大一些後，也搬到了清心尼庵住下。

這時來開門的是一位老尼，她一身灰布僧袍，滿面皺紋，頭上戴著一頂暖帽。

韓峰連忙向老尼合十行禮，問道：「請問尼師，老和尚……老和尚神光大師的法身是否在此？」

老尼點了點頭，滿布皺紋的臉上露出哀傷之色，指著庵後的一座小小的舍利塔，張開缺牙的口，含混不清地說道：「幾日之前，一個穿著羅漢衫的男孩兒，揹了老和尚的法身來此。我們一起將老和尚火化了，舍利便供在那塔裡。」

韓峰快步上前，在舍利塔前跪倒拜下，心想：「我竟沒有見到老和尚的最後一面，老和尚便已撒手西歸了！」不禁痛哭失聲。

他在舍利塔前默念了數百遍往生咒，才抹淚起身，問老尼道：「請問尼師，那個揹老和尚法身來的男孩是誰？」

老尼搖頭道：「我不知道他是誰。我從來沒有見過他，他也沒說自己是誰。」

韓峰問起男孩兒的形貌，老尼說得不清不楚，但聽起來很可能便是小石頭。

韓峰連忙問道：「他有沒有受傷？」

老尼搖頭道：「受傷？我看他身手靈活，應當沒有受傷。只不過衣服上都是泥土灰塵，好像也有一些血跡。我要他清洗一下，他卻不肯，匆匆離去了，什麼話也沒有多說，神情古怪得很。」

韓峰聽了，實在想不出小石頭行止為何如此怪異，離開清心尼庵後，又去了何處？忽然想起一事，問道：「住在這兒的通靜小師父呢？」

老尼搖頭道：「她走啦。不久之前，老和尚送了一個病重的中年居士來這兒養病，讓通靜照料他。後來那居士病重不治，往生西方了。通靜爲此十分傷心，後來她跟老和尚談話後，又決定搬回寶光寺去啦。」

韓峰聽了一驚，問道：「那位居士可是姓魏？」

老尼道：「正是。」

韓峰心中一痛：「魏居士長年病魔纏身，沒想到他竟就此病逝了。」他又向老尼詢問過去一個月來發生的事情，但老尼翻來覆去，說的也只有魏居士來此養病不治、通靜離去、小男孩揹了老和尚的遺體來此等情，再也問不出別的訊息來。

韓峰甚是失望。他想回去寶光寺遺址再次搜索探尋，便將坐騎追龍留在清心尼庵，託老尼照顧數日。他懷著滿腹疑竇，告別了老尼，徒步走回寶光寺遺址。

韓峰來到樹林邊上，心中盤旋思索著種種疑點。

忽見樹叢中火光閃動，腳步聲響，言語嘈雜，一群人向這兒走了過來。

韓峰心生警惕：「莫非這些是縱火燒寺的敵人？」

他立即矮下身，四下張望，尋找藏身之處，留意到十多丈外有棵松樹，想起這棵樹下有個大洞，平時小沙彌們總將掃帚水桶等物事留在洞中。他緩緩後退，來到松樹之下，松樹不畏寒，即使在嚴冬之中，仍長滿了針葉，葉上堆滿尚未融化的積雪。

韓峰抬頭望望，不敢躍上樹，怕會抖落積雪，便伸手撥開積雪，鑽入樹洞之中，再將積雪撥回遮住洞口，右手握緊了匕首「天降大刃」。

但聽腳步聲響，十多名男子持著火把走出樹林，來到寶光寺舊址之旁。一人叫道：

「有足跡！有人來過這兒。」

那群人的首領立即下令道：「散開，搜！」

眾人舉起火把，四下散開搜尋。幸而這樹洞甚是隱密，天色又漸漸暗下，那些人並未能找到韓峰。

但聽那首領的聲音沙啞低沉，不斷呼喝，指揮手下在廢墟四周探勘。他對一個手下說道：「那人花了不少功夫在此翻找，瞧！他幾乎將每塊亂石磚瓦都翻動過了。」

那手下聲音尖細，說道：「莫非這人也在找那件物事？」

沙啞嗓音之人罵道：「呸！給我閉嘴！」

尖聲那人忙道：「是。是。」過了一會兒，又忍不住道：「這地方我們都翻過幾十回了，什麼都沒找到。我猜那物事應是被那些小鬼給帶走了……」

沙啞嗓音打斷他的話頭，說道：「誰知道那群小鬼究竟躲在何處？可惜那老和尚自己坐著歸天去了，也沒法向他逼問。哼，就算翻遍了這座終南山，我們也得找出那些小鬼，找出那件物事。找不出來，誰都別想離去！」

尖聲那人似乎頗不情願，低聲應道：「是，是。」

沙啞嗓音又道：「江湖上很多人都聽聞了寶光寺之事，但是知道內情的人並不多。我們在這兒慢慢地找，總會給我們找到的。」

韓峰聽見那人說「老和尚自己坐著歸天去了」，想起在清心尼庵見到的舍利塔，心中一陣揪痛，眼淚又不禁湧上眼眶。

復又尋思：「聽來這些人來到寶光寺，似乎是爲了尋找什麼寶物。我在寶光寺住了這幾年，從來不知道我們這兒有什麼珍貴的物事，不然我們又怎會老是吃不飽穿不暖？」

但聽那沙啞嗓音喝令手下繼續搜尋。韓峰屏住氣息，躲在樹洞中更不稍動。直到天色全黑，那首領才下令離去。

韓峰看不出這些人是否便是侵犯燒燬寶光寺的敵人，還是在寺毀之後才上山，專為尋找寶貝而來的。從他們的言談衣著之中，也只能看出他們身負武功，似乎並非官兵，應是江湖人物之流。

韓峰擔心他們口中說要離去，其實還在附近，在樹洞中又等候了一陣子，身上濕冷難受，直到天色全黑，月亮爬到半空，他才緩緩爬出樹洞。

他傾聽良久，又去左近巡察了一陣，才確定那群江湖人物已然遠去。他緩步走入寺旁的樹林，爬到一棵松樹，找了個乾燥的樹椏，吃了點乾糧，便在樹上睡了一夜。

這一夜他憂疲交集，睡得極不安穩。

第二章　述往事

次日清晨，韓峰天沒亮便醒轉來，一躍下樹，在寶光寺周圍探勘巡視，盼能撞見昨夜見到的那些江湖人物，從他們口中多探聽一些消息。

然而他尋了一個多時辰，卻始終沒有見到他們的蹤影。他在西南方的崖下找到一個熄滅的營火，猜想便是那些人昨夜歇息之處，此刻他們不知往終南山的何處去了。

韓峰在山中走了一圈又一圈，仍舊找不到任何線索。

他信步來到往年時時與小石頭一起去休憩談天的離合崖，眼望著老松樹下的石碑，耳中充斥著山崖上的凜冽寒風，心中升起一股強烈的哀痛。自己下山之前，還曾與小石頭一塊兒來過此地，約定再來這兒看日落；怎知這一去，物換星移，人事全非，不但寶光寺燒燬，小石頭也已消逝無蹤！

他抬頭望向老松樹的樹枝，想起小石頭總愛坐在那兒看日落，想起往年小石頭曾一次又一次地坐在這棵老松樹上，等待自己下山辦事回來……如今自己回來了，等待的人卻已不復在此。

他悲痛難已，抱著松樹痛哭了一回，不忍心在此多待，哀然離去。

將近午時，忽然大雪紛飛，狂風呼號，一場大風雪陡然降臨。

韓峰找了一個山坳躲避，等風雪過後，又回到寶光寺的舊址之旁。他見整片寶光寺的廢墟都已被大雪層層掩蓋，再難見到，心想：「幸好我早一日回來，昨日已仔細搜查過此地。如果今日才趕到，燒燬的寺廟被大雪掩蓋，再要挖掘起來就困難得多了。」

他站在當地，望著沉靜厚實的白雪，滿心疑惑：「老和尚爲何會坐化圓寂？聽那些江湖人物所說，老和尚似乎並非遭人傷害，而是自己坐化的。那麼究竟是誰燒掉了寶光寺？師弟們是死是活？剛才那些人又在尋找什麼寶物？他們說猜想『那物事被那些小鬼給帶走了』，又說『誰知道那群小鬼究竟躲在何處』，莫非師弟們並沒有死，卻是躲藏在某地？」

這時已近傍晚，忽聽山林深處傳來幾聲尖銳的狼嚎。

韓峰忽然想起許多年前，小石頭曾奮不顧身地從狼群中救出了通靜，隨即腦中靈光一閃：「是了，小石頭告訴過我，老和尚在山頂練武坪邊上設了一個祕密藏身處。當時宇文述的手下士兵追上山來捉拿義士，通吃和小石頭帶領大家到山上的石洞中躲避。廢墟中沒有任何一個師弟的屍身，或許他們全都躲在山上的洞穴裡！」

他這麼一想，心中頓時升起一線希望，立即跳起身，大步往山頂奔去，不多時便來到山頂的練武坪上。

他記得祕密入口是在一塊大石頭之後，當即繞到大石頭後方，想伸手去敲石壁，卻又停下，心中忽然升起一個可怖的念頭：「如果所有的師弟們都死在裡頭……」

他甩了甩頭，走上一步，忽然聽見左首風聲響動，他不暇細思，立即往後一避，只見一道黑影從眼前掠過，一枝羽箭插在石壁之上，箭尾的羽毛猶自顫動。

韓峰登時驚出了一身冷汗，當時天色已暗，他若非靠著直覺往後閃避了數寸，這箭定然已射上了他的肩頭。

他聽見左右風聲又響，立即矮身著地滾去，滾到大石頭之後，但聽啪啪連響，又有四五枝羽箭插在身邊的土地上。韓峰高聲叫道：「我是韓峰！快住手！」

羽箭果然停下了，不多時，但見一個光頭從大石頭上冒了出來，臉容瘦削白淨，手中緊握弓箭，正是通平。

通平看清了韓峰的臉面，大喜過望，叫道：「峰師兄，是峰師兄！」轉身叫道：「眞的是峰師兄！快別放箭，是峰師兄啊！」

卻見四個小小的身影從四面八方的石頭上、草叢後湧出，正是通平、通定、通安及通靜四人，各自手持弓箭。通平仍舊高高瘦瘦，一副乖順老實的模樣；通定臉上多了幾分精明幹練；通安仍是骯髒邋遢，隨遇而安的老樣子，穿山甲「龍王」緊緊跟在他腳邊；留起頭髮的師妹通靜神色中帶著幾分焦慮擔憂，清心尼庵的老尼說她回到寶光寺了，果然不錯。

韓峰見到四人，心中大喜，立即跳起身來，奔上前去，叫道：「通平，通定，通安，通靜！你們都沒事麼？」

通平跳下大石頭，將弓箭掛在肩頭，臉上微微一紅，說道：「峰師兄，你怎麼回來了？真對不住，我們以為你是壞人，才向你放箭。你沒受傷吧？」

韓峰見眾師弟妹都平安，還善用自己傳授的箭法禦敵，心中又是高興，又是安慰，說道：「不要緊，我沒事。其他師弟們呢？」

通平向周圍望了望，顯然擔心有敵人在左近，說道：「師兄請進來說話。」當先向著石壁走去。

通平打開石壁上的祕門，領著韓峰走入山洞，通定等則手持弓箭，回到剛才的藏身處，繼續守衛。

韓峰雖曾聽通吃和小石頭提起過這個藏身處，卻並未進來過。進入山洞之後，迎面便是一條狹長的甬道，斜斜向下，走出十多步，便進入了一個巨大的山洞，高闊各有七八丈，甚是寬敞。山洞兩旁有不少穴室，擠滿了人，看來一百多個師弟全都躲在裡面。

韓峰初上寶光寺時，寺中只有五十多個小沙彌；之後數年，天下更加紛亂，逃上山來的孤兒越來越多，此時已超過一百人了。

小沙彌們個個神色恐懼疲倦，見到韓峰，都是又驚又喜，一齊湧上前圍在他身邊，紛紛問道：「峰師兄！你怎麼回來了？」「寶光寺怎麼了？」「老和尚怎麼了？」「我們什麼時候可以回去？」「這裡好冷，我想回去！」

韓峰見眾沙彌還不知道老和尚圓寂的噩耗，只能安慰他們道：「寶光寺太過陳舊，被大雪壓倒了，沒法再住人。老和尚下山去了，大家先安心在這兒住下，我們慢慢想辦法便是。」

等到小沙彌們入睡之後，韓峰才找了通平、通定、通安和通靜四個年紀最大的師弟妹，到石穴深處談話。他先告知通吃身受重傷，瓦崗弟兄帶著他來向自己傳報噩耗；又說了自己趕回山上，見到寶光寺確實燒燬，老和尚已圓寂往生，小石頭下落不明等情。四人都驚得呆了，滿面不可置信之色。

韓峰問道：「我離開之後，山上究竟發生了什麼事？」

四個小沙彌互相望望，當中數通定最爲機伶警醒，他皺眉回想，說道：「起初並沒有什麼異狀。後來我們發現事情有點兒不對，是從老和尚有一回早課後，召集大家說話開始的。」

韓峰忙問：「老和尚對你們說了什麼？」

通定道：「他也沒說什麼特別的話，只是神情十分嚴肅，不像平時那麼慈祥隨和。他將以前教過我們的禪修方法從頭到尾講了一遍，要我們牢牢記住。現在回想起來，他好像便是擔心時候不多，因此要我們好好記住他傳給我們的教法。」

通平點頭道：「確實有點兒……有點兒交代後事的味道。」說著眼眶不禁紅了，通靜已開始低聲啜泣。

韓峰問道：「後來呢？你們可知道將有敵人攻上山來？神力大師和其他師兄們有否回來幫忙守禦？」

三個小沙彌和通靜都露出驚訝之色，一齊問道：「敵人？什麼敵人？」

通定搖頭道：「我們離開之前，並沒聽說有什麼敵人，神力大師和其他師兄們也沒有回到山上。」

韓峰聽了，心中疑惑更深：「如果當時的情況果如他們所說，師兄們並沒有前來救援，敵我並未正面衝突，師弟們也沒有一人傷亡，唯有老和尚獨自留在寶光寺中圓寂，那麼小石頭送出的鴿信又是怎麼回事？她爲什麼說寺中沙彌都已死了，要大家千萬不要來救援？她是故意這麼寫，還是受到逼迫？她自己又去了哪裡？躲在洛陽城外偷襲通吃和通果的又是什麼人？」

韓峰越想越困惑，尋思：「通平他們知道的甚少，可能因爲他們早早便被送到山頂，躲在此處，是以寶光寺中後來發生了什麼事，他們全不知情。」

他抬起頭，問出一直盤桓在他心中的疑問：「那麼小石頭呢？她到哪兒去了？」

通平和通定等面面相覷，顯然毫無頭緒，通靜坐在一旁，眼淚掉得更急了。

韓峰見他們無法回答，心中更加焦慮，問道：「請你們告訴我，我下山之後，都發生了些什麼事？」

通定回想過去一個月發生的事，說道：「你離開後，小石頭師兄哭了好幾天，就此病倒了。後來魏居士的病勢忽然加重，老和尚將他送去山北的清心尼庵靜養，請通靜師妹照顧著。此後小石頭師兄不得不打起精神，主持鴿樓，一切鴿信的書寫、傳送，全由他一手包辦。他雖不哭了，卻變得異常消沉沮喪，整日憂心忡忡地。」

通平接口道：「峰師兄應當最清楚了，小石頭師兄平日老愛跟我們講故事、開玩笑，吹牛唬人，帶著大家玩耍胡鬧。那陣子他變得安靜得很，臉上全沒了笑容，又似乎常常哭泣，見到我們也愛理不理的，不似以往那般老愛找人搭訕閒聊。」

韓峰聽他們所說與通吃的敘述吻合，心中更感慚愧懺悔，問道：「你們可知……可知她爲何會如此？」

通定道：「我們見他整日愁眉苦臉，跟他平時嬉皮笑臉、百無禁忌的模樣就像兩個人似的，就去問他爲了什麼事情煩心，他只擺擺手要我們走開，說他很忙，別去吵他。他不肯說，我們也不知道他究竟在擔憂什麼，只猜想或許跟鴿樓的事情有關。」

通靜抹去眼淚，這時開口道：「還有，在我們上山前的最後幾日中，老和尚不時叫他去竹林中，閉門長談。有回我在竹舍外整理藥草，隱約聽見竹舍裡傳來小石頭師兄的哭聲，他似乎在爲什麼事情懇求老和尚，老和尚卻堅決不許。小石頭師兄每回從竹林出來，臉色都非常難看，眼圈紅紅的。我問他怎麼回事，他總是搖頭不答，有一回我聽見他自言自語道：『老和尚爲什麼要對我這麼好？我怎麼承受得起？我怎麼對得起老和尚？』」

韓峰忍不住問道：「那是什麼意思？」

小沙彌們你看看我，我看看你，都答不上來。

通定道：「我們只猜測事情應當跟鴿樓鴿信有關，但他的口風很緊，什麼都沒有告訴我們。」

韓峰問道：「後來呢？」

通平道：「後來？是了，一日早晨，老和尚叫了我去，命我帶領所有的師弟到山頂的藏身處躲起來，若非他親自上山來找我們，否則絕對不可以出來。我便趕緊帶著師弟們上山來了，全寺只有老和尚和小石頭師兄兩人留下。我們離開時，老和尚站在寺門口相送，就好像平時一般，神色如常。小石頭師兄卻在鴿樓裡忙著，我見到他從鴿樓上放走了幾隻鴿子，向我們招了招手，便進去了。」

通靜又流下眼淚，說道：「那時又怎想得到，那竟是我們最後一次見到老和尚了！」

通平和通定、通安聽了，都失聲痛哭起來。

韓峰心中也自哀然，只能勉強安慰師弟師妹們道：「老和尚在寶光寺坐化圓寂，應是很安穩地西歸的。他的法身已在山北的清心尼庵中火化，舍利子就供在庵後的舍利塔中。等我們有機會時，再一起去清心庵，向老和尚頂禮拜別吧。」

眾師弟妹仍舊哭泣不止。

韓峰只能勉力安慰，讓大家一起念了一百遍往生咒，儘早就寢。

第三章　見密信

當日晚間，夜深人靜後，韓峰坐在山洞中回想眾師弟的敘述，百思不得其解。他實在無法想像當時山上究竟發生了什麼事，老和尚明明知道敵人將至，為什麼不跟著小沙彌們一起避開，卻要留下來犧牲自己？他顯然有辦法保住一眾小沙彌不受敵人侵害，早早讓他們上山避難，卻為什麼留下了小石頭？小石頭又為了何事哭求老和尚，為何說她對不起老和尚？老和尚圓寂，小石頭將他的法身揹去清心尼庵火化，之後卻又去了何處？

這時天寒地凍，山上又有那些不知來歷的江湖人物到處搜尋，韓峰只能讓小沙彌們繼續躲在山洞之中。幸好洞中藏有不少糧食，韓峰與通平、通定檢視了存糧，算了算人數，決定讓大家省著點兒吃，應能勉強度過這個冬天。

韓峰為了解開心中疑團，打算去找他初上山時撞見的那群江湖人物，探問他們究竟知道些什麼，來此又是為了尋找什麼寶物。他冒著風雪，花了一整日在山上到處搜尋，那些人卻不知去向，如何也找不到。

韓峰也在山上見到不少士兵，成群結隊在各處巡察。他生怕他們發現小沙彌們的藏身處，小心避開，不讓士兵見到他的蹤跡。

如此巡察數日，毫無線索。到了第三日，韓峰又去樹林中探尋，忽然聽見頭上一響，抬頭望去，但見一隻灰色鴿子振翅想飛，但是翅膀只展開了數寸，身子便搖晃兩下，從樹上跌了下來，啪一聲落在雪地裡。

韓峰立即認出這是一隻信鴿，趕緊上前撿起，但見那鴿子已然凍僵死去。

韓峰乍然見到信鴿，又喜又悲，低頭檢視鴿子的腳環，見上面刻著一朵蓮花，知道牠是寶光寺豢養的信鴿。他正要將鴿子埋葬起來，忽然注意到鐵環上綁著一枝竹管。

韓峰心中一震：「莫非牠帶有鴿信？」小心翼翼地取下竹管，打開管口，裡面果然藏有一封薄薄的鴿信。

韓峰心跳加快，展開信紙，但見上面以暗語寫著十二個字：

林皮合婁　辵辟辵東　木鳥石女

韓峰知道暗語的解法，需將頭尾兩字合在一起，組成一字；再將第二個字及倒數第二個字合在一起，組成第二個字，很快便解出了密信的內容：

「婪破鴿樓速避」

韓峰望著那封薄薄的鴿信，心中甚是震驚：「信中這個『婪』字，指的定然便是皇帝楊廣了。莫非……莫非下手毀滅寶光寺的，正是楊廣？」

他知道楊廣小名「阿婪」，因此反抗他的人多以「婪」稱之。這封信顯然意在向其他鴿樓示警——皇帝即將出手對付鴿樓，大家急速躲避。

韓峰又仔細觀察鴿信上的字跡，心中一震：「這是小石頭的字跡！」

他知道小石頭性情堅忍，遇上重大危機時，往往能夠沉著應對，置自身危險於不顧。皇帝下手大舉撲滅鴿樓，她定會想盡辦法，讓其他鴿樓的師兄們能夠及早逃離避禍。

然而她自己呢？當她在鴿樓振筆疾書這些機密鴿信時，敵人是否已攻上寶光寺來了？當時老和尚獨獨留下她，想必正是因為她傳送鴿信的任務極其重要，不得不讓她留下，好向分布在各地的鴿樓傳送警訊。

韓峰定了定神，又望向竹管，見上面刻著一朵蓮花，之下刻著一口鐘，又畫了一個「十」字，知道這是由寶光寺送往小鐘寺的鴿信，屬於「十萬火急」。然而通木是否收到了這封急信？小石頭行事謹慎，如此重要的訊息，她定會以兩三隻信鴿同時傳送出去。或許通木早已收到訊息，避了開去？又或是他並未收到警訊，不及躲避，已被楊廣捉起甚至殺死？

韓峰心中甚爲通木擔憂，尋思：「這封鴿信只提到楊廣要破除鴿樓，卻沒有提到敵人攻山、老和尚圓寂，以及小沙彌喪命和寶光寺被燒燬等情。或許這是一封較早送出的信，然而這隻鴿子不知爲何未能將信送去小鐘寺，卻在這雪地裡凍死了。」

當下將信鴿埋葬了，將竹管和密信收入懷中，回到山頂的藏身處。

韓峰將密信內容告知了通平、通定、通安和通靜四人，五人討論之下，都十分憂心。韓峰考慮再三，決定去大興城中一探。

他讓通平等四個年紀較大的沙彌繼續輪流守衛，趁著風雪能掩蓋自己的足跡之際，半夜悄悄下山。他初上山時，將追龍寄放在清心尼庵，這時去尼庵取了馬，騎著追龍，趕入大興城中。

他來到小鐘寺外，見大門緊閉，便在寺外繞了一圈，寺內寂靜無聲。他越過圍牆，進入寺中，只見屋內傢俱積灰逾寸，看來已有好一陣子無人居住。通木不知去向，原本在寺中灑掃服侍的小沙彌也不見影蹤。韓峰爬上鴿樓，但見鴿籠已全數空置。

韓峰向附近的居民探問，都說不知道發生了什麼事。小鐘寺原本行蹤隱密，通木沉潛謹愼，鄰居們沒有人知道他是哪天門上寺門離去的，更不知道他去了何處。

韓峰見寺廟並未被毀，也沒有外人闖入的跡象，猜想通木應當是悄悄地離去的，很可能是在收到小石頭的鴿信之後便即逃離，避開了禍端。通木爲人精明靈敏，平時定然已準備好了脫身之道。

韓峰想到此處，略略放心，又騎著追龍趕去洛陽城，探訪無名寺。

他從通吃口中得知通果在洛陽城外遇襲喪命，猜想無名寺大約已然空置無人。他來到寺外，卻驚然發現原本空無一字的匾額，竟已換成了一幅巨大的橫匾，上面以金字寫著「皇恩寺」三字。

韓峰偷偷往裡一望，只見出入的都是他不認識的僧人。他不願打草驚蛇，並沒有登門造訪，只在暗中觀察，私下向周圍街坊鄰居探問。

街坊有人告訴他，這無名寺原本是官府的地方，一直讓無名寺的僧人暫居。大約半個月前，官府不知爲何忽然派人來接收無名寺，改名爲「皇恩寺」，如今住在寺裡的都是官派的僧人。

韓峰心中了然：「官府出面收回洛陽城的無名寺，自然是楊廣下的命令。不知道其他負責傳送鴿信的師兄們下落如何？」

他從未抄過鴿信，對鴿樓的內情所知甚少，只約略聽小石頭提起過什麼地方有什麼鴿樓，詳情卻並不清楚；寶光寺之外的鴿樓，他也就只知道小鐘寺和無名寺兩間，更無法試圖與其他的鴿樓聯繫。

韓峰尋思：「看來皇帝果眞下手將互通消息的鴿樓一舉消滅了。很可能寶光寺是最早得到消息的，因此立即傳出警訊，讓其他的鴿樓主人趕緊逃離避難。然而老和尙和小石頭爲何不曾早早躲避，卻讓寶光寺遭難焚燬？」

他擔心躲在終南山頂的小沙彌們，不敢多待，趕緊離開洛陽，快馬趕回終南山頂。到達山頂時，已是午後。他來到練武坪上，學了三聲鳥叫，這是他跟守衛沙彌們之間的祕密信號，讓他們知道是自己回來了，不致發箭攻擊。

然而守衛的沙彌並沒有回應；韓峰甚覺奇怪，又叫了三聲，卻仍舊沒有回應。韓峰暗暗驚憂，緩步來到大石頭之前，然而並沒有像上回來此一般，有人向他發箭攻擊。

他心中愈感不祥，伸手去敲石壁，石壁應手而開，他闖了進去，只見裡面一片空洞寂靜，一個人也沒有！

韓峰知道最壞的情況發生了：在自己離開的期間，師弟們出事了！

他心中又是震驚，又是後悔，「我不應該離開此地！師弟們年紀還小，無法保護自己。或許正是因爲我下山去，洩漏了他們的藏身處，才讓敵人找到了他們！」

韓峰深深地吸了一口氣，勉強定下心神，甩開後悔自責的念頭，走入洞穴內探勘了一番，並未找到什麼線索。

他又去洞外檢視，在雪地中找到了師弟們發射的十多枝羽箭，也找到了那幾把刻著「平」、「定」等字樣的弓，此地顯然經過一場短暫而驚險的打鬥，幾個年長的師弟試圖發箭退敵，卻仍被來者攻破，不得不扔下弓箭。

韓峰心中焦慮擔憂，但見雪地中有少許凝結的血跡，血色仍新，應是一日前才留下的。他立即在周圍尋找足跡，見到東方的步道上有著許多雜亂的足跡，一路往山下去，許多鞋印甚小，顯然是小孩子的足印。

韓峰微微鬆了一口氣：「來人應該沒有殺害師弟們，只是將他們抓下山去了。」

他沿著足跡，騎馬追去，一路來到山腳下，但見足跡延伸進入了李家莊園。

他想起離開唐國公之際，長孫無忌曾趕來告知山腳的李家莊園已被皇帝收回，不可再去投靠。韓峰知道情況不妙，師弟們多半是被楊廣派出的士兵捉住，押去莊園關了起來。

他將追龍繫在遠處樹下，自己往莊園走去，在數十丈外停步，抬頭望向莊園高高的圍牆，心中又急又怒：「楊廣這渾帳，寶光寺已毀，老和尚已死，你竟然還不肯放過一群小孩兒！我師弟們礙著你什麼了？你還要派士兵到處搜索，非將他們全都捉起來不可！」

若依著他以往衝動的性子，便想提棍衝入莊園，挑戰那群可恨的士兵，大打一場，逼他們放出師弟，憑他以往的武功，幾百名士兵都不是他的敵手。然而他心知莽撞行事絕非上策，很可能不但救不出師弟，自己還會被迫就擒。

他忍不住想：「如果小石頭在此，她會怎麼做？」他才冷靜下來，知道小石頭一定會小心行事，先善加策劃，才付諸行動。

他吐了一口氣，坐下身來，心想：「莊園中不知有多少楊廣的士兵，我單獨一人，如何才能救出一百多個師弟？得先去探探情況，再做打算。」

於是他耐心等候到傍晚，待天色全黑了，才悄悄越過圍牆，潛入莊園。

多年之前，他的父親韓世諤曾躲避在李家莊園的倉房地窖之中，那時大將軍宇文述帶領軍隊前來搜索，韓峰心急之下，曾和小石頭一起闖入莊園倉房，試圖保護父親不被士兵找到。

這時他見莊園的側屋外有不少守衛，便悄然避過，靠近倉房。此地倉房甚多，總有五六十座，韓峰不知師弟被囚禁在何處，只好一間一間地搜尋。但見每間倉房不是堆滿了麻袋雜物，便是空空如也。韓峰全數看過一遍，一無所獲。

他漸漸接近莊園的正屋，擔心自己若被發現，便不易走脫，正猶豫是否該離去，忽然一陣沙沙聲響，一隻巨大的動物竄到他的腳邊。

韓峰只道那是隻大老鼠，微微一驚，低頭望去，卻見一顆灰色的大球停在腳邊。韓峰大為奇怪，蹲下身去細看，才發現那既不是巨大老鼠，也不是大球，而是一隻穿山甲。

韓峰頓時認出：「是龍王！」

他記得通安在山上時就愛收養各種稀奇古怪的動物，這穿山甲正是通安平時老揣在懷中的龍王，心中一喜：「師弟們應該就被關在左近。」

當下輕輕拍了一下穿山甲，說道：「你的主人呢？快帶我去找他！」

龍王維持球狀一陣子，才慢慢舒展開來，四足落地，抬頭望了望韓峰，便往前快奔而去。

韓峰趕緊舉步，隨後跟上，在莊園中左彎右拐地奔了一陣子，最後來到一座磚牆之前。龍王從牆角的破洞鑽了進去，韓峰自然無法鑽入，四下望望，決定翻牆而過。

他躍上牆頭，牆後是一座極為隱蔽的偏屋，若非龍王將他引來，他如何也不會想到那座磚牆後竟然別有去處。

但見偏屋外有許多守衛持著大刀，來回巡視，守衛嚴謹。

韓峰側耳傾聽，聽見屋中隱約傳來哭泣之聲，心想：「師弟們多半便是被關在此地了。」

他小心避開守衛，躍上屋頂，移開磚瓦，往下望去，果然見到一百多名小沙彌被關在其中，十幾個年紀小的正在哭泣。

韓峰稍稍鬆了一口氣，知道自己找對了地方。然而他卻該如何將他們全救出去？

第四章 遇故人

韓峰觀望了一陣，見到屋外的守衛共有二十來人，周圍不知還有多少守衛，若是硬闖，將莊園中所有的侍衛都引了過來，自己單獨一人，還要保護一眾師弟，絕對難以討得了好去；若要在黑暗中無聲無息地打倒這二十多名守衛，也非易事。

他從屋頂上眺望，見到不遠處的正廳仍有燈火，決定前去探查。他跳下地，躍過磚牆，來到正廳外，從窗外偷看去。

只見一群二十多名官兵站成兩排，堂上坐著一個軍官，一個士兵正向那軍官稟報道：「啓稟李軍官，三十輛大車和馬匹都已準備好了，明日清晨便可上路。」

韓峰見那爲首的軍官身形高大，濃眉英目，看來有些眼熟；但聽他們喚他「李軍官」，然天下姓李之人甚多，他一時也想不起來這是哪個李軍官，在何時何地見過。

李軍官道：「甚好。此行回去江都，大家需得小心在意。那一百個孩子中，幾個大的顯然會武，需得提防他們逃跑。」

那士兵道：「是。我們將他們手腳綁起，關在大車上，逃不掉的。」

李軍官道：「如此甚好。夜間也需輪流看守，千萬別掉以輕心。知道了麼？」

眾士兵一齊答道：「是！」

韓峰心中一動：「這李軍官乃是眾人的首領。我若擒住了他，便可逼他放走師弟。」

他打定主意，等那李軍官命令手下退出，站起身，正要走入內廳之際，看準了時機，忽然推開窗戶，躍入正廳，長棍閃出，向那李軍官的後腦擊去。

李軍官聽見身後勁風響動，反應甚快，立即拔出腰間長劍，回身擋住了這一棍，口中喝問：「什麼人？」

韓峰見他武功竟然不弱，頗出意料之外，舉棍搶步攻上，一棍掃向那軍官的腰際。

李軍官長劍橫劈，勢道勁猛。韓峰往後一躍，避開了這一劍，木棍橫掃，打上李軍官的手腕，李軍官驚呼一聲，長劍險些脫手，趕緊連退數步。

這時其餘士兵聽見打鬥呼喊之聲，紛紛奔回；但見李軍官正與一個少年對打，都好生驚詫，又不敢隨意上前，各自拔出兵刃，站在大門邊上觀戰。

韓峰和李軍官對峙半刻，李軍官大喝一聲，舉起寶劍再次攻上。韓峰並不防守，卻舉棍攻上，直指對手的額頭，正是一招「如來白毫」。

李軍官沒想到他攻招如此之快，更來不及閃避，額頭中了一棍，頓覺眼冒金星，頭昏眼花。

韓峰無心取他性命，因此這棍打得並不重。他左手探出，奪過了李軍官手中長劍，將劍遠遠扔出，木棍再向對手胸口戳去。李軍官閃避不及，胸口再次中棍。

韓峰此時武功已非數年前可比，只在幾招之間，便以一根木棍將手持寶劍的李軍官打得失劍後退，無法還手。旁觀士兵都驚訝非常，紛紛議論起來；眾人皆知李軍官武功高強，在當朝軍官之中可說是數一數二，怎料到他在這十多歲的少年手下縛手縛腳，什麼武功都施展不開，竟然連續中招。

韓峰清楚自己數招間便能打倒此人，正想著擒住他後該如何逼迫他答應放過師弟們，忽見黑影一閃，一段飛索從李軍官手上疾飛而至。

韓峰不暇思索，立即仰身閃避，但覺手中木棍一緊，一端竟被那飛索上的鉤子牢牢勾住，李軍官使勁回扯，韓峰木棍脫手，遠遠飛出。

韓峰見那索長約二至三丈，索頭綁繫著一只錨形鉤，鉤上生有倒刺，一旦被勾上，便很難擺脫。他從未見過這等以飛索攫敵兵器的攻招，心中一凜，舉起雙掌守在身前，後退數步，沉著以對。卻不知這飛索奇技乃傳自一個異人豪俠，飛索以鹿脊筋劈成網絲，與人髮、純絲混編，索頭繫上錨形鉤，使動時將索擲出，可用索端的錨形鉤攫住敵人的身體或兵器，是件極爲厲害的奇門兵器。

原來李軍官數年前曾遇見過奇人虯髯客，與其相交結拜，得傳絕技，這時面對勁敵，飛索出手，果然奏效，奪去了韓峰的木棍。

然而韓峰武功畢竟高過李軍官太多，即使空手，也能輕易打倒對方。他搶上一步，雙掌交錯，使出「風雲手」，左手扣住了對方的右腕，右手直取對手咽喉。

李軍官仰頭閃避，韓峰動作卻更快，右手已扣住對方的喉骨，低喝道：「你性命在我掌握之中，乖乖聽話，我便饒你不殺！」

李軍官雖受制於人，卻並不驚慌，反而狠狠地瞪著韓峰，高聲道：「你要殺便殺，我李靖豈是投降之人？」

韓峰聽他自稱李靖，不禁一呆，脫口道：「你是李靖？」

李軍官聽他口氣，似乎認得自己，舉目望向他的臉面，疑惑地道：「你是……」凝目望向這身負絕藝的少年，卻認不出他是誰。

韓峰卻已確知，眼前這軍官正是自己的表伯李靖。李靖年輕時曾跟隨韓峰的祖父韓擒虎學習武藝兵法，因此韓峰年幼時常常在家中見到李靖。時隔數年，李靖的容貌變化不大，韓峰卻從幼童長成了少年，因此韓峰對表伯李靖的面貌甚覺眼熟，而李靖卻無法認出這個表侄。

幾年前韓峰的父親韓世諤跟隨楊玄感起兵叛變，失敗逃亡，韓家遂遭抄沒；之後他逃上寶光寺，一直住在終南山上，更未聽聞任何關於表伯李靖的消息，全沒想到今日奉命來逮捕小沙彌們的軍官，竟然便是自己的表伯！

韓峰見李靖並不認得自己，微微放鬆手指，湊近李靖耳邊，低聲道：「表伯，我是韓峰。」

李靖聽見韓峰這個名字，不禁一怔，這才恍然大悟：「原來這少年竟是表弟世諤之子！」但仍有些不敢置信，望著韓峰良久，才對他使個眼色，低聲道：「後邊說話。」

韓峰向左右望了望，但見其他士兵都眼睜睜地望著二人，知道李靖不願在其他人面前相認敘舊，當下說道：「跟我來！」又對其他人叫道：「你們的軍官被我擒住，誰也別追上來，不然他便沒命。聽清楚了麼？」

李靖對手下道：「照他的話去做。」當下跟著韓峰，來到後堂之中。

兩人來到後堂一間空房之中，韓峰便放開了李靖。

李靖退開幾步，睜大眼望著韓峰，神情甚是激動，說道：「峰兒，眞的是你？這些年你都去了何處？你爹爹如何了？」

韓峰道：「爹爹去了西北方，我不知道他如今的下落。寶光寺的老和尚收留了我，這幾年我一直住在寶光寺中。」

李靖點頭道：「寶光寺！難怪你的武功練得這麼好。」他若有所思，說道：「因此那些小沙彌，都是你的師弟了。」

韓峰道：「正是。恩師神光大師不幸圓寂，師弟們都是戰亂中無父無母的孤兒，如今寶光寺被毀，他們更是無依無靠。我受恩於神光大師，必得盡力保護師弟們。」

李靖見他年紀輕輕，神情言語卻極爲成熟，眼神透露著烈火一般的堅決，點了點頭，凝思一陣，說道：「我原本不知聖上爲何下令捉拿這些小沙彌，只道他們犯了戒，要去江都接受懲處。如今聽你這麼一說，才明白原委。」

他摸著下巴，續道：「我原本便聽聞傳言，說聖上有意對付某座寺院，但一切都需在暗中下手，不能讓任何人知道。」

韓峰心中一凜，心想：「出手對付寶光寺的，果然是皇帝！」說道：「他是皇帝，想對付誰便對付誰，又何需躲躲藏藏，遮遮掩掩？」

李靖道：「那是因爲先帝和今上父子二人，都是虔誠的佛門弟子，畏懼因果業力，因此不敢公然毀壞任何佛寺，或是迫害任何一位出家人。」

韓峰甚感驚訝，說道：「我並不知道皇帝乃是佛門弟子。」

李靖道：「聖上即位之前，就跟隨天臺大師智顗受了菩薩戒，法號『總持菩薩』，並敕封大師爲『智者』。即位之後，更廣建寺院廟宇，修鑄佛像，供僧度僧，大開法會，又聚集江南佛教高僧大德，收集經藏，校定抄寫，翻譯佛典。在宣揚護持佛法上，可說不遺餘力。」說到這裡，他皺起眉頭，說道：「我聽聞先帝往年也曾拜神光大師爲師，如今聖上卻反目對付，不知是何原因？」

韓峰搖了搖頭，說道：「因爲老和尚看不過眼皇帝暴虐，倒行逆施，魚肉百姓，因此一直暗中保護受到迫害的義士。」

李靖聽了，連連搖頭，說道：「這不是反叛麼？」

韓峰脫口道：「像楊廣這樣的皇帝，有志之士誰不想反抗？」

李靖想起他父親曾加入楊玄感叛變，想來做兒子的韓峰也是反叛到底了，當下嘆了一口氣，說道：「我曾受令祖傳藝之恩，韓家出事時，卻未能出力相護，忝爲你的表伯，甚感慚愧。如今見到你平安無事，武藝高強，心中眞是萬分安慰。」

韓峰沒有回答，轉頭望向關著師弟們的側屋。

李靖明白他的意思，然而要他違背皇帝的命令，放過這群小沙彌，卻不免爲難，躊躇道：「我有軍命在身，不可違背。皇命中並未指名捉拿你，因此我可以睜一隻眼，閉一隻眼，讓你自去。至於你的師弟們，聖上命我將他們帶去江都發落。他們只是一群孩子，聖上最多只會將他們分散安頓在不同的寺廟，不會爲難他們。你儘管放心，這一路上我定會好好照顧他們，不讓他們吃到任何苦頭的。」

韓峰聽他這麼說，知道他是個奉公守法的軍官，即使自己苦苦相求，他也不會有膽量放走師弟們。他十分明白楊廣的爲人，此人手段殘狠，對付師弟們絕對不會手軟。師弟們一到江都，除了全數處死，別無其他可能。當下搖頭道：「不，我絕不能讓師弟們跟你去！」

李靖望著他，說道：「峰兒，你需相信表伯。我定會在聖上面前據理力爭，絕不會讓你的師弟們受到傷害。」

韓峰望著李靖，心想：「表伯不知是天眞還是耿直，楊廣怎會放過我的師弟們？他當我是小孩子，只道哄騙我幾句便成了。」心中惱怒暗生，大聲說道：「表伯要捉走我的師弟們，只因這是皇帝交辦給你的差事，我卻一定要救走師弟，因爲這是死去的恩師對我的託付！」

李靖暗暗皺眉，心想：「這孩子當眞不懂事。他父親反叛，難道他小小年紀，也眞的想反叛？你師父的託付，哪能跟皇帝的敕命相提並論？」只得耐著性子，好言說道：「峰兒，這樣吧。如果你不放心，不如便跟我一起去江都，面見皇帝。我在聖上面前說話還有一些份量，可以想法替你脫罪，讓你不再是通緝犯，或許還能賞你一個官職。你年紀還輕，並未加入父親反叛，又身負絕藝，相信聖上會不計舊怨，考慮對你開恩的。」

韓峰聽了，只覺此人說話委實不可思議，眞不知是該怒還是該笑，所謂話不投機半句多，當下堅決地搖了搖頭，說道：「表伯，你不必再說下去了。恕表侄今日顧不得晚輩禮節，需再次得罪了。」

他握緊雙拳，心中一團怒火已熊熊燒起，不管這人是自己的表伯還是天王老子，任何人膽敢攔阻他救出師弟，他都不會對他客氣。

第五章 紅娘子

李靖見他又要動手，想起他驚人的武功，趕緊舉步後退，準備奪門而出。

韓峰卻已閃身到門邊，使出擒拿手，再次扣住了李靖的手腕。李靖早已見過這一招，本有防備，但是韓峰出手實在太快，使出同樣一招，依舊奏效，再次制住了李靖。李靖只覺全身痠麻，無法動彈，驚呼一聲。

便在此時，一團紅影閃入房中，叫道：「住手！」

韓峰感到勁風襲來，立即拉著李靖往後退去，背心砰一聲撞到牆上。

他抬頭一望，但見那團闖入房中的紅影，竟是一個紅衣少婦。她手中持著一柄長劍，自己剛才如果不曾拉李靖擋在身前，這劍多半便已刺到自己身上了，登時心中怦怦而跳，暗叫好險。

李靖叫道：「娘子，妳快退去！他武功甚高，妳不是他的對手。別擔心，這少年是我韓峰表侄，他不會傷我的。」

韓峰凝目望去，見那紅衣少婦一張鵝蛋臉，甚是秀麗，眉目間帶著一股英氣。她收回長劍，對韓峰抱拳爲禮，說道：「韓峰少俠！在下紅娘子，懇請閣下放過我的夫君，勿傷他性命。他身在公門，不明白江湖規矩，還請少俠恕罪。」

韓峰從未見過這紅衣少婦，也不知道表伯何時成了婚，爲何會娶了這樣一位江湖俠女爲妻，當下冷然道：「閣下想必便是表伯母了。妳出手偷襲，難道便是江湖規矩？」

紅娘子道：「我只道少俠要傷他，心急之下，出手逼你自救，並非故意偷襲。」

韓峰見她神態似乎頗爲坦蕩，便不再說，心想：「這兩人算來都是我的長輩，一個身任軍官，一個是江湖中人，如今聯手阻止我救出師弟，看來要與他二人周旋，須得費一番功夫。」

卻見紅娘子收起長劍，對李靖道：「相公，且聽娘子一言。你應當立即放了寶光寺的眾位小師父，讓表侄將他們領走。」

這話一出，李靖和韓峰都是一呆。

李靖張口結舌，說道：「這……這……不成的！」

紅娘子神色鎭定，說道：「你不放人，那便由我來放。寶光寺和神光老和尚在武林中的威望地位之高，聲名之重，你怎會懂得？韓峰表侄更是一位箭法武功超群的少年英雄，江湖上無人不敬重佩服。你捉走他的一群小沙彌師弟們，這事情若流傳了出去，定會引起武林公憤。」

李靖好生難以委決，說道：「然而皇帝之命……我的職責……」

紅娘子橫了他一眼，神情嚴肅，眼神銳利，說道：「那些都是小事。你聽我的話，立即放走了各位小師父！」

李靖垂頭喪氣，顯然不敢不聽從妻子之言，只好轉向韓峰，說道：「峰兒，既然如此，你便跟我去放人吧。」

韓峰對這剛剛相認的表伯和素未謀面的表伯母並不完全信任，當下放鬆了李靖的手腕，從腰間拔出七首「天降大刃」，抵在他的後心，說道：「如此多謝了。請吧！」

紅娘子見韓峰如此，顯然並不相信自己夫婦，卻沒有說什麼，只道：「表侄請。」

三人離開大屋，來到磚牆外。李靖打開磚牆上的一扇暗門，來到監禁小沙彌的側屋之外。守衛見李靖夫婦和一個陌生少年一同前來，都甚是驚訝。

李靖咳嗽了一聲，說道：「今夜不必守衛了，你們都去休息吧。」

二十多名守衛面面相覷，但聽軍官如此吩咐，而李夫人又在一旁冷眼相望，只能齊聲答道：「是！」快步離去。

韓峰跟著李靖和紅娘子進入屋中，通平等小沙彌見韓峰到來，身邊跟著那軍官和一位紅衣少婦，都是又驚又急，不知韓峰是被他們捉住了，還是來救出自己的？

然而這個疑問很快便得到了解答。只見那軍官從懷中掏出鑰匙，打開了牢門。

韓峰低聲下令道：「通平，通定，通安，通靜，你們四個，一人負責帶領二十五名師弟，依序出來，在屋外站好，莫出聲，莫亂走。聽見了麼？」

通平等答應了，小沙彌們素有紀律，又知此時情況危急，安安靜靜地依序出了牢房，分成四列站好。通安領著一隊師弟，不斷低頭四望，見到穿山甲龍王奔到腳邊，面上大喜，趕緊蹲下身將龍王抱起，塞入懷中。

韓峰見了，心想：「若非遇上通安的龍王，引我來此，我只怕很難找到這個禁錮師弟們的所在。」

眼見師弟們都已逃出牢籠，說道：「甚好。現在大家跟著我，依序離去，在莊園側門旁集合。」

於是韓峰當先押著李靖走出，通平等領著師弟們跟在其後。

韓峰一路眼觀四方，耳聽八方，生怕他們設下了什麼陷阱奸計，所幸一路走到側門邊上，都沒有士兵跟來，只有紅娘子在後遠遠跟著，眼光沒有離開過李靖。

韓峰和一眾師弟來到側門旁，但見紅娘子負手站在一旁，心知她必然關心丈夫的安危，卻始終沒有出聲要自己移開抵在李靖背心的匕首，顯然是位頗有膽識的俠女，便向她點了點頭，說道：「多謝表伯母釋放我師弟們。」

紅娘子道：「不必謝我。你們趁夜快快離去，莫在這左近久耽。」

韓峰放開了李靖手腕，收回匕首，還入鞘中。

李靖往前跌出幾步，臉色蒼白。紅娘子奔上前扶住了他，低聲問道：「你沒事麼？」

李靖搖了搖頭，說道：「我沒事。」

他回過身，望著韓峰和一群小沙彌，顯然百般不願眼睜睜地看著他們逃走，卻又不知自己此刻能做什麼。他嚥下一口唾沫，忍不住問道：「峰兒，你們一群小孩子，卻要去往何處落腳？」

韓峰對表伯李靖殊乏信任，心想：「我怎會對你說出我們的去處，好讓你帶著士兵追來擒捕？」當下搖搖頭，說道：「不勞表伯掛心，我等自有去處。」

李靖聽他這麼說，知道自己討了個沒趣，便閉口不再探問。

紅娘子走上前來，從懷中取出一個錦囊，遞給韓峰，說道：「韓峰表侄，這裡面有數件貴重首飾，你拿去吧，有需要時可以變賣了應急。」

韓峰望了望錦囊中的事物，裡面裝了五六件精緻的頭釵、耳環、珠鍊等，看來果然十分珍貴值錢。他想了想，將錦囊遞回給紅娘子，說道：「多謝表伯母一番好意，請恕表侄不能收下。」

紅娘子一怔，問道：「卻是為何？」

韓峰道：「我威脅兩位長輩釋放我的師弟們，已是不敬，怎能再收受表伯母的餽贈？再說，表伯私自放走欽犯，罪名不小。表伯母還是留下這些錢，去打點那些告發表伯的官員吧。」

紅娘子望著他，神色似乎頗為委屈，更有幾分不忿，說道：「我夫君學了一身武功，滿腹兵法，在你眼中或許不值一哂。然而他奉公守法，盡忠職守，又有什麼地方錯了？難道你認為天下會武之人，個個都該起兵反叛皇帝？那豈不是要天下大亂了？」

韓峰心想：「這話倒也不錯，如李密那般的奸險之徒，多一個不如少一個。表伯李靖是個忠義正直之人，只不過效忠的對象錯了。」當下回道：「我年幼識淺，是非對錯，原本不懂得判斷。表伯為人忠直，但也須看看自己跟隨的是什麼樣的君主。楊廣下令捉拿一群無辜的孩子，難道表伯便非要替那暴君辦到不可？」

紅娘子無言以對，神色頗為難堪，靜默一陣，才道：「人在公門，身不由己。豈能盡如人意？但求無愧我心。你的話，我們會記在心裡的。韓峰表侄，你多多保重。」

韓峰抱拳道：「侄兒告辭，後會有期。」率領一眾師弟，出了莊園側門。

李靖和紅娘子並肩而立，望著韓峰和一群小沙彌的身影緩緩隱沒在黑暗之中。

李靖嘆道：「這孩子的武功，當眞不同凡響！」

紅娘子道：「武功倒是其次，這孩子的見識氣度，那才是眞正的不同凡響。」說著不禁輕輕地嘆了一口氣。她咀嚼著韓峰剛才的言語：「表伯爲人忠直，但也須看看自己跟隨的是什麼樣的君主。」

她心想：「天下皆知楊廣是個昏虐暴君，然而今日群雄並起，誰才是我夫君應當追隨的明主？」

韓峰領著一群師弟，帶上追龍，離開舊時的李家莊園，進入終南山腳下的樹林中，找了塊鄰近山壁的空地，暫時棲息一夜。

此時已接近春季，冬雪融化，氣候回暖，露宿山林並不會太過寒冷。然而擺在韓峰面前的，卻是兩個嚴峻無比的問題：他要帶大夥兒上哪兒去？眾人又要以什麼維生？

如今寶光寺燒燬，山頂練武坪的藏身處被官軍發現，終南山上又有一批批的江湖人物及楊廣的士兵四處巡邏搜索，這地方是絕對待不得的了。然而山下兵荒馬亂，韓峰和一群師弟仍是楊廣的眼中釘，不能出現在大城市中，他們卻該何去何從？

韓峰過去數年中，曾多次下山替老和尚辦事，江湖閱歷已頗爲豐富；通平、通定、通安等年紀都小，從未離開過寶光寺，連東南西北都分不清，自然不會知道能去哪兒落腳。

韓峰心知自己必得替大家做出決定。他想過帶著師弟們去太原投靠唐國公，但是這段路十分難走，而且皇帝已對唐國公心生疑忌，自己若帶了這群小沙彌去太原投靠，想必會給唐國公和大師兄帶來莫大的麻煩。

他思考了一夜，認爲最穩妥的一條路，應是帶著師弟們去投靠另一間寺院。當年跟寶光寺鴿樓關係緊密的多間寺院都已被楊廣剷除，此時只能去找跟寶光寺有一些交情，但並不十分親近的道場。

他第一個想到的，便是四祖道信。道信禪師與老和尚同爲禪宗道友，老和尚師從慧可大師，輩分上算是道信禪師的師叔。道信禪師上回來到大興城時，碰巧收了慧根深重的李黃梅爲徒，當時韓峰與道信禪師曾有一面之緣，記得道信禪師的道場在吉州。他並沒有去過吉州，只聽說位在南方贛水邊上，離京城總有兩千里之遙。

韓峰心想：「離開京城越遠越好，越遠越安全。」他思慮再三，終於決定帶領一百多個小沙彌，離開終南山腳，投奔吉州。

第二個困難是解決吃食。往年在寶光寺中，總有老和尚負責替大家張羅吃食，弟子們只管練功幹活兒便是。如今韓峰得負擔起餵飽一百多張嘴巴的重責大任，這擔子落在他十五六歲的肩頭上，實在是過於沉重了。但是爲了生存，沒有辦法也得想出辦法。他取出李世民臨別前贈給他的黃金，算算應當足夠做爲一百多個小沙彌的旅費食費，打算省吃儉用，先將大夥兒帶到了吉州再說。

次日清晨，他便向小沙彌們宣布了去往吉州的計畫。大夥兒傍徨無主，別無他策，自都贊成峰師兄的決定。韓峰幾年前來到寶光寺，雖然沉默寡言、不善言詞，但他性情穩實可靠，又不畏強權、勤奮刻苦，很快便贏得了小沙彌們的尊敬信任。這時他在一眾孩子中年紀最大，武功最高，經驗最豐，對這群無家可歸、無寺可去的小沙彌來說，若不依靠師兄韓峰，還能依靠誰？因此都全心聽從韓峰的指令，當日便分成四隊，啓程上路。

韓峰見小沙彌們如此信賴自己，很覺安慰，但不免也感到肩上擔子更沉重了一些。

一行人離開終南山時，韓峰回頭望了高聳入雲的山巔一眼，心中生起一股強烈的依戀不捨，更泛起一股沉甸甸的焦慮不安。他回來終南山的一大原因，便是想找回好友小石頭，然而他不但沒能找到她，更連她的生死都無法確知。

他知道小石頭平日雖嬉皮笑臉，吊兒郎當，但在危急關頭時，卻往往能夠肩負起重責大任。她既親眼見到老和尚命令通平帶著師弟們躲藏在山頂的石洞之中，卻爲何始終沒有來找他們，領他們脫離險境？這絕對不像她的作風。唯一的解釋，就是她遭人擒縛禁閉，不得自由，或是她已經死了。

他深深相信她絕沒有死，但是她究竟去了何處？又會被什麼人捉去？

儘管他一心想去探訪小石頭的下落，但此時別無選擇，非得先安頓了一眾師弟們再說。於是他也只能吸一口氣，帶著一百多名年幼師弟，靠著大師兄李世民相贈的黃金，浩浩蕩蕩地走向迷茫不清的未來。

注：隋朝開國功臣韓擒虎，乃是唐朝開國功臣李靖的舅舅。韓擒虎對李靖的軍事才能十分讚賞，《舊唐書·李靖傳》云：「其舅韓擒虎，號爲名將，每與論兵，未嘗不稱善，撫之曰：『可與論孫、吳之術者，唯斯人矣。』」李靖與韓峰父親韓世諤乃是表兄弟，因此韓峰稱呼他「表伯」。紅娘子的傳說，見於唐代傳奇小說《虯髯客傳》，講述隋朝末年三位英雄人物——李靖、紅拂女和虯髯客——邂逅的經過，後世將三人合稱爲「風塵三俠」。

第六章　尋歸處

一行人往東北行去，行出數十里，來到黃河邊上的官道旁。

韓峰知道一群百來個小沙彌在道上趕路，頗不尋常，定會引人側目，便吩咐眾人：「若有人問起，便說是師父派我們去普陀山朝聖，其他什麼也別多說。」眾沙彌都答應了。

韓峰行事謹慎，不願惹人疑心，便帶領師弟們到河邊的無人野地中紮營，自己去小鎮上買了米麵乾糧、鍋鑊碗瓢等物，扛回來讓大家烹煮分食。

通平原是通吃在廚房中最得力的助手，這時負責生火掌炊，一個時辰內，便整治出了一頓粗簡的晚齋，雖稱不上美味，總算也將一百多個小沙彌的肚子都餵飽了。

晚齋之後，韓峰命大家就地躺臥歇息，不可到處走動，又命通平、通定、通安、通靜四人輪流守夜。他自己提著弓箭，在野地四周巡視。

韓峰在方圓數里內巡視一周，並無見到異狀，便回到黃河邊上。忽聽河邊傳來一陣哭泣之聲，他走近一瞧，月光下但見一個穿著羅漢衫、留著頭髮的身影，抱膝坐在河岸上哭泣。

韓峰一看就知道那是通靜。他向來寡言，不善與人傾談，這時才想起，自從自己回到終南山後，除了跟通平、通定、通安、通靜四個年紀最大的師弟妹談過正事之外，從來沒有私下跟他們談過任何心事。

這時他聽通靜哭得哀傷，心中一軟，來到通靜身旁坐下，問道：「通靜師妹，妳沒事麼？」

通靜抬頭見是韓峰，更是掩面哭泣，抽噎不止。

韓峰最不會安慰女孩子，心頭一慌，暗想：「晏雲哭泣時，我從不知道該說什麼才好，每說一句話，總讓她更加生氣傷心。如今通靜師妹哭成這樣，我卻該如何安慰她才是？」又想：「幸好小石頭從來不像她們這樣哭啊哭的，卻不肯說出自己爲什麼哭。她要哭要笑，都是明明白白的，從來不會扭扭捏捏，悶頭哭個不停。」

但是通靜畢竟只是小師妹，韓峰不必擔心惹她生氣，因此很快便找到了話說。他道：「師妹，山上出了事，近來一切變化甚劇，我們須得堅強起來，繼續走下去。妳不要太過擔心，到了吉州後，大家一定能夠安頓下來的。」

通靜慢慢收淚，說道：「峰師兄，你說得是。老和尚常說世間無常，一切事物都得經過成住壞空，寶光寺和老和尚自己也不例外。我只是傷心魏居士……都怪我醫術太差，無法救治魏居士，只能眼看著他被病魔奪去性命。我也傷心老和尚，他年紀大了，身體一直不好，卻仍努力撐持，盡力照顧著大家。我……卻沒能見到他最後一面。」

韓峰想起老和尚的慈悲平和，也不禁哀傷，只能安慰她道：「老和尚修爲高深，想必已勘破生死，超脫輪迴了。」

通靜點了點頭，吸了一口氣，眼光望向河水，以及河水上浮浮沉沉的一彎月亮，幽幽地道：「其實我最擔心的還是小石頭師兄。我知道他不喜歡我纏著他，我也盡量避開，不去煩擾他。但是他前一陣子實在消沉得很，唉，你沒見到他那時的樣子，那實在不像他。我從沒見過他這麼不開心，這麼哀傷過。我不知道是爲了什麼，猜想大概是因爲你離去了，他心中難受不捨吧。我還記得，有一回楊觀海謊稱殺死了你，小石頭師兄收到鴿信後，當場昏倒，醒轉後一會兒大哭，一會兒發呆，不吃不喝不說不笑，整個人都如癡了一般。這回你下山後，他的情狀就有點像接到你的死訊那次，整天不是哭，就是一個人坐著發呆，口中喃喃自語，那樣子實在很不對勁。幾日後，因爲魏居士病情加重，他終於停止哭泣，勉強振作起來，主持鴿樓事務，但卻顯得更加消沉焦慮，一日比一日嚴重，直到我們離開。現在老和尚圓寂後，他竟然就這麼不見了，我眞的好擔心，好擔心……」說著又掩面哭了起來。

韓峰聽了，觸動心事，酸苦難受無已。他靜默了一陣，才問道：「師妹，妳那時有沒有問過小石頭，她爲了何事焦慮如此？她有沒有跟妳說過什麼？」

通靜搖搖頭，說道：「鴿樓的事情很隱密，從魏居士那時起，我們就知道不該多問關於鴿樓的事情。小石頭師兄也是一般，我問他爲什麼如此憂愁，他就推說是鴿樓的事情，不肯回答。他也常常跑到山頂，爬到一株老松樹上，一個人坐著看日落，直到天黑才回來。有時我去山上找他，遠遠看到他獨自坐在懸崖邊的一株松樹上，我叫他好幾回，他都不回答。下山時，他總是一句話也不說，只默默地走下山。」

韓峰想像小石頭當時憂鬱哀傷的模樣，更不禁心痛如絞。他長嘆一聲，說道：「都是我不好，我不應該下山去。我不知道……我沒想到小石頭會這麼傷心。如果我當初知道，一定不會離開終南山。如今我雖已趕了回來，一切卻都已太遲了。我一心想找到她，然而她卻下落不明。我此刻就算再後悔自責，也已無濟於事！」

通靜聽他口氣激動，伸手輕拍他的背，柔聲說道：「峰師兄，我完全能明白你的心境。你關心小石頭師兄的心意，我們都看在眼中。你千萬不要自責，小石頭師兄聰明伶俐，吉人天相，就算遇上危難，也必定能夠解危脫困的。」

韓峰噓出一口長氣，他這番自責後悔的思緒一直悶藏在心中，如今終於能夠向人說出自己對小石頭的擔憂關懷，有如放下心頭的一塊重石，胸口感到舒坦了許多。

此時他才發現，自己與通靜有許多相似之處：他們都是世上最關心在意小石頭的人，只不過她戀慕的是女扮男裝的小石頭，而自己念茲在茲、無法忘懷的，卻是自己的好兄弟、好夥伴、好朋友小石頭，以及他越來越無法隱藏的一個念頭——或許自己在不知不覺中，已對小石頭懷抱著一股深刻而難以言喻的依戀之情。

他想起兩人在大興城邂逅，互相幫助，言語投契；之後在神力大師的苛待折磨下，更是彼此撐持，義氣深重；在過去數年時光中，兩人朝夕相處，相依爲命，成爲無話不談，再親近不過的友伴。兩個亂世中萍水相逢的孤兒，相濡以沫，眞心關懷，很自然地便將彼此當成了世間唯一的親人。兩人之間相互牽掛、彼此依賴，早已成爲他們生命的一部分，只是他們自己並不知道而已。至少韓峰明白，他並不知道小石頭對自己有多麼重要，直到失去她的那一刻起。

韓峰和通靜在河邊靜坐了一陣，各自沉浸於心事之中。

過了許久，韓峰見夜色已深，才道：「師妹，早點休息吧。」

他站起身，正打算再去巡視一圈，通靜忽然咦了一聲，指著河面說道：「峰師兄，河上那是什麼？」

韓峰凝目望去，但見河中心盪著幾艘畫舫，燈火輝煌，十分耀眼。一陣風吹來，從船上隱隱飄來梵唱之聲，似乎有許多人齊聲誦念「南無阿彌陀佛」。

畫舫慢慢靠近，隱約能看出船上之人並非出家人，身上穿的都是在家居士服色，一色土黃。眾人盤膝坐在船頭，齊聲誦念佛號。

通靜奇道：「那些人是在做什麼？」

韓峰看了一會兒，說道：「這大約是義邑吧。」

通靜問道：「什麼是義邑？」

韓峰下山辦事時，曾在大興城中見過義邑，解釋道：「義邑是由在家人組成的佛門集社。有時一群在家信眾在一起，出錢出力營造佛像或修建寺廟，便會組成『義邑』。在大城市中，一個義邑可以多達一、二千人。通常義邑會請一位修爲深厚的『邑師』主持，帶領大家舉辦法會、念佛共修。大多數的義邑都重視戒律，期望往生淨土。」

通靜點點頭，說道：「原來都是佛門弟子，那就不是壞人了。」

韓峰道：「看來這個義邑今夜齊聚在船上誦念共修，不必去理會。早點休息吧。」

韓峰離去後，通靜又在河邊坐了一會兒，忽聽水面傳來騷動之聲，她微微一呆，凝目望去，但見一艘義邑船緩緩駛近，停在離岸邊約十多丈處。

通靜聽船上似乎傳來爭執打鬥之聲，心中一凜，便躲入河邊的草叢中。船頭燈火映照下，她隱約見到船上有七八人在彼此推打毆鬥，呼喝叫罵；便聽一聲慘呼，黑暗中見一人手持利刃，割斷了另一人的喉嚨，噗通一聲，將那人推入水中；接著三四名身穿土黃居士服的信眾又押了兩人來到船邊，依樣殺死，推入水中，船便緩緩開遠了。

通靜只看得心驚膽戰，臉色發青，等那艘船離去已遠，才趕緊回到營地。

次日清晨，韓峰早早便起身，聽見「阿彌陀佛」佛號聲由遠而近，慢慢來到左近。他不願撞見這些人，連忙讓師弟們全都起身，打好包袱，將沉重的糧食等物都馱在追龍背上，立即往東行去。

一行人沿著河岸的土道快行，一直走到中午，才停下吃點大餅乾糧，略事歇息。有幾個小沙彌年紀只有五六歲，從未長途跋涉，腳板上都起了水泡，哼哼唉唉地再也走不下去。韓峰只好讓他們多休息半個時辰，才催著大家上路。即使休息過了，仍有許多小沙彌走不動了，韓峰讓兩個懂得騎馬的小沙彌騎上追龍，自己和通平等幾個年紀大的一人揹著一個小的，繼續往東走。

將近傍晚，眾人又找了個河邊荒僻之處歇腳。遠遠但聽佛號之聲隨風飄來，韓峰微微皺眉心想：「莫非那些義邑中人蓄意跟在我們後面，不然怎地這麼巧又遇到他們？」心生警惕，讓大家不要起火，吃點乾糧，就地躺下休息。

次日天還沒亮，韓峰便叫醒眾師弟，領著大家繼續行路。如此走了十餘日，這日眾人又在河邊的荒地停下歇息，都已疲累不堪。

天色將黑時，遠遠但見一群人打著火把，沿著河岸走來，口中喊道：「寶光寺各位小師父！你們若在左近，請出聲答應！令師神光老和尚生前好友大智法師正找尋你們！」

韓峰和通平、通定等聽了，都甚覺奇怪，通定問道：「大智法師是什麼人？峰師兄聽說過他麼？」

韓峰搖頭道：「我並未聽老和尚提起過這位大智法師。但是老和尚生前有些什麼朋友，我自然並非全都知曉。你們有聽說過麼？」通平、通靜等都搖頭。

聽平擔憂地道：「那大智法師若不是老和尚的朋友，卻又如何？」

通安道：「同是佛門一脈，他們應當不會對我們有惡意吧？」

韓峰沒有言語，心想：「別說同是佛門一脈，即使自己師兄弟，也不能不防備。我幾回險些死在楊觀海和徐山手中，他們倆可都是老和尚的親傳弟子。」

通靜露出擔憂的神色，正要開口，但聽腳步聲響，一群身穿土黃色居士服的人出現在山坡之上，見到了韓峰等人，紛紛喜叫道：「在這裡了！在這裡了！」

但見一個中年人快步奔上前來，滿面喜色，問訊說道：「請問各位可是寶光寺的師父們？」

韓峰上前問訊回禮，說道：「佛弟子韓峰有禮。請問這位大德是？」

那中年人睜大了眼睛，說道：「你便是韓峰少俠？」忙對身後眾人叫道：「大好消息，找到了，找到了！韓峰少俠也在這兒！你們快去向法師稟報，他老人家一定歡喜得緊！」

那人回過身，對韓峰笑道：「對不住，我一時樂昏了頭。我們大智義邑的弟子分批在左近尋找各位寶光弟子，已有好幾日的功夫了。法師若知道我們終於找到了各位，一定高興極了，趕不及要來見你們呢。」忽然想起尚未介紹自己，又忙道：「我姓晁，法名鉅德，韓峰少俠喚我鉅德便是。」

韓峰道：「原來是晁師兄。請問令師便是大智法師麼？」

晁鉅德臉現恭敬之色，合十說道：「正是，我們大智義邑恭奉大智法師爲邑師。法師帶領我們念佛修行，已有十多個年頭了。」

韓峰道：「原來如此。不知貴義邑位在何處？」

晁鉅德道：「我們平時並沒有固定的聚會處所，通常便在哪位師兄弟的家中聚會共修。大智法師自己的道場是大智佛寺，位於洛陽城外。」

韓峰點了點頭，他曾去過洛陽許多次，然而洛陽城寺廟眾多，僧侶上萬，他自然並未聽說過大智佛寺或大智法師的名頭，心中不免起疑：「他們的道場在洛陽城外，這群人卻爲何老遠跑到這兒來？」

晁鉅德的神態非常和氣友善，探問眾寶光寺的狀況，韓峰簡單說了寺廟燒燬，老和尚圓寂等情。

晁鉅德聽完之後，悲痛得流下眼淚，說道：「貴寺發生這等慘事，眞令人傷痛得緊！我等當多多念佛迴向，祈請佛祖保佑，助各位轉禍爲福！」

韓峰和沙彌們見他爲本寺傷心流淚，心中都不禁感到一陣戚然，寺毀人亡的慘境再次襲上心頭。尤其此時趕了十多日的路，人人疲憊交加，能得到一點兒外人的同情關懷，心中都感到甚是溫暖安慰。

第七章 大智師

便在這時，晁鉅德抬頭望向河面，面露喜色，叫道：「來了，來了！」

但見一艘大船從河上駛近前來，靠到岸邊，搭上船板，四個土黃衣衫的弟子抬著一頂軟轎，健步如飛，走上岸來。

軟轎上坐著一個全身紅衣的胖大僧人，慈眉善目，留著灰白長鬚，看來總有五六十歲年紀。這時岸邊河道上又有上百名大智義邑信眾趕到，一齊奔上前，向紅衣胖大僧人跪倒頂禮，轟然叫道：「參見大智法師！」執禮極恭，聲勢浩大。

那紅衣胖大僧人面帶微笑，舉手讓眾弟子起身，眼光向著韓峰等人望來，招了招手。

晁鉅德立即對韓峰道：「韓少俠，請移尊步，待我替各位引見。」

韓峰於是帶著通平、通定、通安、通靜四人，來到那頂軟轎之前。走近之後，卻見那紅衣僧人大智法師法相嚴正，頗有一代高僧的氣勢。

韓峰躬身問訊，說道：「佛弟子韓峰，參見大智法師。」

大智法師連連擺手，滿面笑容，說道：「韓少俠切勿多禮。老衲跟令先師神光大師，可是四十多年的老朋友了。老衲得知他出事，心裡便一直掛念著他留下的弟子們。聽傳言說寶光寺弟子全數喪命，我卻不信。老和尚多大的功德智慧，怎能保不住自己的徒弟呢？我相信你們一定都好端端地藏在了何處。後來聽說某軍官在終南山山洞中捉到了一群沙彌，我便猜想到一定是各位，於是派了弟子到處搜尋，意圖相救。看來各位已然脫險，今日我等終於了找到各位，當眞令人欣慰！」說著臉露微笑，合十念了好幾聲佛號。

韓峰和通平等聽了他這番話，都不禁頗爲動容。

大智法師又問道：「請問貴寺有多少位師父倖存？」

韓峰道：「我寺出家沙彌共有一百零三位，另有兩名未出家的弟子。」

大智法師問道：「少俠卻打算帶著各位小師父去往何處落腳？」

韓峰道：「我等尚未決定。只盼能找到一處地方安頓師弟們，不再受到官府的迫害。」

大智法師臉現悲憫之色，說道：「韓峰少俠，你年紀輕輕，這副擔子落在你的肩頭，眞是太沉重了！老衲有個主意，盼能替少俠解難。老衲在洛陽城外的大智寺占地廣大，足夠容納令師弟們。少俠不如便帶了貴寺的各位小師父，到敝寺去掛單住下吧。」

韓峰聽了，第一個反應是鬆了一口氣，心想：「大智佛寺若能收容師弟們，我們便不必老遠跑去吉州了。何況吉州寺的道信禪師能不能收容這一大群孩子，也是未知之數；不如便讓大家去往洛陽大智佛寺，至少有個地方可以棲身。」

他回過頭，想徵詢通平和通定的意見，但見通平露出笑容，通定卻微微皺眉，通安傻楞楞地沒有表情，通靜卻跟通定一般，臉現猶豫之色，咬著嘴唇。

韓峰知道通定警醒機伶，通靜謹愼細心，這二人若有顧慮，或許確有道理。他心中頓起猶豫，心想自己不應倉促決定，便向大智法師合十說道：「多謝大智法師一番好意！我等感激不盡。此事關乎我寺所有沙彌的去處，依照本寺規矩，我必得與本寺出家眾商討之後，方能決定，還請法師稍候一陣。」

大智法師攤了攤雙手，露出不可置信的神情，臉上仍舊帶著慈和的微笑，說道：「韓峰少俠，貴寺的沙彌們都還是孩子，需要商討什麼？你是帶頭的大師兄，大夥兒的首領，難道不是由你說的話算數？」

韓峰聽他言語中咄咄逼人，似要強迫自己立即答應，心中越發警惕，舉目凝視著大智法師，沉穩地道：「我年紀雖然最長，卻非出家眾，仍須尊重本寺僧眾的意見。這是佛門規矩，想來法師不會質疑。」

大智法師聽他這麼說，又見他眼神堅毅，便笑著擺擺手道：「這個自然！你們慢慢商討吧，老衲自當尊重各位沙彌的意見。」

他故意將「沙彌」兩個字提高了些，強調這群沙彌大多是不到十歲的孩子，知道些什麼，又能有什麼了不起的見解？

韓峰帶著四個師弟妹走了開去，回到紮營之處，說道：「通定，通靜，你們兩個跟我來。」三人來到河邊，韓峰停下腳步，低聲問道：「你們怎麼看？」

通定當先道：「我認為不妥。大智法師這人不可信任。老和尚曾經說過，觀人需觀眼神。這人的眼神游移不定，臉上卻總帶著笑容，似乎在掩飾心中真正所想。他口中說得好聽，心中的念頭卻一定不正。」

韓峰點點頭，他知道通定年紀雖小，但聰明機伶，往往能觀察到別人疏忽未見之處。他望向通靜，問道：「通靜師妹，妳認為呢？」

通靜臉色有些蒼白，說道：「這些人不是正道上的人物。那夜……那夜我見到他們一群人聚集在船上念佛，便覺得有些不對勁。義邑信眾即使虔誠，又何須在三更半夜乘船在河中央念佛？峰師兄離開後，我繼續觀望，竟然見到他們……見到他們殺人棄屍。」

韓峰和通定都是一驚，一齊問道：「殺人棄屍？妳沒看錯吧？」

通靜點點頭，身子打了個寒顫，說道：「那時他們將船駛到離岸邊只有十多丈處，我躲在草叢中，看得清清楚楚。佛門首戒不殺生，他們卻將幾個人……一共是三個，用刀割斷他們的喉嚨，接著把他們推入水中。」

韓峰皺起眉頭，他知道通靜不會無端編造故事，便說道：「這群大智義邑的信眾行動詭異，下手狠辣，看來不是善類。他邀請我們去大智寺，想必不懷好心。我們現在卻該如何？」

通靜顯然害怕得緊，雙手捏著衣襬，沒了主意；通定卻放眼望向河上，說道：「我們紮營之處在河岸邊上，周圍可能已被大智義邑的人包圍，難以逃出。唯一的生路，唯有奪了那艘船逃走。」說著往河面指去。

韓峰順著他的手指望去，見到河岸邊停了一艘大智義邑的船，正是早先大智法師乘坐來的那艘。此地並沒有碼頭，船離岸邊有十多丈之遙。

他皺起眉頭，問道：「你是說我們奪過那艘船，讓大家坐船逃走？」

通定點點頭，說道：「正是。我剛才觀察過了，大智義邑其他的船都停在上游的碼頭，只有這艘船剛才送大智法師過來，停泊在這兒。」

韓峰道：「小沙彌們大多不會泅水，卻該如何將他們送到船上去？」

通定道：「我們可以先泅水過去，制住掌船之人；奪過船後，將船駛近岸邊，搭上船板，便能讓師弟們上船去。我們趁夜升帆往下游駛去，至少能逃離此地受圍之勢。」

韓峰道：「就算大家都上了船，我們不懂得駕船，又該如何逃避大智義邑的追逐？」

通定似乎有些詫異，說道：「峰師兄不知道麼？通平師兄家裡往年是開船的，他從小在黃河上長大，什麼船都難不倒他。」

韓峰這才想起，便讓通定去叫了通平和通安兩個過來，向他們說了大智義邑不可信任，他打算奪船突圍的計畫，問通平能不能駕駛那艘船。

通平雖然老實平庸，但確實懂得駕船，他望了望那艘船，點頭道：「這船跟我家以前那艘一模一樣，應該沒有問題。」

通定拍拍他的肩頭，說道：「通平師兄，全靠你了！」

通平赧然一笑，搓著雙手道：「我別的不行，駕船倒是會的。」

韓峰點點頭，問通定道：「那我們該如何奪船？」

通定道：「通平師兄擅長泅水，可以讓他拉一條繩子泅水過去，綁在船頭。峰師兄和我沿著繩子攀上船，將船上的人悄悄擊倒。」

通平望向那船，連連點頭，說道：「船不遠，我泅水過去很快，拉繩子過去也不是問題。」

韓峰想了想，搖頭道：「船上的人若是不易擊倒，卻又如何？弄出聲響，讓岸上那些大智義邑的人聽見了，很快便圍攻上來，師弟們只怕來不及上船逃走，便會被他們捉住。」

通定道：「這我也想到了。我們就讓師弟們在野地中做晚課，大聲誦念，掩蓋住我們奪船的聲響。」

通平忍不住伸手在通定的光頭上拍了一下，呸道：「好小子！老和尚若知道你用晚課來遮掩我們奪船的聲響，非氣壞了不可！」

通定摸摸頭，吐舌道：「老和尚不是說過，我們需懂得變通麼？晚課不但可以鍛鍊精進，增進福慧，還能解危救命，有什麼不好？」

通平、通靜和通安都笑了，韓峰也不禁莞爾，心想：「通定這孩子，腦子可眞靈活。」通安笑嘻嘻地道：「若是小石頭師兄在這兒就好啦。他想出的主意，只怕比通定師兄的還要更加無法無天。」

通平、通定和通靜都拍手稱是，紛紛道：「沒錯沒錯，要是小石頭師兄在這兒就好啦。他不論遇上什麼事情，總能想出辦法對應。」

韓峰聽他們提起小石頭，言語中對她的機敏才智極爲欽佩感懷，心中不禁又是懷念，又是悲傷，轉過頭沒有搭腔。

通定見到韓峰臉色，想起小石頭下落不明，猜知他心中爲此難受，連忙轉開話題，問道：「大家快幫忙想想，還有沒有更好的計策？」

眾人討論了一番，最後眼光都望向韓峰。

韓峰仔細想了想，也想不出更好的計策，便道：「好，就這麼辦。我這就去跟大智法師說，僧眾還在討論，未能決定，我們今夜先在這兒歇息，明日商量議定後，再告知是否跟隨他們去大智寺落腳。晚課一開始，我們便動手。」

五人商議已定，便分頭行事。

第八章 賈老大

到了傍晚，通定讓一個年紀較大的小沙彌通智負責領念，帶著其餘師弟做晚課。眾人知道當晚有事，誦念得特別起勁，即使走了許多天的路，人人筋疲力盡，卻比平時念得大聲許多。

誦念聲響起時，通平便已脫下了羅漢衫，背著一圈麻繩，吸了一口長氣，躍入冰冷的水中，悄悄地往那艘船泅去。他很快便泅出十多丈，來到船邊，悄悄將繩圈套在船頭的鐵環上。他扯了繩子三下，岸邊送出暗號，通定知道通平已綁好繩索，持著麻繩的另一頭，緩緩將麻繩拉直，將這一頭牢牢綁在樹幹上。

麻繩拉直後，露出水面。韓峰和通定對望一眼，韓峰伸腳踩上麻繩，感覺張力足夠，對通定點了點頭，舉步往前走去。通定跟在他身後，沿著繩索走去，接近船頭時，兩人輕輕一躍，便上了船頭，船身只略略搖晃了一下，船上的人並未發現。

韓峰伏在船頭，仔細觀察，回過身，對通定比了個一，又比了個五。通定點點頭，露出微笑。之前他已在岸旁悄悄觀察了好一陣子，看出船上應當只有一名船夫和五名守衛，他見自己的觀察果然無誤，放下了心。

韓峰當先站起，攻向站在船舷的一個守衛。他出手極快，手刀斬上那人後頸，那人哼也沒哼，便軟倒下去。韓峰更不停頓，又攻向第二名守衛，那人聽見聲響，正回過身來。韓峰索性直衝而上，伸指點向他的膻中穴。那人雖見到有個黑影欺上，卻反應不及，更沒來得及驚呼，胸口已中指，嘿了一聲，往後便倒。韓峰怕他跌上船板發出聲響，趕緊伸手抓住了他，輕輕將他放倒在船板上。

韓峰接著轉到船側，但見另三名守衛正倚在船後閒聊。他一躍而出，伸手抓住二人的後心穴道，那兩人氣息一閉，同時軟倒下去。第三人喝道：「什麼人？」立即出掌，向韓峰胸口攻去。

韓峰感到這人掌風不強，但出掌時竟令自己微微頭暈，不禁吃驚，心想：「之前四人都甚易對付，一招解決，這人不知是武功高強，還是別有陰毒伎倆？莫非是使毒？」心中警覺，當即閉住氣，使出「風雲手」，去扣對方的手腕。

那人立即收掌，從袖子中放出一團煙霧，又飛腿踢來。韓峰雖在暗中，仍隱約能見那股煙霧頗爲古怪，當即繼續閉氣，聽風辨招，陡然矮身，避開了這腳，手肘頂上那人小腹。那人怒罵一聲，又舉腿踢來。韓峰伸手捉住了他的腳踝，使勁一拽，那人重心不穩，往後倒下，後腦砰一聲撞上船舷。

韓峰趕緊上前，在他胸口補了一指，那人早已昏厥了過去，躺在船板上，再也不動了。

韓峰立即退出數步，對著河面吸了幾口氣，調勻呼吸，感到頭暈稍稍減退，這才放下心。幸得他在黑暗中出手突襲，對手一時不知發生何事，沒來得及出聲呼叫，雖出手施毒，但韓峰閉氣對敵，回手又快又準，那人還未能毒倒韓峰，便已被他打昏在地。那人雖跌倒撞上船舷，發出的聲響卻不大，小沙彌們的誦念聲足以掩蓋。

韓峰出手甚快，只求制住對手，不求殺傷。他將五人都打倒後，便去船頭尋找通定，但見通定也已扣住了船夫的手腕。那船夫顯然不會武功，只嚇得全身發抖，跪倒求道：「強人饒命！小人在河上討生活，家有老母妻兒，請大爺可憐可憐我，饒了我一命吧！」

韓峰道：「這五個守衛，照計畫綁了起來，放到岸邊。船夫呢？」

通定道：「這船夫該是黃河上的船家，不是大智義邑的人，同樣綁起放上岸便是。」

對那船夫和顏悅色地道：「我們不是強盜，不會取你性命，只要你別出聲便是。」說著將他綁起，但又不放心，再用布條封住他的嘴巴，又過來助韓峰將那五名守衛都綁了起來。

韓峰站上船頭，舉起船上的燈籠，對著岸邊搖晃三次。

通平見到了，左右手輪流拉扯，收回繩索，將船緩緩拉近岸邊，直到離岸約五六尺遠近。他將麻繩綁在樹幹上，對船頭的通定揮手。通定和韓峰一起搭上船板，韓峰將那五名守衛和船夫扛到岸邊，藏在草叢之中。

這時通靜已帶領了一群五十多名小沙彌在岸邊等候，她以手勢指揮，示意他們一個個走上船去。小沙彌走完後，韓峰拉著追龍，將牠也牽上了船去，繫在船尾。

此時晚課尚未結束，仍有五十多名小沙彌坐在原地高聲誦念。誦念完畢後，通智搖了搖小鈴，說道：「禪坐始，三段香。」四周陷入一片寂靜，只有風吹草動的沙沙之聲。

餘下的小沙彌們當然並未坐下打禪，而是按照指示，靜悄悄地列隊往岸邊走去，紛紛上了船。小沙彌人數雖多，但大多練過一點兒功夫，往年在寶光寺中慣於遵守戒律，又常常禁語，因此這時依序上船，安安靜靜，一點兒聲響也沒有發出。不多時，一百多人便全上了船，只剩下通智還在岸上。

這時三段香工夫剛剛過去，通智奔回空地，又敲了一次小鈴，高聲說道：「禪坐畢。

就地歇息，不准出聲。」說完便趕緊將鈴收入懷中，輕手輕腳地奔到岸邊。

韓峰解開繩索，持在手中，讓通智先踏過船板，之後放鬆繩索，自己也躍上船，對通平做個手勢。

通平點點頭，用板槳將船緩緩划離岸邊。離岸十多丈後，他辨別風向，揚起船帆，夜風勁急，將船帆吹得甚是飽滿。於是一艘載滿了寶光寺小沙彌的船在河面上靜靜地滑過，好似一個無聲無息的影子，在黑暗中緩緩向下游駛去。

大智義邑的人聽空地上寂靜無聲，只道寶光寺的小沙彌們都已入睡，更未懷疑。

一夜無話，寶光寺眾人便順利乘船沿河而下，駛出了五十多里。

到得清晨，韓峰想起昨夜那人使毒，心中不安，讓通定和通靜搜尋船艙，果然找到了數箱顏色古怪的粉末。

通靜懂得藥草，觀察一陣，說道：「這白色粉末看來可能是砒霜，那紅色的大概是鶴頂紅，那箱黑黑的應是曼陀羅花種子，都是些劇毒的物事。」

韓峰道：「這等害人物事，不應留在船上。」心想：「原來大智義邑中人善用毒物，昨夜我們被他們包圍，形勢可凶險得緊。他們可能見我等都是少年孩童，不必下毒便可擺平，又想騙我們自願跟去大智寺，才未驟下毒手。」

天大明後，韓峰便讓通平靠岸，自己將幾箱毒粉都搬上岸去，就地掩埋，又去岸邊市鎮採買了乾糧，回來讓大家分食。

吃完之後，韓峰叫了通平等四人過來，議論下一步該如何。

通定道：「我們昨夜駛出甚遠，只要繼續往下游行去，他們一時三刻應當無法追上。而且河上船隻眾多，我們這船並不顯眼，他們就算追上，也不易辨認出。」

通靜道：「師弟們都累了，在船上多休息一日也好。」

通平卻有些擔心，說道：「就怕他們追上來，若是鑿沉或是弄翻了船，師弟們大多不識水性，那可危險了。」

韓峰皺起眉頭，他們奪船而行乃是權宜之計，只為逃出大智義邑包圍的虎口；如此順流而下，又將伊於胡底？倘若要去吉州，往東去並不是辦法，遲早得棄船折往南行。

他將心中顧慮說了，眾人討論之下，決定再乘船一日，之後便靠岸棄船，往南尋找漢水，沿漢水南下，經過襄陽郡、江夏郡、九江郡，再往南去往廬陵郡。

當日通平繼續掌舵，往下游而去。中途經過一個較大的市鎮，韓峰想不久便得行陸路，需得備好乾糧，便讓通平靠岸，帶著通靜上岸採買糧食。兩人換上在家人的服色，在市鎮中買了數十斤的麥粉小米，另買了些草料給追龍，便用板車將糧食草料等推回船上。

將近岸邊時，忽聽草叢中傳來一陣奇怪的聲響，似乎有人在呻吟。

通靜立即停步，說道：「草叢中有人！」

韓峰心中警惕，揮手讓通靜後退，拔出匕首，緩步走上前探視。

但聽草叢中傳來一陣呻吟之聲，一個沙啞的嗓音怒罵道：「他奶奶的，幹麼不一刀殺了老子，卻讓老子在這兒慢慢受折磨而死！死賊禿，臭賊禿，我咒你十八輩子不得超生，哎喲，哎喲……」

韓峰揚聲問道：「草叢中是何人？」

草叢中那人便不出聲了。

韓峰走上前，撥開草叢，但見一個粗壯男子躺臥在河邊的泥沼中，全身是血，看來傷得極重。

韓峰走近兩步，那人見到他，破口罵道：「快來解決了老子啊！還站在那兒發什麼愣？給老子來個痛快的！」

韓峰聽這人嗓子沙啞，甚是特異，自己似乎聽過，再仔細一瞧，面目也有些眼熟。他努力回想，這才陡然憶起：「是了！這人便是在寶光寺左近搜索的那群江湖人物的首領！他怎會來到此地？」心中又是驚奇，又是戒慎，當下說道：「這位仁兄，我們並無惡意。請問閣下是誰？傷在何處？」

通靜小心翼翼地跟上，從韓峰背後望去，見到那人一身血跡，低呼一聲，說道：「這人傷得不輕。峰師兄，請你幫我將他搬到草叢之外，讓我瞧瞧。」

韓峰俯身揹起那人，將他搬出草叢，放在較高的沙地之上。那人身形高大，甚是沉重；他傷重之下，只能任由韓峰背負，並未掙扎抵抗。

通靜在他身邊跪下，仔細檢查他的傷勢，說道：「左手臂和腰上的傷口較大，我得趕緊替他止血。只是布條和止血傷藥都在船上。」她抬頭望向韓峰，眼中露出疑問求懇之色。

韓峰明白她在詢問自己該不該救這人的性命，心想：「大智義邑仍在後緊追不捨，我等身處險境，不該多惹麻煩；然而我們身為佛門弟子，自不能見死不救。」當下點了點頭，說道：「讓我揹他到船上去。」於是俯身將那男子揹起，走回船上，將他放入船艙之中，又命其他小沙彌上岸，將岸邊載著糧食的板車推上船。

這時那男子略略清醒了一些，睜大眼睛望向韓峰和通靜兩人，眼中滿是驚懼。通靜和顏悅色地對他道：「這位大哥，你別擔心，我替你清理包紮傷口，痛怕是挺痛的，請你忍一忍。」

那人見這小姑娘面目慈和，神態溫柔，略略放心，便任由她動手包紮自己腰間和手臂上的傷口，塗上寶光寺的治傷靈藥「白芨生肌續骨膏」。

那人口裡一邊哼哼唉唉，一邊喃喃罵道：「去他奶奶的！卑鄙奸詐，一群渾帳！他奶奶的，我賈老大陰溝裡翻船，竟遭宵小算計，落到今日這等地步！」

韓峰心想：「原來這人叫做賈老大。」但聽他滿口粗話，微微皺眉，望了通靜一眼，見她正專心一志地替賈老大清洗傷口，全未注意，微微放心，問道：「你叫賈老大？」

賈老大道：「不錯，老子正是姓賈。不是眞假的假，是『西貝賈』。」

韓峰心想：「這人模樣粗魯，竟然還識得字，知道賈是一個『西』一個『貝』。不知他是什麼來歷？」當下問道：「請問賈老大，你從何處來？怎會傷成如此？」

賈老大打量了韓峰一陣，問道：「你們是什麼人？」

韓峰道：「我姓石名峰，這是我妹子。我們乘船去探訪親友，剛好路過這兒。」

賈老大道：「石小兄弟，多謝兩位出手相救。」

韓峰見他受傷雖重，神智卻清醒得很，說話也清清楚楚，心中極想知道他之前究竟爲何帶領一群手下在寶光寺廢墟左近搜索，又究竟在尋找什麼物事，然而若直言相問，定將引起賈老大的疑心，當下只問道：「賈老大，究竟是誰傷了你？你的敵人還在左近麼？」

賈老大皺眉搖頭，齜牙咧嘴，說道：「還不是大智義邑那夥狗賊！」

韓峰和通靜對望一眼，異口同聲道：「大智義邑！」

賈老大瞇起眼望向二人，滿面懷疑之色，手臂一掙，懷疑地道：「怎麼，你們知道大智義邑？你們跟他們是什麼關係？莫非你們也是念佛吃素的？」

通靜連忙按住賈老大的手臂，快手綁好鬆散的布條，皺眉道：「你別再動了好麼？你看看，我好不容易替你止了血，包紮到一半，現在又開始流血啦。」

賈老大對這擅長醫術的小姑娘頗懷敬畏，但見自己果然又在流血，只好乖乖躺著不動，讓她包紮，望著韓峰的眼神中仍舊帶著懷疑和敵意。

韓峰道：「數日之前，我們在黃河邊上遇到大智義邑的人。他們對我等不懷好意，有心加害，因此我們趕緊避開了。」

賈老大點了點頭，說道：「我看你們不像是念佛吃素的，跟那些壞蛋不是一路人。」

通靜望了韓峰一眼，心想：「寶光寺眾弟子中，只有我們二人是在家人，其餘都是小沙彌。爲了方便去城鎮中採買食物藥物，我們今日都沒有穿著羅漢衫，改著一般在家人的服飾，要不然賈老大老早便看出我們來自佛寺，或許便不會讓我們救他了。」又想：「他若陡然見到一百多個小沙彌，定要嚇得魂飛魄散，認定我們是大智義邑派出來解決他的。」

兩人想到此處，不禁相對一笑。通靜忍著笑意，說道：「大智義邑那些傢伙，打著佛徒的名號，專做壞事，可壞了天下佛門弟子的名頭。」

賈老大道：「只要你們跟他們不是朋友就好。哼，他們埋伏在河上，數日之前，忽然趁夜偷襲我們的船，殺了我許多弟兄手下。我好不容易才逃了出來，乘船到此，又被他們追上打傷。哼，大智義邑使出這等卑鄙手段，直比強盜還要下流蠻橫，他們絕不會有好下場的！」

韓峰和通靜對望一眼，心想：「通靜那夜見到大智義邑在河上殺人棄屍，或許被殺的，正是賈老大的弟兄手下。」

通靜打了個寒顫，說道：「大智義邑的手段如此可怕，因果不爽，一定會有報應的。」

賈老大瞪眼道：「因果報應！他們那群人面獸心的惡賊若是相信半點因果，下手就不會那麼狠毒了。他不但殺我弟兄，搶我東西，還要追上來殺我滅口！他媽的，我當了十多年強盜，搶了不知多少財物，今日卻被人搶劫，這可有天理麼？我以後還能做人麼？」

韓峰心想：「原來這人是個強盜頭子。不知大智義邑從他那兒搶走了什麼東西？」只見賈老大說得氣喘吁吁，面色青白，韓峰只能暫且壓下心中疑惑，說道：「你受傷甚重，好好休息，別多說話了。」

這時通靜已包紮完畢，說道：「好啦，你好好睡一會兒，別使力氣，傷口自會慢慢恢復的。」

賈老大對通靜點頭贊道：「小姑娘，妳醫術真不賴，多謝妳啦！」

通靜一笑，說道：「不用客氣。」站起身走出船棚，經過韓峰身邊時，微笑道：「這人當眞有趣，這麼大年紀了，卻總愛叫媽媽叫奶奶的。」

韓峰這才省悟，通靜長年住在與世隔絕的終南山上，從未聽人說過粗言穢語，因此賈老大的咒罵之詞在她耳中毫無意義，更不會因此感到不快或受到冒犯。

韓峰微微一笑，也不說破，只道：「多謝妳了。」又對賈老大道：「我去給你拿點水和食物來，你在這兒慢慢休養吧。」

第九章　奇玉祕

韓峰知道大智義邑眾人多半在後追趕他們，如今船上又多了一個大智義邑想追殺滅口的賈老大，情勢更加危險，只能催促通平向下游快駛，希望大智義邑不會那麼快便追上。一行人在船上又多待了幾日，幸而一路平安，並未見到大智義邑的追兵。

這日韓峰和通靜一起去探視賈老大的傷勢。賈老大躺在船艙中養傷，通靜的傷藥加上他自己身強體壯，恢復得甚快，傷勢雖仍頗爲沉重，精神卻恢復了不少。通靜檢查了他的傷口，替他重新敷上「白芨生肌續骨膏」，包紮起來。

韓峰道：「賈老大，我們打算折往南行，很快便須離船上岸了。你卻要去往何處？我們可以想法子送你一程。」

賈老大問道：「我們這是在哪裡？」

韓峰道：「應當接近華陰了。」

賈老大甚是歡喜，說道：「我們狼牙幫的總舵就在華陰。你讓我在華陰下船，我手下會來接我回去的。」

韓峰心想：「原來他是狼牙幫的人。聽說那是一夥殺人不眨眼的凶惡盜匪，橫行華陰一帶。我們救了他，或許並非好事。」

但是人已經救了，也不能再將他弄傷或扔入河中，當下說道：「如此甚好，我們將你送到華陰，等你與手下會合後便離開。」

韓峰等一行人原本便打算在華陰靠岸，棄船南行。通平將船停泊在華陰鎮一個偏遠的小港口，讓一百多個師弟和追龍先下船，在僻靜處等候，韓峰和通定再用擔架抬了賈老大下船，進入市鎮。

街頭幾個小嘍囉見到賈老大，登時大呼小叫起來，迎上前恭敬行禮，又趕緊奔去呼朋引伴。

不多時，便有七八十個嘍囉從四面八方湧出，圍在賈老大身邊，七嘴八舌地喊道：「老大，你沒事麼？」「哪隻狗賊吃了熊心豹子膽，竟敢傷你！」「大夥兒一起去將那狗賊千刀萬剮了！」「老大福大命大，平安歸來，眞是太好了！」群情激動，顯然對賈老大尊重無比，崇敬如神。

韓峰見了這等陣仗，不由得一怔，心想：「這賈老大自稱老大，原來眞的是狼牙幫的老大。」

賈老大見手下對自己一片赤誠，衷心擁戴，心中暗暗歡喜，臉上卻故意裝出不耐煩之色，揮手臭罵了一串粗話，才道：「好了，好了。吵什麼？全給我閉嘴！這位石小兄弟是我救命恩人，弟兄們，快替我向他拜謝！」

眾嘍囉一齊向韓峰拜倒，口中連聲稱謝。

韓峰忙讓大家起身，說道：「各位快別如此！舉手之勞，何須掛齒？」

賈老大命手下拿來一百兩銀子，親手交給韓峰，誠懇地道：「我當時命在旦夕，身上什麼也沒有。你和你妹子心地好，出手救我性命，卻一點回報也不曾向我討過。如今我定要加倍報答！這銀子你一定得收下，不然便是不給我賈老大面子！」

韓峰心想：「這人乃是盜賊首領，這錢財自然是從別處搶來的，我怎能收下？」便婉言拒絕了，說道：「家妹心地善良，篤信佛法，憑著一念善心出手相救，原本不求回報，只盼能累積福德。若是收下你的銀兩，我和妹妹定會心中不安，反屬造業了。」

賈老大見他不肯收下銀子，好生驚訝，望著他半晌，忽然抓著他的手，低聲道：「石小兄弟，你是個少見的好人。你不知道我底細，便無端救我性命，又不趁人之危敲詐我，更送佛送上西，將我平安送回老巢。我不知該如何報答，想來想去只能告訴你一個祕密。」

韓峰一呆，說道：「什麼祕密？」暗想：「不知這祕密是否與他去寶光寺尋找的物事有關？」

賈老大左右看看，說道：「這祕密十分重大，你跟我來。」

韓峰心中好奇，於是便讓通靜先回去，自己跟著賈老大來到狼牙幫的總舵。這總舵可能原先是座祠堂，裝飾得富麗堂皇，但牆上掛著大刀釘耙等武器，龕上供著面目猙獰的盜匪之祖盜跖，處處透著粗莽之氣。

賈老大領韓峰來到一間小廳中，遣開所有手下，關上房門，請韓峰坐下，神色嚴肅，說道：「這個祕密得來不易，也弄得我險些身敗名裂。如今我告訴你了，你可千萬不能洩漏出去。」

韓峰道：「賈老大請說吧，我定會保守祕密。」

賈老大甚是興奮，搓著手，說道：「數月之前，我聽聞江湖上的小道消息，說終南山的寶光寺中藏了一塊奇玉，還說這塊玉石是藏在一位周室皇子的身上！」

韓峰聽了，不禁一驚，暗想：「周室皇子？說的不正是小石頭麼？」他盡量掩飾心中激動，說道：「一塊奇玉，那又如何？那塊玉很值錢麼？」

賈老大連連點頭，說道：「若不值錢，我幹麼要拚老命去找哪？」

韓峰道：「不過是一塊玉罷了，能值得多少錢？」

賈老大一拍大腿，大聲道：「你一說便說到了重點，當真是英雄所見略同！我當時便說，一塊玉罷了，能值多少錢哪？那傳消息的人卻說，這塊奇玉本身雖珍貴，但的確值不得多少錢。珍貴的是那塊玉上面畫的地圖。」

韓峰問道：「地圖又值得什麼錢？」

賈老大長嘆一聲，說道：「反正那塊玉已被人搶奪去了，告訴你也不妨。那地圖畫的是一座藏寶窟的所在，裡面藏著周皇室留下的種種珍奇寶貝。隋朝皇帝楊堅奪了皇位之後，並沒發現這個寶窟，因此裡面的珍寶啊，全數保存了下來。」

他說到這裡，露出強盜貪圖珍寶的本性，雙眼發光，一時興奮，便手舞足蹈起來，全忘了身上還有不少傷口，只痛得哎喲怪叫。

賈老大臭罵了一陣，才繼續道：「你想想，這藏寶窟裡放著周朝王室的所有珍寶，那可有多值錢！若是找到了，吃用幾輩子都足夠哪！」

韓峰心中越發驚疑，忍不住問道：「你說奇玉被人搶奪去了，因此你當真找到過那塊奇玉？」

賈老大甚是得意，說道：「可不是？我『荒野一匹狼』賈老大可不是在江湖上白混的。我率領著弟兄們，將終南山的每寸地皮幾乎都給翻遍了，終於在一座懸崖上的一株老松樹上，找到了那塊奇玉。」他語氣轉爲憤恨，咬牙切齒地道：「只可恨到手的肥羊飛了，那奇玉竟給人奪去！」

韓峰聽了，心中一跳，暗想：「他們找到奇玉的懸崖，莫非便是離合崖？」隨即驚然醒悟：「或許小石頭蓄意將那塊奇玉留在離合崖的老松樹上，讓我去找，而我卻粗心大意，未曾想到要爬上樹去看看！」

韓峰想到此處，不禁滿心懊悔自責：小石頭心細如髮，絕不會將任何重要物事留在燒燬的寶光寺廢墟中；她若想留下什麼東西交給自己，離合崖的老松樹所在隱密，又只有兩人知道，自是再好不過的處所。豈知自己雖去過那兒，卻並未想到要爬上樹去看看，那塊奇玉竟被這群盜匪給這樣找到了。

韓峰暗想自己對不起小石頭的地方實在太多，多到他已無法正視面對，只好暫且擱在一旁，吸了一口氣，問道：「那塊奇玉又是被誰奪去？」

賈老大怒道：「奪玉的人，正是殺我手下、將我打成重傷的大智義邑那夥狗賊！」

韓峰恍然，心想：「大智義邑心狠手辣，不但奪走了奇玉，還想追殺賈老大滅口。若非我們出手救了賈老大，誰也不會知道奇玉是被大智義邑給奪去了。」又想：「大智義邑之前陰魂不散地追逐我們，恐怕也跟那塊奇玉有關。」

賈老大冷笑道：「可惜他們沒能殺死我，待我去江湖上大肆宣揚一番，讓江湖上人人都知道藏寶窟的祕密，都知道奇玉落入了大智義邑手中。嘿嘿，到時想要尋寶的人全會找上大智義邑，他們一日也別想安寧！」

韓峰對狼牙幫和大智義邑之間的恩仇並無興趣，也無心插手這兩股盜匪之間的勾心鬥角、你死我活，當下只道：「賈老大，多謝你告訴我這個祕密。我不會跟任何別人說起，你可放心。我這就告辭了。」

賈老大卻伸手拉住了他，壓低了聲音，說道：「石小兄弟，我將這個大祕密告訴你了，其實我還有個更大的祕密。那奇玉上的藏寶窟地圖，我已偷偷描下一幅，收了起來。你是我的恩人，不如我分你一份，你跟我一起去將那財寶挖了出來，你覺得如何？」

韓峰沒想到他竟是想約自己一起去尋寶，他身上仍懷有大師兄李世民送給他的黃金，未來雖仍需要大筆錢財來餵飽安頓一眾師弟，但也不至於情急到要去尋找那虛無縹渺、遠在天邊的寶藏，因此只隨意嗯了一聲，不置可否。

賈老大見他似乎意興闌珊，也不追問詳情，頗爲失望，問道：「怎麼，你不相信寶藏的事？」

韓峰道：「不，我相信有寶藏這回事。」

賈老大再次壓低聲音，說道：「你這人看來挺精明的，怎地這會兒腦子不靈光了？你聽我說，我看你年輕力壯，人也伶俐，你跟我一塊兒去尋找寶藏，事情若成了，你便一輩子富貴無憂了。你說如何？」

韓峰聽見「富貴無憂」四字，頓時想起自己離開唐國公一行人之前，在定境中見到的種種景象，不禁苦笑，搖頭說道：「我並不想去尋找什麼寶藏。」

賈老大更加奇怪，說道：「爲什麼？世上哪有人不想要寶藏的？」

韓峰心想：「世上不是人人都只想著錢財。我若能找到小石頭，那可比世上什麼寶藏都珍貴。」忽然動念：「慢著，倘若關於寶藏的傳說屬實，那麼這寶藏不正屬於宇文皇室的傳人——小石頭？她想必也知道其中祕密，爲什麼她一直沒有去找寶藏？她未來會去找麼？倘若我也去尋找這寶藏，或許便有機會找到她的下落？」

這麼一想，不禁心動，但他此時自然不能丟下一群師弟跑去尋寶，當下搖了搖頭，說道：「我確實不想要什麼寶藏。但是你若要我陪你一起去尋找寶藏，我倒是願意。」

這話一出，賈老大更加摸不著頭腦，呆呆地瞪著他，問道：「你這是什麼意思？你是打算跟我去尋寶，找到寶藏後再把我幹掉，自己獨吞，是麼？」

韓峰搖頭道：「當然不是。我說過了，我不要什麼寶藏。況且我此刻有事在身，沒有工夫跟你去尋寶。這件事等日後有緣再說吧。你受傷不輕，多多休養爲要。」

賈老大聞言點點頭，說道：「好吧。哪日我準備好要出發時，一定叫上你一道。你隨時來華陰找我，咱們早早做好準備，早早上路。」

韓峰心想：「若能藉由尋寶找到小石頭，我自然樂意跟隨而去。」當下說道：「多謝賈老大美意，石某恭敬不如從命。待我安頓好家中諸事後，便來華陰找你。然而我家中事情不知多久方能處理完畢，我若無法到來，你也不必等我。」

賈老大甚是高興，拍了拍他的肩頭，說道：「不要緊，我若等得，一定等到你，我們再一塊兒去尋寶！」

第十章　流兵劫

韓峰便向賈老大道別，正要離去時，但見一個狼牙幫手下匆匆奔來，向賈老大稟報道：「老大！有弟兄見到一群身穿土黃色居士服的信眾進入華陰，看來正是大智義邑信眾！」

賈老大大怒，霍然站起身，罵道：「這些混蛋傢伙，在黃河對我們出手也就罷了，如今竟敢闖入我們的地盤！老子定要讓他們吃不了兜著走！」立即齊集手下，準備與大智義邑火拚一場。

韓峰眼見大智義邑已然追來華陰，心想：「想來他們已找到了被我們奪走的船，一路追來此地。我們最好別介入大智義邑和狼牙幫之間的拚鬥，我該帶著師弟們及早離去。」於是離開狼牙幫總舵，回到河邊荒地，與一眾師弟會合。

韓峰聽聞華陰以東有條較易行走的南北官道，便領著一百多名師弟折往東行，想沿著官道往南行去。

他再次將乾糧鍋鑪等重物馱在追龍身上，輕拍牠的頸子，說道：「追龍，勞你給大家背負重物，眞是委屈你了。」

追龍是匹高大剽悍的胡馬，原本只適宜奔馳征戰，如今爲形勢所迫，不得不馱負重物，牠竟也沒有反抗，乖乖地緩步走在眾人身旁。

行出半日，身後忽然傳來馬蹄聲，韓峰回頭望去，但見遠處灰塵揚起，似乎有大隊人馬向著這邊而來。

韓峰立即命師弟們躲入草叢，自己藉著高草掩護，奔回頭查看。但見來者是一夥流兵，總有百來人，看來不是隋朝士兵，也不是瓦崗軍，不知是哪一路的烏合之眾聚集而成。

韓峰知道這等流兵的行徑與土匪相去不遠，不可招惹，當下回去對師弟們道：「我們在草叢中待一會兒，等他們走遠了再上路。」

沙彌們於是紛紛躲入草叢，就地坐下歇息。韓峰和通平、通定等幾個年紀較大的沙彌則守在路邊草叢中觀望，避免被流兵發現。

才躲好不久，那群流兵便已縱馬來到近前，從土道上快奔而過，掀起漫天塵土。眾流兵神態跋扈，高聲叫囂，直往東方奔去。等一夥人走遠後，韓峰又等了一陣，才讓師弟們整隊出發，緩緩上路。

走出不久，前面又傳來叫囂之聲。韓峰皺起眉頭，心想：「那群流兵似乎停了下來。他們在這道上走走停停，很難不撞見他們。我們卻該如何繞將過去，避開他們？」舉手讓師弟們停下，做手勢讓大家再度躲入草叢。

韓峰自己往前走出十多丈，暗中觀望，但聽流兵大呼小叫，高喊道：「拿來，拿來！全倒了出來！裡面藏了什麼寶貝，全給我拿出來！」

韓峰心想：「流兵原跟土匪沒有差別，這是遇上商旅，便開始下手搶劫了。」

他悄悄爬到一個土坡之上，低頭望去，見那群流兵圍著兩名灰衣僧人，其中一僧伏在一個書篋上，低垂著頭，似乎已受了傷；另一僧是個少年，約莫十四五歲年紀，張開雙臂擋在另一個僧人身前，高聲急道：「這裡面都是佛經，你們不能亂動！」

韓峰見那少年僧人背後也揹著一個沉重的書篋，看來是兩個行路僧人，身上多半沒有什麼油水，這群流兵不知爲何竟決定下手打劫二人。

一個士兵縱馬上前，喝道：「快滾開！要不然我打死你！」舉起馬鞭往那少年僧人頭上打去。少年僧人顯然不會武功，無法閃避，光頭上登時出現一道血痕，血流滿面。

少年僧人甚是執拗，伸手抹去臉上血跡，大聲說道：「你打死我，我也不讓開！」其餘流兵早已搶上，七手八腳地推倒少年僧人，搶下他背後的書篋，又拉開伏在書篋上的另一僧，扯過他身下的書篋，翻轉過來，將裡面的物事全數倒出。

但聽嘩啦啦一陣聲響，許多書本跌落在地，兩個書篋裡裝的都是舊書，果然都是佛經。

那少年怒道：「這些都是珍貴的佛經，你們怎可如此褻瀆？」掙脫士兵的掌握，衝過去拾起一本本佛經，急急忙忙地揣入懷中。

那群流兵見書篋中只有一些不值錢的破書，沒有錢財好搶，都是惱羞成怒，一個士兵叫道：「什麼破書，通通拿去燒了！一本也不還給你！」說著伸腳踢開那少年僧人，其餘幾個士兵將佛經堆在一起，準備點火去燒；另有幾個士兵圍住二僧，拳打腳踢，口中喝罵道：「死賊禿，臭賊禿，明明是窮光蛋，還裝做有錢的樣子，浪費老子一番工夫！不狠狠打你們一頓，老子出不了這口惡氣！」

韓峰再也看不下去，反手從背後取下弓箭，抽箭搭上，往那準備點火燒掉佛經的流兵射去。一箭激飛而出，正中那人的手上火摺。火摺被羽箭帶著遠遠飛出，落在十多丈外。

一眾流兵驚呼聲中，韓峰又連珠發出七八箭，射退了毆打二僧的流兵。這些流兵原是烏合之眾，眼見有神箭手發箭攻擊，立刻做鳥獸散，慌忙奔逃而去。

韓峰跳下土坡，奔到二僧身邊，扶起二人，問道：「兩位師父沒事麼？」

那年長僧人被打得鼻青眼腫，但看來並未受重傷。他搖搖晃晃地站起身，眼望前方，滿面驚懼，顫聲道：「他們又回來啦！」

韓峰回頭一看，果見那群流兵慢慢回頭，圍了上來；這隊流兵人數過百，剛才被韓峰的神箭嚇得四散奔逃，這時看清來者只是一個孤身少年，膽氣頓時又壯了起來，停步回頭，圍了上來，對著韓峰戳指喝罵道：「哪來的小賊，竟敢發冷箭傷你大爺？」「小賊大膽，看大爺如何收拾你！」紛紛拔出長矛大刀，準備上前圍攻。

韓峰回過身，冷然瞪向一眾流兵，厲聲喝道：「你們的首領是誰？給我出來！」他年紀雖輕，但這麼一喝，威嚴立出，眾流兵彼此望望，最後一個大頭男子站了出來，說道：「我便是首領，姓南名括的便是。小子是誰？報上姓名！」

韓峰聽他自稱「南瓜」，實在可笑，但當此情境，也只能忍住笑意，正色說道：「在下姓韓名峰，來自寶光寺。你們是哪位將軍屬下？」

流兵中有不少人聽見過「神箭韓峰」的名頭，人群中一陣哄然。

南括面色微變，抱拳說道：「原來是寶光寺韓峰少俠，如雷貫耳，久仰，久仰！我等正要去洛陽投靠瓦崗軍單二首領。」

韓峰哼了一聲，說道：「單二哥是我好友。瞧你們這等強盜行徑，單二哥怎會願意接收你們？」

南括聽了這話，滿面惶恐，說道：「韓峰少俠還請恕罪！我們不知這兩位是閣下朋友，多有得罪，這廂兒給兩位師父道歉啦！」

他說著便揮拳亂打身邊的幾個夥伴，罵道：「豬腦袋，狗眼睛，誰叫你們打劫這兩位師父啦？人家是高僧大德，韓峰少俠的朋友，你們太歲頭上也敢動土！還不趕緊賠罪道歉！」

胡罵了一陣，流兵們紛紛低頭道歉，有的匆忙趴在地上，撿回四散的佛經，恭敬交還給兩個僧人。

那少年僧人噓了一口氣，拾起經書一本本翻看，確定經書沒有撕破散佚，才小心翼翼地將經書收回書篋裡。

南括臉上擠出一個笑容，對韓峰拱手道：「大人不計小人過，請少俠千萬不要往心裡去！我等已誠心道歉啦，少俠想必已大量寬恕，不記舊怨。我等這去投靠瓦崗單二首領，還需請少俠幫忙寫封推介信，讓單二首領接納我等。舉手之勞，少俠想必不會拒卻。」

韓峰心下暗惱：「這人當我是小孩兒，幾句話就能哄過去了？」

他年紀雖輕，但幼遭劇變，家破人亡，十二歲便在外流浪，到了寶光寺後，又在神力大師和通海等手上吃了不少苦頭；武功練成之後，老和尚不時派他下山辦事，見識過不少大風大浪，參與過不少大陣大仗，歷練甚豐，因此雖只有近十五歲年紀，卻早已深深明瞭人情世故、眞假虛實。

這時他只是冷笑一聲，說道：「南老大武功高強，手下人多勢眾，兵強馬壯，想去投靠誰，哪有人不樂意收留你的？又何須區區在下寫什麼推介信？就此告辭了。」說著一抱拳，回身便走。

南括聽他這麼說，一時也不知該如何反駁，啞口無言，眼中凶光一閃，喝道：「慢著！」一揮手，命手下上前攔截。幾個手下拔出大刀，向著韓峰奔去。

韓峰料知他會仗著人多對自己動手，早已有備，反手從背後抽出木棍，回身一掃，登時將兩個奔近的男子掃得直飛了出去，倒在地上，動彈不得。

韓峰將長棍橫持胸前，眼神鋒銳如刀，喝道：「好大膽子，竟敢對你小爺動手？」

南括鼓起勇氣，揮手叫道：「大夥兒上！一百個打一個，哪有打不過的？」

眾流兵士氣大振，齊聲呼喊，一擁而上。

韓峰大喝一聲，胸中怒氣勃發，出手更不留情，長棍到處，將當先三個流兵的腿打折了，滾跌在地。他將長棍揮舞成一片黑影，專打敵腿，不多時，已有十多個流兵腿上中棍，躺在地上哀號。

餘人眼見十數同伴只在幾瞬間便被韓峰打倒在地，勇氣頓時消失得無影無蹤，霎時間全安靜了下來，匆匆往後退出十餘步，互相望望，臉上滿是驚恐和不可置信之色。

韓峰持棍拄地，大喝道：「再來啊！有膽出手的，便一起給我上來！」

眾流兵都噤不敢言。

韓峰環望一周，又喝道：「怎麼，有膽出手，卻沒膽逃走？還不快給我滾？」

南括等流兵哪裡見過這等驚世駭俗的武功，盡皆膽顫心驚，即使以百對一，也不敢貿然再次出手。眾人皆想要是大夥兒全被他打斷了腿，那去往洛陽的路可不好走啦；而且就算到了洛陽，瓦崗軍想必也不會願意接收一隊斷腿的士兵。

南括衡量情勢，心想：「這小子武功可怕，逼迫不得。嘿，就算沒有這小子的推介，我們照樣能投靠瓦崗軍，何苦自己跟自己過不去？」當下說道：「走便走，怕了你不成？好漢不怕沒出路，山不轉路轉，路不轉人轉。弟兄們，咱們走！」說著便率領一眾流兵，上馬快馳而去。

第十一章 少林寺

韓峰望著眾流兵縱馬遠遠離去，才轉過身，對兩個僧人合十行禮，說道：「兩位師父受驚了。」

那年長僧人約莫二十多歲年紀，臉色蒼白，身形枯瘦。他原本只道自己定會喪命於此，豈知佛祖保佑，竟然遇到一位俠客，出手相救，心中感激莫名，忙對韓峰合十回禮，說道：「貧僧長捷，多謝少俠仗義相救！少俠不但救了我二人性命，更保住了珍貴佛經，我等感激不盡，粉身難報。」指著身邊那少年僧人道：「這是我俗家兄弟，法名玄奘。」

那少年沙彌約莫十四五歲年紀，比韓峰略小一些，法相端正，面目清秀。

韓峰向他行禮道：「玄奘師父。」又問道：「請問兩位師父準備去往何處？」

長捷說道：「我等原本在洛陽淨土寺掛單，近來因洛陽一帶兵荒馬亂，遂決定離開洛陽，去往京師大興避難，順便尋訪高僧大德，研習佛經。請問施主高姓大名？」

韓峰道：「弟子姓韓名峰，來自寶光寺，皈依先師神光大師。」

長捷法師和玄奘二人乃是純粹的佛門弟子，完全不知江湖中事，也從未聽見過寶光寺或韓峰的名頭，只對他的武功極爲驚佩，說道：「施主武功高強，眞沒想到你竟也是佛門子弟！」

韓峰道：「先師教導一眾弟子學禪，同時也讓我們習練武功。他老人家以爲亂世之中，唯有一技傍身，方能自保。」

長捷法師嘆道：「令先師果然有遠見。今日若不是憑藉韓施主的功夫，我們這些珍貴的佛經可要遭殃了。」

韓峰聽了，心想：「不但佛經遭殃，你二位只怕也難逃一劫。這兩位師父對佛經的珍視，竟勝過自己的性命。」

這時通平等見到流兵已逃遠，便帶領師弟們從草叢藏身處出來，迎上前來。韓峰簡單告知流兵搶劫二僧之事，並替通平、通定、通安、通靜四人引見了。

長捷法師陡然見到這一群年幼的沙彌，不禁一楞，忙問：「韓施主，你帶著這些小師父們，卻要去往何處？」

韓峰便將寶光寺燒燬、老和尚圓寂，自己打算帶領師弟們去南方投靠四祖道信禪師的前後說了。

長捷法師聽了，沉吟一陣，說道：「小施主仗義出手相救，我等感激不盡。爲表謝意，貧僧有一建議，不知施主願不願意一聽？」

韓峰道：「法師有何高見，弟子洗耳恭聽。」

長捷法師道：「禪宗四祖道信禪師乃是一代高僧，名聞遠近。然而我聽說道信禪師只是借居在吉州寺，並非長住，此刻也不知是否在外雲遊？倒是禪宗的始祖達摩祖師，其本寺少林寺便在左近。此刻少林方丈常悟大師，乃是我二人的兄長。少林寺位於少室山上，洛陽以南數十里處，離此不遠。不如我帶領各位上山去拜見我兄長常悟大師，請求他收留令師弟們。」

少林寺在後世雖號稱武學第一宗派，但在隋朝時卻並未得享盛名。韓峰聽老和尚說過禪宗源流，知道禪宗始祖達摩祖師曾在少林寺面壁，除此之外對少林寺所知甚少，自己並未去過，也從未見過少林僧人；但他見長捷法師和玄奘二人都是虔誠佛徒，愛經如命，人品端正，不似大智義邑的大智法師那般表裡不一，貪狠狡詐，應是可以信得過的。

他聽長捷法師這麼說，頗感心動，當下便請長捷法師稍候一陣，找了個安靜之處，與通平等幾個年紀較大的師弟商量長捷法師的建議。

通定說道：「我們禪宗達摩祖師曾在少林面壁九年，老和尚曾說寶光寺的種種規矩，大都由少林道場沿襲而來。我們去到少林，應會感到十分親切。」

通靜則道：「長捷法師和玄奘法師兩位看來都是正信佛子，我剛才見到他們所帶的佛經，包括《妙法蓮華經》、《維摩詰經》、《攝大乘論》等，都是正法大乘經典，他們的兄長常悟大師想來應當也是一位高僧。我們不如便去少林拜見常悟大師，少林若能收留我們自是最好，若不方便，也可去達摩祖師面壁處頂禮致敬。」

通平和通安也無異議，於是韓峰便去向長捷法師道：「多謝法師良意！我等恭敬不如從命，只盼不致給常悟方丈帶來太多負擔困擾。」

長捷法師聽他願意去往少林，甚是高興，說道：「太好了！少林寺那兒地方大，屋宇多，絕對能夠容得下各位小師父。爲了感謝韓施主相救之恩，便由我二人領各位上山吧，正好我們也有一陣子沒見到方丈了。」

於是長捷法師和玄奘便領著韓峰等寶光寺弟子，一行人轉向東南，往洛陽以南的少室山行去。

少林寺位在東都洛陽以南，嵩山腹地少室山下的茂密叢林之中。隋文帝開皇年間，將此寺由「陟岵寺」改名爲「少林寺」，並賜予土地百頃，乃是當代規模數一數二的莊園寺院。

眾人來到山上後，但見樓宇恢宏，大雄寶殿高大壯闊，與寶光寺往年的狹小簡陋、破爛陳舊，簡直無法相提並論。

常悟方丈見到久違不見的兄弟長捷和玄奘，十分歡喜；聽了長捷述說韓峰仗著高明若神的箭術棍法，仗義出手打退流兵、解救二人，以及寶光寺一百多名孤兒沙彌正覓地棲身等情，立即道：「便請寶光寺諸位在敝寺住下吧！近日時局混亂難測，我們此地離洛陽甚近，難免受到戰亂波及。少林寺寺產不少，我一直擔心本寺會遭叛軍流兵侵占騷擾。這位韓峰少俠名聲遠播，武功高強，他若能駐於本寺，甚至指點本寺僧眾一些防身功夫，賊人或許便不敢來犯了。」

長捷甚是歡喜，說道：「如此太好了！我立即便請韓施主來，與方丈詳談。」

當下便請了韓峰和通平、通定、通安、通靜五人來到方丈室中，常悟方丈將邀請眾人留下，襄助守衛寺廟的意思說了，態度極爲誠懇。

韓峰等聞言都十分歡喜，他們原本心中忐忑，不知少林方丈會否願意接納他們這一大群受到通緝的小沙彌，如今聽聞方丈看重寶光寺的武功，主動邀請他們留下守護，都甚感欣慰，當下一齊向方丈拜謝。至於通靜，由於她是在家女眾，不方便在少林寺中居住，常悟方丈便安排她住到少林別院，負責掌理寺中醫藥。韓峰的坐騎追龍，則安頓在少林寺旁莊園的馬舍之中。

於是寶光寺一眾沙彌便在少林寺住了下來。在常悟方丈的促請下，韓峰同意暫時擔任「羅漢堂主」，每日清晨帶領全寺三百多名年輕僧人和沙彌練武。

韓峰往年曾跟隨神力大師和二師兄通地學過武功，神力大師從未認眞教他，而二師兄通地則嚴厲過頭，往往叱罵責打多過傳功指點，一招一式的細節都得靠他自己思考摸索，著實讓他吃了不少苦頭。

因此當他自己開始帶領寶光寺師弟練武時，便花了不少心思，鑽研該如何按部就班地教導師弟，讓他們能夠一步步將寶光寺的武功習練純熟。

他此時已有好幾年的授武經驗，儘管弟子人數從十多個小沙彌變成三百名僧眾，對他來說倒也沒有很大的差別，照樣以自己鑽研出來的方法傳授武藝。

他當時自然不知，在一段時日之後，他所傳授的寶光寺武功「雷撼拳」和「狂命拳」，因少林寺中僧人認爲拳名太過霸道，將其改名爲「羅漢拳」和「光明拳」；「擒龍手」、「風雲手」、「龍旋掌」維持原名；「無影腿」改爲「如影隨形腿」；「勁罡棍」和「嘯野棍」則改爲「金剛棍」和「小夜叉棍法」；「打魔劍」改爲「達摩劍」；「撲地刀」改爲「菩提刀」；「霹靂鞭」改爲「毗盧鞭」；「點水功」則改稱「蜻蜓點水提縱術」。這幾項武功，加上少林僧人自行研創的種種功夫，日後將成爲名聞天下的「少林七十二絕技」。其中許多的基本功夫，正是在韓峰手中奠下的根基。

注一：故事中提到的玄奘法師，便是遠赴西域取經的唐朝三藏法師，漢傳佛教史上最偉大的譯經師之一，亦是古典小說《西遊記》中唐僧的原型。玄奘生於公元六〇二年，俗家姓陳，名褘，出身儒學世家。他有三個哥哥，二哥陳素早年於洛陽淨土寺出家，號長捷法師。玄奘因家境困難，童年起便跟著二哥住在洛陽淨土寺，學習佛經；十三歲在洛陽出家。隋朝末年，洛陽一帶兵荒馬亂，玄奘建議長捷法師前往大興參學，之後又赴蜀地參訪高僧，聽講經文。本故事此時爲公元六一七年，玄奘正好十五歲；韓峰等人遇見長捷與玄奘時，應是在兄弟二人離開洛陽，前往大興的途中。至於玄奘大哥乃是少林寺方丈常悟法師，史書並未記載，應爲小說家杜撰也。

注二：少林寺創建於北魏孝文帝時期，之後菩提達摩來到少林寺，廣集信徒，傳授禪宗，少林遂成爲中國禪宗發源祖寺。北周武帝時少林寺曾遭毀滅，六年後恢復，改名陟岵寺。隋文帝楊堅崇尚佛教，賞賜大量土地給少林寺，然而當時少林僧人並無習武的傳統，也未曾以武功聞名於世。故事中少林方丈延請寶光寺韓峰駐紮少林，傳授僧人武功，以求在兵荒馬亂中保寺護法，應屬合情合理。少林寺由此從禪宗祖寺轉變爲名震天下的武學重地，更成爲往後一千多年中地位崇高的武學第一宗派，少林武功博大精深，流傳至今。

第十二章　尋無蹤

卻說韓峰替師弟們在少林寺找到了安身之所，總算放下了心。他在少林寺住了一年餘，訓練出了曇宗、志操、惠錫等幾名年紀較長、資質較佳、武藝較高的少林寺僧，而通平、通定、通安、通剛、通智、通和等沙彌的武功也已有小成，寺中已有足夠的人手指導其餘僧眾練武；年幼的寶光寺小沙彌們也都安頓妥當，韓峰因此起心離去。他便找了個機會，向少林方丈常悟大師告知自己想離去之意。

常悟方丈頗爲擔憂，說道：「韓峰少俠，我寺僧人隨你練了一年武功，身強體健，進步神速，卻畢竟尚未成爲高手。你離去後，若有外侮，何能抵禦？」

韓峰想起在自己相助瓦崗軍攻打滎陽時，曾見過軍隊對壘，雙方列陣以對，沉吟道：「或許我們可以想出一個陣法，讓大家合作禦敵。師父們各自的武功或許不夠高強，但是若集結成陣勢，便可抵擋數倍的敵人。」

於是他找了曇宗、志操、通定、通安等一起商議，苦思數月，設計出一套陣法，由十八個僧人組陣，當頭的四人左手持盾牌，負責擋禦敵人兵器或羽箭；其後四人則持長棍，伺機攻敵；左右各置四人，交互攻守；當中一人則騎在另一人肩頭上，居高望遠，發號施令，指揮其餘十七人的進退攻守。

草擬出陣勢之後，韓峰便找了寺中武功最高的十八名僧人一起持棍演練。在韓峰的指導下，十八名棍僧漸漸熟習陣勢，領悟攻防進退時該如何相互呼應，才能自保兼挫敵。如此練了一個月餘，韓峰便讓十八人聯手對付自己。他揮棍搶攻數次，少林僧人攻守自如，他竟仍難以攻破陣勢。韓峰罷手笑道：「好，好極了！你們十八人聯手，足能抵擋住上百名士兵！」

常悟方丈見這陣勢威力強大，大爲讚賞，說道：「少林寺以羅漢堂爲練武之地，這陣式就叫做『十八羅漢陣』吧。」

常悟方丈對韓峰又是佩服，又是感激，這日便主動請了他來，說道：「韓峰少俠，你是當世少年英雄，對本寺貢獻之大，實在無可比擬。本座知道你在山下仍有事情需辦，不應將你耽擱在此。你若想下山，請隨時動身，不必掛念山上諸事。」

韓峰向常悟方丈拜謝，說道：「多謝方丈成全！弟子感激不盡。」

常悟方丈問道：「不知少俠打算去往何處？」

韓峰心中念念不忘的，自是尋訪小石頭的下落。他老實答道：「寶光寺燒燬時，我有個至交好友失蹤，再無音訊。我打算四處探訪，尋找我兄弟的下落。」

常悟方丈點頭道：「少俠儘管去吧。寶光寺的令師弟們，本座已將他們當成本寺自己人，自當妥爲照料教導。東都洛陽離本寺不遠，你可先去洛陽探聽消息。只不過此刻兵荒馬亂，你需得小心在意。」

韓峰道：「多謝大師指點，我理會得。」便整理行裝，拜別常悟方丈，下山而去。他這時自然料想不到，尋找小石頭的道路竟會如此漫長，如此遙不可及。

韓峰離開少林寺後，花了整整一年的功夫，在大江南北走了一遭，詢問了許許多多消息靈通的江湖人物，卻完全無法尋得任何一點關於小石頭的消息。

據她自己所說，她年幼時隨祖母樂平公主居於皇宮之中，六歲時祖母去世，她便在外流浪了四年，直到十歲左右才在寶光寺落腳。她年紀原本不大，自幼行蹤又頗爲隱密，難以追溯；世間知道她的人極少，又從來不使用眞實姓名「宇文峘」，「小石頭」只不過是個外號；加上她一直女扮男裝，因此尋訪起來委實困難已極。

韓峰卻不肯放棄，仍舊不停地奔走，不停地努力追尋。他在流浪旅途中，也設法尋訪寶光寺散布在外的弟子，豈知收穫卻出奇地稀少。神力大師去了南方，消聲匿跡；顚狂的二師兄通地仍舊不知下落；當年在大興城小鐘寺負責鴿信傳送的通木師兄也藏匿無蹤。

韓峰只將寄居在太原唐國公處養傷的通吃接來了少林寺，讓他和寶光寺的師兄弟們相聚。時日一久，寶光寺眾弟子逐漸融入少林寺的起居規矩，慢慢地大家都很少提起寶光寺的往事了。年幼的沙彌們甚至連寶光寺和老和尚的事情都不大記得，還道自己從小便被少林寺收留，在此出家。

韓峰尋訪小石頭越久，心中的憂慮越是深重，更感到一股難言的空虛和無能爲力。他甚至開始懷疑世間究竟有沒有小石頭這個人？莫非關於小石頭的一切，不過是出於自己的想像編造，皆屬虛妄？

唯一讓他感到安慰的是，寶光寺的師弟們都記得小石頭，對他當年調皮頑劣、大膽胡鬧的種種行徑仍舊如數家珍，歷歷在目。

有時韓峰尋訪得太過疲累，心中的空虛再也難以塡補時，便特意回到少林寺，找通平、通定、通安、通靜幾個年紀較大的師弟妹們來，傾聽他們述說關於小石頭的種種往事和回憶，他的心才能安穩一些，知道自己並沒有跟二師兄一樣發了瘋，四處追尋一個已不存在的人物。

他努力回想與小石頭相處的點點滴滴，有時想起她的如珠妙語，有時想起她的調皮神態，有時想起她的眞心關懷。許多記憶在他心中似乎越來越清晰：大雪紛飛，兩人從山上砍柴回來，凍得手腳都僵了，一起跑到廚房灶下取暖，她抓過自己凍得發紫的手，用她稍稍暖和的雙手使勁揉搓；日暮時分，兩人並肩坐在離合崖的老松樹下，一邊看著日落，一邊天南地北地說著過去，聊著未來；夜深人靜，小石頭在鴿樓書房中埋首抄寫鴿信，自己靠牆而坐，陪伴等候，心頭一片平和安寧……

這些回憶片段不時跳出來，在他心頭縈繞，令他低迴不已。而他也越來越難以壓抑心底的憂慮：莫非小石頭已經死了，因此才音訊全無？不然自己帶領寶光寺弟子投靠少林寺，已是江湖上無人不知的消息，她爲何始終不曾來少林寺尋她往年的師兄弟，不來找她的大哥？

韓峰百思不得其解，只能咬著牙，繼續尋訪下去。

日復一日，韓峰的飄泊尋覓似乎永無止境。

轉眼又到了秋季，韓峰獨自騎著追龍，來到了洛陽城，在一間廣接四方信眾的般若寺落腳。

入夜後的洛陽，全城一片漆黑，四下靜寂無聲，氣氛沉肅而詭異。

時爲大隋大業十三年，城中上至皇親國戚、高官貴宦，下至平民百姓、販夫走卒，人人都感受到大隋亡朝已進入風雨飄搖，傾危存亡的時刻。皇帝楊廣剛愎自用，不聽勸諫，徵召數百萬民伕營建東都，挖掘運河，耗損大量物力人力，又三度徵調百萬大軍攻打高麗，大敗而歸，無功而返，令士卒死傷慘重，十不存一。

楊廣這些狂妄殘酷的作爲早已惹得天怒人怨，各地義軍領袖紛紛揭竿起兵，反抗暴政。大隋軍隊四出鎮壓，卻往往撲滅了東火，西火又起，疲於奔命，國勢岌岌可危。

兩年多之前，瓦崗軍的軍師李密在滎陽大海寺擊殺隋朝名將張須陀，得到瓦崗軍首領翟讓的器重。翟讓對李密凡事言聽計從，封他爲「蒲山公」，並讓他率領自己的部隊，號稱「蒲山公營」。

正當瓦崗軍勢力逐漸壯大時，皇帝楊廣撒手不管國家大事，乘坐金碧輝煌的龍舟，帶著嬪妃百官，沿著壯麗的大運河往江都遊玩享樂去了，讓十二歲的孫子越王楊侗留守洛陽。

楊侗年紀雖小，卻也知道情勢危急，派了大將劉長恭、房崱、裴仁基等前往討伐李密。李密率手下大將單雄信、徐世勣、王伯當等大敗隋軍，東都震恐。自此洛陽城每夜實行宵禁，天一黑，百姓便須回歸本里，不可外出，不可起火掌燈，更不可飲酒作樂。因此入夜後的洛陽城靜悄悄、黑沉沉地，毫無生氣，直如一座死城。

然而，就在這座沉寂的死城之中，一群如狼似虎的官兵打著火把，今夜來到了富戶張大有的門外。

官兵砰砰砰地用力敲打大門。敲了一會兒，一個家僕心驚膽戰地過來開門，探問道：「請問諸位……諸位軍官有何貴事？」

那群官兵不由分說，伸手推開那家僕，逕直闖入張府。

為首的官兵在中庭一站，雙手叉腰，大喝道：「張大有！出來聽令！」

大宅主人張大有已然就寢，聽得外面大喊大叫，不知發生何事，匆匆披上外衣，奔到大廳上，一見到那群凶狠的士兵，只嚇得臉都白了，雙腿發軟，勉強走上前行了禮，顫聲道：「各位軍官，草民……草民斗膽請問，草民……草民究竟犯了什麼罪？」

為首的官兵喝道：「你張大有在家中窩藏叛賊，我們老早查得一清二楚。快將叛賊交出來，不然將你全家打入天牢！」

這張大有不過是個一般商賈，錢財產業是有一些，但並非京城中的巨富之流。他聽那軍官說自己「窩藏叛賊」，那可是抄家大罪，明白對方存心誣陷敲詐，嚇得雙膝一軟，跪倒在地，連連磕頭道：「各位軍官！草民膽小如鼠，絕不敢干犯什麼王法，窩藏什麼叛賊！小的家中財物，各位儘管取去便是，請千萬別傷害我的家人！」

為首的官兵見他十分識趣，點點頭道：「你放明白便好！大夥兒搜！」

他的這聲搜令，顯然不是搜索叛賊，而是搜索張大有府中的金銀寶貝。

此時張府周邊的鄰居都被官兵的呼喝聲吵醒，偷偷出來觀望，院子旁擠滿了看熱鬧的人群，總有五六十人。張府的東方便是般若寺，不少僧人也被吵醒，隔著矮牆觀望。

這群僧人之中有個身形健壯的青年，眼中如燃燒著兩團火焰，正是剛好借居在般若寺的韓峰。

但見那群官兵從張家搜出了不少錢財珠寶，一箱箱搬到門口。

這時那為首的官兵瞥眼見到一個小姑娘站在廳旁，約莫十三四歲年紀，容色不差，便一把拉了過來，說道：「這小姑娘看來不大對頭，很可能正是叛賊的內應。來人！捉了她去，慢慢審問！」

其餘官兵見長官公然搶劫女子，都有樣學樣，在張家婦女丫鬟中物色年輕貌美的，一一拉走，口中大叫：「叛賊在這兒了！」「找到叛賊了，乖乖跟我們走！」

一時之間，女子們驚呼尖叫，哭泣之聲不絕於耳。張大有臉色煞白，跪地哀求道：「軍爺爺您行行好！求求您放過我家女眷吧！」那些官兵卻全不理睬，仍舊搶著挑選拉扯張家女子。

四周鄰居眼見官兵如此蠻橫胡來，都是竊竊私語，敢怒而不敢言。

第十三章　奇俊俠

過去數年中，韓峰見多了官兵仗勢欺人、劫奪財物，惹他義憤塡膺，每回都仗義出手，懲罰胡做非爲的官兵。此番見到官兵公然搶掠良家婦女，他如何能坐視？右手握緊木棍，正要越過矮牆出手干預，忽聽頭上傳來一陣清亮的笑聲。站在院周圍觀的眾鄰都是一驚，一齊抬頭望去。

但見一個全身白衣的少年高踞牆頭，頭髮結成無數條辮子，四散垂下，粗獷有如胡人；額上綁著一條細細的銀鍊子，約束一頭散亂的髮辮，銀鍊下露出一雙晶亮有神的眼睛，口中啣著一根長長的貓尾草，右膝翹起，右手隨意地靠在右膝之上，左腿垂下牆頭，緩緩搖晃，神態甚是悠閒自在。他的左足上穿著一隻白鹿皮靴，皮靴鑲著金絲銀邊和一塊塊拇指大的綠寶石，極爲耀眼華麗。雙手間隱約垂玩著一條細長的銀鍊，不知有何用途。

韓峰正懷疑這白衣少年是何方神聖，卻聽圍觀眾鄰人紛紛鼓譟歡呼起來，叫道：「俊俠來了！俊俠來了！」

韓峰不禁一怔，「俊俠」這名號他日前曾聽人提起過，說是近數月來不時在洛陽城中出沒的一個奇人，數度出手懲罰惡兵惡吏，救助窮苦百姓，乃是個行俠仗義的俠客一流。此人來去無蹤，行止飄忽，從不留名；最奇的是他偏愛穿著華貴特異的衣著，出手闊綽，而且面目英俊出奇，舉止風流瀟灑，就似哪家極富極貴的公子哥兒，偏生武功又出神入化，高妙無比。因此洛陽城人人對他充滿好奇艷羨，送了他一個「俊俠」的雅號，爭相談論，甚至極力模仿。

韓峰忍不住好奇，抬頭凝目向那白衣少年望去。黑暗中看不清他的臉面，但少年的姿態笑聲，卻令他感到一股奇異的親切。他心中不由得一震：「這人的笑聲神態，怎地如此熟悉，竟彷彿像是小石頭？」

他正想開口叫喚，卻聽那少年哈哈大笑，說道：「不錯，正是俊俠來了。你們這些賊官賊兵若想要保住一條狗命，這便快快給我滾蛋！」

但聽他說話帶著濃厚的胡音，好似剛剛學會說漢語一般，韓峰心中又不禁懷疑：「小石頭雖是鮮卑人，但她隨著祖母樂平公主在皇宮中長大，說的乃是中州正音，這人的口音跟小石頭完全不同。」

那為首的官兵拔出腰刀，往上指著那白衣少年，喝罵道：「哪裡來的渾小子，蹲在牆頭胡說八道！快給我滾下來，讓官老爺砍下你的腦袋！」

俊俠撇嘴一笑，一甩頭，將一頭髮辮甩到身後，模樣瀟灑已極。他好整以暇地取出口中的貓尾草，用草尖指指那軍官，又點點自己的腦袋，懶洋洋地道：「公子爺的腦袋在此，你有種便上來砍砍看。」

爲首的官兵爬不上高牆，只能在牆腳下叫嚣怒罵道：「渾帳！大膽小賊！我等奉皇帝之命出來辦事，誰敢阻擋干擾，格殺勿論！」

俊俠雙眉一揚，冷然道：「楊廣早已自身不保，你們還忙著替他搜刮民脂民膏，天下愚蠢之事，莫過於此！」

只見他一揚手，銀光一閃，那爲首的軍官忽然慘叫一聲，仰天倒下，雙手捂著臉，在地上翻滾呼叫，不知被什麼暗器擊中了。

其餘官兵都嚇得紛紛後退。只有韓峰看得分明，那俊美少年並非射出暗器，卻是甩出了方才持在雙手之間的那條銀色鍊子，陡然打向那軍官的鼻粱，勢道勁猛，只打得他鼻血長流。那銀色鍊子極細極長，似乎和俊俠額頭上那條銀鍊是同一材質。他揮鍊的手法十分奇特，手腕只是一抖，便能讓鍊子飛出十多丈遠，準頭極佳，一打中那軍官便飛快地收回，在場其他人都未能看清他使的是一條銀鍊，而不是發射暗器。

俊俠甚是得意，仍舊高踞牆頭，笑嘻嘻地道：「你要取我腦袋，卻爬不上牆頭。我要取你腦袋，可是易如反掌。你們若敢再來煩擾平民，欺負百姓，下回公子爺我可不會手下留情了！」說著手腕連抖，其餘十多名官兵一齊啊啊大叫，每人的小腿都被銀鍊擊傷，鮮血迸流，紛紛抱腿蹲下，有的更痛得滾倒在地。

一眾官兵哪裡見過這等神奇的武功，紛紛叫道：「妖術！妖術！」一箱箱的金銀珠寶也不敢要了，連滾帶爬地逃出了張家大門。

張大有眼見不但保住了家眷，連財寶也沒失去，一時不敢相信自己竟能如此幸運，逃過了一場橫劫，連忙與家人一齊向俊俠跪倒拜謝，叫道：「多謝俊俠出手相救！張家一門感激不盡！恭請俊俠入廳稍坐，讓敝人一家誠心向您致謝！」

俊俠撇嘴一笑，並不回答，忽然站起身，揮揮手，一眨眼間，便消失在牆頭，不知去向。

圍觀眾人都是譁然，紛紛驚嘆道：「俊俠懂得幻術，一揮手便不見了人影！」「莫非俊俠乃是神仙一流？」「俊俠俊俠，好一個俊美瀟灑的俠客啊！」

韓峰眼尖，見到俊俠並不曾使出幻術或仙術，而是反身從牆頭躍上了鄰近的一株大樹。他身法極快，白影一閃，又竄到隔壁大宅的屋頂之後。

韓峰不暇細思，立即躍過牆頭，追了上去。

他躍上隔壁大宅的屋頂，但見那道白影已然落地，鑽入一條小巷。韓峰追到小巷口，隱約見到一道白影竄入了一個天井之中。

韓峰原本感到這少年的體態聲音都與小石頭有五六分相似，聽了他帶著胡腔的口音後卻心頭起疑，之後見他顯露那手銀鍊攻敵和驚人的輕身功夫，更加感到不對頭：「不，小石頭的武功絕不可能達到這等出神入化的地步。我離開終南山不過是兩年前的事，她的武功怎能進步得如此神速？不，這少年定然不是小石頭。」

他想到此處，甚是失望，停下腳步，正打算離去時，忽聽一個中年人的聲音在頭上響起，說的是他聽不懂的語言，但語音暴怒，顯然在罵人。

韓峰甚是驚奇，縮入角落，悄悄掩上偷瞧。

但見一身白衣的俊俠站在天井之中，一聽見那中年人的聲音，頓時縮了縮身子，拔步想逃。只見一團青影從屋頂撲下，攔在俊俠身前，一伸手，便扭住了俊俠的耳朵，破口大罵起來。俊俠毫無招架之力，只能啊喲啊喲地哀叫。

這時韓峰已然看清，那團青影是個六十來歲的老者，容貌清癯，一雙眼睛炯炯有神，銳利如鷹。

俊俠口中說著鮮卑語，低聲下氣，顯然在求饒；那青衣人卻罵不絕口，押著俊俠大步走去。

韓峰不由得好奇，想要舉步追上，但那青衣人和俊俠腳步極快，只一轉眼間，二人便已消失在黑暗之中。

韓峰不願放棄，在黑暗中追出一段，前面里弄中一片漆黑，寂靜無聲，他知道自己已然追丟了。他的武功在江湖上已是少有敵手，但那青衣人和俊俠的武功卻都遠在自己之上，思之委實令人驚異。沒想到洛陽城中臥虎藏龍，一夜之間，便讓他碰上了兩個武功絕頂的高手。

韓峰在月光下獨立一陣，心中百感交集。自己告別小石頭，離開寶光寺，轉眼已是兩年前的事了。這兩年中，他沒有一日不爲了寶光寺的毀滅和小石頭的失蹤自責不已，不爲了自己的無情無義感到慚愧後悔。他當年一聽聞噩耗，便毅然拜別唐國公李淵和世子李世民，放棄自己和李晏雲的婚事，趕回寶光寺，決意走遍天涯海角，也要找回與自己親勝兄弟的小石頭。然而兩年來處處兵荒馬亂，時局不安，他四處行走探聽，卻連半點小石頭的消息也未曾尋訪到。小石頭似乎就此消失在人間，再也沒有人知道她的下落。

韓峰始終未曾放棄。他暗暗對自己發誓，即使花上一輩子的工夫，他也要找回小石頭，找回他這一生的摯友。如今人海茫茫，世局瞬息萬變，小石頭又生死未卜。她究竟是否仍在世間？就算自己終於找到了她，她會原諒我麼？

韓峰嘆了一口氣，暗想：「或許因爲我念茲在茲，一心掛念著小石頭，才會在這俊俠的身上瞥見她的身影吧！」心下黯然，緩步離開了小巷。

第二日，韓峰走在洛陽城大街上，見城中子弟竟都不約而同地，模仿起昨夜俊俠的舉止打扮，一個個換上白衣，穿上金線銀邊、墜綠寶石的白鹿皮靴子，甚至學著鮮卑人結辮之法，將頭髮全編成辮子，披散在身後，並在額頭上綁條白銀鍊子；甚至有人學起俊俠昂首甩辮的姿態，口裡銜著一根貓尾草，不時持在手中，貌似瀟灑地隨手揮舞。

然而無論是哪家的富貴公子，無論他們如何竭盡全力地模仿俊俠穿著打扮、言行舉止，卻沒有任何人能學得到俊俠的半點風韻神采。俊俠畢竟是俊俠，他每一現身，便掀起全城轟動，引領一片風騷。城中女子不論老少蚩妍、貧富貴賤，沒有不爲他迷醉傾倒的；城中子弟不論長幼賢愚、貴宦平民，都對俊俠崇拜得如神仙菩薩一般，欽慕豔羨，無以復加。

韓峰見到了，心中又是好笑，又是奇怪：「這俊俠行俠仗義，確實是個人物。但他蓄意將自己裝扮得耀眼華麗，引人注目，不知又是爲了什麼？昨夜他離開張宅後，被那詭異青衣人又罵又打地押走，狼狽已極，城中眾人若見到了，不知會做何感想？」

他將俊俠之事置諸腦後，快步來到南市以北的通利里外，見到不少乞者坐在路邊。

韓峰快步上前，向其中一個衣著破爛、滿身虱子的老乞者道：「舊識韓峰，有要事求見杜流主，懇請大哥代爲通報。」

那乞者聽到韓峰所言，甚感驚訝，瞪大了眼，思索半晌，才跳起身，擺了擺手，示意他跟上。

韓峰心中一喜。他此番來到洛陽，乃是爲了探訪原本駐守在洛陽無名寺的通果師兄的下落。

當年通吃和通果在洛陽遭到埋伏，通吃負傷逃出，以爲通果師兄爲了保護他而喪命。然而韓峰知道通果的兄弟杜灰鼠身爲洛陽城「乞流」的首領，乃是當地的地頭蛇，消息靈通，神通廣大，若得知自己的兄弟通果在城外遇險，定會出手相救。

韓峰之前已來過洛陽數回，試圖探尋通果的下落，但當時朝廷搜捕甚緊，乞流忙於躲避，對外守口如瓶，杜灰鼠也離開洛陽避難去了，因此一無所獲。

此回他見那乞者願意帶他去見杜灰鼠，甚是驚喜，快步跟上，來到一間華麗的酒樓門外。那乞者往裡面一指，便逕自走了開去。

韓峰一抬頭，但見酒樓的匾額上寫著「風滿樓」三個金字，大紅漆門，雕樑畫棟，看來是間頗爲高貴的酒樓。這時是大白天，酒樓中卻哄哄鬧鬧，坐著七八桌食客，想是因爲城裡夜間不准點燈宴飲，城中居民都一改舊習，一大早便出來喝酒聚會。

韓峰跨進酒樓，見門邊的櫃檯後站著一個衣著華麗的胖子，胖胖的手指飛快地打著算盤，口中念念有詞，瞇著小眼瞪著帳簿，正忙於算帳。

韓峰見那酒樓老闆面目好生眼熟，仔細打量下，才發現他竟然便是還了俗的通果！

韓峰忍不住脫口叫道：「通果師兄！」

那酒樓老闆抬頭望見他，也是一怔，擠眉弄眼地向他連使眼色，快步迎上前，笑道：「啊喲，這位客官，歡迎光臨風滿樓！快請入坐！來來來，這兒座位滿了，後面還有間房，客官若不嫌棄，待我領你去後邊雅座。」

韓峰點點頭，說道：「多謝掌櫃的。」跟著他來到後進，來到一間空屋，通果關上門後，回過身，一把抓住韓峰的手，激動地道：「峰師兄！你可終於來了！」

韓峰緊緊握著他的手，但見通果早已留起了頭髮，模樣衣著渾然便是個酒樓掌櫃，忍不住喜道：「通果師兄，你果眞沒死！當時通吃說你受傷而死，我一直不信。今日終於見到了你，眞是太好了！」

通果眼中含淚，伸出胖胖的手指抹去淚水，說道：「峰師兄，算算我們已有兩年沒見啦。我爲了躲避追殺，不得不還俗，恢復本名杜果。之後我跟我兄弟一起逃離洛陽避難，直到最近才敢回來城中。這兩年來你都好麼？快坐下，我給你倒杯茶，咱們慢慢說。」說著便忙著去張羅茶食。

但見一個全身白衣的少年高踞牆頭，頭髮結成無數條辮子，四散垂下，粗獷有如胡人；額上綁著一條細細的銀鍊子，約束一頭散亂的髮辮，銀鍊下露出一雙晶亮有神的眼睛，口中啣著一根長長的貓尾草，右膝翹起，右手隨意地靠在右膝之上，左腿垂下牆頭，緩緩搖晃，神態甚是悠閒自在。

第十四章　鮮卑鬼

韓峰坐下了，杜果端來茶食放在桌上，在他對面坐下，說道：「峰師兄，快請喝茶！你不是身在少林麼？如今爲何來到洛陽？快跟我說說別來諸事，我眞擔心你們得很！」

韓峰望著杜果端上的茶食，但見都和當年在無名寺中一般，樣樣簡單而精緻。他無心吃食，拿起茶杯持在手中，喝了一口，沉默了一陣，才道：「當年我在去往太原途中，瓦崗寨的兄弟帶了身受重傷通吃來找我，我才知道山上出了事。」

杜果點點頭，神色哀傷，問道：「是，當時通吃和我在一起。我們離開洛陽時，遭到楊廣派出來對付無名寺的手下埋伏，被攻了個措手不及，各自受傷逃亡。通吃現今如何了？」

韓峰道：「命是保住了，只是少了一條右手臂。」

杜果連聲嘆息，又問：「山上情況如何？」

韓峰便將老和尚圓寂、寺院燒燬，天幸師弟們全數倖存的前後說了。

杜果點頭道：「這些我大概都已聽說了。我聽聞你帶了師弟們投靠少林寺，在那兒定居下來，眞是驚訝得很。沒想到少林寺竟然有膽量收留你和一眾師弟們，當眞不容易！」

韓峰略略說了自己出手解救長捷和玄奘兩兄弟，長捷提議帶眾人去少林寺，少林方丈常悟一來感激他解救了自己的兄弟，二來重視寶光寺的武功，決定收留眾人的經過。

杜果點頭道：「老和尚往年總說：『得道多助』，『因果不爽』。峰師兄行俠仗義，出手救助了兩位師父，才結此善緣，替師弟們找到了最安穩的歸宿。」

韓峰再難按捺心中焦慮，直望著杜果，問道：「果師兄，有件事我一直想請問你。你可知道小石頭的下落？」

杜果似乎料知他會有此一問，臉上笑容收斂，靜默許久，沒有回答，卻反問道：「峰師兄，當時寶光寺發生的事情，你知道多少？」

韓峰搖了搖頭，說道：「少之又少。我只見到兩封小石頭送出的鴿信，一封說楊廣要毀滅鴿樓，讓大家趕緊走避；一封說老和尚圓寂，沙彌們全數喪命，要大家不要前去救援。」

杜果問道：「還有呢？」

韓峰道：「留在山上的通平、通定他們，早早就被老和尚送到山頂洞穴去躲藏，什麼也不知道。」

他說到此處，難掩心中焦慮，說道：「果師兄，當時究竟發生了什麼事？老和尚爲何會圓寂？攻上山的敵人又是誰？」

杜果又靜默了一陣，才道：「峰師兄，我說出事實，只盼你不要太過震驚傷心。」

韓峰心中一跳，忙道：「師兄請快說！」

杜果睜著一對小眼，望著韓峰，緩緩說道：「寶光寺之難，起因正是小石頭。上山來害死老和尚，燒燬寺院的，便是號稱『鮮卑之鬼』的宇文崇天！」

韓峰全未料想到寶光寺的毀滅竟然起因於小石頭，並與傳說中的「鮮卑之鬼」有關！他呆了好一會兒，才道：「鮮卑之鬼？」

杜果點點頭，說道：「正是。當年替宇文泰出謀出力，建立周朝的，便是這位號稱邪門武功天下第一的奇人。他一直隱居在某座深山裡，潛心鑽研武功。周室滅亡後十餘年，他才終於出山，發現隋篡周室，便立志恢復周室。但是宇文泰的子孫已被楊堅殺得一個不留，因此他找上了周室僅剩的最後一位皇子，宇文峘。」

杜果頓了頓，又道：「也就是你的兄弟，小石頭。」

韓峰早已知道小石頭的身世背景，這時聽杜果說出，也不禁震驚，心想：「他的身世，竟已有這麼多人知道了。不但狼牙幫和大智義邑曾上山去尋找周室皇子的奇玉，連果師兄也一清二楚。」

他曾從楊觀海口中聽聞「鮮卑之鬼」的名頭，但是通木和老和尚都認爲鮮卑之鬼應當早已死去，傳言並不可信；難道這個老人竟然練成了不死之身，年過百歲還四處奔走不休？忍不住道：「這鮮卑之鬼不是已經很老了麼？他當眞還活著？」

杜果翻眼道：「他如果不是活得好好的，又怎能找上寶光寺去，逼得老和尚自盡？」

韓峰又驚道：「他逼得老和尚自盡？」

杜果道：「正是。他揚言要闖上寶光寺，帶走周室皇子宇文峘。老和尚爲了保護小石頭，不肯答應，不惜以身相護，才致不幸圓寂。」

韓峰聽到此處，回想起通平等向他訴說的種種情況，這才串通事情背後的來龍去脈。通定和通平回憶當時情景，曾說過：「小石頭師兄變得異常消沉沮喪，整日憂心忡忡地。」「那陣子他變得安靜得很，臉上全沒了笑容，又似乎常常哭泣，見到我們也愛理不理的，不似以往那般老愛找人搭訕閒聊。」「問他爲了什麼事情煩心，他只擺擺手要我們走開，說他很忙，別去吵他。」

韓峰當時只道小石頭是爲了思念自己，未曾接到自己的來信，才如此消沉傷心，但是通靜又提到：「在我們上山前的最後幾日中，老和尚不時叫他去竹林中，閉門長談。我隱約聽見竹舍裡傳來小石頭的哭聲，小石頭師兄似乎在爲什麼事情懇求老和尚，老和尚卻堅決不許。小石頭師兄每回從竹林出來，臉色都非常難看，眼圈紅紅的。我問他怎麼回事，他總是搖頭不答，有一回我聽見他自言自語道：『老和尚爲什麼要對我這麼好？我怎麼承受得起？我怎麼對得起老和尚？』」

韓峰回想通平等人的敘述，這才陡然明白前因後果：「當時老和尚叫小石頭去竹林密談，定是關於鮮卑之鬼揚言攻山之事。小石頭一定是哭著懇求老和尚讓她下山，不要與宇文崇天爲敵，但老和尚慈悲重義，堅持要保護她，最後甚至不惜犧牲了自己的性命。」他心下一片混亂，他從未想過老和尚之死，竟與小石頭有如此直接的關係。即使老和尚自願出面迴護，畢竟這一切都起因於小石頭，起因於她奇特隱密的身世背景。

杜果又道：「當時一切發生得極快，時機極爲緊迫，因此我知道的細節也不是很多。你大概已經知曉，那時楊廣得知鴿樓替叛軍傳遞消息，又保護反叛義士，痛恨無已，決定下手剷除鴿樓。老和尚得訊後，立即讓小石頭傳信給所有的鴿樓，命大家急速走避。當時寶光寺不但面臨皇帝派兵圍勦之禍，又加上鮮卑之鬼揚言攻山，可說腹背受敵，處境極爲險峻。老和尚因此立即命小沙彌們躲入洞穴，自己留下抵擋鮮卑之鬼，我想他最後……自然敵不過鮮卑之鬼，力盡圓寂。」

韓峰聽了，心中又是驚詫，又是傷痛，說道：「原來……原來當時情況竟是如此。」

他想了想，鼓起勇氣，問道：「那麼……那麼小石頭，她去了哪兒？」

杜果搖搖頭，說道：「沒有人知道。」

韓峰望著他，說道：「師兄，你一定知道！」

杜果避開他的目光，過了許久才低聲道：「依我猜想，他很可能是被鮮卑之鬼捉去了。」

韓峰早已料到，但聽在耳中，仍感到一股難言的驚悚恐懼。楊觀海曾說鮮卑之鬼想取小石頭的性命，但是韓峰始終不十分相信。如果她眞的被鮮卑之鬼捉去了，鮮卑之鬼又會將她帶去何處？這人一心想恢復周室，他將如何處置小石頭這個周室皇族的最後一位公主？

兩人靜默了好一陣子，杜果喝了幾口茶，韓峰卻始終沒有去碰放在面前的茶食，心中一團混亂。兩年過去了，他終於得到了一點兒關於小石頭的消息，然而這消息卻也是兩年前的事了，小石頭如今身在何處，他仍舊毫無線索。

韓峰舉目望向窗外，實在難以想像小石頭此刻究竟處於怎樣的境地，鮮卑之鬼又將她帶去了什麼地方？

杜果靜默一陣後，改變話題，說道：「我聽說，五師妹回到大興城了。」

韓峰當初毅然離開了李晏雲，心中對她始終感到萬分歉疚。這時聽杜果這麼說，只點了點頭，說道：「我知道。」

杜果嘆了口氣，說道：「五師妹這場婚事辦得匆促了些，也眞難爲她了。」

韓峰也早已聽聞，自己當年離開唐國公，決定回返寶光寺後，李晏雲傷心惱怒之下，竟決定嫁給當初曾許過婚事的趙慈景。由於李家先前曾悔過婚，兩家決定不大舉宴客，因此這場婚事辦得簡單而倉促。

韓峰當時得知李晏雲做此決定，不免感到震驚惋惜。他知道自己對不起李晏雲，但當時他既狠心捨棄了這段情，往後二人緣分已盡，李晏雲下嫁趙慈景或任何人，都沒有自己可以置喙的餘地，一切只能付諸無奈。他聽杜果提起此事，心頭鬱鬱，沒有接口。

杜果見他無心談論，便沒有再說下去。

韓峰忽然想到另一件事，開口問道：「果師兄，最近出現在洛陽城中的『俊俠』，那是什麼人？」

杜果皺起眉頭，抱著雙臂，說道：「這傢伙古怪得緊。你見過他麼？」

韓峰道：「昨夜他出現在張富商家，出手打退一群逞惡的官兵。我恰好在隔壁的般若寺掛單，見到他出手。」

杜果問道：「峰師兄認爲如何？這人是正是邪，是善是惡？」

韓峰沉吟道：「他出手懲戒官兵，頗有俠客之風；武功奇高，遠在我之上。但我總覺得……總覺得他有點兒熟悉。好像我在哪兒見過他，但又無法確定。」

杜果點點頭，說道：「我也看不透這人。我曾見過俊俠一次，感覺這人神祕古怪，周身邪氣，是個危險人物。」

韓峰點了點頭。俊俠那一身華麗的鮮卑裝束，一口奇特的胡音，一身出神入化的武功，都讓他留下了深刻的印象。

然而韓峰和通果並不知道，就在風滿樓二樓臨著大街的欄杆上，一個白衣少年抱著一膝而坐，一腿垂下，在空中輕輕搖晃，正是俊俠。

俊俠臉上神色漠然，一雙清亮的眼睛望向遠方，耳中聽著樓下韓峰和通果的對話，一句一句隨風飄到樓上，傳入他的耳中。他咬了咬嘴唇，伸手拂開垂在眼前的辮子，低聲自言自語道：「是時候了，我該走啦。」

他沒有低頭去看樓下那兩個身影，白衣一閃，消失在屋簷之後。

自此以後，洛陽城中再也沒有人見到過俊俠的身影。

韓峰在與杜果長談過後，得知造成寶光寺毀滅的罪魁禍首便是鮮卑之鬼，心中又是震驚，又是擔憂，在洛陽城尋訪了兩日，未能得到任何關於鮮卑之鬼或小石頭的消息，便離開洛陽城，回到少林寺。

他放下行李包袱，先拜見了常悟方丈，略述下山後的經歷，之後便信步來到廚房。但聽廚房中傳來沙沙沙的炒菜之聲，韓峰探頭望去，見炒菜的正是通吃。他腰上綁著一支鐵棍，棍的一端是個鐵箝子，箝住大鐵鍋的把柄，讓鐵鍋穩穩不動；左手持著鐵鏟，正大力翻炒著鐵鍋中的紅燒菰筍。

韓峰見他圓圓的臉上滿是汗水，羅漢衫左邊袖子捲起，露出粗壯的左臂，心中不禁又傷感又欣慰。韓峰知道通吃最愛吃食，往年便在寶光寺獨當一面，主掌廚房，平日最喜歡在廚房中忙些切菜炒菜、揉麵煎餅的活兒。當年通吃在洛陽遇襲，受傷極重，不但斷了右臂，更險些丟掉一條命，但他卻從未自暴自棄，傷勢漸漸恢復之後，便每日督促自己打拳練功，並且摸索出了只用左手幹活兒的功夫。

韓峰將他接來少林寺後，他便日日到廚下幫忙，剛開始時左手笨拙，又沒有右手可用，連切個菜都切不好，十分懊惱。但他實在太喜愛廚房，仍舊堅持在廚房裡幹活兒，慢慢地也能用左手切菜炒菜了。

韓峰出聲叫喚道：「通吃！」

通吃回過頭，圓圓的臉上露出欣喜的微笑，說道：「峰師兄，你回來了！再等我一會兒，就好了。」

他匆匆炒完一道紅燒菰筍，用腰上的鐵手「持」起大鐵鍋，放在旁邊的木板桌上，放下鍋鏟，熄了灶上的火，左手在圍裙上擦了擦，笑嘻嘻地走過來，說道：「峰師兄何時回來的？」

韓峰拍拍通吃的肩頭，說道：「才剛上山。通吃，你怎地多出了一隻鐵手？」

通吃哈哈一笑，說道：「是我前晚想到的主意，很妙吧！我晚上睡得昏昏沉沉地，忽然做了一個夢，夢見我多出一隻鐵做的手。第二日早上醒來，竟然就見到睡榻旁多了這根木棍，棍的一端套上一個鐵箝子，就像一隻鐵手一樣；另一端繫著布條，正好可以綁在腰上。我立即綁起來試試，嘿，沒想到這『鐵手』還挺管用的，切菜炒菜時有多一隻手幫忙，當眞方便得很！」

韓峰甚是爲他高興，但也不禁大感奇怪，說道：「你前夜夢到這主意，第二日醒來就見到這鐵棍出現在你睡榻之旁？哪有這麼神奇的事？」

通吃用左手搔搔頭，說道：「我也不知道？這隻鐵手，說不定是菩薩顯靈幫我做的，也說不定是我在夢遊中自己做的。」

韓峰雖是佛門弟子，卻並不相信菩薩會顯靈送一隻鐵手給通吃，心想或許是倆俐的通定或是細心的通靜偷偷替通吃做的，當下也不再多問，說道：「通吃，我這回下山，可得到了好消息。我在洛陽城找到果師兄了！」當下說了在洛陽城中經由乞流找到杜果，他已還俗並藏身風滿樓當掌櫃等情。

通吃極爲高興，說道：「我一直以爲果師兄爲了保護我而喪命，原來他並沒有死，那眞是太好啦！」忽然話鋒一轉，問道：「峰師兄，那可有小石頭的消息？」

韓峰心中一沉，搖了搖頭，說道：「我未曾得到確切的消息。果師兄跟我說了一些當時的情況，他猜想小石頭是被鮮卑之鬼捉走了。不管是小石頭還是鮮卑之鬼，這兩人在兩年前便下落不明，現在更是毫無線索。」

他頓了頓，又道：「但是在洛陽城中，我見到了一個人。當時十分黑暗，我看不清他的面貌，只覺得他說話的語氣與小石頭有幾分相似。」

通吃甚是驚喜，連忙追問道：「是麼？那是什麼樣的人？你和小石頭比親兄弟還要親，你若覺得那人說話和姿態像小石頭，那肯定八九不離十的。」

韓峰心中原本半信半疑，並沒有把握，聽通吃如此看重自己的猜測，也不由得多了幾分信心，說道：「那人的外號叫做『俊俠』，在洛陽城中行俠仗義，幫助百姓。」當下說了俊俠出手教訓官兵的經過。

通吃連連點頭，說道：「這聽來挺像小石頭會幹的事情哪！你說這俊俠說話有鮮卑口音，小石頭若眞的被那什麼鮮卑之鬼捉去，想必已學會說鮮卑話。他很可能爲了掩飾身分，才故意做出奇特的打扮，裝出鮮卑口音。你說是不是？」

韓峰想起那夜自己追蹤俊俠，在黑暗中聽見一個青衣人以鮮卑語狠狠地責罵俊俠，並將他押走，那青衣人武功奇高，莫非正是鮮卑之鬼？

韓峰想到此處，不禁暗罵自己愚蠢。當時他只看出那青衣人武功極高，卻並沒有特別留心；在杜果提起鮮卑之鬼時，他也並沒有立即聯想到在黑夜中責罵俊俠那人。自己怎會如此愚蠢？如果那青衣人果然便是鮮卑之鬼，俊俠自然很有可能就是小石頭了！

但韓峰隨即發現疑點：他清楚記得那青衣人看來並不很老，瞧面目不過六十來歲年紀，絕不可能是個年過百歲的老者。但是這青衣人或許可能跟鮮卑之鬼有關，至少是個尋訪小石頭下落的線索。

韓峰立即跳起身來，說道：「我這就回洛陽城去！」

然而一切都已太遲了。

當韓峰趕回洛陽城去尋訪俊俠時，俊俠早已消聲匿跡，無影無蹤。

第十五章　帝王後

韓峰當時的直覺並沒錯，更沒有看走眼。那白衣少年正是小石頭，只不過她已不是兩年前韓峰所熟識的小石頭了。

小石頭的眞實身分，便如李靜訓和小石頭自己所述，正是周宣帝宇文贇的嫡親孫女。她的父親宇文衡乃是遺腹子，一直被母親樂平公主楊麗華藏起，養在民間；後來楊堅篡位，建立隋朝，下手盡誅周室皇族，將文王宇文泰的子孫全數殺盡，唯有被藏起的宇文衡逃過了此劫。他在民間娶妻成家，但卻不幸患病早亡，只留下了一個女兒，取名宇文峘，小字還玉，綽號「小石頭」。

宇文峘自幼便被祖母樂平公主楊麗華帶入皇宮中，悉心撫養。楊麗華對於自己的父親楊堅趁國危主幼、篡奪周室皇位之舉，始終感到憤恨不平，悲痛惋惜。等到父親駕崩，弟弟楊廣即位，她便處心積慮，四處召集周室老臣，謊稱宇文皇族仍留有一線血脈，請老臣們同心輔佐皇子宇文峘，推翻隋朝，復興周室。然而楊麗華識人不明，找上了陰險狡詐的左衛大將軍宇文述，讓他與聞此事。宇文述對周室毫無忠誠，爲了討好楊廣，便竭力探尋這位宇文皇子的下落，想將他交給楊廣處死，藉以表明自己對隋朝的一片忠心。

楊麗華得知宇文述的狼子野心之後，只得立即放出風聲，宣稱並無皇子，只有一位皇女留存。宇文述仍不肯放過，想盡辦法搜查這位皇女的所在。適逢楊麗華跟隨楊廣巡幸張掖，旅途中得了重病，臨終前只得傳急令回皇宮，讓宇文峘扮成男孩兒，趕緊逃離皇宮。當時帶著宇文峘逃走的，便是忠心耿耿的周室老臣，號稱「鮮卑之鬼」的宇文崇天。

宇文崇天乃是宇文泰的心腹手下，曾輔佐宇文泰擔任北魏權臣，繼而成爲西魏的掌權者，奠定周室立國的根基。周朝建立後，宇文崇天便歸隱山林，潛心專研武學。在楊堅篡周後十多年，他才得到周室滅亡的消息，驚怒出山，四處尋找宇文氏的後代子孫，力圖恢復大周，一報滅國之恨。

他經由樂平公主楊麗華得知皇子宇文峘倖留存活，大喜過望，立即趕來皇宮，著手調教宇文峘，希望將這位皇子教養成一個能文能武、雄才大略的復國之主。之後他雖發現宇文峘其實是個女孩兒，卻因報仇復國之心太過熾烈，而宇文峘也確實是個資質聰穎、才能出眾的孩子，即使男孩子也絕少有能與她相較者，因此宇文崇天仍舊一心一意地培養宇文峘，三歲便讓她練武強身，四歲開始讀書寫字，五歲騎馬拉弓，六歲讀遍諸般經典史籍。

宇文峘，也就是小石頭，卻是個天生叛逆的胚子。她對宇文崇天這一心報仇復國的老頭子完全不敢領教，只當他是個天大的笑話。她厭惡一切需要下苦功之事；不論練武、騎馬、讀書或寫字，全在她的痛恨之列。她雖聰明穎悟，不論文學武功，樣樣都一學就會，但她卻將大部分的心思用在逃避、扯謊、取巧、打馬虎眼之上，只將宇文崇天氣得幾乎沒親手將她掐死。

祖母楊麗華在宮中時，小石頭仗著祖母寵愛，對宇文崇天嗤之以鼻，愛理不理。沒想到楊麗華在外地病重驟逝，她不得不跟著宇文崇天逃出皇宮，離開大興城，從此落入了宇文崇天的掌握之中。

宇文崇天將她帶到自己往年隱居的深山之中，從早到晚逼她練功讀書，又總老淚縱橫地向她訴說大周宇文氏當年的光輝歷史，以及種種國仇家恨。

小石頭苦不堪言，撐了兩年，再也無法忍受，發揮一個八歲孩子所有的一切聰明才智，從宇文崇天的嚴密掌握中逃脫出來，離開了深山。她扮成個小乞兒，獨自在外流浪。

她在大興城中遇見韓峰時，已獨自流浪了兩年，身無分文，肚子又餓得狠了，才想到要回去大興城，尋找住在地底墳墓裡的表姊李靜訓，向她討此陪葬的珍奇寶貝來變賣過活。豈知表姊的墳墓沒找到，卻遇見了韓峰，兩人在終南山腳獵殺了一隻寶光寺的信鴿，烤了分食，偷看到了鴿腳上的密信，被神力大師捉上寶光寺，就此在寶光寺住了下來。

兩年之前，就在韓峰下山跟隨唐國公前往太原之後不久，飛鴿傳信捎來人人聞而色變的鮮卑之鬼揚言攻上山來，暴君楊廣更狠下毒手，大舉撲滅各地的鴿樓，並且調遣軍隊攻打寶光寺，準備殺人燒寺的消息。

小石頭老早得訊，便勸老和尚趕緊離山躲避，老和尚卻不同意，堅持留下，要等所有鴿樓都收到警信，及時躲避隱藏，才能放心離去。

小石頭知道時機緊迫，楊廣的軍隊固然可怕，鮮卑之鬼的手段卻更加狠辣難測。她知道鮮卑之鬼要抓的只是自己，便向老和尚求懇道：「老和尚，您讓我跟他去便是了，千萬不要連累了老和尚，連累了寶光寺！」

老和尚搖頭道：「妳既投靠了寶光寺，我便有責任保護妳的安危。鮮卑之鬼對妳不存好心，我是不會讓妳跟他去的。」

不管小石頭如何懇求，老和尚都不肯離寺躲避，也不肯讓她獨自離去，只讓通平帶了一百多名小沙彌躲到山頂的山洞中去暫避。

小石頭曾想過不告而別，但魏居士病逝後，她全權掌管寶光寺鴿樓，在確定所有的鴿樓夥伴都安全逃出楊廣的魔掌之前，她也不能拋下鴿樓的職責，就此逃走。

到了某日清晨，小石頭一早起身，便感到一陣不祥之兆。她從鴿樓探出頭來，只見一個青色的身影飛快地來到寶光寺前，一瞬間便消失在佛堂之中。

小石頭大驚失色，趕緊奔下鴿樓，衝入寶光寺的佛堂。

但見老和尚盤膝坐在佛像之前，佛堂門口一個青衣人盤膝而坐，正面對著老和尚。

小石頭望向那青衣人，看清了他的面貌，但見他容貌清癯，頦下留著黑灰夾雜的長鬚，先是鬆一口氣：「這人不是鮮卑之鬼。」但隨即又感到有些不對，哪裡不對，卻又說不上來。

但見老和尚那青衣人相隔八丈，盤膝相對而坐，各自閉上雙眼，似乎都已進入禪定。過了半段香的功夫，青衣人忽然睜開眼，放聲大笑，笑聲極響，震得佛堂大樑上的灰塵紛紛跌落，屋瓦震動。

但聽他笑了一陣，說道：「神光，你的定境大有進步，我竟然找你不著了！你繼續躲著吧。多謝你照顧小皇子，我今日便將她帶走了！」

小石頭感到一陣毛骨悚然。她幼年跟隨祖母樂平公主住在皇宮中時，鮮卑之鬼便已開始教導她武功，她自然熟知鮮卑之鬼的面貌；她清楚記得鮮卑之鬼是個九十歲甚至超過一百歲的老頭子，鬚髮皆白，腰背有些佝僂，面如雞皮，雙目昏黃混濁，說話帶著濃厚的鮮卑口音。他的武功奇高，性情嚴厲，總是喋喋不休地責罵自己懶惰散漫、胡鬧任性，偶爾會大發雷霆，頗爲嚇人。

眼前這青衣人外表絕對不是鮮卑之鬼；他看來約莫六十歲年紀，比鮮卑之鬼年輕了足足三四十歲，容貌與記憶中的鮮卑之鬼相去極大。然而小石頭卻越看越驚悚。因爲這人的笑聲、語氣和神情，竟儼然是另一個鮮卑之鬼！

她心中驚疑不定：「這人究竟是誰？他長得不像老爺子，但神態語氣卻跟老爺子像極了！莫非是老爺子的兒子？不，不，兒子也不可能這麼相像的。這人就是老爺子，我確定！但是他怎地不老了？怎地容貌完全改變了？」

但見老和尚也睜開眼，說道：「宇文先生，老衲卻沒想到，你竟已往邪道上走出了這麼遠！」小石頭聽了，心中更加疑惑：「連老和尚都稱他宇文先生，他究竟是誰？」

那青衣人鮮卑之鬼收起笑容，說道：「爲達目的，不擇手段，原是亂世之中的生存之道。我身爲宇文家族的家臣，自當世世盡忠職守，維護宇文皇室！」

老和尚道：「你雖有孤忠之心，思想行正卻已陷入偏邪之流。因果不爽，業力難逃。此後不論做什麼事，你都免不了受到業力牽引，只有越陷越深，拉著身邊的人跟你一起往地獄墮去。因此，我是不會讓你帶走那孩子的。」

鮮卑之鬼雙眉豎起，喝道：「這可由不得你！小皇子我一定得帶走。神光，我敬重你是一代高僧，不傷你性命，你出去吧。」

老和尚道：「我不走。只要我有一口氣在，便不會讓那孩子落入你手中。」

鮮卑之鬼冷冷地道：「我不殺出家人。我再說一次，你出去吧。」

老和尚仍舊不動。

鮮卑之鬼又道：「老和尚，你已開悟得道，何苦爲了一個孩子犧牲自己性命？」

老和尚搖頭道：「佛法不離世間法。所謂『有所爲，有所不爲』。你要帶走那孩子，便得過我這一關。」

鮮卑之鬼哼了一聲，說道：「你不過是想試試我的決心。我已勸過你了，可說仁至義盡。你既然堅持要死，我也就成全你吧！」雙臂往上一舉，雙掌齊出，往神光頭頂打去。

老和尚安坐不動，神色如常，但佛堂中卻陡然如狂風暴雨般，數道勁風撲面而來，小石頭被震得直飛出門去，滾出老遠。

她趕緊爬起身，耳中只聽轟然聲響，佛堂大樑竟爾落地，屋頂倒塌下來，瓦片一塊塊地跌落地面，砸得粉碎。四面土牆一一傾倒，彷如粉末一般，整座佛堂竟在轉瞬間便崩塌消失，成爲一堆廢墟。

小石頭只嚇得呆若木雞，趴在地上，望著那片已不再是佛堂的虛空，好一會才想起：「老和尚呢？」趕緊爬起身，衝入斷檐瓦礫之中，搬開成堆的碎石，撥開厚重的砂土，終於見到了老和尚，見他盤膝安坐在當地，所有的碎石瓦礫竟全都沒有砸到他身上。只見老和尚神色安詳寧靜，已入禪定，只是臉色比平時蒼白了些。

小石頭見他身上並沒有傷痕，神色如常，鬆了一口氣，趕緊衝上，跪在老和尚身前，問道：「老和尚，您沒事麼？」

老和尚睜開眼，望向小石頭，猛然嘔出一口鮮血，盡數噴在小石頭的身上。

小石頭全沒料到他會嘔血，大驚失色，叫道：「老和尚！」

老和尚喘了幾口氣，神態平靜，露出微笑，緩緩說道：「小石頭，該是我離去的時候了。楊廣手下士兵很快便會攻上山來，我們需得毀去所有的機密信件。妳聽我的話去做：立即廣發鴿信給所有的鴿樓，告訴大家老和尚圓寂，寶光寺已毀，弟子全數死去，要大家千萬不要來救援。聽清楚了麼？之後便將剩下的信鴿全數放走，放火將鴿樓燒了。寶光寺這幾間屋子，也全都燒了，務求不留下任何痕跡。」

小石頭聽見他說「是我該離去的時候了」，只驚得六神無主，叫道：「老和尚，您不要走，不要扔下我！」

老和尚微微一笑，說偈道：「處處逢歸路，頭頭達故鄉。本來現成事，何必待思量！」語畢，便閉目而逝。

小石頭絕沒想到老和尚會走得如此迅速，如此突然，一時竟無法感到悲哀，只感到震驚。她坐在老和尚身畔，腦中一片空白糊塗，但聽腳步聲響，那青衣人已來到了她的身後。

小石頭不去理會，心中暗自警惕，握緊了貼身而藏的小刀，忽然站起身，便往鴿樓走去。鮮卑之鬼衝上前，伸手攔住，說道：「小皇子，跟我走吧！」

小石頭舉起小刀，對準自己胸口，冷然道：「我還有事情要辦。你敢逼我，我便當場自盡！」

鮮卑之鬼哼了一聲，心想：「神光老和尚已死，寶光寺已毀，諒這小妮子也逃不出我的手掌心。不如便讓她辦完她想辦的事吧。」於是退後數步，站在數丈之外，冷冷地凝望著小石頭。

小石頭來到鴿樓，依照老和尚的指示，送出了最後一批鴿信，又將鴿子全數放走，放火燒燬鴿樓。她回到已成一片廢墟的佛堂，將老和尚的遺體揹出，放在寺前空地上。接著她點了一把火，將佛堂的廢墟、通鋪、食堂和廚房全都燒了。

她望著熊熊烈火，心中只感到一股深深的悲切絕望，終於伏倒在地，大哭出聲。

她哭了一陣，心想：「我得將老和尚安葬了。」當下揹起老和尚法身，往山北走去。

鮮卑之鬼喝道：「妳要去哪兒？」

小石頭回身瞪著他，冷冷地道：「我要去安葬老和尚。人死爲大，怎麼，你要我將他老人家的法身留在此地，讓虎狼野狗給吃了麼？」

鮮卑之鬼沒有言語，也沒有再阻止，只安靜地跟在她的身後。

小石頭一邊哭，一邊走，直走出十多里的路，才來到山北的清心尼庵。老尼見到老和尚西歸，好生悲切，與小石頭合力將老和尚的法身火化了，燒出不少舍利子。兩人將舍利子供在尼庵後的舍利塔中，之後小石頭便悄然離去了。

第十六章　參天崖

她茫然往山下走去，鮮卑之鬼跟在她身後，相隔五丈。

兩人默然走到山腳，小石頭站定了，四下望望，知道自己橫直逃不出鮮卑之鬼的掌握，掙扎反抗、發怒憎恨全都無用，當下長長嘆了口氣，說道：「你害死了老和尚，找到了我，現在卻想如何？」

鮮卑之鬼道：「小皇子，我並不想殺害老和尚。妳自己親眼見到，他誓死不讓我帶妳走。我勸了他許多回，當時他只要離開那佛堂，便不會受到我的掌風波及，油燈枯盡而亡。他不肯走，是他自願歸西，我可沒有害死他。」

小石頭哼了一聲，沒有言語。老和尚因保護她而死，不論他是被鮮卑之鬼打死，還是被掌風波及而死，對她來說都是一樣，罪魁禍首都是鮮卑之鬼。

鮮卑之鬼道：「妳要怪罪我，我也不在乎。總之，我找到妳了，這就跟我走吧。」

小石頭翻眼道：「上哪兒？」

鮮卑之鬼道：「當然是去帝王山參天崖。」說著一拍手，一輛華麗的大車便從山道後駛了出來，一名馬伕跳下馬，恭請二人上車。

小石頭見他準備周全，連大車和馬伕都備好了，哼了一聲，便跨上車去。鮮卑之鬼也跟了上去，與她相對而坐。小石頭望著他的臉面，越看越感到心驚膽戰，忍不住問道：「老爺子，你怎地長得跟以前不一樣了？」

鮮卑之鬼甚是得意，說道：「我這身子，並不是我原來的身子，而是我奪來的！」說著伸手摸摸自己的頭臉，拍拍自己的腰腹，似乎感到頗為滿意。

小石頭只聽得毛骨悚然，說道：「什麼叫奪來的？」

鮮卑之鬼詭異一笑，說道：「多年以來，我隱居在帝王山參天崖，潛心鑽研長生不老之術，終於發現了一個巨大的祕密，可以讓我脫胎換骨。」

小石頭奇道：「脫胎換骨？」

鮮卑之鬼道：「正是。我從道家的三魂七魄之說，加上佛法中的神足通和他心通等神通，學會了『奪舍』之術，就是如何將自己的魂魄從臭皮囊中抽脫出來，進入別人的皮囊，取而代之。這個身子原來的主人，是個養生有道的道士。我將他原來的魂魄趕了出去，占據了他的身子，立即便年輕了四十歲。」

小石頭望著眼前的青衣人鮮卑之鬼，一時不知該將這人當成個瘋子，還是個鬼怪。她從小跟隨鮮卑之鬼學習武功，祖母樂平公主逝世後，還曾跟在鮮卑之鬼身邊兩年，才使巧計從他手中逃脫。眼前這人的容貌絕對與她熟知的宇文崇天完全不同，但是神態、語氣、口吻甚至笑容，卻都跟她記憶中的老爺子一模一樣，實在不由得她不信。她不禁感到渾身冰涼，勉強一笑，顫聲道：「那眞是恭喜你啦。但是老爺子，你明明知道我是個女孩兒，幹麼還死心塌地要找我？我又不能繼承宇文家的血脈，對你可是一點用處也沒有。」

宇文崇天嘿嘿一笑，陰惻惻地道：「我原本也很想放棄妳這狡獪滑溜、懶惰無用的小妮子，但是我左找右找，天下已沒有別的宇文皇族後代了。而且自從我學會『奪舍』之術後，妳是男是女也已無關緊要。只要施用我的『奪舍』之術，妳立即便能轉女成男！」

小石頭只嚇得頭皮發麻，心想：「我的媽呀，莫非他要我丟下這個身子，去搶一個男孩兒的身子來用？世間哪有這麼恐怖的事情！打死我也不幹！呸呸呸，希望他不是當眞的！」卻見宇文崇天神色嚴肅認眞，當下她不敢再多談此事，只勉強笑道：「老爺子說話，當眞有趣得緊。」

兩人行走了月餘，宇文崇天便捨車不用，帶著小石頭開始爬山。那是一座極為險峻的高山，小石頭猜想這應當便是他口中的什麼「帝王山」了。她從未聽過這座山，看來也不是自己童年時跟宇文崇天去住過的那座深山，只能乖乖地跟著他往山上行去。

兩人在荒山古林中走了十餘日，來到一座峭壁之下。那峭壁筆直而上，光滑如鏡，根本無法攀爬得上。宇文崇天在山壁上摸索一陣，拉出一條粗索，伸手扯了幾下，確定繩索另一端綁得牢固，便揹負起小石頭，攀緣粗索而上，快捷無倫地攀到了峭壁之頂。

峭壁頂上已是高入雲霄，不料其上又是一座直直往上的峭壁，一道巨大的瀑布由天而降，水源處總有百來丈高，水勢驚人，轟然震耳。

小石頭抬頭望著那瀑布，心中驚嘆：「誰想得到，峭壁之上竟能有如此壯觀的瀑布！」她四下張望，發現瀑布旁的山坳之中，一間巨大的石屋沿著山壁而起，也不知建屋的石材是如何運上這峭壁頂上的。

宇文崇天對那石屋一指，說道：「小皇子請進去瞧瞧。」

小石頭走入石屋，看了一圈，但見裡面分隔成十多間房室，每間都放滿了各種奇奇怪怪的兵器，還有不少看來像是用以練武的沙包、假人、靶子等物事，忍不住問道：「這些房室都是做什麼用的？」

宇文崇天道：「自然是給妳修煉用的。」

小石頭心中一跳，心想：「我又得修煉什麼了？」

但聽宇文崇天道：「眼下楊廣胡做非爲，惹得天怒人怨，騷亂四起，正是我們復興大周的大好時機。然而時機稍縱即逝，我們時日不多，妳非得加緊修煉不可。我原本打算讓妳六歲開始練我的『渾天合地神功』，六年便可練成。此神功擷取匯合天地之氣爲己用，練成後內力有如虛空大海，廣闊澎湃，源源不絕，壯大無匹。豈知妳在皇宮中拖拖拉拉地不肯認眞修煉，之後又從我手中溜走，這一耽誤，又過了四年。如今妳都十二歲了，原本今年便要練成神功的，豈知如今卻連開始都還沒！我只得想法讓妳加緊修煉，希望兩年之內，便能讓妳練成神功，擔負起復興大周的重任。」

小石頭吐吐舌頭，說道：「修煉什麼？我在寶光寺，日日都有練功啊。」

宇文崇天呸了一聲，說道：「寶光寺的武功，算得什麼！神武那小子號稱什麼天下武功第一，連給我提鞋子也不配。妳在那兒學的什麼狗屁武功，簡直是浪費光陰！跟我學一日，等於妳在寶光寺學一年！」又嘮嘮叨叨地罵了一陣才道：「開始吧！跟我來！」領著她走到石屋外的瀑布旁，說道：「去那瀑布下的大石頭上坐著，坐到天黑才准下來。」

小石頭只道他在說笑，直到宇文崇天舉起棍子，一棍將她打入瀑布之中，她才知道事情不妙，全身霎時被冰冷的池水浸得濕透，耳中轟轟作響，數百斤的水從天而落，直打在她頭上，勢道極大。小石頭眼前一黑，幾乎昏了過去。但聽宇文崇天渾厚的聲音透過瀑布傳來，說道：「盤膝坐在大石之上，不准動！」

小石頭抬頭見到身旁有塊大石，在池水中掙扎許久，才爬上那塊滑溜的大石，盤膝坐下，但覺頭上水勢如千軍萬馬，直往頭上肩上打來，連坐上半刻都難以撐持。她尖叫道：「你要我死在這兒麼？」

宇文崇天道：「死不了的。每日坐上三個時辰，包管妳強筋健骨，一個月便抵得過妳苦練三年！」

小石頭身子原本遠非健壯，又最怕痛怕累，哪裡吃得了這等苦頭？她從未想過世間竟有比蹲馬步更加勞苦的鍛鍊，此時只盼自己能在終南山練武坪蹲上一整日的馬步，也不願意坐在這瀑布之下數刻。她幾番覺得自己快要沒命了，忍不住跳下大石，試圖爬出瀑布，卻都被宇文崇天的棍子打了回來，只得再次爬上大石。過不多久，她又忍受不住，再次跳下，又被宇文崇天打了回去。

後來如何她也記不得了，總之是昏了過去，醒來後發現自己還趴在那塊大石之上，頭上瀑布之水仍不斷激打而下，心中只想：「我要死啦，我要死啦！」便又昏厥了過去。

宇文崇天口中的「修煉」果然不同凡響。小石頭除了每日得坐在瀑布之下三個時辰外，還得在山頂狂風中靜坐兩個時辰，修煉「渾天合地神功」。除了修煉內功之外，還得苦練外功，日日在不同的石室中習練各種拳腳兵器、輕功暗器，從早到晚，除了吃喝拉撒以及兩個時辰的睡眠，其餘時候全在「修煉」。

不出三日，小石頭便知道自己絕對撐不下去，若不逃走，定會死在這兒。她打定主意要逃跑，心想：「我小時候便從他手中逃脫過一次，如今又怎會逃不掉？」

當天夜裡，她趁著老爺子打坐練氣之時，偷偷來到懸崖邊上，找到那條上山時宇文崇天使用過的粗索，往下攀去。

小石頭卻沒有想到，宇文崇天數年前讓她給溜走過一次，此番怎會不提高警覺？他早已將那條粗索從中截斷，小石頭爬到一半，便發現繩索到此為止，以下再也沒有繩索了。這山崖筆直而下，險峻無比，她功夫有限，沒了繩索，絕對無法自行攀下峭壁。

正當她攀到繩索的盡頭，懸空吊掛在崖壁之旁，上也不得，下也不得時，忽然感到衣領一緊，卻是被宇文崇天捉住了。原來宇文崇天發現她逃走，便垂下另一條繩索，攀爬而下，找到了小石頭，提著她攀回崖上，將她摔在地上。

小石頭又羞又惱，怒道：「你乾脆殺死我算了，幹麼要如此折磨我？」

宇文崇天嘿嘿一笑，說道：「這就叫折磨？妳的修煉才剛剛開始哩。」拍拍自己的肩頭，說道：「看來我這身子也已老邁了，不大管用了，捉妳回來還挺花了一番功夫。我早就想找個新的房舍，我瞧妳寶光寺的那些師兄師弟滿不錯的，聽說他們全逃到少林寺去了。不如我去少林捉一個來做我的新舍，以後便不怕妳想逃下山去啦。」

小石頭原本並不十分相信「奪舍」這等神鬼之說，但她親眼見到宇文崇天從個糟老頭子變成眼前的中年人，又聽他說要找寶光寺的師兄弟做他的「新舍」，實在太過驚嚇恐怖，心想：「就算他不去抓我寶光寺的師兄弟們來奪舍，但憑他的武功，要殺死他們也是易如反掌。我可不能陷師兄弟們於危難！」

當下只能故做鎮定，擺手笑道：「算了吧，寶光寺那群臭沙彌，從來沒吃飽過，個個骨瘦如柴，身上爬滿虱子，頭上長滿癩子，整日念佛打水砍柴，腦子全不靈光。你找他們做新舍，非氣死你不可。」

宇文崇天思慮一陣，說道：「妳說得倒也不錯。但寶光寺不全是沙彌，聽說有個叫韓峰的，是咱們周朝大將軍的子孫，身強體建，正當少年，用來做新舍應是最合適不過。」

小石頭只聽得心驚肉跳，暗想：「你要奪我大哥的身子來用，那可比殺死他還要可怖！」她勉強掩飾心中的驚恐，知道自己絕對不能讓宇文崇天接近韓峰，只能一咬牙，說道：「你別動那什麼奪新舍的念頭了，我以後再也不逃跑便是。」

宇文崇天聰明絕頂，自然知道自己的威脅奏效，當下說道：「那妳得立下毒誓，再也不試圖逃走！在妳武功練成之前，一步也不離開參天崖！」

小石頭只好跪在當地，對天發誓道：「小石頭今日對天發誓，此後絕不逃走。在我武功練成之前，一步也不離開這見鬼的參天崖。不然叫我死無葬身之地，我寶光寺的師兄弟個個不得好死。」

宇文崇天點頭道：「好！只要妳不逃，我便不去找妳往年師兄弟。妳若是吃不了苦，再次逃走，我不但要去找妳寶光寺的師兄弟奪舍，更要將他們全數殺了。聽清楚了麼？」

小石頭點點頭，知道宇文崇天已牢牢抓住了自己的要害。但她即使死在這見鬼的參天崖之上，也絕對不能逃走，不能讓宇文崇天這個怪物去傷害寶光寺的師兄弟們，尤其是她的大哥韓峰。

宇文崇天舉起棍子，一棍將她打入瀑布之中，她才知道事情不妙，全身霎時被冰冷的池水浸得濕透，耳中轟轟作響，數百斤的水從天而落，直打在她頭上，勢道極大。小石頭眼前一黑，幾乎昏了過去。但聽宇文崇天渾厚的聲音透過瀑布傳來，說道：「盤膝坐在大石之上，不准動！」

第十七章 歸煉獄

此後的日子果然如宇文崇天所預示，一日比一日辛苦，一日比一日折磨。小石頭被逼著鍛鍊體魄，學習各種武功，每日都要昏厥數次，連自己每日幹了什麼、吃了什麼、睡了多久，都已無法記憶。她當年在寶光寺感到「度日如年」，如今卻是「度刻如年」，每時每刻都在昏厥、痛苦、死亡和生存之間掙扎。

在小石頭來到帝王山參天崖的大約一個月後，她便完全崩潰了。她早已沒有逃下山的意念，甚至連叫苦、痛哭的氣力也消失了。她像個死人般癱倒在地上，不管宇文崇天如何叫喚踢打，也無法讓她再動一動。

她知道自己的身子已經不行了，不論內心有多麼堅韌倔強，也頂受不住這無止無盡、地獄一般的「修煉」。她已聽不見聲音，看不見光線，整個頭腦都已停頓，在一片混沌中再次昏了過去。這是她當日第七次昏厥，昏過去後，神智頓時陷入一片無邊無際的黑暗，半點知覺也沒有。

她醒來時，只感到全身從頭到腳無處不痛，忍不住放聲大叫，卻連半點聲音也發不出。她勉強睜開眼，眼前一片模糊，耳中聽見宇文崇天冷冰冰的聲音道：「我眞沒料到，宇文泰的子孫中竟有如她這般無用之人！她身爲女子，果然罪業深重，不成的，這樣子不成的！」說完便大步走了出去。

小石頭微微睜眼，發現自己躺在平時睡眠的那間石室中，只覺全身每寸肌膚都如要裂開一般。她明白自己的身子無法承受宇文崇天的嚴峻修煉，已陷入了難以挽回的勞損疲病之中，頭痛欲裂，如要脹破；筋骨奇瘦，手腳奇疼，又想嘔吐，又想蜷曲成一團，渾身上下卻連一根指頭也無法動彈。她只盼自己能就此死去，死去總比承受這無止無盡的痛苦折磨要好！

過了不知多久，她聽見腳步聲響，勉強睜開眼，見到宇文崇天回到室中，將一件沉重的物事放在地上，口中自言自語道：「人找來了。這個應當可用。等法術完成之後，一切便沒問題了。」說完拍了拍手，又在屋中又摸索了一陣，便自顧自走了出去。

小石頭知道宇文崇天長年獨居山巔，養成了自言自語的習慣，平日心中想著什麼，便會脫口說將出來，這些話並不是說給自己聽的，便也沒有接口。

等宇文崇天出去之後，她勉強撐起身，往旁看去，但見身邊竟躺著一個人！她一呆，凝目望去，見那是個十二三歲的少年，生得粗壯結實，臉面與自己倒有幾分相似，卻是從未見過。瞧他身上的衣衫，似乎是個住在山上的樵夫或獵戶之子。

小石頭心想：「老爺子帶個男孩兒來這裡做什麼？」

霎時之間，她的腦子忽然清醒過來：「我明白了！他想要我轉女成男，奪過這男孩兒的身子來用！是了，他蓄意找了這個長相跟我有些相似的男孩兒，因為我的臉容不能改變得太厲害，他還得瞞過其他效忠宇文氏的鮮卑武士才行。」

她想到此處，不禁全身顫抖，心中念頭急轉：「不行，不行！我才不要變成這傢伙！我才不要用別人的身子！什麼轉女成男，去他的，打死我也不要！」

但她知道此時自己身子極弱，宇文崇天也不可能理會她的反對，只能自己想辦法阻止。但她對「奪舍」這等邪術一知半解，更不知該如何阻止預防，心想：「是了，我須得主動問他，先將奪舍的來龍去脈弄清楚了再說。」

此時一陣頭昏襲來，等她再次醒來時，那少年已不在房中，想是被宇文崇天搬出去了。

宇文崇天再次回到石室中時，她便奮力爬起身，哀求道：「老爺子，我求你一件事，好麼？」

宇文崇天冷冷地道：「妳要求我放妳下山，想都別想！」

小石頭道：「不，我發過誓不會逃下山，也不會求你放我走。我確實想練成你的絕世武功，但我這身子實在承受不了。你不是會什麼奪舍之術麼？快替我施法術換個身子吧！我這身子衰弱無用，再不快點換掉，只怕我就要病死累死在這身子裡面啦。」

宇文崇天見她哀求自己換身，正中下懷，甚是高興，說道：「這好辦。我特地下山去替妳找了一個少年，妳奪過那少年的舍後，一切問題便都迎刃而解了。奪舍這回事，我可以在旁施法，讓妳轉移身軀、奪取新舍，只是這麼做花的功夫較長，過程也不一定全然順暢。妳若要自己施法，便得將方法完全學會了。這樣吧，妳仔細聽我講解，我將奪舍之法傳了給妳。那小子年紀輕，我施藥物讓他持續昏睡數日，妳奪起舍來便輕而易舉了。」

當下詳細說了如何讓靈魂出竅，如何侵入對方的身子，如何將「新舍」的魂魄消滅、壓抑或趕走。

小石頭假裝仔細傾聽，還假意問了不少問題，心中卻想：「我打死也不學這等恐怖的邪術！我可是皈依三寶的佛門弟子，跟隨老和尚學了好幾年的佛法禪道，這等妖邪造業、殺生利己之術，我可絕對不做！」

宇文崇天仔細傳授了奪舍之法後，小石頭假做信心滿滿，說道：「沒問題了，我都懂了。我今夜就幹吧！」

宇文崇天甚是滿意，便將那昏迷中的少年搬入她的房室。

小石頭之前已見過那少年，這時假裝是第一次見到，滿面新奇，低頭向那少年打量，皺眉道：「這小子長得不夠英俊。老爺子，你怎不找個更英俊的人給我換？」

宇文崇天道：「這小子體格健壯，長得又跟你有些相像，已經很不錯了。而且相由心生，等你奪過舍之後，面貌就會受到心念左右。你想英俊一些，未來自己努力吧。」

小石頭心想：「相由心生，那麼換完身子後我若長得不像這少年，還是像我自己，說不定他也不會太起疑。」又問道：「那捨棄的身子該如何處理？埋起來麼？」

宇文崇天道：「舊的身子沒用了，用藥水化掉便是。」

小石頭奇道：「什麼藥水可以化掉屍身？」

宇文崇天從懷中取出一個小瓶子，說道：「這是『屍解水』，除了頭髮衣物，什麼都能化成水。妳不必多管，等妳奪舍成功，讓我來處理便是。」

小石頭吞了口口水，心想：「我拋棄舊的身子，讓它被什麼屍解水給化成水，也未免太沒義氣了。」當下只道：「怎麼做都好，舊的身子反正沒用了。我今晚便換了它吧！」

宇文崇天道：「我在室中陪伴，可助妳一臂之力。」

小石頭忙道：「不必了。這等事情，你在這兒看著，只會讓我更加焦急憂懼。不如你留在外面等候，免得我分心，奪舍之術功敗垂成。」宇文崇天想想便答應了。

當夜午夜時分，據宇文崇天所說，乃是奪舍的最佳時辰。宇文崇天事先給小石頭一些丹藥放在鼻邊，之後便燃起迷香，讓那少年保持昏睡。

小石頭道：「我不想見到自己的屍體，老爺子，請你將那瓶屍解水留下好麼？」

宇文崇天道：「不急著處理，這藥水妳不會用，還是讓我來吧。」

小石頭假做發抖，說道：「我捨棄父母生養的身子，畢竟是件對不起爹媽祖宗的事。這身子我應當親手毀去，才能心安。」

宇文崇天聽了，便將那小瓶藥水放在地上，說道：「灑兩滴在屍身上便已足夠，不必多灑，屍體自會化去。妳一切小心！」便走了出去，關上石門。

小石頭等宇文崇天出室之後，傾聽外面一片寂靜，趕緊跳起身，強忍全身上下的疲憊疼痛，快手脫下身上衣衫，和那少年對調了，又翻出一面銅鏡，望著那少年的臉，拿支炭筆替自己加粗眉毛，畫些陰影在下巴，頭髮也重新梳過，兩人面貌看來幾乎一模一樣。

小石頭心想：「老爺子若問起舊身子去了哪裡，我得說已用屍解水將屍體給化了。他說衣服頭髮不能化，我得做得逼真一些。」於是趕緊找出一套自己的舊衣裳，用剪子剪下一大把少年的頭髮，放在角落。

一切準備就緒後，她將事先偷來的解藥放在少年鼻邊，催他清醒。

過了半晌，那少年緩緩睜開眼，滿面茫然。小石頭摀著他的嘴，低聲說道：「別出聲！你被山上的強盜捉來了，他要殺死你，用你的鮮血祭山神。我不忍心，特地來救你。你聽我的話，便可以活命，明白了麼？」

少年眼中滿是驚恐，點了點頭。

小石頭交給他一盤長長的繩索，低聲道：「這石室屋頂有扇窗，我送你出去。出去之後，你到懸崖邊上，那兒有條粗索，你攀著往下爬，爬到繩子的盡頭後，便接上這條長索，打個牢固的死結，繼續往下攀。落地後就趕緊逃跑，跑得越遠越好，再也不要回到這座見鬼的山上來！」

那少年臉色蒼白，點了點頭，二話不說，趕緊爬起身，將繩索揹在身上。

小石頭讓他踩著自己的肩頭，從屋頂的一扇天窗爬了出去。小石頭也隨後攀出窗外，來到屋頂，背負著將那少年跳下地，往山下一指，在他背後一推。那少年會意，來到懸崖邊，抓住繩索，急急往下攀去。

小石頭望著他逐漸縮小遠去的身影，心想：「希望他手腳靈活些，別跌下山谷自己摔死了。嘿，我險些盜用了他的身子，竟連他的名字都不知道！不知道也好，最好我這一輩子都不要再見到他！」

她趕緊回到石室中，見到自己的舊衣衫和一把頭髮散落在角落，心想：「老爺子說屍體會化成水，我得弄些水在這兒，才像真的。」但是臨時手邊也找不到水，只好去窗戶邊上用雙手舀了些前日留下的雨水，灑在衣衫之上。那雨水中浸泡了不少落葉，水色略黃，還帶著一點腐臭之味，權充是屍體化解後留下的水，看著倒也頗能蒙混過去。

她檢查了一遍，暗暗祈求沒有破綻，便躺倒在地，心想：「不知道老爺子會不會看穿我的一番造假？總之他只要不脫掉我的衣衫檢查便好了。」

但又不放心，暗想：「我沒有奪舍，若是被老爺子發現了，又施法硬將我趕出這個身子，趕到什麼新的身子裡，那可不妙了。」於是捏了一小團解開迷藥的丹藥，貼在右耳之下，做爲證據，躺在當地，昏昏睡去。

過了不知多久，小石頭睜開眼來，感到身上仍舊疼痛疲累不堪。她一驚清醒，趕緊伸手去摸右耳下，摸到在昏睡前蓄意沾在耳下的那一小塊丹藥，確定還是自己的身子，這才鬆了一口氣。

但見宇文崇天已來到室中，正坐在一旁凝視著自己，問道：「原來的身子呢？」

小石頭揉揉眼睛，故意沙啞著聲音，說道：「我不敢多看，照你所說，用藥水給化掉了。」說著往那堆衣服和頭髮指了指。

宇文崇天過去檢視了一下，似乎並未懷疑，點點頭，臉上神情十分滿意，說道：「如今你得到了男兒身，此後就回復本名，自稱宇文峘吧！」

小石頭坐起身，暗暗噓了口氣：「他沒發現我動了手腳！我得繼續瞞著老爺子，免得他鍥而不捨，發現之後，又去抓個人來逼我轉女成男。嘿，什麼宇文峘，我偏不叫這個名字。祖母當年叫我小名還玉，我此後就自稱宇文還玉吧。」

她將手中那一小粒丹藥揉成一團，扔到牆角，抬眼望向宇文崇天，微微一笑，故意沙啞著聲音，說道：「老爺子所傳奪舍之法，果然高明，眞正令人佩服！我現下只覺得手腳不大好使喚，但其餘一無異狀。一夜之間，我便轉女爲男，這新的身子果然好用得多了。多謝老爺子！」

宇文崇天不疑有他，哈哈大笑，說道：「太好了。你剛剛轉身，還不習慣。休息兩日後，便繼續跟我練功吧！」

宇文還玉的身子當然還是原來的身子，早已疲累勞損得狠了，休息兩日怎麼夠？但她不敢讓宇文崇天生起疑心，只能乖乖答應了。這兩日她整日躺著休息，能睡就睡，只趁宇文崇天不注意時，偷偷沿著繩索攀下山崖，將少年逃走時接上的那條長索解開帶回，好消滅證據。

兩日之後，她便又開始跟隨宇文崇天練武，從早到晚，半刻不得歇息，彷彿再次跌入了煉獄之中。她無奈之下，也只能苦苦撐持，不敢開口叫苦叫累。

第十八章　青出藍

這日晚間，宇文還玉被逼迫坐在瀑布之下鍛鍊「渾天合地神功」，身心都痛苦到極點，再也無法承受，心想：「或許這身子真的不管用了，我不如隨便找個什麼人的身子換上，就此逃跑，老爺子也不會知道我奪了誰的舍，哪個人才是我，諒他找遍天下也找我不著！」

但又知道自己如果藉由奪舍開脫苦痛，一來造殺業，二來宇文崇天一怒之下，定會闖上少林去屠殺寶光寺的師兄弟們，而且就此放棄這個母生父養的身子，也實在太不成材了。就在這時，她忽然動了一個念頭：「如果我轉身為通雲師姊……」

此念一動，內心真如炸開了鍋子一般，諸般想法情緒紛紛湧上心頭。「我若能變成通雲師姊，那可有多好！我大哥此時應當已與通雲師姊成婚了，我若能取代師姊，朝夕跟我大哥相處，甚至……做他的妻子，那我可會開心死了！」

然而強大的罪惡自責之感，隨即如潮水般沖上心頭：「不行，不行！宇文還玉，妳怎能動這種念頭！這是有因果的！我怎能害死師姊，取而代之？我大哥心中愛慕的是通雲師姊，倘若我竟自私自利，狠下毒手害死師姊，還奪取她的身子來用，大哥知道了定會痛苦傷心至極的！而且他心中只願娶通雲師姊爲妻，倘若發現妻子變了個人，即使容貌外表仍是李晏雲，他就算不殺了我這個妖孽給師姊報仇，也定會恨我入骨，這輩子再也不要見我的面！」她知道自己不能再動這等荒唐的念頭，立即在瀑布下跪下拜倒，苦苦懺悔，祈求消除罪業。

但是自從她動過這個念頭之後，心中卻也清楚明白了一件事：「我眞希望能跟我大哥在一起。世間沒有什麼別的事物比跟大哥相聚更加寶貴的了，我眞不願與他分開！我關心他遠勝過關心我自己。我希望他一輩子快樂平安，即使這輩子再也見不到他，即使我得獨自忍受痛苦悲傷，我也甘願！」

其實早在寶光寺時，她對韓峰的心已是如此，才會盡一切努力，讓韓峰得以跟隨唐國公而去，與李晏雲相聚成婚，即使她心底萬分不捨得與韓峰分別。

在這參天崖上，她不但武功突飛猛進，身心也逐漸從一個女娃長成一個少女。直到這時，她才明白自己心底深深地戀慕著她的大哥。

但是她已不後悔自己一手促成韓峰與李晏雲的婚事，反而暗暗慶幸：「我被這老不死的老魔怪糾纏住，這一輩子只怕很難逃脫了。我大哥若仍在我身邊，那不是更糟麼？老爺子若不殺死他，也定會讓他難過痛苦已極的。」

她為了懲罰自己動過奪李晏雲的舍這等惡念，暗自立誓：「我心中具備貪瞋癡三毒，加上業力深重，又被什麼鮮卑之鬼、報仇復國所纏，倘若再接近我大哥，只會帶給他種種災難痛苦。不管未來如何，我都不應再去見我大哥的面。他和晏雲師姊已成婚，追隨唐國公和大師兄，成就一番事業，自是最好的歸宿。而且老和尚因我而死，我又怎有面目再去見當年的師兄弟們？我不應再去見我大哥，最好早早忘記他，再也不要想起他。他多半也早已忘記我啦……那是最好。」

她心中雖甚覺淒苦，但遠離韓峰的意志卻越發堅定。

兩年匆匆過去，宇文還玉原本天資聰穎，勉力熬過參天崖煉獄般的苦行修煉，加上宇文崇天用從各地尋來的靈丹妙藥餵她服食，內功很快便已有成，練成了宇文崇天的「渾天合地神功」，能夠擷取天地之氣為己用，內力渾厚充沛，已與鮮卑之鬼年輕時不相上下。她內功練成之後，外功兵器也水到渠成，得心應手；她最擅長的兵器是「千絲萬縷索」，那是一條以金銀絲線、蛛絲、人髮揉合成的銀鍊，長十餘丈，輕軟堅韌，刀劍斬之不斷，能夠快速激射至遠方傷敵。她又從宇文崇天的兵器庫中找到一柄薄而鋒利的匕首，名為「如履薄冰」，削鐵如泥，與韓峰的那柄「天降大刃」不相上下。這匕首乃是宇文皇室的寶物之一，她一見到就十分中意，拿起來又輕薄趁手，便練了一套匕首近搏之術，將匕首貼身而藏。

宇文崇天見弟子內外功俱成，又是高興，又是警惕。一來高興小皇子畢竟資質過人，練成了自己的絕世武功；二來卻又生怕自己一個疏忽，便被弟子追了過去，自己可就無法制得住他了。

他眼見小皇子武功有成，鮮卑語也說得十分流利了，感覺時機已到，便傳信下山，讓忠於周皇室的鮮卑武士前來晉見。

這日他叫了宇文還玉過來，說道：「忠於大周的鮮卑武士共有十多族，分由十多名首領統率。他們往年都曾歃血爲誓，世代效忠大周宇文皇室。我已傳信讓他們上山來覲見大周皇子宇文峘，你不用多言語，坐在堂上看著聽著便是。」

宇文還玉微微一笑，說道：「老爺子，既然你要我開始會見族中武士，那我也該跟你將話說清楚了。我不是宇文峘，我是宇文還玉。」

宇文崇天一呆，說道：「你這話是什麼意思？」

宇文還玉笑道：「我說得很清楚了，我名叫宇文還玉，」

宇文崇天睜大眼睛，直瞪著她，喝道：「你說什麼？」

宇文還玉昂起頭，說道：「我乃是鮮卑宇文氏的公主，行不改名，坐不改姓，姓宇文名還玉的便是！」

宇文崇天驚詫莫名，心想：「她明明已在兩年前轉女爲男，怎地又變回了女子？」他呆了半晌，才道：「莫非兩年之前奪舍那時，妳動了手腳？」

宇文還玉得意地笑了，說道：「不錯，我正是動了手腳。那小子的身子哪有我自己的結實健壯？你要我修煉，我便修煉我自己原本的身子吧！你瞧，我今日不是也學成了武功，一點兒也不輸給男子？」

宇文崇天不知該怒還是該笑，冷然望著她，只能說道：「好！好！」頓了頓，又嘿然道：「我竟被妳這小妮子所瞞騙！如今妳仗著自己武功有成，我不能跟妳來硬的，妳才敢承認，是麼？」

宇文還玉笑道：「正是如此。老爺子，我也不跟你撕破臉。你要找什麼鮮卑武士上山見我，隨你的便。你要說我是皇子，那也由你。要我穿什麼皇子的衣衫袍服，我也聽話照做。總之你現已知道我仍是個女子，便自己看著辦吧！」

宇文崇天見她武功漸高，態度也日漸傲慢疏狂，再也不受自己左右，當眞是氣不打一處來，怒吼一聲，殺氣陡生。

宇文還玉也抬眼望向他，眼神中滿是挑釁之色。

兩人對望半晌，心中都知道要殺死對方不難，但自己也必受到重創。兩人有如兩頭猛虎相遇對峙，若自知無法必勝，必會選擇退讓，而不願輕易捲入一場殊死戰；更何況宇文崇天花了如許心血功夫，終於調教栽培出一個武功高強、心智堅韌的大周皇室繼承人，期待她肩負復國重任，又怎能輕易將她殺死或打傷？

於是宇文崇天只好強忍怒氣，說道：「好！總之妳得穿上皇子的裝束，不可說出妳是女子之事。鮮卑武士首領上山之後，妳不要開口，一切對答都由我來。知道了麼？」

宇文還玉答應了。於是一眾鮮卑武士上山來參見宇文氏「皇子」時，宇文還玉便乖乖地身著男裝，行禮如儀，什麼話也沒有多說。

這兩年之中，即使宇文崇天日日對她耳提面命、苦口婆心，她對周室的國仇家恨、復國登基仍舊毫無興趣。只是她在世間反正無親無故，無家可歸，無處可去，心想不如便留在宇文崇天的身邊，有錢花用，有吃有喝，何樂而不爲？日子也就這麼混了下去。

不多久，宇文崇天便帶著她離開了帝王山，來到洛陽城。

宇文還玉無所事事，不甘寂寞，便以「俊俠」打扮出現。只因她年歲漸長，衣著特異，武功奇高，口音又帶著鮮卑腔，是以當韓峰在張家大宅見到她時，一時竟未能認出她來。

卻說那夜宇文還玉在張大有家出手打退官兵，之後在小巷中被宇文崇天扭著耳朵押走，一路來到仁風里的一座大宅之中。

那大宅占地極廣，月光下但見處處雕樑畫棟，精緻華美，但宅內一片黑暗，並無人居。

宇文崇天將宇文還玉押到一間祠堂之中，喝道：「跪下！」

宇文還玉哼哼唉唉地，眼睛在地上找了一圈，找到一個蒲團，便慢慢蹭了過去，在蒲團上跪下了。

宇文崇天點起蠟燭，照亮了祠堂供桌上許許多多的神主靈位，看上去十分莊嚴肅穆。

宇文崇天轉過身，用鮮卑語厲聲道：「妳給我看仔細了！這些都是什麼人的靈位？」

宇文還玉抬頭望向那再熟悉不過的祠堂，她不用看也早已記得分明，最高的神主牌上寫著「文王宇文泰」，那是大周政權的奠基者；下一層共有三個靈位，分別是「孝閔帝宇文覺」、「明帝宇文毓」、「武帝宇文邕」，這三個都是宇文泰的兒子，輪流當過皇帝，前兩個被權臣堂兄宇文護廢棄殺死，最後一個終於殺死了宇文護，奪回政權；再下一層只有一個靈位，寫著「宣帝宇文贇」，那是大周的敗家皇帝，也是自己的親祖父；再下一層也只有一個靈位，寫著「靜帝宇文衍」，那是個可憐的八歲小孩兒，是大周的亡國皇帝。宇文崇天從供桌上取過一把戒尺，在地上用力敲了一下，發出啪的一聲巨響，塵土飛揚。宇文崇天喝問道：「快說，這些都是什麼人？」

宇文還玉不情不願地答道：「供桌上的牌位，都是大周的諸位皇帝，我的列祖列宗。」

宇文崇天點頭道：「不錯。他們正是妳的列祖列宗。妳倒說說看，妳跟他們有什麼地方相同？什麼地方不同？」

宇文還玉想也不想便道：「我跟祖宗們都姓宇文，這是我們相同的地方。他們大都做過皇帝，只有我沒有做過皇帝。」又低聲道：「最好永遠如此！」

宇文崇天聽見了她的最後一句話，豎起眉毛，舉起戒尺又是啪的一聲，用力敲了一下地面，喝道：「妳這不肖子孫！這話是什麼意思？」

宇文還玉吐吐舌頭，說道：「我這些祖宗們，只要做過皇帝的，都不長命。你瞧，文王宇文泰是最長命的，活了五十歲，他可沒做過皇帝。孝閔帝活了十六歲，明帝活了二十六歲，武帝活了三十六歲，年歲看似慢慢增加，但是到了宣帝，卻又走回頭路，只活了二十二歲就一命嗚呼了。最後的小皇帝靜帝只活了八歲，就被篡位的楊堅給害死了。」

宇文崇天只被她氣得臉色發白，怒吼道：「妳……妳對祖宗毫無半點恭敬之意！瞧我打死妳這不肖子孫！」舉起戒尺，準備往她頭上打去。

宇文還玉不躲不避，反而將頭湊上去讓他打，瞪眼叫道：「你打死我好了，打死我，周室皇族就絕後啦！滅絕周室的罪人不只是楊堅，還添上你一個，宇文崇天！」

宇文崇天手中戒尺舉在半空中，遲疑著不曾打下。他臉上一陣青一陣白，不知是氣憤多些，還是驚愕多些。

宇文還玉望著他，哈哈大笑起來，說道：「我說老爺子，你又何必自己欺騙自己？我爹爹已經死了，周室皇族早已絕後。我又不是男孩兒，你打死我一個宇文家族的皇女，也不是什麼大事，你說是不是？」

宇文崇天只氣得不斷喘息，戒尺在半空中搖搖晃晃，似乎隨時能打到宇文還玉的頭上，將她打得腦漿迸裂。宇文還玉卻笑嘻嘻地，一臉不在乎的模樣，全不將宇文崇天和他的戒尺當一回事。

她打了個呵欠，站起身，拍拍身上灰塵，說道：「我累了，這去休息啦。」說著便大搖大擺地走出了祠堂，留下宇文崇天獨自在祠堂中，對著周室諸位皇帝的靈位，兀自暴怒不已。

宇文崇天對這個徒弟顯然已束手無策。在他的精心調教和嚴厲訓練之下，宇文還玉無論內功輕功、拳腳劍術、奇門兵器，都已臻上乘，除了弓箭之術還比不上韓峰之外，已成了一個不折不扣的絕世高手。

她的性子仍舊玩世不恭，雖不反對推翻隋朝，也不反對殺死楊廣替宇文家族報仇，卻全不將鮮卑之鬼恢復周室的宏圖大業放在心上。她藝成出山之後，便貪愛美酒美食，穿著奇裝異服，偶爾行俠仗義，在洛陽城中出手懲戒貪官惡吏，救助貧苦百姓，很快便贏得了「俊俠」的美名。

然而她始終不知道韓峰在四處尋找她。她在風滿樓偷聽韓峰和杜果的對話，聽見他們提起李晏雲的婚事，只道他們說的是韓峰和李晏雲已在大興城完婚，並不知道韓峰當時為了回去找她，早已放棄了與李晏雲的姻緣；杜果口中所提婚事，其實指的是李晏雲與趙慈景倉促成婚。

宇文還玉在參天崖上辛苦修煉的那兩年中，已然下定決心，不論心中有多麼思念她的大哥韓峰，這一輩子都不應當再見他的面。因此她在風滿樓偷聽到韓峰和杜果的對話之後，便立即離開了洛陽城。

她出洛陽城後的第一件事，便是跑上少林寺，替通吃量身打造了一隻「鐵手」，在他睡夢中悄悄對他說了鐵手的主意。第二日早上，通吃便多了一隻鐵手可用，開心得手舞足蹈，歡天喜地。即使韓峰並不相信菩薩或佛祖會顯靈，特地下凡替通吃做一隻精巧的鐵手，卻也猜想不到這鐵手竟然是小石頭蓄意打造，偷偷送上山來給通吃的禮物。

第十九章　玉還主

宇文還玉擅自離開洛陽之後，鮮卑之鬼宇文崇天自然很快便追上了她。那時宇文還玉跑到黃河以北的河陽城，在城中一間華貴的酒樓上獨自飲酒，正自喝得暢快。

宇文崇天寒著一張臉走上樓來，在宇文還玉桌邊坐下，說道：「跟我回去！」

宇文還玉很乾脆地道：「不去！」

宇文崇天一拍桌子，將桌角整整齊齊地拍下一塊，顯示出深厚的內功掌力，又道：「跟我回去！」

宇文還玉毫不示弱，照樣用手掌一拍，將另一個桌角也拍了下來，放在桌上，笑道：「我拍的這塊，比你那塊還要更整齊漂亮些。」

宇文崇天只被她氣得臉色發青，強自忍住，說道：「我們的大事辦到一半，妳便擅自離開洛陽，這算什麼？妳不幹正事，卻來這兒閒逛喝酒，大夥兒的心血都要付諸東流，妳有臉見祖宗麼？有臉去見諸位復國義士麼？」

宇文還玉抬眼望向他，說道：「我出來這兒，正是要籌備大事，招兵買馬，推翻楊廣。你怎知道我不在幹正事？」

宇文崇天怒道：「呸！招兵買馬！兵呢？馬呢？」

宇文還玉伸出手來，手中靜靜地放著一塊寒冰似的石頭，發出幽幽的寒光。她好整以暇地道：「你瞧瞧，這是什麼？」

宇文崇天盯著那塊石頭，滿面驚異之色，懷疑地道：「這是……這是……」

宇文還玉哼了一聲，說道：「虧你還是大周開國功臣，這是咱們宇文皇族的『冰玉』，你是認不出來，還是老眼昏花了？」

宇文崇天大喜道：「這眞的是冰玉？妳之前爲什麼不拿出來？」

宇文還玉撇嘴道：「我爲什麼不拿出來？因爲這玉不在我身上。」

宇文崇天問道：「妳從哪兒找到它的？」

宇文還玉道：「我當時聽說你要上山對寶光寺不利，不敢將玉帶在身上，因此早早便將它藏了起來。」

宇文崇天呸了一聲，罵道：「小兔崽子，什麼叫我要對寶光寺不利？我只不過要將妳帶下山，老和尙不肯，我可不是不講道理之人。妳摸著良心說，我可曾動過老和尙的一根汗毛？」

宇文還玉冷冷地望了他一眼，說道：「若不是因爲你強行闖上山，老和尙又怎會被你逼得圓寂？寶光寺又怎會燒燬？一切都因你而起，我這輩子也不會原諒你。」

這話說得平平淡淡，卻含藏著極深的怨怒。不論誰對誰錯，總之老和尙是爲了自己而辭世，她不但未能報答老和尙的恩德，更害了他的性命，害得寶光寺付之一炬，害得一群年幼的師弟們無家可歸。她心中的愧咎自責隨著時間越積越深，以致她雖見到杜果、韓峰和通吃等昔日師兄弟，依舊自覺無顏去與他們相見。

宇文崇天甚是激動，大聲道：「妳說話可要公允些！這兩年來，我可曾傷害過妳？我可曾對妳懷有半分惡意？我宇文崇天一輩子忠於宇文家，忠於周室。妳是我大周最後一個皇子，我盡力輔佐妳，恢復周室，唯有如此，我才對得起宇文氏諸先皇的在天之靈！」

宇文還玉揮揮手，不耐煩地道：「這些話，兩年來你已經跟我說了無數遍，我早就聽膩了。我也早就跟你說過無數遍，我知道你忠心赤誠，所以才勉強忍受你的囉嗦；而且我不是皇子，只是個皇女，對復興周室沒有任何興趣。」

宇文崇天大聲道：「我們鮮卑族人，從不講究漢人那套重男輕女的規矩。鮮卑族中歷代多有傑出的女首領、女族長。妳是女子，那又如何？妳此刻的武功，遠遠勝過任何男子；妳的智計，比任何男子都強。只要我們殺死楊廣，奪回天下，誰說我們大周不能有女皇帝？」

宇文還玉閉上眼睛，竭力忍耐。直到他說完，才慢慢地，一個字一個字地道：「老爺子，我、不、要、做、皇、帝！」

宇文崇天大聲道：「那妳爲何找出這塊玉？」

宇文還玉道：「這玉本來就是我的，我找回來有什麼不對？」

宇文崇天道：「因此妳跑去終南山，找回了這塊玉？」

宇文還玉搖搖頭，說道：「不，我原本將玉藏在山上，後來有群什麼狼牙幫的強盜上山搜索，找到了這塊玉。所謂『人外有人，天外有天』，這夥強盜可是『賊外有賊，盜外有盜』，他們偷走冰玉沒多久，這塊玉就被大智義邑的強盜打劫搶去了。大智義邑的邑師大智法師道貌岸然，滿口仁義道德，人面獸心，我看了就討厭，於是就去洛陽城外的大智佛寺向他討玉。大智義邑人多勢眾，武功不行，卻會施什麼毒術。我有你老爺子傳授的『渾天合地神功』防身，才不怕他的毒術，於是我便打了那大智法師一頓，將我自己的物事給取回來了。」說著緩緩將那塊玉掛回頸中。

宇文崇天伸出手，說道：「將玉給我瞧瞧。上面畫有地圖，是麼？宇文氏一族的寶藏，都在地圖所畫的藏寶窟中。咱們要起事，最需要的便是金錢。這筆寶藏若能發掘出來，咱們就能放手去招兵買馬了！」

宇文還玉饒有趣味地望著他，故意將玉緊緊握在手中，不交給他，說道：「我說我出來招兵買馬，你卻不信，哼！你現在可相信了沒有？」

宇文崇天熟知她的脾氣，只好賠罪道：「是老夫莽撞，我應當相信小皇子的話。」

宇文還玉得理不饒人，翹起腿來，說道：「剛才不知是誰在那兒大吼大叫，說本姑娘不幹正事，到這兒來閒逛喝酒，讓大夥兒的心血付諸東流，還說我沒有臉見祖宗，沒臉去見諸位復國義士。剛才說這些話的到底是誰哪？」

宇文崇天只好黑著臉，打躬賠罪。宇文還玉占盡了上風，才將冰玉扔過去給他，說道：「姑娘累了，這就去歇息了。你將地圖畫下，自己趕緊去找寶藏吧。姑娘懶得到處亂跑，就在這河陽城等你將寶藏搬回來便是。」

宇文崇天興沖沖地描好了地圖，到處去找宇文還玉，發現她又在河陽城中另一間名貴的酒樓中喝酒吃菜，美酒佳餚放了一桌。她獨坐飲用，酒樓上還有好幾桌其他的客人。

宇文崇天微微皺眉，心想：「這位大小姐可眞難伺候，吃的喝的穿的用的，樣樣講究，皇帝還沒當上，就過起皇帝的癮來了。」

轉念又想：「這樣也好，她若想繼續揮霍享受，便得跟著我打天下。做了皇帝，她便能享受一輩子了。」當下來到桌邊坐下，將冰玉還給宇文還玉，低聲說道：「少爺，這事物已用畢，請取回收妥。」他眼見這酒樓上人多，便不稱她皇子，改稱少爺。

宇文還玉今日換了女子裝扮，穿了一身雪綢細緞白衫白裙，額上仍舊綁著那條白銀鍊子，一頭辮子束在腦後。她望了宇文崇天一眼，心想：「我明明做女子裝扮，他仍稱我『少爺』，當眞是死心眼。」接過冰玉，掛回頸上。

宇文崇天道：「那些重要的物事，我瞧我們還是一起去尋找比較妥當。」

宇文還玉聽他說要自己一塊兒去尋寶，登時皺起眉頭；她讓宇文崇天去尋寶，便是想將他遠遠差遣開去，免得他陰魂不散，從早到晚督促自己報仇復國。兩年來她承受萬般痛苦，終於熬過了宇文崇天的苛刻嚴訓、監督管束、鞭策責罵，怎麼可能願意跟他一塊兒去尋寶？

她當下也壓低聲音，說道：「我不去。宇文家的事情，你比我還要熱心。我沒興趣做皇帝，你卻整日想著招兵買馬，起兵造反。我早說過了，你有興趣，你儘管去幹，我是不會阻止你的。你要錢，宇文家有錢，我一古腦將皇室寶藏全權交給你處理花用，這你可滿意了吧？」

宇文崇天搖頭道：「這不成。妳是宇文皇族名正言順的繼承人，這寶藏妳一定得親自去發掘。」

宇文還玉不耐煩地道：「老爺子，你之前不是教過我麼？咱們要辦大事，須得分工合作。尋寶這等小事，你去辦便成了，我還得留下來，四處奔走，號召前朝忠臣跟隨我一起反抗暴政，推翻楊廣，重建大周。因此呢，尋寶這事兒還是讓你自個兒去辦吧。」

宇文崇天對她了解得很，知道她絕對無心去幹什麼號召前朝忠臣的事兒，若是將她留在這兒，她定是整日悠哉遊哉，四處閒逛，吃喝玩樂，半件正經事也不會幹。不如將她帶在身邊，至少能耳提面命，多灌輸她一些報仇復國的意念。當下說道：「事情有輕重緩急，眼下最重要最緊急的事情，便是尋找寶藏。少爺應當跟我一塊兒去，我們找到寶藏之後，未來起兵復國的事情就好辦了。尋寶可不是件容易的事，非要少爺親自出馬不可。」

宇文還玉道：「我卻偏偏不想親自出馬去尋找什麼寶藏。這會兒天氣太冷，你若堅持要我親自跑一趟，那咱們得等到明年春天，氣候暖和些再出發。你還得給我準備四匹馬的馬車，飲食得豐盛精緻，還得要準備上好的葡萄美酒，啊，一定得是高昌出產的。」

宇文崇天哼了一聲，忍不住提高聲音，說道：「什麼高昌產的葡萄美酒！妳少跟我討價還價！要出發便得立刻出發，哪有等到明年春天的？馬車也沒用，咱們要去的地方是西域，開頭一段路可以騎馬去，到了沙漠上，說不定便得改乘駱駝了。」

宇文還玉睜大眼，說道：「西域？什麼西域？我才不要去什麼沙漠，騎什麼駱駝。我說過了，這等自討苦吃的事兒我是不幹的。你硬逼我也不幹，打死我也不幹！」

宇文崇天自幼與她相處，深知她的性情，知道自己需得施出殺手鐧，她才會乖乖聽話，正要開口，忽聽樓下傳來一陣雜遝的腳步聲，一群三十多名身穿土黃色居士服的人衝上樓來，見到宇文還玉，登時大呼小叫起來：「在這兒，女賊在這兒！」「就是她！打傷大智法師的就是這女魔頭！」「大家上，快捉住了她，將她押去向大智法師磕頭賠罪！」

宇文還玉一望便知道他們是大智義邑的信眾，也知道他們之中沒有高手，如今竟然吃了熊心豹子膽，來向自己尋釁，當眞是不要命了，嘴角露出輕蔑的微笑。

宇文崇天問道：「什麼人？」

宇文還玉道：「就是從強盜手中搶走那塊玉的人。我取回玉時，順手打了他們的師父一頓，因此這些信徒們追上來找我報仇啦。」

宇文崇天皺起眉頭，說道：「這群烏蠅，可眞煩人！」眼中登時露出殺氣。

宇文還玉知道他打算大開殺戒，暗暗搖頭，說道：「老爺子，你先走吧，讓我來打發他們便是。」

宇文崇天冷眼瞪著那群人，說道：「小賊們膽敢偷竊宇文皇族的冰玉，死有餘辜！」

第二十章　歎天仙

正說話間，那群大智義邑信眾已持著兵器，一邊吼叫，一邊衝將上來。

便在此時，不遠處桌旁的一個青年忽然站起身，攔在宇文還玉的桌前，大聲道：「住手！大膽凶徒，竟想對一位老先生、一位小姑娘動粗？」

宇文崇天和宇文還玉對望一眼，這兩個所謂的「老先生」和「小姑娘」，恰好都是當今天下武功數一數二的絕頂高手，大智義邑的人衝上前討打找死，竟然有人出頭「保護」兩位高手，倒也是奇事一件。

宇文還玉向那青年打量去，但見他高大英俊，衣著華美，顯然是個貴宦子弟，卻是從未見過。

宇文崇天皺眉問道：「什麼人？」

宇文還玉道：「不認識，隔壁酒客。」

說話間，大智義邑的人已吼叫著衝上前，舉起刀棍往那青年攻去。那青年武功竟然不差，拳打腳踢，打倒了前面幾人。但他的武功雖然不差，卻也好不到哪裡去，不多時便寡不敵眾，左支右絀。

宇文崇天低聲道：「救不救他？」

宇文還玉道：「是他來救我們，我們怎能出手救他？那豈不是太傷他的面子？」

宇文崇天道：「妳想他這會兒是要面子多些，還是要命多些？」

宇文還玉仔細觀察了一下，說道：「若是我，打不過就趕緊逃走了，性命當然比面子重要得多。這人看來是個死腦筋，或許要面子多過要命。」

宇文崇天道：「總之妳應該出手救他。他若因救妳而受傷，妳便算欠了他一份情。」

宇文還玉甚是不以爲然，連連搖頭，說道：「老爺子，你這話可沒道理。我又沒求他救我，他若因此受傷，關我什麼事？我又怎會欠他一份情？」

宇文崇天豎起眉毛，說道：「妳這小妮子，怎地如此沒心沒肝？我不是教過妳麼？當年文王爲人重情重義，因此手下人人心甘情願爲他效命……」

話還沒說完，宇文還玉已然出手，揮出奇門兵刃「千絲萬縷索」，將幾個靠近那青年的大智義邑信眾擊退了去。

她緩步走上前，站在那青年身前，冷冷地道：「打傷你們邑師的就是我。冤有頭，債有主，你們有膽，便上來！」

那群大智義邑信眾原本便是衝著她來，這時見到她，一齊吶喊著衝上前。

宇文還玉從腰間抽出一柄薄而鋒銳的匕首，正是那柄「如履薄冰」。這柄匕首雖然又輕又薄，在她手上卻是件極厲害的武器。她隨手斬去，當前幾個大智義邑信眾手中的大刀和長棍便悄無聲息地斷成了許多截，哐噹哐噹地跌落在地。

宇文還玉舉步往前走，大智義邑信眾發一聲喊，一齊往後退。但是他們退得仍舊不夠快，宇文還玉一邊走，一邊揮舞「如履薄冰」，又是一陣哐噹哐噹的亂響，幾十截斷掉的木棍和大刀不停跌落在地。

大智義邑信眾哪裡見過這等神奇的武功，這等鋒銳的兵器，更加快腳步往後退，不多時便退到了樓梯口。第一人腳下一空，啊喲一聲，骨碌骨碌地滾下樓梯去。後面的人乖覺了些，轉身快步逃下樓去。不多時，三十多個信眾便逃得無影無蹤。

宇文還玉嘿了一聲，說道：「不自量力！」收起匕首，轉身走回桌邊。

那青年從未見過這般出神入化的身手，更未見過似她這般爽朗俊逸的少女，一時竟自癡了，心中只想：「這不是凡塵間的人物，這是天上的神仙！」雙眼再也無法從那白衣少女身上移開。

宇文還玉經過那青年身邊時，見他睜眼對著自己癡望，忍不住瞪了他一眼，斥道：「看什麼看？沒看過人打架麼？」

那青年聽她對自己喝斥，全沒想到這位仙女竟然會對自己說話，一時受寵若驚，結結巴巴地道：「我看姑……姑娘好身手！好痛快！好瀟灑！」

宇文還玉聽他連說三個好，不禁噗哧一聲笑了出來，撇嘴道：「我的好哪只三個？我的好還多著呢。我好爲人師，好逸惡勞，好酒貪杯，好大喜功，好高騖遠，好行小惠，而且還好吃懶做！」

那青年聽她說出這一連串的「好」，竟忍不住道：「姑娘眞是好到天上去了，想必是神仙下凡！敢問神仙姑娘來自哪一天，仙號爲何？」

宇文還玉聞言一怔，笑罵道：「胡說八道，什麼神仙姑娘？你看我可有半點神仙的臭樣子麼？」

那青年道：「原來姑娘不是神仙。卻不知姑娘如何稱呼？」

宇文還玉哼了一聲，說道：「我叫宇文還玉。你敢再叫我一聲神仙，我便踢你屁股！」正要轉身離去，那青年卻搶上一步，行禮道：「宇文姑娘，請受小生長孫無忌一拜！」

這青年便是長孫無忌，李世民之妻長孫氏的兄長。

宇文還玉並未見過他，也沒聽過他的名頭，當下只擺了擺手，說道：「我又不是菩薩，不要人拜，也記不得你的姓名。你好自爲之吧，憑你這身武功，以後最好少管閒事。」說完便大步往樓下走去。

長孫無忌趕緊搶上，還想開口，便在這時，但聽破空聲響，一枝袖箭橫空飛過，直射向長孫無忌的咽喉，卻是一名大智義邑信眾從對面酒樓偷襲，向宇文還玉發出暗器，不料長孫無忌搶上前來，剛好擋住了宇文還玉，袖箭眼見便要射上他的咽喉。

宇文還玉聽見破空聲響，立即回頭，見到一枝袖箭快捷無倫地射向長孫無忌，心中一驚。但她這時距長孫無忌已有數丈之遙，來不及衝上前攔阻，她平日使動的銀鍊「千絲萬縷索」太輕，也無法打下這枝沉重的袖箭，危急中只能扯下掛在胸口的冰玉，急速扔出，便在袖箭即將射入長孫無忌咽喉之際，冰玉撞上袖箭，將袖箭打偏了，斜飛出去，戳在長孫無忌頭旁的牆壁上，離他的咽喉不到一寸。

宇文還玉一回身，銀鍊出手，遠處一人慘叫一聲，對面那發射暗器的大智義邑信眾摀著臉，滾倒在地。

長孫無忌見那袖箭只差一寸便戳上了自己的咽喉，嚇得臉都白了，半晌才鎮定下來，啞著聲音道：「多謝……多謝宇文姑娘……出手相救！」

但聽一聲怒吼，方才與宇文還玉同桌的青衣人快步衝上前，俯身撿起地上的事物。

長孫無忌低頭去看，才發現剛才宇文還玉扔過來打歪袖箭、救了自己一命的，乃是一塊極爲精美的冰玉。這時那玉已被袖箭擊得碎成七八塊，青衣人見狀臉色大變，抬頭對宇文還玉怒道：「妳……妳竟扔出這塊玉！」

宇文還玉攤攤手，說道：「我若不出手相救，豈不是欠他一份情？唉，我這人就是太過重情重義，老爺子若認爲我做得不對，不該救他，就任憑你處罰吧。」

長孫無忌趕忙道：「姑娘是爲了救我，才弄壞了玉。我一定想法賠償姑娘的玉！」

宇文崇天對長孫無忌更不理會，跪在地上，將破碎的玉片一塊塊拾起，臉上又是憤怒，又是心痛，又是猶豫，顯然無法決定自己是該痛罵宇文還玉一頓，還是該稱讚她有情有義。他撫摸著手中碎玉，喃喃地道：「幸好我事先已拿了玉去，畫下了地圖……」

宇文還玉皺眉心想：「老爺子年老糊塗了，難道他想讓全天下都知道寶藏之祕麼？」趕忙上前扶起宇文崇天，說道：「老爺子當眞有先見之明。咱們快走吧。」

回頭對長孫無忌眨眨眼，示意他不必在意，說道：「那些人陰魂不散，那個你叫什麼名字的……你也趕快走吧。」

長孫無忌向她行禮，想要再次致歉致謝，宇文還玉卻已拖著宇文崇天，飛快地下樓去了。

原來李世民爲了保護父親唐國公李淵的安全，不敢離開太原，唐國公於是派遣長孫無忌出來辦事。這回長孫無忌來到洛陽，正是做爲唐國公的使者，去瓦崗給李密送信。李世民同時也託他將一筆錢財送上少林寺去交給韓峰，並代爲詢問寶光寺弟子在少林寺安頓的情況。

長孫無忌去瓦崗送完信，尚未去往少林寺，先在河北的河陽城落腳，剛好在酒樓上撞見大智義邑弟子圍攻宇文還玉，出手保護，反被宇文還玉解救。

他當然不會知道，這個鮮卑人裝束的妙齡少女，便是寶光寺的小石頭，也就是韓峰念茲在茲的「兄弟」。他深深爲宇文還玉調皮俏麗的風采和精湛絕世的武藝所吸引，神魂顚倒，難以忘懷，很快便探問出青衣人和那白衣少女下榻的客店，趕去拜訪他們時，他們卻早已離開，不知去向。

宇文崇天和宇文還玉離開河陽城後，老少二人再度爲了宇文還玉是否同去西域尋寶之事爭執不休。宇文還玉打死也不肯去，宇文崇天最後只得拿出殺手鐧，說道：「妳若不去，我便找上少林寺去！」

宇文還玉沉下臉，良久不語，只冷冷地望著宇文崇天。

宇文崇天見她呼吸略粗，知道她正竭力控制心中的憤怒，並且養精蓄銳，準備奮力一搏。他也自暗暗運氣，靜觀待變。

兩人對峙了好半晌，宇文還玉才開口，緩緩說道：「老爺子，我就算沒有把握勝過你，至不濟，也能跟你打個兩敗俱傷。」

宇文崇天心中一凜，知道她所說爲實。當初自己將一身武功傾囊相授，只因她是宇文皇族的最後一人，復興大周非得靠她不可，而她又是個學武天分極高、資質穎悟的奇才。但是他也清楚自己養大了一匹狼；宇文還玉雖然玩世不恭、性喜胡鬧，卻是個極爲聰明、極為厲害之人。她若想殺害自己，憑她的武功智計，可是易如反掌。若非她在寶光寺住了數年，受到佛法熏陶，恪守不殺生之戒，不然自己很可能早已死在她手中了。

宇文崇天知道這女孩兒在天地之間舉目無親，對一切都可不顧不管，為所欲為。她心中唯一在意的，便是寶光寺的那群師兄弟。只要宇文崇天在言語中對寶光寺師兄弟透露出一丁點的威脅之意，宇文還玉便會戒慎恐懼，怒氣勃發；她寧可自己死了，也不會讓宇文崇天傷害她任何一個師兄弟。她甚至曾為此發下毒誓，在武功練成之前再也不逃下參天崖，死心塌地地跟隨宇文崇天熬過那段痛苦無比的修煉日子。

宇文崇天有時想起，也不免甚覺感慨，他不知道寶光寺的神光老和尚究竟有何神功妙法，竟能在短短幾年之間，便讓宇文還玉對他如此尊崇敬愛，忠心耿耿，誓死保衛一群跟她毫無關係的小沙彌師弟？自己和神光老和尚一樣，也是個老者，甚至還比他更老一些，但是宇文還玉對他宇文崇天可沒有半分崇敬可言，更別說親厚敬愛了。自己在宇文還玉年幼時便曾教導過她，如今又悉心傳授她武藝足足兩年，將她調教成一個絕世高手；然而她對自己卻只有滿懷的嫌惡、恐懼和厭煩，總是蓄意找他作對，跟他鬥智，惹他發怒，一有機會便想遠遠地逃離他的身邊。

然而宇文崇天不是個輕易便放棄的人。他活了超過一百歲，練成了當世第一邪門的「奪舍」之術，成功奪取了這個中年道士的身子，脫胎換骨，轉為一個六十來歲的中年人，體力精神大增。他知道自己至少還有四十年好活。他見過的事情可多了；朝代興起沒落，帝王更迭，他都看過多少回了。只要他還有一口氣在，他便要看著宇文還玉復興大周，重建宇文氏的光榮。至於宇文還玉這個十四歲的小姑娘心中想要什麼，在意什麼，他從來也未曾深究。宇文還玉心中深深埋藏的祕密——她對大哥韓峰的依戀思念、感激懷想，甚至她心中對韓峰那點說不分明的哀怨疼惜，更是宇文崇天完全不知道，也不想知道的事情。

這時宇文崇天決意逼她一起去西域挖掘宇文氏的寶藏，拿出殺手鐧，威脅要上少林寺去；宇文還玉果然被他激怒，嘴角雖帶著微笑，眼神卻一片冰冷，顯而易見，若有任何人威脅到她師兄弟的安危，她將不惜奮力一搏。

宇文崇天自恃武功仍高她一籌，這時也露出微笑，悠然說道：「兩敗俱傷？我瞧不見得。」

宇文還玉的眼神更加冷酷，卻哈哈一笑，說道：「你說得對！這樣也好。當年我答應留下跟你學武，正是因爲你承諾絕不傷害寶光寺中人。如今你毀棄承諾，要上少林寺去，那麼我也可以毀棄承諾，就此離去。」

她緩緩站起身，拍拍衣衫，又丟下一句：「我若要除掉宇文氏皇族的最後一人，可是舉手之勞。」衣衫一閃，人已出屋去了。

宇文崇天知道自己若追上去，立即便是一場你死我活的拚殺。他無心與宇文還玉決鬥，因此只哼了一聲，坐在當地，沒有去追，心道：「妳以爲自殺很容易麼？妳用自己的性命要脅我，我難道就怕了？我瞧妳小妮子絕對沒有勇氣自殘。我們走著瞧吧！」

第二十一章 討歡心

宇文還玉離開宇文崇天後，便來到少室山下，暗中守候，想看看宇文崇天是否眞的有膽上少林寺去傷害韓峰和她的師弟們。

她等了兩個多月，宇文崇天都沒有出現。她猜想他不會敢輕易跟自己撕破臉；他若傷了韓峰或師弟們，自己總有辦法能重傷他，或是乾脆自殺，讓他的一番心血全數白費。

宇文崇天既然並沒有來到少室山，宇文還玉猜想這老頭子多半是獨自尋寶去了，便也離開了少室山，到處遊盪了一會兒。不知怎地，她心中對韓峰的思念越來越濃厚。她知道韓峰多半就在少室山上，離自己不過數里之遙，但是她偏偏不能上山去見他，心頭滿滿糾結，鬱悶難受不已。

宇文還玉孤身回到河陽城，心中又是愁悶，又是煩躁，只想好好喝上幾杯，借酒澆愁。她來到之前去過的那間酒樓，忽聽一人叫道：「宇文姑娘！」

宇文還玉回過頭來，但見一個高大清俊的青年站在酒樓門外，一身錦繡衣衫，手中牽著一匹青花駿馬，一派世家公子的瀟灑氣度，正是長孫無忌。

長孫無忌見她停步回頭，歡喜已極，快步奔上前，行禮說道：「宇文姑娘！我在這裡等妳好久啦！」

宇文還玉不禁奇怪，問道：「你等我幹什麼？我可沒欠你什麼沒還啊。」

長孫無忌笑道：「姑娘當然沒有欠我什麼，是我欠了姑娘。宇文姑娘，敬請賞光移步，有幾件事物想恭請姑娘過目。」說著躬身請她進入廂房。

宇文還玉心中好奇，便跨入門去。

但見廂房中點著數盞宮紗燈籠，布置得極爲幽雅，一張祥雲紋大理石桌上擺著幾碟菜餚，兩個酒瓶，兩副杯盤碗筷，似乎已經準備下許久了。

長孫無忌興高采烈地指著桌上的酒瓶，說道：「宇文姑娘，上回我聽說妳最喜歡喝產自高昌的葡萄酒，特地替妳尋了兩壺來。我知道姑娘的口味偏甜，專程找來了幾樣當季的甜食鮮果，請妳品嘗。這是嶺南的荔枝，那是峨嵋的梅餅，還有山東的蜜桃，妳快試一個，今年的蜜桃甜得很！」

宇文還玉望著桌上擺放得整整齊齊的各種果子甜食，看來樣樣可口之極，忍不住問道：「你怎知道我愛吃甜食？」

長孫無忌微笑道：「我問了這間酒樓的掌櫃的，他說姑娘上回來此處時，叫了不少甜食。」

宇文還玉嗯了一聲，心想：「這傢伙還眞用心。」拿起一個蜜桃吃了一口，說道：「果然很甜。」

長孫無忌露出笑容，說道：「還有這個，這我可是花了一番心思才找到的。」說著小心翼翼地從懷中取出一個錦繡盒子，緩緩打開給她看。

宇文還玉眼前一亮，但見盒中放著一枚雪白晶瑩的玉石，正是一塊「冰玉」。自己之前貼身而戴的周室皇族玉佩，便是以世間極爲珍稀罕見的冰玉製成。

長孫無忌凝望著她的臉，留意她臉上的神情，輕輕地道：「上回與姑娘邂逅，姑娘爲了救我性命，毀損了姑娘的佩玉，我心中一直好生過意不去。因此我想法蒐羅各樣姑娘歡喜的飲食，又尋得了這塊冰玉，在此等候了幾個月，可終於等到妳回來了。」

宇文還玉此時已有十四歲多，懂的事情多了，明白這人已對自己生情，才會癡癡地在這兒等候，又費盡千辛萬苦，花了這許多心思，找來這許多可口珍貴的事物來討自己的歡心，心中也不禁好生感動。

她望著那塊冰玉，又抬頭望向長孫無忌殷勤的臉容，心中陡地一酸，卻忍不住想起了韓峰。她清楚韓峰的性子，知道他絕對不會做這許多無謂的瑣事來討好什麼人，即使在他鍾情於李晏雲時，也不曾爲李晏雲花過這許多心思，對自己就更別提了。

宇文還玉咬了咬嘴唇，轉念又想：「我大哥又何須討好我？他對我恩情深厚，哪裡是這些飲食珍玩可以比得上的？」當下微微一笑，說道：「長孫公子，多虧你花了這許多心思，我實在擔當不起。」

長孫無忌聽她口氣和緩，不禁喜上眉梢，忙道：「只要能得到姑娘的原宥，我就安心了。姑娘若不嫌棄，請坐下喝杯酒，吃點果子，好讓我略盡心意。」

宇文還玉卻沒有動，也沒有坐下，只是搖搖頭，說道：「不，我得去了。」

長孫無忌好生失望，央求道：「這葡萄酒十分難得，還是喝一口吧。」說著便拿起一壺葡萄酒，準備斟入杯中。

宇文還玉卻忽然一伸手，取過另一壺酒，拔開酒塞，說道：「我喝酒，哪裡用得著杯子？」語畢仰頭喝了三大口，喝去了大半壺酒。

她將酒壺放下，抹了抹嘴，嫣然一笑，說道：「你其實並沒欠我什麼，也不需我原宥。這冰玉十分珍貴，你留下吧。此後大家互不相欠！各走各路便了。」說完便大步走出廂房，迅速消失在黑暗中。

長孫無忌呆了一下，才回過神來，趕緊追出門外，然而宇文還玉早已走得無影無蹤了。他心中對這神祕奇特的少女又是愛慕欽敬，又是疼惜嚮往，心中暗暗立誓：「我長孫無忌這輩子若要娶妻，必得要娶宇文姑娘這樣的奇女子！」

宇文還玉離開不久後，便聽到了一個令人震驚的傳聞：鮮卑之鬼被河北叛軍領袖竇建德擒俘了！

宇文還玉剛聽聞時，還只是一笑置之，心想：「宇文崇天這老頭子活了一百歲，可不是省油的燈，怎麼可能被人捉去？竇建德又不是什麼三頭六臂的妖怪，只不過是個在北方聚眾起兵的反叛首領之一，哪有本領捉住武功天下第一的鮮卑之鬼？」但是當她聽說當年寶光寺的通海師兄楊觀海，也就是率先起兵叛變的楊玄感倖存之子，投靠了竇建德後，才感到事情可能有些不妙。

她在寶光寺那幾年中，眼看著通海恣意毆打欺凌她的大哥韓峰，對一眾師弟作威作福，心中早對這人恨得牙癢癢的。直到韓峰武功大有進展，能夠與通海相抗衡了，她和一眾小沙彌才不必恐懼通海的淫威，過著膽戰心驚的日子。

宇文還玉十分清楚楊觀海陰險卑鄙的性格。這人不擇手段，什麼事情都做得出來，她也知道正是因爲楊觀海去告密，宇文崇天才得知自己藏身於寶光寺；也約略聽說了楊觀海曾藉此威脅韓峰，騙他出去決鬥，設下陷阱想坑殺韓峰的往事。

宇文還玉皺起眉頭，心想：「楊觀海這賊子狼心狗肺，老爺子可不會眞著了他的道兒吧？」

她思來想去，無論如何不能放心，當下便往東方趕去，來到竇建德的根據地河北樂壽。

宇文還玉時時聽老爺子談論天下大勢，知道竇建德原本在一個名叫高士達的義軍首領手下擔任軍司馬，高士達陣亡後，他便成爲叛軍的領袖，勢力逐漸擴大，當年正月更自稱「長樂王」。

皇帝楊廣眼見東都洛陽被瓦崗軍和長樂王竇建德包圍，形勢岌岌可危，便派了大將薛世雄率領三萬大軍增援洛陽。不料薛世雄的部隊在途中遭到竇建德偷襲，全軍覆沒，竇建德大勝之下，進一步將勢力擴展到河北大部分的郡縣。

宇文還玉來到樂壽時，但見當地已全是長樂王的地盤，隋朝軍隊在此絕跡，該地的守軍大多身穿黑衣，戴著形狀古怪的頭盔，看來竇建德果然想當皇帝得很，甚至自己創建了軍隊的服色盔甲。

宇文還玉展開輕功，闖入竇建德的宮殿。

樂壽並非大城，因此竇建德的宮殿也非眞正的宮殿，而是當地某富戶的大宅，改建裝飾之後，看來倒也頗爲壯觀。宮殿中守衛森嚴，有不少持著長矛的士兵來回巡視。

宇文還玉如一片葉子般，從一座屋子的屋脊輕靈飄到另一座的屋脊，四處巡察，最後發現後院的一座石屋的周圍守衛特別多，似乎那裡關著什麼重要的囚犯。

宇文還玉伏在屋頂上，觀察了許久，才見一人出來對眾守衛道：「大家留意些！楊將軍花了很多功夫才捉住這老賊，我們必得守衛得滴水不漏，尤其須小心有人出手劫獄！」

宇文還玉往石室中窺視，隱約見到裡面關著一個青衣人，背對大門，垂首而坐，手腳都被粗大的鐵鍊纏縛，似乎便是宇文崇天。

宇文還玉心想：「老爺子應當不會這麼輕易就被楊觀海捉住，況且憑老爺子的武功，這些鐵鍊又怎能鎖得住他？莫非這些人布置下這個場面，就是為了引我出手相救？莫非這地方藏有陷阱？」

她在那石室周圍繞了一圈，果然見到暗處藏有不少弓弩手，對準了石室的門口。

宇文還玉心想：「果然是個陷阱。不知楊觀海卻在何處？他膽子倒不小，竟敢假稱捉到了老爺子，藉以騙我出來，當眞是不要命了！然而，老爺子又去了何處？」

宇文還玉正準備離去，忽覺有人拍了拍自己的肩頭。她一驚回頭，但見身後不知何時多出了一個青衣人，正是宇文崇天。

宇文還玉鬆了一口氣，宇文崇天向她做個手勢，兩人退出宮殿，來到城中僻靜之處。

第二十二章　偷祕笈

宇文還玉嘿了一聲，說道：「老爺子，我還道你練成分身術了，牢裡一個，牢外一個！關在裡面的果然不是你，可省了我不少事。」

宇文崇天臉色甚是陰沉，說道：「楊觀海這小子，眞是吃了熊心豹子膽！兩年前他偷了我苦心鑽研出的武功祕笈，如今竟大膽謊稱捉住了我，當眞可恨！」

宇文還玉奇道：「你那麼大的本事，怎會被他做了手腳，偷去了祕笈？」

宇文崇天瞪了她一眼，說道：「還不是因爲妳這小兔崽子！妳躲藏得太好，我花了許多功夫都找不到妳。我偶遇楊觀海，這小子偷聽到我在找妳，說他知道妳躲在哪兒，跟我討價還價，非要我教他武功，才肯告訴我妳的藏身之處。」

宇文還玉道：「那麼武功祕笈是你跟他討價還價之後，自願交給他的，並不是給他偷去的了。」

宇文崇天呸了一聲道：「我這身武功震爍古今，前無古人，後無來者，怎會輕易傳給一個不相干的小混混？我也不跟他討價還價，就將他捉了起來，拷打一番，逼他說出妳的所在。」

宇文還玉聽說楊觀海被拷打，眞是心花怒放，拍手笑道：「老爺子手段高明，後生晚輩甘拜下風。這小子在一番拷打之下，想必照實說了。」

宇文崇天道：「不錯，他說了，不但說了，還將寶光寺的許多內情都全盤托出。」

宇文還玉道：「什麼內情？」

宇文崇天又瞪了她一眼，說道：「別人可以裝傻，妳小妮子卻不行。鴿樓的事情由妳一手掌管，妳知道的還會比別人少麼？寶光寺暗中在幹些什麼事情，如何惹惱了皇帝，這些我都清清楚楚。至於那魏居士和神力的武功傳自神武上人，我也知道。神武的武功還算是不錯的，只是他不會教徒弟。楊玄感、宇文述和魏居士三個，武功都只平平，只有神力還讓人看得過眼，只不過他是陳國的亡國之臣，整日想著幫助陳後主的後代復興陳國，一去南方，就再也不回來了。」

宇文還玉道：「神力大師跟老爺子一般，都想推翻楊廣，復興舊朝，可說是志同道合。」

宇文崇天道：「他擁護的陳氏子孫，跟他爺爺陳後主一樣是個糊塗蟲，扶不起的阿斗。」

宇文還玉忍不住笑道：「這一點上，你兩位也頗爲相似。」

宇文崇天不再瞪她，卻嘆了一口長氣。

宇文還玉知道他惱恨自己懶散胡鬧，毫無雄心壯志，不想讓他更加傷心，連忙轉開話題，問道：「楊觀海揚言捉住了你，有何用意？就是想騙我出來麼？」

宇文崇天道：「我想是吧。他以爲我已去了西域，因此大膽放出流言，目的自然是想引妳上鉤。」

宇文還玉道：「引我出來又如何？他又打不過我。」

宇文崇天道：「他當然不知道妳的武功已得到我的眞傳，只道妳一個小孩子，武功無論多高，也抵禦不了他的千軍萬馬，弩箭暗器。」

宇文還玉點點頭，說道：「說得也是。那麼他捉住我之後要幹什麼？」

宇文崇天皺著眉頭，說道：「我猜他是想以妳的生命要脅我，逼我指點他那本祕笈的修煉之法。」

宇文還玉笑道：「他用老狐狸騙出小狐狸，再用小狐狸騙出老狐狸，這計策挺不錯的。」她側過頭，問道：「楊觀海這小子人在哪裡？」

宇文崇天道：「我在樂壽城裡找了一圈，見到他住在竇建德的宮殿裡，似乎成了這兒的大官。」

宇文還玉點頭道：「我聽人說，他來到樂壽不久，就以一身武功震驚竇建德，竇建德封他為『英勇大將軍』，寵信有加，讓他掌握兵權，準備靠他來打下洛陽。」

宇文崇天斜眼望著她，說道：「妳倒知道得挺清楚的。」

宇文還玉笑道：「我對於自己厭惡的敵人，向來是很關心的。」又問道：「老爺子還沒說呢，他怎地從你手中偷走了祕笈？」

宇文崇天臉色一寒，說道：「這就是他奸險所在。我拷打完了以後，他假裝昏死，降低我的戒心。我出門去勘查他所說是否眞確，他的同黨趁機來救出了他，兩人見我不在，竟闖入我的房室，偷走祕笈，逃逸而去。」

宇文還玉搖頭道：「這個同黨，想必便是我們的另一位師兄通山了。山不離海，海不離山。這兩人形影不離，通山原名徐山，本是楊家的家僕，對楊觀海忠心耿耿，盡力保護。每次楊觀海遇上危險，都是他捨命相救。」又道：「老爺子為何沒有去將祕笈追了回來？」

宇文崇天道：「我沒工夫去追。那時我聽說楊廣派了軍隊，就要闖上終南山去踏平寶光寺。我可不想妳跟那些其他的沙彌一般，被楊廣的軍隊踏平。」

宇文還玉吐吐舌頭，說道：「原來老爺子丟了祕笈，終歸要怪到我頭上。」

宇文崇天嘿了一聲，冷然道：「楊觀海這小子，太歲頭上動土一次不夠，還敢再來一次！我當年沒跟他計較，因為我知道這小子沒什麼本事，很好收拾。聽說他練成了『蛇蠍爪』、『陰風掌』幾樣偏重陰狠的功夫，他想練便由他練，橫直我隨時可以取他性命。」

宇文還玉奇道：「『陰風掌』和『蛇蠍爪』是什麼玩意兒？怎地你沒教過我？」

宇文崇天瞪了她一眼，說道：「那是幾套速成易練的功夫，以陰狠毒辣見長。學武者若是還未練成『渾天合地神功』，便可暫且以這幾種功夫自保。如今妳已練成渾天合地神功，幹麼還去學這些沒用的功夫？」

宇文還玉道：「原來如此。」心想：「楊觀海若練成了渾天合地神功，可就難以收拾他了。」

老少二人識破了楊觀海的奸計，也不現身，也不道破，決定就此離去，讓他自己在那兒唱獨角戲。

然而宇文還玉終究不放心，悄悄潛入楊觀海的居處，取回了被他偷去的祕笈。她對楊觀海厭惡已極，不但取回了祕笈，還精心假造了一本，跟舊的一模一樣，卻將重要的穴位、運氣法、口訣都改過了。

她心思靈巧，故意不改前半部，只改了後半部，尤其是練習渾天合地神功的口訣。她心想楊觀海練了這祕笈數年，前半部想必已然熟透，祕笈受到竄改，他多半看得出來；後面較深奧的內功他應當還沒有練到，她便改得亂七八糟，一塌糊塗。

她改完之後，甚是得意，又悄悄將祕笈送了回去。之後二人便離開樂壽，回往洛陽左近去了。

然而宇文崇天和宇文還玉其實並沒有猜對；楊觀海設計陷阱捉拿小石頭，並非爲了引出宇文崇天，逼他指點自己如何修煉祕笈，而是打算用小石頭做爲人質，逼迫少林寺韓峰投降。

楊觀海成爲竇建德的大將軍後，便積極布署攻打洛陽。他計劃先取下洛陽以南的少林，在少室山腳建立根據地，再往北推進洛陽。此時寶光寺沙彌投奔少林的消息早已傳開，楊觀海得知韓峰當上了少林羅漢堂主，心中對韓峰更是恨得牙癢癢地。他心想折服少林最好的辦法，便是以小石頭爲威脅，逼迫韓峰主動投降，臣服於竇建德，那麼少林便可不戰而屈，歸爲竇建德手下勢力，也是他楊觀海的第一件大功勞。

於是楊觀海便將腦筋動到鮮卑之鬼身上。他猜想小石頭從寶光寺失蹤，定是和鮮卑之鬼做一道，又聽聞鮮卑之鬼獨自去了西北，於是大起膽子，假做擒住了鮮卑之鬼，想要引小石頭出來相救。

然而他等了數月，等不到小石頭，被迫放棄這個計畫，決定改變策略，採取第二條計策——偷襲少林。

他派人送了一封戰書上少林，邀韓峰在山腳與他一決死戰。韓峰若是出面應戰，楊觀海自恃學了鮮卑之鬼的祕笈武功，定能致勝；將韓峰抓起之後，他便可舉兵攻上少林，占據少林寺。韓峰若是不肯下山應戰，那他便悄悄帶著五百名士兵偷襲少林，硬攻強占。

他自以爲這個計畫天衣無縫，便率領著五百名士兵離開樂壽，開往洛陽。

卻說當時韓峰在少林寺聽了通吃的話後，便立即趕回洛陽城去尋找俊俠，俊俠卻已離開洛陽，走得無影無蹤。再也找不到他的蹤跡。韓峰知道自己錯過了可能找到小石頭的機會，後悔自責，懊惱不已。

他獨自在洛陽街頭行走，無意中見到有家店舖販賣木頭娃娃，不禁想起小石頭年幼時親手做的那個木頭娃娃，又想起將那娃娃交給自己的李靜訓。「李姑娘不知身在何處？她是小石頭的表姊，或許會知道一些內情，能給我一些找到小石頭的線索？」

韓峰初下山尋訪小石頭時，便曾想過去向李靜訓探問，但他只知道李靜訓決意去刺殺宇文述，替父母和李氏一門報仇，之後便聽聞宇文述在江都遇刺重傷，卻沒有人見到刺客的蹤跡。

韓峰當時猜想下手刺殺宇文述的多半便是李靜訓，曾擔憂過李靜訓的安危；但他那時眼見李晏雲對李靜訓露出強烈的嫉妒不悅之情，才打消了跑去江都一探究竟的念頭。如今兩年過去了，李靜訓音訊全無，自己卻要上哪兒找她去？

韓峰頹然去到風滿樓。杜果一見到他，便一把抓住了他，說道：「峰師兄，來得正好，快來見一個人！」領他來到掌櫃房後，但見一個瘦削的伙計背對而立，脅下撐著拐杖，手上正清理著一疊帳單。

韓峰仔細一瞧，才發現那伙計竟然便是昔年掌管大興城小鐘寺鴿樓的通木！

韓峰大喜，衝上前叫道：「通木師兄！」

通木和杜果一般，已然蓄起頭髮，身穿俗家服飾。他回頭見到韓峰，也滿面歡喜，撐著拐杖趕上前，伸手拍拍韓峰的肩頭，叫道：「峰師兄！我可終於找到你了！」

杜果笑道：「木師兄和我一般還俗了。木師兄俗家姓梁，單名就是一個木字。你仍舊稱他木師兄不妨。」

韓峰還未及詢問梁木這兩年究竟躲藏在什麼地方，便見梁木一臉憂急，說道：「我有急事須求峰師兄相助。你還記得李靜訓李姑娘麼？」

韓峰一怔，說道：「當然記得，我才正想著該上哪兒去尋她，莫非木師兄知道她人在何處？」

梁木點了點頭，又搖了搖頭，神色越發憂慮焦急，說道：「我知道她人在哪兒，但是，但是……」話沒說完，眼淚便已流了下來。

韓峰不禁好生驚詫，他知道梁木性情沉穩，不管遇上什麼天大的事情，總能冷靜以對，此時竟爲了李靜訓的安危而掉淚！他忙問：「李姑娘怎麼了？師兄請快說！」

梁木哽咽道：「她再度行刺宇文述，令宇文述身受重傷，自己卻被楊廣捉住了！」

韓峰心想：「當年刺傷宇文述的果然是她！」問道：「她人關在何處？在江都麼？」

梁木點頭道：「正是。楊廣認爲她背後定有指使之人，因此才暫時將她關起未殺。我特地北上洛陽，盼能找到峰師兄，請師兄隨我一起去救出李姑娘。不知師兄可願意出手相助？」

韓峰道：「這還用問！我立即隨師兄去江都，試圖營救李姑娘。」

梁木合十爲禮，激動地道：「多謝峰師兄高義！」

第二十三章　下江都

於是梁木和韓峰當日便離開東都洛陽，快馬往東馳去，來到通濟渠的起點板渚。二人從板渚登船，順著通濟渠經汴州、宿州、泗州，來到洪澤湖邊上的盱眙；橫跨洪澤湖後，再航往淮河下游的山陽；接著便經山陽瀆往南航行。

這是韓峰第一次親眼見到聞名天下的大運河。但見河面寬四十步，修築齊整，兩岸各有一條寬十餘步的御道，遍植榆樹和柳樹，數座大城市矗立在運河兩岸，市面蓬勃，極爲繁榮。

楊廣繼位之初，便徵發河南、淮北一百多萬民伕，在已有的自然水道基礎上開鑿「通濟渠」，從洛陽通到淮水；同年，楊廣又派遣淮南十幾萬民伕開通「邗溝」，從山陽到揚子入江，又稱「山陽瀆」；三年之後大業四年，楊廣再徵調河北一百多萬人開「永濟渠」，引沁水南達黃河，北通涿郡；大業六年，楊廣再度開鑿「江南河」，從京口通到餘杭。

這幾條運河以洛陽爲中心，向北經永濟渠達涿州，向西沿廣通渠到京師大興，向南經通濟渠、山陽瀆和江南河到達江都、餘杭，全長六千五百里，形成了一條自江南一路通達京師的水上道路，在運送首都所需物資上扮演了重要的角色。運河的挖鑿連通了黃河、淮河、長江、錢塘江和海河五大水系，是當時溝通南北交通的大動脈。

韓峰望著大運河，忍不住讚嘆道：「這大運河工程浩大，眞是太壯觀了！」

梁木點頭道：「楊廣剛上任時，滿懷雄心壯志，開鑿運河，溝通南北，確實是件曠古功業。然而他好大喜功，心急趕工完成運河，犧牲了數十萬百姓的性命，才用鮮血挖出這條壯觀的運河。無論何等的蓋世功業，都抵不過他濫用民力、不惜人命的罪業。」韓峰點頭稱是。

不一日，行船抵達江都。兩人晝夜行舟百里，從洛陽來到江都，全程只用了不過十日的工夫。

韓峰見江都城繁華富庶，民生安定，比之北方的戰亂荒蕪、窮困流離，直有天壤之別，忍不住道：「楊廣躲在這富裕繁榮的江南，可是享受得很啊！」

梁木搖頭道：「自從雁門受圍、逃離洛陽之後，楊廣便沒打算要回去北方。他打的主意，應是割據南方，回復隋朝統一南北之前的分據局勢。他打算在丹陽修建丹陽宮，便是想以江東為根據地，如孫吳、東晉和南朝宋、齊、梁、陳一般，偏安南方。眼下北方混亂，義軍四起，朝政早已失去控制。楊廣心灰意懶，整日沉迷酒色，亡國之狀再清楚不過。」

韓峰忽然問道：「木師兄，你怎會知道李姑娘的下落？」

梁木臉上微微一紅，說道：「不瞞你說，那時我聽聞宇文述被刺的消息，便立即趕來江都尋訪李姑娘。我花了不少功夫，才終於找到了她，那時她還沒有被官府捉住。後來她又意圖刺殺楊廣，才露出痕跡，被楊廣的手下給擒住了。」

韓峰心想：「當時我也曾動念來江都尋找李姑娘，確定她平安無事。我只是心中想著，木師兄卻付諸行動了。」問道：「李姑娘此刻人在何處？」

梁木道：「她被楊廣關在一座百尺高塔之上。楊廣查知她是太師李穆家的後代，只道李渾、李敏一家已被他誅殺殆盡，怎知竟還有一個餘孽未死，認爲是老天在作怪，因此他找了不少僧道在高塔上作法，想要祛除妖氣，破解讖語，免除自己的亡國之禍。」言下滿是譏嘲激憤之意。

韓峰道：「高塔？我們卻該如何營救？」

梁木老早研究了當地的情勢，說道：「我找峰師兄來，便是爲此。我想出的營救之策，需借重峰師兄的神箭。今夜我便帶你去探探地勢，告知我的計畫。」

當天夜裡，梁木領著韓峰潛入江都宮，悄悄攀到一座大殿的屋頂上。

梁木指著不遠處一座十二層高的寶塔，說道：「就是那座塔了，李姑娘被關在最高一層中。我打算將細繩綁在羽箭尾端，請峰師兄射箭到塔頂；李姑娘取得箭後，便能將細繩拉上，我們再換上粗繩，之後我們便可攀沿粗繩到達塔頂，將李姑娘救下來。」

韓峰抬頭仰望，測度距離，問道：「這塔有多高？」

梁木道：「二十四丈。」

韓峰計算了一下，說道：「沒有更近的地方發箭麼？此地距離塔頂，總有十丈遠近，從這兒斜上至塔頂，算算該有二十六丈。我平時射靶，十五丈內必中紅心，二十丈外較無把握，二十六丈之外，能射中靶就不錯了。」

梁木道：「而且塔底有不少守衛，必得一次射中，不能失誤。」他拍拍韓峰的肩頭，微微一笑，說道：「我請了神箭韓峰來，正是爲此。」

韓峰也是一笑，說道：「師兄太抬舉我了。」

他抬頭測度了許久，才道：「塔頂甚寬，比一般箭靶要大上得多，並不難射中。難的是必須斜射而上，羽箭還綁著細繩，力道需得更大，箭才不會太早跌落。二十六丈平射已甚為困難，二十六丈斜射，就更不容易了。我盡力試試。」

梁木喜道：「全靠峰師兄你了！」

次日晚間，梁木將細繩粗繩等都準備就緒，兩人再次來到江都宮的屋頂。

韓峰觀察風向，調度弓弦，問梁木道：「李姑娘知道我們今夜要動手麼？」

梁木點頭道：「我已偷偷讓人送信給她。她知道我們會在今夜子時射箭上塔，請她牽引繩索。」韓峰道：「甚好。」

轉眼到了子時，江都宮中敲完了三更的梆子。

韓峰舉弓瞄準塔頂，屏氣凝神，一箭射出，劃過虛空，飛出二十六丈，竟然穩穩地射中了高樓的窗櫺。

梁木大喜，忍不住叫了聲：「好箭！」

過了片刻，但見一雙雪白的手立刻從窗櫺中伸出，拔下羽箭，收入塔中，正是李靜訓。李靜訓緩緩將細繩拉入塔中，梁木忙將粗繩綁在細繩的盡頭，慢慢地粗繩也被拉上寶塔。最後李靜訓將粗繩牢牢綁在塔內的石柱之上，伸手出窗櫺，向下招了招。

梁木忙將粗繩的下端綁在屋頂的神獸身上，與韓峰對望一眼，兩人都知繩子已然綁緊，下一步便是攀援而上了。

梁木道：「我去吧！」

韓峰伸手按上他的肩頭，說道：「木師兄，你應當守在此地。」

梁木知道韓峰的武功遠勝自己，自己一腿斷折，懸空攀援繩索並非自己所長，但要他眼睜睜地看著韓峰去救出李靜訓，卻又有所不願，臉上露出爲難之色。

韓峰此時年紀較長，見到他的臉色，已揣測出他的心思，正色說道：「木師兄，『君子成人之美，不奪人所好』。你請放心吧。」

梁木聽他這麼說，微微一怔，知道韓峰已猜知自己對李靜訓的一片情意，臉上一熱，點了點頭，說道：「峰師兄武功遠勝於我，由你上去解救李姑娘，自是較爲穩妥。」

韓峰點了點頭，當即伸手攀著粗繩，雙足勾上繩索，往高塔上攀去。

一片沉鬱的夜色之中，粗繩被晚風吹得微微搖晃，韓峰手腳並用，一寸一寸地往上攀去。

花了約莫一段香的功夫，韓峰終於攀過了二十六丈長的粗繩，來到塔外。但見塔頂的窗戶都以木條封死，便緩出右手，拔出腰間的「天降大刃」，遞給窗內的李靜訓，說道：「用匕首斬斷窗櫺。」

李靜訓接過天降大刃，斬斷了五六枝木條，窗櫺出現了一個洞口，韓峰伸手抓住窗邊，湧身鑽進寶塔。

李靜訓直到這時才看清他的面目，微微吃驚，低聲道：「韓公子，是你！」神色中流露出掩不住的失望。

韓峰見了，心想：「原來不只是流水有意，落花也有情。」當下說道：「木師兄人在塔下等候。李姑娘，請讓我揹妳下去。」

李靜訓點了點頭。韓峰從她手中接過匕首，收回腰間，將她背負在身後。爲了預防她鬆手跌落，韓峰又用細繩索將她和自己綁在一起。綁牢之後，韓峰便躍出窗外，沿著繩索攀下。

他攀上來時單獨一人，已甚覺困難；這時雖是往下攀爬，較不費力，但身上背負著一人，手腳需得使上雙倍的勁道，才能抓牢麻繩。韓峰雙手雙腳都被粗繩磨破出血，只能強撐著往下攀爬；攀到一半時，忽然聽見地面傳來陣陣叫囂之聲。

韓峰一驚，低頭望去，但見塔底有許多人舉起火把，紛紛往上戳指高喝。

韓峰知道自己已被發現，心中只想：「千萬別射箭！」眼見自己離江都宮的屋頂仍有十餘丈，只得趕緊加快手腳，繼續往下攀去。

梁木也看得心驚肉跳，心中禁不住急得大叫：「快點，快點！」

便在這時，侍衛中果然有人開始射箭，幸而韓峰與高塔底部相隔已有四五丈，離地面也還不太近，那些人的箭藝又遠遠不及他，十多箭從二人身邊呼嘯而過，未曾射到他們身上。

將近屋頂時，離地面已較近，地上之人開始扔擲袖箭和鐵丸子等暗器。此時韓峰已能緩出手來，拔出天降大刃一一打下。他奮力攀下最後五丈，終於落到屋頂。

梁木為人精細，早已安排好退路，立即引韓峰落下屋頂，進入一條窄道，在江都宮的花園中穿梭。這時江都宮也已驚覺有外人闖入，侍衛紛紛打起火把探巡。然而眾侍衛似乎追得並不很起勁，追了一陣也就不追了。

梁木帶著韓峰和李靜訓出了圍牆，奔過數條黑暗的小巷，來到一座隱密的寺院。

韓峰後來才知道，這就是原本在江都負責傳送鴿信的鐵佛寺。楊廣毀滅鴿樓後，掌管鐵佛寺的僧人逃去了江都另一座寺院安樂寺中躲藏，鐵佛寺便一直空置著。梁木來到江都後，便利用鐵佛寺中的密道和密室，做爲暫時的藏身處。

三人進入了密室後，梁木關上了門，韓峰便解開綁住自己和李靜訓的細繩，將她放下地。

李靜訓一落地，便奔上前去，投入梁木的懷中。

韓峰見兩人緊緊相擁，良久都不分開，好似永遠也不會分開了一般，也不禁臉上發燙，趕緊避開目光。但這間密室不大，他實在無處可躲，只好悄悄走到牆角，取出匕首「天降大刃」，假裝忙著擦拭一番。

過了許久，兩人才終於分開。梁木低頭望著李靜訓，滿面歡喜安慰，柔聲說道：「一切都沒事了。妳臉色好白，我扶妳去內室躺一躺吧。」

李靜訓點了點頭，在梁木的攙扶下，走入內室。

過了好一會兒，梁木才出來，臉上猶有淚痕，忽然對韓峰下拜，說道：「多謝峰師兄仗義相助，幫我救出了李姑娘，梁木粉身碎骨也無法報答！」

韓峰連忙扶他起來，說道：「多年前師兄曾仗義出手，助我闖入牢獄，救出李姑娘的家人；今日我相助師兄救出李姑娘，原是應當。李姑娘沒事麼？」

梁木道：「只是受了驚嚇，休息一陣，應當便能恢復。」

兩人在密室中相對而坐，梁木神情歡喜愉悅，原本憂鬱緊繃的心情此時已全然放鬆，嘴角帶著滿足的微笑。韓峰見了他的神情，也不禁暗暗爲他高興。

兩人靜靜對坐了一陣子，韓峰開口問道：「木師兄，你今後卻有何打算？」

梁木道：「我打算護送李姑娘回返大興城。」

韓峰道：「師兄在大興城可有安身之處？」

梁木微微一笑，說道：「小鐘寺是不能回去的了，但狡兔三窟，我在城中還有好幾個處所可以棲身。李姑娘的墓穴不適合再住，她喜歡安靜偏僻的地方，我自能替她安排一個合適的住處。」

韓峰知道梁木神通廣大，辦法甚多，點了點頭，說道：「李姑娘可能需要在此多休息幾日，才能上路。我想明日便先啓程回洛陽，等你們安頓下來後，給果師兄發個信，讓我們知道你們的下落便是。」

梁木一笑，說道：「這個自然。」

第二十四章　問無答

次日清晨，韓峰起身時，見到梁木和李靜訓都不在密室中。他離開密室，在寺中走了一圈，卻見二人在廚房中煮粥，兩人肩靠著肩，雙手十指交扣，狀甚親密。李靜訓臉上帶著甜蜜溫馨的微笑，顯然對梁木極爲親近倚賴。

韓峰見到二人前一夜的神態，心中已然有數，明白兩人之間情愫甚深。梁木在逃離大興城後便已還俗，當然可以娶妻，只是想不到李靜訓這樣一個絕世美人，一縷情絲竟然就此繫在梁木的身上。

韓峰不禁露出微笑，心下甚爲粱木高興：「粱木師兄雖然其貌不揚，又瘸了一條腿，但聰明多智，勇敢重義，是個沉穩可靠的男子；加上他溫柔體貼，得此良伴，也是他應有的福報。」

韓峰不願意打擾二人，靜立了一會兒，心中忽然動念：「如果我身邊能有人相伴，我會希望是晏雲麼？」這答案原本應是理所當然的。他曾經苦戀李晏雲，兩人的情感已到了論及婚嫁的地步。每當他想起自己不得不離她而去，而她一怒之下，竟委身下嫁趙慈景，心中都不免感到一陣難言的傷痛失落。

然而近來他思念李晏雲的時候漸漸少了，記憶中與李晏雲相處的時刻，甜蜜中往往帶著幾分隔閡。兩人在一起時，自己總得小心翼翼，盡量不說錯話，免得惹她惱怒，還得時時隱藏心中眞正所想；而晏雲也總是顯得憂慮不安，似乎從未停止懷疑自己對她是否十足眞心。

韓峰忽然動了一個念頭：「或許離開晏雲是件好事，不是壞事。我們當時若眞的成婚了，此刻兩人想必都不會眞正一世開心。」

這個覺悟其實已在他心底醞釀許久，直到此刻才忽然變得異常清晰。他離開李晏雲後，心思大多盤繞在對小石頭的擔憂思念之上，越來越少念及李晏雲。他原本以爲是因爲自己心中慚愧自責，才避免去想晏雲之事；如今他才明白，自己對晏雲的心意竟已這麼淡薄了。

「如果我並不希望晏雲在我身邊，卻希望誰在我身邊？」想著想著，一時不敢深究，韓峰甩開心中的胡思亂想，輕輕咳嗽一聲。

梁木回過頭來，臉上一紅，招呼道：「峰師兄，你醒啦。」

韓峰道：「木師兄，我要先上路了。上路前，我有件事情想請問李姑娘。」

李靜訓也回頭望向他，說道：「是關於小石頭的事麼？」

韓峰點了點頭。

梁木神色溫柔，放開她的纖手，低聲道：「妳去吧，我一會兒把粥端出來，妳別再回廚房了。」

李靜訓點頭微笑，跟著韓峰來到一旁的小廳坐下。

李靜訓望向韓峰，說道：「韓公子，我猜想你會想問我關於小石頭的事。上回我跟你說了她的身世之後，你可曾跟她再談過？」

韓峰想起自己初初發現小石頭是個姑娘後，曾爲了她對自己隱瞞身世而發怒，思之甚覺歉疚，說道：「是。我跟她談過了，我們仍是至交好友。然而我並未能好好照顧她，讓她陷身危難。」

李靜訓看了他一眼，才道：「嗯，仍是至交好友。那麼，你想問我什麼？」

韓峰道：「我想知道鮮卑之鬼可能會將她帶去何處？是否會對她不利？」

李靜訓側頭想了一陣，搖了搖頭，說道：「聽說鮮卑之鬼行蹤隱密，曾在好幾個人跡不至的地方隱居，我並不知道他會將還玉帶去何處。至於還玉的安危，我不認爲鮮卑之鬼會傷害她。」

韓峰奇道：「還玉？」

李靜訓道：「還玉是外祖母替小石頭取的小字。她的族名是宇文嵦，外祖母總說她是一塊流落在民間的璞玉，被人當成石頭，因此喚她『小石頭』，小字則是『還玉』。那是因爲祖母希望她有朝一日能回到皇宮，有如石頭經過雕琢，還原成爲一塊美玉。」

韓峰點了點頭，念道：「還玉，還玉。」

李靜訓道：「還玉離開我墓穴之後的遭遇，你應當比我更加清楚。我只記得許多年的一件小事，說來對你或許會有點幫助。」

韓峰點了點頭，說道：「李姑娘請說。」

李靜訓道：「還玉性情頑皮，粗野跳脫，看上去眞不像個姑娘家，但她心底其實是個情深意重、心細如髮的女孩兒。我最記得有一次，我病得很重，全身發熱，昏死過去。外祖母擔心極了，請了皇宮中最好的大夫來替我醫治，卻都說沒有救了。過了五日，我慢慢好轉，清醒過來，見到還玉在一旁笑嘻嘻地玩耍，好似完全不關心我的死活。那時我很生氣，覺得她實在無情得很。後來我才聽外祖母說，在我昏迷過去那五日中，還玉堅決不肯相信大夫的話，一邊哭泣，一邊不眠不休地守在我身旁，餵我喝水，不斷用溼布替我擦拭手腳頭臉降熱，完全忘了自己也要吃睡。外祖母相信我能好轉，全是因爲還玉的誠心感動了上天。然而等我病好了之後，她卻偏偏不想讓我知道她的一番辛苦，故意在我身邊玩耍嬉笑，裝做若無其事的樣子，也不讓外祖母告訴我那幾天她有多麼傷心焦急。」

韓峰聽了不禁點頭。他此時回想起來，才發覺在終南山上那些時日中，小石頭對自己的關懷照顧往往隱藏在不言之中；她總是爲自己想好一切，做好一切，卻從來不說出口，並且故意裝成好像什麼也不在乎，什麼也沒做的樣子。自己日夜受到她的悉心照顧、盡心關懷，卻從未感覺到她蓄意爲自己做了什麼。她的性格果眞便是如此，情感深刻卻平淡不宣，心思纖細卻故做粗率。

李靜訓又道：「還玉對我的好，是我一輩子也無法忘懷的。但她偏偏又不願意讓我知道她對我的眞心，總是盡力掩飾。她那時還只是個五六歲的小女孩兒，性情已是如此。我相信她對於朋友……或是情人，大約也會是這般吧？」

韓峰聽李靜訓如此說道，忽然感到一陣無名的激動湧上心頭，陷入沉思。

李靜訓抬頭凝視著韓峰，說道：「韓公子，你爲何堅持要找到還玉？是因爲擔心她的下落，還是感到自己對不起她？」

韓峰一呆，一時不知該如何回應。

李靜訓嘆了口氣，說道：「你不必擔心她的安危。憑她的聰明能耐，鮮卑之鬼是制不住她的。她身爲宇文皇室的最後一位公主，身分高貴，鮮卑之鬼絕對不敢傷害她，她身邊更會有無數忠心的鮮卑武士圍繞保護，安全應是無虞。」

她頓了頓，又道：「你若是因爲李家五姑娘的事，感到自己對不起她，那就更加不必去找她了。還玉一心只爲你著想，她安排你跟李家五姑娘結褵，那是她眞心誠意希望你如願以償。你並沒有對不起她，也不必因此感到自責。」

韓峰心中一團混亂，更作不得聲。

李靜訓又道：「你若只因擔心或自責而去找她，那麼我想你是找不到她的。」

韓峰默然良久，才低聲道：「李姑娘，多謝妳指點迷津。我確實應當好好想清楚，我找她究竟是爲了什麼。」

李靜訓微微一笑，說道：「韓公子，我雖然已很久沒有見到還玉了，但是我能猜想到她心中在想些什麼。你如果眞找到了她，請你跟她說，靜訓姊姊很想念她，請她有空來大興城找我玩兒。」

韓峰告別李靜訓和梁木後，獨自沿著大運河，回往少林寺，李靜訓的言語不斷在他腦中盤旋迴響。

他不得不認眞問自己：「我爲什麼要找小石頭？我找到她後，又要對她說什麼？」又想：「她以俊俠之身出現，武功高絕，如李姑娘所說，我實在不必擔心她的安危。那麼我是因爲自責才去找她麼？我戀慕晏雲，拋下了她和寶光寺的師兄弟們，但她絕對不會因此責怪我。寶光寺的禍事，一半起因於楊廣，一半則起因於鮮卑之鬼。幸而我及時趕回，更盡力安頓了一眾師弟們，我並不需爲此自責，更不需爲此去找她，那些都是過去的事了。那麼我去找她，究竟是爲了什麼？」

將近洛陽城時，他仍舊未能理清自己的思緒。他知道自己心裡仍舊極想找到小石頭，但是他卻無法回答：自己究竟爲了什麼去找她？找到她後，又該如何？

韓峰的船才到洛陽，杜果已在碼頭等候他，一等他下船，立即將他拉到一旁，壓低聲音說道：「峰師兄，事情不好了！楊觀海帶了五百軍隊，打算偷襲少林！」

韓峰大驚失色，說道：「人在何處？已到少室山腳了麼？」

杜果道：「他們從數月前樂壽出發，一來不想跟瓦崗軍衝突，二來想隱藏行蹤，因此只走小路，行程甚慢，我估計還要三日才會到達。」

韓峰皺起眉頭，說道：「你說他帶了五百軍隊？」

杜果點點頭，說道：「正是。數月之前，楊觀海投靠了竇建德，被封爲『英勇大將軍』，手下兵馬過萬。我在竇建德那裡埋有眼線，得知楊觀海一心攻取洛陽，準備先對少林下手，搶占少林的莊園糧倉，做爲進軍洛陽的根據地，更想收伏少林武僧爲己用。」

韓峰不禁驚怒交集，他原本知道少林田產豐厚，在亂世中必將成爲流軍覬覦的對象，卻沒料到自己身在少林，傳授少林僧眾武功，原意是保護少林，不料竟反令少林成爲楊觀海的目標！

他心中憂急，說道：「楊觀海手段狠辣，對我更是滿懷仇恨，我得立即趕回去！」

杜果道：「你快去吧。但是你須留意，我得知觀海一方面向少林寺下戰書，指名要你單獨出馬，跟他對決，準備將你擒殺；二方面則打算趁你下山對決時，派遣五百士兵偷襲少林，逼迫少林僧眾屈服。」

韓峰道：「我明白了。單挑決鬥只是個幌子，楊觀海的眞正目標是偷襲攻山。」

杜果道：「正是。峰師兄，我還聽聞楊觀海兩年前不知得到了什麼武學祕笈，武功大進，迥異於前，你若跟他對決，千萬不可硬碰硬。」

韓峰聽了不禁一怔，想起自己上回與楊觀海動手是在大興城的慈和尼寺中，自己輕易便打敗了楊觀海和徐山二人聯手。短短兩年之間，楊觀海武功又能增進到何地步？但他知道杜果消息靈通，這麼說必有其道理，便道：「多謝果師兄告知，我會小心在意。」

他當即騎著追龍，快馬趕回少林寺，立即去拜見常悟方丈。

常悟大師自從收到楊觀海的戰書之後，心中便忐忑不安，趕緊將信給韓峰看了，問道：「韓施主，這楊觀海是什麼人？他爲什麼找你挑戰？」

韓峰見那信上寫道：

「英勇大將軍手喻：少林韓賊峰欺師滅祖，奸險殘暴，欺壓良善，世人髮指。韓賊曾爲余手下敗將，爾卑躬屈膝，跪地求饒，余一念慈悲，始饒不殺。然韓賊怙惡不悛，本性不改，挾其淫威，爲禍世間。今本大將軍聲討韓賊，必除之而後快。韓賊若知羞恥，即至少室山腳，引頸就戮。余當獨挫宵小，手刃韓賊，以謝天下。」

韓峰見此信措詞極爲狂妄無禮，心中火起，便想衝下山去，跟楊觀海一決死戰。但想起杜果的警告，心想：「楊觀海故意這麼寫，顯然想逼迫我在激憤之下，挺身應戰。我必得冷靜，以少林的安危爲重。」

他回答道：「方丈大師，這人是楊玄感的兒子，也是昔年寶光寺的叛徒。他不久前投靠了河北的義軍竇建德，被封爲將軍，掌握兵馬大權。這回衝著少林而來，應是覬覦我們地近洛陽，是一股可以被收伏的勢力。我得知他寫了這封信找我挑戰，暗中卻計劃派遣士兵上山偷襲本寺，我等需得謹慎防備。」又道：「方丈請勿過憂，我立即率領僧眾準備應戰，絕不會讓他們闖上山來。」

第二十五章　羅漢陣

當下韓峰召集少林曇宗、志操、惠錫眾僧，以及通吃、通平、通定等寶光寺沙彌，告知楊觀海下書挑戰、即將偷襲少林等情，命眾人立即緊閉山門，備妥諸般武器，排班輪流守衛各處圍牆，又命幾名武功較高的僧人備好十八羅漢陣，守在山門之內，敵人若當眞闖入，便能抵擋一陣。

守禦諸事安排妥當後，通定來見韓峰，問道：「峰師兄，楊觀海的挑戰，你卻打算如何應對？」

韓峰道：「他意在引我出去，好偷偷攻打少林。我有兩個想法，不知哪個較佳，請師弟替我斟酌。一是不理會他的挑戰，留在山上指揮守禦；二是將計就計，出去跟他周旋一番，若能設法擒住他，便能解少林之圍。」

通定道：「我以爲師兄應當出面應戰，如果是一對一決鬥，師兄便不怕他，或能將他打敗擒住。」

韓峰沉吟道：「我原也這麼想。但是果師兄說楊觀海近來武功大進，不應硬碰硬，我擔心自己可能不是他的敵手。」

通定驚訝道：「當年在終南山時，楊觀海的武功便已不如峰師兄。幾年之間，他當眞能進步得這麼快麼？」

韓峰想起小石頭也是在兩年之間武功突飛猛進，搖頭道：「我也不知，但是並非不可能。果師兄消息靈通，我自當聽信其言，謹愼以對。」

通定沉吟一陣，說道：「峰師兄，既然如此，那麼你確實不應去犯險，最好坐鎭寺中，指揮守禦，確保少林安全無虞。」

韓峰抱著手臂，思慮良久。他曾見過不少大陣仗，卻從未眞正率領過軍隊，更別說率兵打仗了。此時敵人率領五百軍隊攻山，他其實並無必勝之策，只知道己身榮辱安危並不重要，重要的是保護好少林寺和一眾寺僧。

他點頭道：「通定，你說得是。我無心跟楊觀海決鬥，自以保護少林安危爲第一要務。」

這日晚間，韓峰在房中禪坐，感到心神不寧。他覺知危難將至，便即起身，來到寺門外。這時仍是夜半，負責防守的乃是通定。

通定神情警覺，站在牆頭，指著遠處道：「峰師兄，你瞧，山腰上隱約燃起營火，很可能便是楊觀海的軍隊。瞧他們所在位置，預計明日清晨便能攻上山來。」

韓峰點頭道：「山道狹窄，易於抵禦。我們不如便在山道上布下陣勢迎敵，以逸待勞罷。」

於是他率領了十八名武僧，來到寺門外的土道邊上，躲入樹叢中等候，讓通吃率領年紀較輕的寺僧留守寺門。

將近清晨，天色將明未明之際，果聽一陣腳步聲響，一小隊身穿黑衣的士兵手持斧頭，奔上山路，直往寺門衝去。這隊士兵共有二十多人，看來是想趁夜砸開寺門，好讓大軍闖入。

韓峰叫道：「動手！」

他與十八名少林武僧一齊從樹叢中躍出，舉棍向那二十名士兵打去。

韓峰棍法精妙，數招之後，便將當先的五名士兵打倒在地。那二十名士兵未料敵方已有埋伏，打算撤退，退路卻已被截斷，一一被韓峰和少林僧人打倒，擒住綁起。

韓峰吸了一口氣，奔下土道觀望一陣，回來後低聲對眾僧道：「剛剛那隊士兵乃是敵軍的先鋒，大隊人馬便在土道之下。他們尚不知道先鋒已被我等擒住，我們趁機衝下，攻他們個出奇不意。」

當下韓峰在前領頭，讓十八名寺僧結成陣勢，如一個十八頭、三十六臂的怪物，緊緊相靠，跟在他身後，緩緩走下山道。但見寺外空曠的土地上滿滿的都是士兵，想來楊觀海的五百軍隊已全數聚集於此。

韓峰和少林寺僧當初設計這陣勢時，便是將對手設想爲大批使用刀劍槍矛的士兵，此時敵人正如他們所設想，彷彿特別爲了考較這個陣勢的能耐而來。

韓峰見敵軍中沒有弓箭手，鬆了一口氣，當即下令：「進攻！」十八名武僧齊聲大喝，同時前進，闖入敵陣，長棍從不同的方位擊出，直闖入楊觀海的陣營。

士兵連忙舉起刀劍槍矛抵擋，但這羅漢陣設計嚴謹，十八僧中八僧負責攻擊，八僧僧負責守衛，二僧負責指揮進退，攻者出招凌厲，守者守衛嚴謹，士兵的刀槍竟然無法殺傷任何一名武僧，卻紛紛被武僧的長棍擊倒。

士兵從未見過這等奇異凌厲的陣勢，紛紛驚呼，匆忙後退，手中刀槍落地，啷啷鏘鏘聲不絕於耳。後面的士兵不知道前頭發生了什麼事，更加驚駭，搶著後退，一陣混亂。

楊觀海騎在馬上，在後押陣，清楚看見了這一幕。他原本以爲少林僧人就算學過幾年武功，也定然不怎麼高明，不可能對敵數百軍隊；卻如何料想得到他們竟設計出十八人同使的陣勢，威力極大，自己的士兵乍然遇上這一隊武僧，竟然毫無抵禦之能，只能節節敗退。

楊觀海眼見己方受傷者越來越多，而逃跑者也不在少數，只能下令道：「收兵！暫時退下山去！」讓士兵鳴金收兵，數百名士兵狼狽地逃下山去，原本的五百人有的被擒，有的受傷，有的失蹤，只剩下三百人不到。

少林僧人雖然跟隨韓峰練了數年武功，排練了十八羅漢陣，卻從未想過這陣勢竟有如此大的威力，只憑十八位武功未臻上乘的僧人，各持木棍，互相呼應，竟輕易打退數百名手持刀劍槍矛的士兵，都是又驚又喜。這日清晨在少林寺外的一戰，令少林武功名揚武林，羅漢堂主韓峰和「十八羅漢陣」的名聲也不脛而走。

韓峰眼見陣勢奏效，成功退敵，終於鬆了一口氣，心想：「佛祖保佑！」

這時太陽剛剛升過山頂，四下一片清明爽淨。韓峰下令讓寺僧救助受傷的士兵，將他們暫時禁閉在寺後禪修閉關的山洞中，並撿起士兵留下的兵器，收回寺裡。

韓峰不敢懈怠，知道楊觀海很可能捲土重來，再次攻山，下令寺僧繼續守衛，又派出熟悉山林的通安和腳下敏捷的通智出去探索敵蹤。

當日下午，通安和通智回來報告，說楊觀海將軍隊駐紮在山腳，看來沒有攻山的打算，也沒有撤離的意思。韓峰不知楊觀海有何計謀，只能命寺僧嚴加戒備，繼續探測敵情。

到了第二日的午後，寺門外忽然傳來人聲，有人在寺門外大聲叫道：「小賊韓峰，立即給我滾出來！楊大將軍要你來見！」

韓峰來到寺門的牆頭上，卻見一排數十名士兵列陣站在寺外空地之上，為首的是個身形高瘦的青年，臉色蒼白，眉目俊秀，騎著一匹高大的白馬。韓峰一眼便認出，這人正是昔日寶光寺的四師兄楊觀海。

楊觀海一身武裝披掛，鎧甲閃閃發光，滿面傲氣，手中持著一條銀光照人的鞭子。在他身後是個身如鐵塔的高大男子，正是往年的三師兄徐山。

這時徐山大步上前，高聲喝道：「長樂王御封英勇大將軍楊大將軍駕到！少林方丈及一眾僧俗弟子，立即上前跪拜參見！」

韓峰見到楊觀海和徐山趾高氣揚的模樣，心想：「我們前日才擊退他的軍隊，他憑什麼如此盛氣凌人？」

他凝望著楊觀海，冷冷地道：「前日承蒙閣下不速而訪，你今日再度上我少室山，不知有何指教？」

楊觀海哈哈一笑，說道：「韓峰啊韓峰，我來此正是爲了找你算帳，你又何必裝傻？那封挑戰書，難道你沒有收到？」

韓峰沉住氣，說道：「你我過去有何恩怨，在山下了結便是，豈可上山騷擾少林寺諸位師父清修？你何不再次派手下五百士兵上山來，領教敝寺的十八羅漢陣？」

楊觀海臉色陰沉，他騎在馬上，瞥眼望向站在牆頭的韓峰和眾寶光寺師弟，冷笑道：「哼，一群寶光寺當年的鼻涕蟲！少林寺有膽收留你們這群寶光寺餘孽，卻沒膽承擔後果！」

通定怒道：「什麼寶光寺餘孽，當年寶光寺師兄弟中，唯一的餘孽就是你！」

楊觀海臉色微變，瞪了通定一眼，冷然道：「今日我帶領長樂王的兵馬上山，就是爲了踏平少林寺，殺光你們這群叛徒，清理門戶。你們害死了老和尚，惡行令人髮指，天下人人得而誅之！」

通定上前一步，喝道：「楊觀海，佛祖面前，豈容你胡說八道、血口噴人！我們何曾害死了老和尚？」

楊觀海洋洋得意，指著韓峰，說道：「老和尚正是小石頭引狼入室給害死的！小石頭難道不是你韓峰的兄弟？你指使自己兄弟殺害師尊，反叛師門，該當何罪？」

韓峰臉色微變，說道：「不錯，小石頭是我兄弟。她有什麼過錯，都由我來承擔。老和尚圓寂，弟子們都悲痛逾恆。唯獨你楊觀海，早早便背叛師門，辜負老和尚對你的一番保護照顧、悉心教導，要替老和尚報仇，也輪不到你這叛徒！」

楊觀海尖削的臉上露出憤怒之色，喝道：「韓峰，廢話少說，你出來！我跟你一對一挑戰，你敢不敢？」

韓峰不受他激將，說道：「你若有膽，便再次帶領人馬攻山，我等在此恭候。」

楊觀海尖聲大笑，說道：「你不敢出來迎戰，直說便是，讓天下皆知你羅漢堂主韓峰乃是隻膽小如鼠的縮頭烏龜！」

韓峰若是當年剛到寶光寺時的歲數，性情衝動如火，想必會被他所激怒，忍不下這口氣，出頭應戰；但他此時已有十六七歲，在寶光寺和少林寺習禪多年，又多所歷練，性情成熟穩重得多，當下只是微微一笑，對通定等說道：「咱們回去吧！」

少林寺僧當即離開牆頭，緊閉寺門，繼續固守。

楊觀海見他不受激將，更爲惱怒，大叫道：「且慢！你瞧瞧這是誰？」

一拍手，通山拉過一條繩子，繩子的一端綁著一個少女。韓峰一見之下，大驚失色，卻見那少女竟然便是通靜！

韓峰又驚又怒，暗罵自己大意：「通靜師妹一直住在少林別院，該處無人防守，我竟然未曾將她接過來保護，實在太過疏忽！」

楊觀海見到韓峰的臉色，哈哈大笑，說道：「不錯，通靜已落入我手中。我可以饒她不殺，只要你出寺來，跟我一對一，光明正大地對決！」

韓峰知道楊觀海奸詐險惡，隨手可以殺害通靜，心中怒火如燒，回頭望了通定一眼，通定皺起眉頭，咬牙切齒，顯然也在暗罵自己粗心，未曾想到要保護通靜的安危。

韓峰對通定和曇宗二人道：「緊緊守住寺門，在寺內擺出十八羅漢陣。不論我是勝是敗，是死是生，都絕不可打開寺門，聽清楚了麼？」

曇宗點了點頭，通定猶疑一陣，知道事關重大，也只能點頭答應。

第二十六章　舊恩仇

韓峰當下高聲道：「楊觀海，你手段卑鄙，天下皆知。好！我便出去接受你的挑戰。你先將通靜師妹放了。」

楊觀海看計謀得逞，得意已極，對通山道：「放走了小妮子！」

通山將通靜一推，通靜手腳被繩索綁縛，頓時跌倒在地。

韓峰從牆頭躍下，奔到通靜身邊，將她抱起，送上牆頭。通定和通平站在牆頭，將通靜拉上寺牆，接入寺中。

韓峰大步上前，凝望著楊觀海，說道：「出招吧！」

楊觀海笑道：「你想死，也不必如此著急！」忽然飛身下馬，欺上前去，手中長鞭直點韓峰面門。

韓峰見他長鞭來勢好快，立即舉棍格開，棍鞭相交，不料長鞭力道極大，韓峰的木棍竟被柔軟的長鞭彈了開去。

楊觀海冷冷一笑，長鞭再度搶上攻擊，左手成爪，往韓峰抓來。他從宇文崇天的祕笈中學得了「靈蛇鞭」、「蛇蠍爪」、「陰風掌」等陰狠易成的武功，此時使將出來，果然逼得韓峰連連後退。

韓峰暗暗吃驚，他絕未料到楊觀海的武功竟已有如此大的進展，身手卻依稀彷彿帶著幾分俊俠武功的影子，只是偏於殘狠陰毒。

韓峰連忙退開，避過一爪，並舉棍架開鞭子，卻覺虎口震痛，楊觀海的鞭子直有千鈞之力，每鞭砸來，都夾雜著呼呼風聲，聲勢驚人。韓峰奮力抵抗，卻顯然居於下風。

通定和通平、通安等站在牆頭觀戰，手中都捏著一把冷汗。通定曾聽說楊觀海武功大進，因此並不驚訝；其餘眾人原擬韓峰一定能打敗楊觀海，此時見到楊觀海將韓峰打得無法還手，都是大出意料之外，不敢置信。

通定早已讓師兄弟備好弓箭，韓峰若遇險，便發箭相救，然而韓峰和楊觀海纏鬥極緊，通定生怕此時射箭會誤傷韓峰，不敢下令放箭，只急得額頭流下冷汗。

但見楊觀海一招快似一招，鞭法不再是當年神武上人傳授的霹靂鞭，卻是鮮卑之鬼宇文崇天獨創的「靈蛇鞭」。這是習練「千絲萬縷索」前的基本功夫，宇文還玉在洛陽城中懲罰爲惡官兵，使的便是一條細細的銀索鍊，使動時需將陰柔內力貫注於索鍊之中。因索鍊細長而輕軟，使出時無聲無息，迅速及遠，往往令被攻擊者防不勝防。楊觀海之前也使長鞭，因此學這靈蛇鞭十分容易上手，內力雖不精純，手法也非極巧，但威力已是極大。

韓峰在楊觀海凌厲的攻勢下，只能不斷後退，招架越來越困難，每棍擋架，都感到虎口火燒一般地疼痛，實在無法想像對手憑著一條鞭子，怎能發出如此勁猛的力道？

他又驚又急，眼看楊觀海武功凌厲，自己處境極危，難以扭轉；敗在楊觀海手中還是小事，無法保護師弟和少林眾僧可是大事。他越想越著急，手上長棍章法雖不曾亂，但顯然無法反擊楊觀海如狂風暴雨般的攻勢。

果然十多招後，韓峰長棍脫手，只能空手對敵，臉上、臂上、胸口很快便被楊觀海的鞭子劃出一道道的血痕。

這時韓峰與楊觀海已鬥了有半段香的時光，他一見到楊觀海出手，就清楚知道自己處於必敗之地；但他也知道自己即使落敗，也必得鬥個兩敗俱傷，設法重挫楊觀海，不然他還會繼續爲難師弟們，少林寺更是不保。他勉力支撐，卻仍不免接連後退。

楊觀海見他節節敗退，心中極爲得意，緩步逼近，口中譏嘲不斷：「怎麼，鼎鼎大名的少林羅漢堂主韓峰打不過我，便想開溜啦？你不是最驕傲自負的麼？在師弟們面前慘敗，這滋味挺好受的吧？這不是跟當年一樣麼？嘿，當年我也是這麼打你，打得你鼻青臉腫，苦苦求饒。今日我同樣如此打得你無法還手，可見你毫無長進！只不過當年我心軟，沒將你打死了，今日我卻不會手下留情啦！哈哈！」

韓峰咬牙不答，身上傷口血流不止。便在這時，楊觀海的長鞭疾飛而來，韓峰舉起手臂抵擋，鞭子捲上手臂，只覺一陣熱辣辣地劇痛。韓峰咬牙忍住，趁勢捉住鞭子，往前一衝，搶到楊觀海身前數尺之處。

楊觀海怒罵一聲，奮力奪回鞭子，韓峰忍著肌膚被鞭子切割之痛，仍舊不肯放手，再往前衝，拔出匕首「天降大刃」，直往楊觀海小腹戳去。

楊觀海見他鬥紅了眼，發瘋般地往自己撲來，趕緊使出「陰風掌」，往韓峰的胸口打去。

韓峰拚著被楊觀海一掌打到胸口要害，匕首卻不停頓，直取對手小腹。

楊觀海高聲怒罵，手掌砰一聲打在韓峰胸口。韓峰喉頭一甜，吐出一口鮮血，手一震，匕首刺歪了，只割破了楊觀海的衣衫。

楊觀海往年便最害怕忌憚的，便是韓峰發火拚命時的狠勁兒；沒想到時隔多年，韓峰身上仍充斥著這股不怕痛、不怕死的狠勁。楊觀海生怕韓峰舉匕首再攻，但自己的鞭子仍捲在對手的手臂上，無法解脫，危急之中，殺念立動，當即伸出左手爪，施展「蛇蠍爪」，往韓峰的頭頂抓去。眼見這一爪凌厲無倫，斷能取去韓峰性命。

旁觀眾人的驚呼聲中，忽聽一聲打雷般的暴吼，一個巨大的人影奔入場中，撲在韓峰身上，擋住了這致命的一爪。

那人從楊觀海的爪下救了韓峰一命，但自己背上卻被楊觀海抓得鮮血淋漓，受傷極重。

通定看清了那人的面貌，不禁驚叫出聲：「神力大師！」

那人果然便是神力大師。他受傷雖重，卻如猛獸一般，越傷越勇，倏然站起身，面對著楊觀海，怒喝道：「楊觀海，我今日就算犯下殺生戒，也要取你性命！」舉起銅棍，向楊觀海當頭打去。

楊觀海閃身避開，怒道：「死狗熊，連你也來插一手！韓峰是你魯家的大仇人，你救他幹麼？」

神力大師銅棍繼續攻擊，喝罵道：「狼心賊子，你背叛師門，天地不容！」

然而楊觀海的武功已與往年不可同日而語，長鞭揮處，足能抵擋神力大師威猛無比的銅棍攻勢，更在他頭臉身上劃出一道道的血痕。

神力大師數聲虎吼，持棍猛攻，卻終究敵不過楊觀海絕妙的靈蛇鞭法。

楊觀海冷笑道：「你想救人，自己卻要先送了命！我當年在舊漢王府沒殺死你，今日可不會手下留情了！」長鞭陡出，打向神力大師的面門。

這一鞭力道極重，神力大師來不及躲避抵擋，眼見便要傷在楊觀海的鞭下。

就在此時，數枝羽箭從遠處破空飛來，直射向楊觀海，逼得他不得不閃身躲避，這一鞭便打歪了去，重重打在神力大師的肩頭。

神力大師低吼一聲，肩頭鮮血迸流，一膝跪地，再也站不起身。

楊觀海一驚，回頭望去，但見發箭的正是站在牆頭的通定、通平、通安三人。

楊觀海破口大罵：「三隻小賊禿，竟敢橫加插手！」揮動長鞭往通定等襲去，通定極爲警覺，立即拉著通平、通安蹲下，躲到牆後，避開了楊觀海的長鞭。

楊觀海又怒罵數聲，回身舉鞭，再次往神力大師頭頂打去。韓峰方才胸口中掌，受傷已重，躺在地上無法起身。他眼見楊觀海這一鞭足可取神力大師的性命，危急中只能奮力將手中匕首往楊觀海擲去，阻止他出鞭。

然而韓峰手上已然無力，楊觀海輕易便伸手接住了匕首，怒罵一聲，走上兩步，伸腳踢向韓峰的小腹。

韓峰胸口已被楊觀海的陰風掌打中，內傷甚重，此時又被楊觀海踢了一腳，只能仰天躺在地上，忍不住又吐出一口鮮血。

楊觀海舉起「天降大刃」，獰笑道：「死在這把匕首之下，你也該認命了吧！」舉起匕首，便要往韓峰胸口刺下。

韓峰只覺全身無力，瀕臨昏厥，眼前一片灰濛濛地，連楊觀海的臉面都已看不清楚，只心知自己就將死在楊觀海的手下。

就在他半昏半醒、生死一線之際，耳中隱約聽到了一聲熟悉的呼喊：「大哥！」

韓峰心中只閃過一念：「小石頭！」就此不省人事。

在通定、通平等的驚呼聲中，一條銀鍊不知從何飛出，捲住了楊觀海手中的「天降大刃」。那銀鍊雖細，力道卻出奇地強大，楊觀海手掌一震，匕首頓時脫手，銀鍊捲住了匕首，往空中飛去，霎時不見影蹤。

楊觀海大驚，急忙回頭去看，尖聲喝道：「是誰？出來！」

樹叢之間一片寂靜，只有山風吹過松樹之間的沙沙之聲。

楊觀海卻知道來了高手；世間能以一條銀鍊奪走自己匕首的，除了鮮卑之鬼，還會有誰？他竊取了鮮卑之鬼的武學祕笈，還偷學了他的武功，心知鮮卑之鬼絕對不會放過自己。他只道鮮卑之鬼去了西域，不可能會出現在這少室山上，豈知竟在此地撞見了他生平最恐懼的人！

他正想著自己是否該就此逃走，但見銀光一閃，一道銀鍊再次射出，楊觀海驚惶之下，立即拉過徐山，將他往銀鍊來處推去。徐山武功不及他，被他一拉一推之下，身不由主地往前飛出，那一鍊在他頭上一晃，啪一聲重重地打上他的肩頭，登時鮮血淋漓。徐山吃痛，大吼一聲，滾倒在地，竟然再也爬不起身。

但聽樹叢後一個蒼老的聲音冷冷地道：「不知死活！」

楊觀海聽見這聲音，確知鮮卑之鬼已來到此地，這一驚非同小可，竟然全未想到要去救回徐山，立即轉身奔入軍隊之中，尖聲大叫道：「收兵，下山！」

徐山趴在地上，掙扎著想站起身，卻無論如何也爬不起來。他眼望著楊觀海的背影，勉強伸出手，哀叫道：「少爺！別扔下我！」

楊觀海卻頭也不回，率領著手下軍隊，倉皇逃下山去了。

原來宇文崇天和宇文還玉早已來到山上，高踞在一旁的老松樹上，觀看少林寺外的這場打鬥。

宇文還玉見到睽別已久的韓峰，以及通平、通定等一眾師弟，心中好生懷念，眼眶不禁發熱。她在洛陽城中曾偷聽韓峰和杜果談話，但當時匆匆一瞥，只聞其聲，未見其人，這時才有機會細細打量。兩年不見，但見韓峰的身子又高壯了許多，濃眉大眼、英氣依舊，只是神情成熟穩重，已儼然是個青年的模樣，不再是初見面時的少年面貌了。通平、通定等一個個也都長高長大，孩童之氣盡去，成熟了許多。

宇文還玉見楊觀海擒擄了通靜，逼迫韓峰出戰，不禁皺起了眉頭。她知道楊觀海偷練宇文崇天的武學祕笈，武功進展極快，儘管他仍不是自己和老爺子的敵手，但憑著一手靈蛇鞭和陰風掌、蛇蠍爪等功夫，足以致韓峰死命。

接著兩人相鬥，情勢果然如宇文還玉所料，韓峰遠遠不敵，很快便受傷敗退。她心急如焚，伸手推推宇文崇天，說道：「老爺子，你怎不快出手，教訓一下那個偷你祕笈的賊廝！」

宇文崇天卻悠然旁觀，說道：「楊觀海這小子，偷學功夫的本事還算挺不賴的，只憑那本祕笈，便學到了我一兩分功夫。只是他資質有限，沒有學到家。」

宇文還玉生怕韓峰死傷在楊觀海手中，手心捏著一把冷汗，說道：「你快去打退楊觀海，救我師兄！」

宇文崇天望向她，說道：「妳幹麼不自己出手？」

宇文還玉怒道：「你又不是沒聽到那楊觀海的言語，天下誰不知道你爲了捉拿我而闖上寶光寺，逼死了老和尚，罪過都在我一人身上。我哪有臉面去見寶光寺的師兄弟們？」

宇文崇天不斷搖頭，說道：「非也，非也！老和尚年紀大了，我可沒加一指於其身，他是自己坐化圓寂的，干我什麼事，又干妳什麼事？妳那些師兄弟要怪罪妳，就讓他們去怪罪好了。」

宇文還玉見他不肯出手，又心急韓峰危況，只好使出絕招，咬牙說道：「好，你若出手救了他性命，我便跟你去西域尋寶！」

宇文崇天側眼望著她，挑起眉毛，滿面懷疑，說道：「當眞？」

宇文還玉怒道：「當然是眞的。我聽說你被竇建德捉住，千里迢迢跑去樂壽尋你，你總該賣我這個面子！」

兩人對話之間，韓峰已被楊觀海的陰風掌打傷，神力出現相救，然而神力也不是楊觀海的敵手，轉眼兩人都要死在楊觀海的手下。

宇文還玉再也看不下去，當即揮出銀鍊，捲走了楊觀海的匕首，又出鍊打向楊觀海。然而楊觀海推出徐山做擋箭牌，這一鍊若打在他頭上，立即便沒命了。宇文還玉不願殺害徐山，才臨時轉變銀鍊的方向，打在徐山的肩頭。但她內力深厚，這一鍊直打得徐山肩頭鮮血迸流，再也爬不起身來。

即使宇文崇天並未親自出手，這手絕世武功已讓楊觀海膽戰心驚，之後又聽見宇文崇天開口說話的聲音，竟嚇得就此逃下山去，連最忠實的家僕徐山的死活也顧不得了。

宇文還玉眼見韓峰內傷沉重，心中焦急，對宇文崇天道：「老爺子，他受傷甚重，你快去救他！」

宇文崇天望了她一眼，輕哼一聲，說道：「妳最好別忘了妳的承諾！」

當下躍下大樹，上前抱起韓峰，揚長下山而去。

第二十七章　室中人

過了許久許久，韓峰悠悠醒轉。他只覺得全身輕飄飄地，不知身在何處。接著便感到胸口鬱悶疼痛，顯然受了極爲沉重的內傷。他想坐起身，但手腳無力，連眼皮都甚難睜開。他只能靜靜地躺著，緩緩呼吸，竭力忍受胸口的劇痛。

這時他才慢慢回想起自己和楊觀海交手的經過，胸中湧起一股憤怒懊惱。他從未想過自己竟會輸給楊觀海這個他向來瞧之不起的師兄。數年之前，他曾在大興城對敵楊觀海和徐山二人聯手，輕而易舉將他們打敗；之後因自己跌入李靜訓的地底墳墓，楊觀海以爲他已摔死，得意洋洋地離去，一場打鬥才告結束。豈知數年過去，楊觀海武功大進，自己竟已遠非他的敵手！

韓峰內傷甚重，但更難受的卻是他的內心。他一直受到少林寺眾僧和寶光寺眾師弟的崇仰敬佩，更負責教導指點眾人武功，這回卻在大家面前慘敗給楊觀海，並身受重傷，實是難堪已極。

他難受了一陣子，轉念想到：「我爲何如此在意自己的臉面？老和尚不是總教我們要放下『我執』麼？我就是因爲『我執』太重了，才會爲了敗給楊觀海而感到丟臉難受。」又想：「老和尚說要放下『我執』，一定得從慈悲心開始。是了，神力大師怎會突然出現？若不是他，我早已死在楊觀海的手下了。不知他傷得重不重？師弟們如何了？楊觀海之後有否攻打少林寺？」

他擔心起神力大師、師弟們和少林寺的安危，頓時將自己敗陣的懊惱置諸腦後。他忽然想起暈倒前聽到的那聲叫喚，小石頭的臉容立時浮上心頭：「莫非她當時也在山上？」又想：「如果她當時在場，即使楊觀海贏得光明磊落，她也一定會幫著我大罵楊觀海卑鄙無恥，手段陰毒。」

韓峰想到此處，嘴角忍不住露出一絲微笑，心情略為放鬆，又再沉沉昏去。

睡夢中，他感到有人從自己手腳的穴道中注入眞氣，似乎在幫他醫治調理內傷。他胸口那團火越燒越熱，極不舒服，全身大汗淋漓，但是手腳又不聽使喚，無法動彈，連眼睛都睜不開，更不知道究竟是誰在自己身邊，也不確定這人是想取自己性命，還是在替自己治傷。

迷迷糊糊中，他聽見有人在自己身旁爭吵，聽聲音似乎是一老一少，那老的道：「救活了又如何？這人武功普通，就算救活了，仍是一般毫無用處，遲早會被人給打死。」

年輕的道：「你少囉嗦，我誓都發了，你答應救他性命，怎能反悔？」

老者道：「我們沒有多少功夫可以磨蹭了，再不快點去西域，就快要到冬天了！」

年輕的不耐煩地道：「冬天又如何？我答應過的事情，便一定會辦到。你替他治好傷，我就跟你去。你若治不好，我就死給你看！」

那老者提高了聲音，怒道：「死死死，妳就只會用死來威脅我！」

年輕的道：「你還不是一樣？你若不是爲了要騙我擔心，又怎會任由楊觀海假稱他捉住了你？你總說養虎貽患，嘿嘿，你養出一個楊觀海，可給自己找來多大的麻煩！」

老者不屑地道：「楊觀海小崽子一個，算得什麼？我舉手便收拾了他。」

年輕的嗤笑道：「算了吧，你那幾根老骨頭，根本不是他的對手。不然你怎麼讓他逃了去？楊觀海這小子，非得由我來收拾不可。」

老者道：「不必忙著收拾他，咱們還有更重要的事兒去辦。」

年輕的道：「你心中重要的事情，跟我心中重要的事情，八竿子打不到一塊兒去。」

韓峰不知道他們在吵些什麼，只覺得胸口難受得緊，不多時又昏睡了過去。

又不知過了多久，韓峰感到周身清涼了一些，忽然清醒過來，留意到室中多出一人。

他睜眼望去，但見榻旁數丈之外，有個人背對自己而坐。几上放著一盞微弱的油燈，光線被那人遮住，室中顯得更加晦暗。但見那人一身白衣，衣衫寬大，身形似乎頗爲瘦小，頭髮結成許多辮子，盤在頭上，只能從黑亮的髮色中看出這人甚是年輕。

韓峰心頭忽然一震：「莫非是俊俠，也就是小石頭？」

他想開口呼喚，卻生怕這人根本不是小石頭，那自己必將失望透頂。他思索再三，終於決定開口呼喚，沒想到自己卻根本無法張開口。這時他才發現，自己全身上下除了眼睛能睜開外，完全無法動彈，不單手腳不能使喚，連頭也沒法轉動。

他只能躺在當地，凝望著那人的背影。

只見他低著頭，似乎專心致志地在縫補什麼，過不一會兒，便伸手將油燈捻亮，翻過手中物事，繼續縫補，發出細微的聲響。

韓峰望著望著，不禁熱淚盈眶，他多麼希望室中之人正是小石頭，多麼希望她能原諒自己，多麼希望在自己最消沉沮喪的時候，能有她這個知心好友陪伴在身邊。然而他也知道自己虧欠她太多，當年他下山跟隨唐國公李淵而去，一心與李晏雲成婚，將小石頭留在山上，獨自傷心痛苦，更久久不曾寄給她隻字片語。孰料寶光寺猝然遇難，她被鮮卑之鬼擒押下山，此後一別，自己再也未能見到她的面，甚至連她是否活著都無法確知。

韓峰眨了眨眼睛，眼淚沿著他的面頰流下。他無法拭淚，只能透過淚水，繼續凝望那人的背影，希望那人能回過頭來，或是發出點聲音。他對小石頭熟稔已極，只要她一開口，一舉手，自己立時便能認出她來。然而那人只是背對著他而坐，默默地縫補著什麼，一聲不出。

韓峰內傷沉重，胸口一陣陣鬱悶疼痛，不知不覺中又昏沉入夢。

再次醒來時，他發現那人已不在几旁，室中空無一人，那盞油燈也早已熄滅。他感到臉上溼漉漉地，伸手去摸，似乎是眼淚。這是自己的眼淚，還是別人的眼淚？昨夜見到的那人，是否眞的便是小石頭麼？她坐在自己身旁哭泣了多久，爲何不肯叫醒我，爲何仍舊不肯跟我見面？

韓峰心痛如割，側過頭去，痛哭起來。直到此時，他才清楚地意識到：天下沒有任何事情能比失去小石頭更加令他傷痛，而當初卻是自己離開了她！

又過了不知多少時日，可能有好幾日，也可能有好幾個月，他完全無法計數。他感到時而清醒，時而昏沉，身邊不斷有人替自己輸送眞氣，也偶爾聽見那一老一少在自己身邊爭吵談話，大多用的是鮮卑語，他無法聽懂。

偶爾他稍稍清醒一些時，感覺有人餵他喝水喝粥，但大多時候他都在疼痛和昏睡中度過。好幾次他感到自己離死亡很近很近，似乎這一生從來沒有這麼近過，只要往前走一步，便可以走進那團永遠的黑暗，永遠的平靜安寧。但是總是有什麼將他拉回來，他也說不清楚，可能是身旁隱約的啜泣之聲，也可能是他胸口那團難以平息的火焰。

這日，韓峰忽然感到身上一片清涼，胸口的那團火熱完全退去了，通體舒暢。

他睜開眼睛，但見自己躺在一間暗室中的床榻之上，昏暗中見室中物事都甚是熟悉，似乎身處少林寺自己的居室中。他察覺手腳不再僵硬，活動自如，便緩緩坐起身，感到頭腦昏昏沉沉地，神智卻異常清楚。

他努力回想過去的經歷，除了自己跟楊觀海決鬥，挫敗受傷之外，其餘的記憶都是一片模模糊糊，似有似無，接近空白。恍惚中他憶起有人替自己治傷，聽到有人吵架爭論，然而那些究竟是眞是夢，他也說不上來。至於自己是如何回到少林的，就更加毫無記憶了。

這時紙門拉開，一個瘦小的身影悄悄走了進來，低聲問道：「峰師兄，你醒了麼？」

韓峰聽出是通靜的聲音，又驚又喜，連忙問道：「通靜！大家都沒事麼？」

通靜點點頭，在他身邊跪下，臉上露出柔和的微笑，說道：「峰師兄，你一醒來便記掛著我們！放心，大家都沒事。」

韓峰問道：「楊觀海沒傷害你們麼？」

通靜道：「沒有。當時你失手受傷，昏迷過去。楊觀海不知受到什麼驚嚇，忽然便決定退兵，倉皇逃下山去了。後來有個人突然出現，將你帶走了。」

韓峰想起自己暈過去之前，彷彿聽見了一聲極爲熟悉的叫喚，忙問道：「那人是小石頭麼？」

通靜一呆，搖了搖頭，說道：「不是，是一位中年人。通定追上去喝問，他說你受傷甚重，只有他能醫治，又說他治好你後，便會將你送回來。」

韓峰這時才隱約想起昏睡之中，曾不時聽見一老一少在身邊爭吵對話，但是兩人說過些什麼，卻已全然不記得了。他滿腹疑竇，問道：「中年人？那是什麼人？」

通靜道：「我們也不知道。那位先生武功奇高，我們想要阻止他，詢問他的來歷，他卻已一陣風般地將你帶走了。之後便音訊全無，直到昨日，他才將你送回山上。」

韓峰憶起似乎有人不斷替自己灌輸眞氣，胸口鬱悶之處漸漸解開，終於好轉，猜想定是那中年人將自己帶下山後，以內力替他治傷，問道：「我去了多久？」

通靜道：「一共兩個月又三天。我們擔心得很，大家分頭在山下尋找你和那位先生，卻毫無線索……」

韓峰沒想到自己竟然昏睡了兩個月！這兩個月他顯然都在鬼門關前徘徊，多虧那中年人出手救治，他才撿回一條命，心中好生感激。他回想著那一老一少的聲音，猜想他們應當便是鮮卑之鬼和俊俠了，但是不知如何，他就是無法想起那年輕人的聲音是否跟小石頭的聲音相似。時光畢竟過了兩年，小石頭已有十四五歲，是個大姑娘家了，說不定她的聲音已經變了？當時坐在自己室中，背對自己縫補的人，究竟是不是她？

韓峰又問道：「神力大師如何了？」

通靜道：「他被楊觀海打傷，幸而只是皮肉之傷，沒有損及筋骨。我替他敷藥包紮，傷口恢復得很快。他在這兒住了一個多月，便說有要事須趕回南方，告別常悟方丈後便離去了。」

韓峰問道：「他為何來到少林？他有沒有什麼話留給我？」

通靜道：「通定也問了他為何來此，神力大師道：『兩年前老和尚臨終前曾傳信給我，要我回終南山去，設法安頓躲在山頂洞穴裡的小沙彌們。我趕上山去時，才知你們已跟著韓峰離開，旋即投靠了少林，我便不再擔心了。這回我北上辦事，剛好經過此地，得知通海率領軍隊攻打少林，便上山來看看。』通定問他可否留下，他說道：『各人有各人的路。我以後不會再回來北方了。代我轉告韓峰，要他好自為之。』」

韓峰聽了，心中不禁感到一股難言的傷感。在他童年記憶中，神力大師是個令他畏懼厭惡之極的魔王，對他施予種種壓迫虐待，日日責罵處罰，時時嘲諷譏笑，令他身心承受極大的痛苦，但是他也藉此鍛鍊出健壯的體魄和堅毅的心志。神力大師究竟是自己的仇人，還是恩人？這可能是他一輩子也無法釐清的問題。

通靜又道：「還有一個人也在你回來前離去了，便是三師兄。當時三師兄被一條銀鍊打傷，傷口甚大，流了不少血，爬不起身。楊觀海竟狠心扔下他不管，獨自逃走了。」言下不禁憤憤然。即使徐山已叛離寶光寺，更已還俗，但她顧念舊情，仍稱徐山為三師兄。

韓峰頓時想起在洛陽城中，曾見到俊俠以一條銀鍊擊退官兵，心中一動，忙問道：「你說徐山被一條銀鍊打傷？使銀鍊的是什麼人？」

通靜道：「銀鍊從樹叢中飛出，我們也看不清楚使鍊的是什麼人。但是後來那位先生從樹叢後走出，想來出手的定然就是他了。」

韓峰問道：「沒有其他人在樹叢後麼？」

通靜微微一呆，說道：「不知道。除了那位先生外，我們並沒見到別人。」韓峰甚是失望，心想：「小石頭當時很可能確實在那兒，卻不肯露面。」問道：「徐山的傷勢如何？」

通靜搖頭道：「我們見他傷得甚重，便將他接回寺中療傷。他一句話也不肯說，傷勢初癒後只向著大雄寶殿頂禮三拜，便下山去了。」

通靜見韓峰臉色仍舊十分蒼白，說道：「峰師兄，你大傷剛癒，還是多休息一會兒吧。我去給你拿些吃的。」便出室而去。

通靜出去後，韓峰緩緩站起身，在室中活動筋骨，放眼望向居室中種種事物。他向來身無長物，室中樸素簡潔，幾乎什麼都沒有，只有一個小小的櫥櫃，平時放著兩套羅漢衫，他的家傳弓箭，匕首「天降大刃」，還有三件小石頭給他的物事：牛皮水袋，兔皮手套，以及那件價值連城的白狐裘。

韓峰打開櫥櫃，打算換身衣衫，卻瞥眼見到那對兔皮手套似乎有些不同。他一呆之下，趕緊伸手取過那對手套，細細觀看；但見手套內的兔皮依舊，但手套外的棉布卻已換了一塊新的，手套也放大了一些，針腳凌亂不齊，卻是嶄然簇新，顯然是剛剛縫製好的。

韓峰緊緊握著那對手套，心中激動無已，暗想：「果眞，果眞是她！」

他這才終於確知，在自己昏迷當中，背對自己而坐的那人正是小石頭。她花了不少心思，特意將這對兔皮手套重新做過，還放大了一些，剛好合手。

韓峰眼中一片模糊，心中只想：「她有心重縫手套，卻無意見我。爲什麼？爲什麼？爲什麼？」

第二十八章　兵駐寺

韓峰在室中靜立良久，才抹去眼淚，默默將手套放回櫥櫃收好。過不多時，常悟方丈和通定來探望他，說起過去數月來的狀況，韓峰不禁大爲驚訝。

原來在楊觀海狼狽逃下山後，他帶上來的數百名士兵自然都跟著他去了。他們行出不遠，卻被另一股人馬攔截，雙方激鬥起來，楊觀海軍隊不敵，勉強保住主帥，闖了出去，倉皇逃跑。那新來的一隊士兵也是叛軍，領頭的正是徐世勣。

瓦崗軍聽聞竇建德派了一小隊士兵來到洛陽以南的少室山，擔心他們來跟瓦崗軍爭奪地盤，或打算偷襲瓦崗的糧倉，徐世勣便自告奮勇，率領了三百山東子弟兵前來探勘。徐世勣和楊觀海的兩批人馬在少室山腳相遇，瓦崗軍嚴陣以待，楊觀海的軍隊則剛剛受挫離去，氣勢強弱高下立判，瓦崗軍因此以寡勝眾，擊退了楊觀海的軍隊。

徐世勣之後隨即率領軍隊上少室山，對常悟方丈說要找韓峰。常悟方丈告知韓峰受傷後已被一個無名客帶走，不知下落。徐世勣甚是擔憂，說道：「韓小兄弟人不在山上，難保不會另有土匪之流闖上山來，危害各位師父。我得趕回駐地，不能在此多留。這樣吧，我撥出二百士兵留在此地，等韓峰回來後，便由他統領，守衛寶剎。」

常悟方丈只聽得一楞一楞地，生怕前頭走了狼，後頭又來了虎，這群瓦崗軍也是叛軍一流，誰曉得他留下軍隊，究竟有何意圖？這兩百名瓦崗士兵留在少林寺，說好聽點是保護寺院，說難聽點，就是霸占著不走了。他們隨時可以翻臉不認人，反客爲主，就此占據寺院。但他一個文弱僧人，哪裡懂得跟這些士兵流寇打交道？心中好生憂急，只盼韓峰快快回來，助他處理此事。

後來總算被常悟方丈盼到了韓峰，兩個月後，有人僱了大車，將重傷初癒、仍在昏迷中的韓峰送了回來。不多時韓峰醒轉來，常悟方丈便趕緊來找韓峰，告知瓦崗駐軍的前後，詢問他該如何處置。

韓峰定了定神，說道：「徐小哥是個爽直重義之人，他留下軍隊，自是意在守衛本寺，不會另生枝節。方丈請放心，待我先去見見駐紮在此的士兵首領。」於是勉強起身，略略梳洗，刮去了已長出數寸的鬍子，便去見徐世勣留下的士兵首領。

這人乃是瓦崗軍的一個小首領，名叫邱七虎，韓峰以前曾見過他，但是並不相熟。邱七虎對韓峰極爲恭敬，說道：「徐將軍吩咐了，等韓少俠回山，下屬一切遵從您的指令，不敢有違。」

韓峰心想：「不把他們請下山，終究難以應付。」說道：「楊觀海的軍隊已然退去，本寺僧人清淨修行，與世無爭，毋須煩勞徐將軍派人保護，各位便請回去吧。」

邱七虎卻猶疑不敢答應，說道：「懇請韓少俠見諒，徐將軍命下屬駐守此地，軍令如山，不敢有違。不如韓少俠親自去見徐將軍，當面與他談論退兵之事吧。」

韓峰微微皺眉，心想：「少林才受到攻擊，我怎能放心離開？但讓這兩百名瓦崗士兵守在此地，也非長久之策。」

他見這小首領顯然無法自做主張，知道自己非得親自去見徐世勣不可，當下悄悄吩咐了通定，讓他每日給邱七虎送飯送菜，觀察他們的動靜，自己趕緊下山去找徐世勣。

韓峰快馬來到瓦崗軍根據地，這時的瓦崗已不復當年小盜小賊的模樣了。他向人詢問，才知道徐世勣已被封爲右武候大將軍，他所住的將軍府在城西，雖非富麗堂皇，卻也頗爲恢宏壯觀。

韓峰向門房通報，徐世勣立即親自出來接見，大喜道：「韓小兄弟，聽說你被對頭打傷，可都恢復了麼？」

韓峰道：「多虧一位前輩出手相救，我的內傷此刻已然痊癒了。」

徐世勣將他請入書房，命士兵僕從全都退出，兩人拍肩拉臂，互述往年義氣，甚是親熱。

韓峰問道：「徐小哥，我見到城頭的旗子寫的都是『魏』字，那是什麼意思？」

徐世勣嘆了口氣，說道：「瓦崗軍變化甚大，如今翟大哥已然退位，不再是咱們的首領啦。」

韓峰驚道：「莫非李密篡了他的位？」

徐世勣搖頭道：「也不能這麼說，是翟大哥自願讓位給李密的。那回李密打下滎陽，斬殺隋軍大將張須沱，在瓦崗軍中的威信越來越高。翟大哥自覺才能不及李密，今年二月，便決定推舉李密爲魏公。李密接受了，設置了魏公府和行軍元帥府，改元永平。」

韓峰皺眉道：「魏公，年號永平，那離皇帝可只有一步之遙了。那麼翟大哥又如何？」

徐世勣道：「李密還算很給翟大哥面子，任命他爲司徒，其他左右長史、左右司馬都是李密自己的親信。然而說到打仗，他還是得靠我們瓦崗軍的將領，因此任命了單雄信單二哥爲左武候大將軍，我爲右武候大將軍。」

韓峰點頭道：「單二哥和徐小哥兩位英勇善戰，慷慨重義，善於領眾，由你兩位來擔任大將軍，確實再適合不過。」

徐世勣搖手道：「單二哥當得你這些讚美之詞，我卻當不得。這其中有個原因，你或許已知曉。李密出身隴西貴宦，我和單大哥都是山東人，瓦崗士兵也絕大多數都是山東人。他如今成了瓦崗首領，不靠我們山東人統領，軍士哪裡肯聽他的？」

韓峰道：「原來如此。那麼他當上魏公之後，有何作爲？」

徐世勣道：「李密野心很大。四月時，他率領了三萬軍隊圍攻東都洛陽，隋軍知道他曾大敗張須沱，對他心存恐懼，大批隋軍還沒開打便投降，連虎牢關將領裴仁基都投降了。當然他們並不知道，滎陽那一戰若非韓小兄弟出馬，射下張須沱的大將秦瓊，李密根本便不敢跟張須沱對敵！」

當時程知節和徐世勣爲了相救單雄信，特地來請韓峰出手參戰，他爲了盡朋友之義，改裝出馬，挑戰張須沱的手下大將秦瓊，三箭將對手射下馬來，令瓦崗軍士氣大振，一舉捕殺張須沱。

韓峰憶及往事，不禁想到：「當時秦瓊在亂軍中逃逸，不知下落如何？」

徐世勣又道：「這一役中，魏公並未能攻下洛陽，但是聲勢大振，黎陽李文相、洹水張升、清河趙君德、平原郝孝德等河南地區起義軍首領，紛紛前來歸附魏公，瓦崗勢力越來越大。魏公眼見各路豪傑紛紛建請自己登基稱帝，甚至太原李淵都派了使者長孫無忌來，要跟他通好。」

韓峰聽了，心想：「連唐國公都如此瞧得起李密，派遣長孫大哥前來送信通好。」

徐世勣道：「魏公意氣風發，便與一眾手下討論自己是否該立即稱帝。他自己的親信手下都認爲他應當稱帝，名正言順，繼而發兵討伐楊廣；單二哥和我卻持不同意見，我們認爲連洛陽城都還沒打下來，咱們一夥人不過占據幾個小城小鎮，如何能稱帝？稱帝後，又能改變什麼局面？」

韓峰道：「你們說了實話，李密想必要不高興了。」

徐世勣道：「正是。魏公聽我們如此說，便索罷了，心中想必有些悻悻然。他命長史寫信告知各路英雄，說道『東都未定，不宜稱帝』。言下之意，自然是一旦攻下東都洛陽，他便將立即稱帝了。他命手下祖君彥起草一份文書，名爲《爲李密檄洛州文》，歷數楊廣十大罪狀，爲自己征討洛陽鋪排了正當的理由。他大張旗鼓地反抗隋朝，理由又義正辭嚴，儼然率領正義之師，討伐無道暴君。」

說著便將那封信的抄本取了出來，給韓峰看。但見洋洋數千字，裡面有「況四維不張，三靈總瘁，無小無大，愚夫愚婦，共識殷亡，咸知夏滅。罄南山之竹，書罪未窮；決東海之波，流惡難盡」云云。

韓峰後來得知，李密這封檄文震動天下，替他取得了廣泛的支持。當時許多人都認爲魏公李密攻下洛陽、登基爲帝、征服天下，不過是遲早的事情。也有許多人想起當年在洛陽流行的〈桃李子〉歌謠：「桃李子，得天下。皇后繞揚州，宛轉花園裡。勿浪語，誰道許？」都說這首歌謠預言了李密將成爲皇帝，得到天下，果然不虛。

韓峰卻深知李密的爲人。這人曾恩將仇報，背叛救過他性命的寶光寺，更出賣戰友，甚至以卑鄙手段捉起自己逼問鴿信的內容，心中對此人厭惡非常，這封檄文中雖句句義正辭嚴，他卻完全不爲所動。

徐世勣見了他的臉色，說道：「我明白你的心思，李密這人太過算計，我和弟兄們都知道他不是個好人。但是自古成大事者，必得有宏圖遠謀。李密爲人雖不得人心，但是文才智計卻是有的。所謂亂世出梟雄，或許唯有這樣不擇手段的人，才能當得上皇帝吧！」他望著韓峰，又道：「韓小兄弟，你箭法超人，武藝精湛，大可在此亂世中一展長才。不如你來我麾下吧！李密雖是瓦崗的首領，但他卻指揮不動山東軍隊，一切還得靠我和單二哥。你在我這兒，我絕對能保你平安，更能讓你大展身手。」

韓峰搖了搖頭，說道：「徐小哥，多謝你的一片好意，小弟心領了。我眼下仍得照顧師弟們，以及尋找我的兄弟，恕我無法加入瓦崗軍隊。」

徐世勣甚是失望，說道：「我原本將士兵留在少林，就是希望你能統率這些士兵，做爲瓦崗駐紮在少林的武力。你既然無心加入，我也不好勉強。」

韓峰道：「小哥率眾前來保衛少林，兄弟萬分感激，實欠小哥一份情。然而小哥手下士兵，還請小哥下令召回。少林是清淨佛寺，讓軍隊長期駐紮，總是不妥。」

徐世勣道：「少林寺產甚多，不免受到土匪流寇覬覦。若無軍隊保護，何以自保？」

韓峰心中也清楚這個問題；他原本設想少林寺會受到的威脅，最多是流竄土匪和各方散兵，闖上山來搶劫糧食；但如今大敵楊觀海手握重兵，隨時能率領軍隊攻上山來，少林寺除了讓僧眾逃離寺院、躲到山上去避禍之外，別無他策。上回楊觀海帶來的人馬不多，自己和師弟們還能勉強抵擋；但情勢甚險，自己與楊觀海決鬥落敗，若非那神祕人出手相救，將楊觀海擊退，後果實在不可設想。楊觀海能帶五百人來，便能帶五千人來；下回他就不只是來找自己算帳了，想必會決意踏平少林，燒燬寺院。

韓峰抱著手臂沉思一陣，說道：「不錯，少林寺確實需要設法自保。但是我們若倚賴瓦崗軍隊，後患只怕會更多。」

徐世勣想了想，明白他的意思。倘若瓦崗軍駐守少林，那麼只會引來更多軍隊爭奪這塊地盤。他點頭道：「你說得沒錯。既然如此，我便讓邱七虎帶著手下回來吧。」

他拍拍韓峰的肩膀，說道：「韓小兄弟，我們相交一場，緣分不可謂不深。你隨時想加入我的部隊，我都歡迎得緊。」

韓峰微微一笑，心想：「徐世勣小哥是個誠懇實在的人，他在自己勢力壯大之際邀我加入，實是給我面子，全心爲我設想。」又想：「這就跟大師兄臨別前讓長孫無忌大哥來告訴我，即使我與晏雲的婚事不成，他仍然歡迎我隨時回去找他一般。我確實遇到了不少好兄弟、好朋友，這一生也算值得了。」

想起好兄弟，他不禁又想起小石頭，心中一陣陣隱隱作痛：「我和楊觀海決鬥時，她一定也在少室山上，卻沒有露面，只讓那位前輩出手相救。後來那位前輩替我治傷時，她不時跟那位前輩鬥嘴爭吵，顯然一直守在我身邊，還費心重新縫製了那對兔皮手套。但她爲何始終不肯跟我相見？一等我傷勢好轉，便匆匆將我送回少林，連一句話也不肯跟我說，一面也不肯見？」

韓峰正打算告別徐世勣，啓程回去少林，卻聽說魏公李密下令攻打黎陽的糧倉。他心中好奇，便跟著徐世勣的部隊一同來到黎陽。

隋朝軍隊此時已對瓦崗軍深懷恐懼，徐世勣率領士兵包圍黎陽城，很快便攻破防守，闖入城中。李密爲了收買人心，宣布開倉放糧，方圓百里內的百姓都紛紛趕來領取糧食，歡喜涕泣，對李密感恩戴德，崇敬無已。

這時李密的聲望又更高了一層，加上糧餉充足，越來越多小股的叛軍流兵前來投靠，瓦崗軍聲勢大振，眼看便能逼近洛陽，取下東都。

韓峰問徐世勣道：「看此形勢，李密要攻下洛陽，應當不是難事。」

徐世勣卻皺眉道：「也不盡然。我聽說隋朝派了一個名叫王世充胡人守衛洛陽。王世充這人很受楊廣信任，數年前曾參與平定楊玄感之役，後來也平定了河南山東一帶的叛變，更曾率領軍隊赴雁門關替楊廣解圍。此人善於用兵，固守洛陽，只怕魏公一時三刻無法攻下。」

韓峰見此形勢，心想：「李密，竇建德，王世充，都是有能耐爭奪天下的梟雄。這些人之中，究竟誰才會勝出？」又想：「不管誰勝出都好，只盼戰亂早早結束，天下安定。我當務之急，乃是要保護好師弟們，保護全少林寺。」

當下他告別徐世勣，啓程往南，回往少室山。

第二十九章　年老病

卻說宇文還玉逼迫宇文崇天出手救了韓峰的性命，宇文崇天自已看出她對這少年情義深重，心中非常不快，說道：「要我救他的命是可以，但妳必須發下毒誓，此生再也不見他的面！」

宇文還玉心中惱恨他趁火打劫，漫天開價，但是她在參天崖時，原本便曾對自己立過誓，決心不再見韓峰的面，並且離他越遠越好。如今爲了救他的命，對宇文崇天多立一個誓又何妨？當下便跪倒在地，發了個毒誓：「我此生再也不見韓峰的面。若違此誓，讓我不得好死，讓韓峰也不得好死！」

宇文崇天滿意了，才出手治療韓峰的內傷。

宇文還玉日夜守在韓峰身邊，不斷向佛菩薩祝禱，希望他的傷能夠快快痊癒，卻又暗暗希望他不要恢復得太快，不然自己此後便再也見不到他的面了。她不時伏在韓峰榻邊哭泣，對著昏迷的他說了很多很多的心底話，但是他當然一句也沒有聽見。

宇文崇天花了兩個月的功夫，才終於將韓峰的傷治癒了。宇文還玉便僱了一輛大車，將仍在昏迷中的韓峰送回少林寺。

下山之後，她便對宇文崇天道：「好了，我說話算話，你要我跟你去西域尋寶，我們這就出發吧！」

不料宇文崇天卻忽然生起病來。他武功雖高，又換過一個身子，但卻畢竟是個一百多歲的老人了，這回花了極多的心力救回韓峰的一條命，大耗眞氣，損傷甚重，看來非得好好休養一陣，方能恢復。

宇文還玉雖然總是跟他作對，卻也十分關心這個倔強執著的老頭子，於是日夜守在他的床榻之旁，盡心服侍照料。

宇文崇天心中感動，臉上卻總顯出不耐煩的樣子，揮手要她走開，說道：「我死不了的。妳別守在我身邊浪費時光，還不快去尋找寶藏，籌劃復國大業？」

宇文還玉道：「我的玉毀了，地圖在你手裡，你叫我怎麼去尋找寶藏啊？」

宇文崇天道：「地圖是小事，我交給妳便是了。但是西域的路不好走，須得穿過一個大沙漠，妳又沒去過西域，怎麼知道往哪兒去？一定會在大沙漠裡迷路的。妳還是等我好了，我們一塊兒去吧。渴死在大沙漠裡，那滋味可不是好受的。」

宇文還玉道：「那敢情好。我在這兒照料著你，讓你快點好起來，我們才能一起去尋寶啊。你一直趕我走幹什麼？」

宇文崇天道：「那也說得是。」

宇文還玉說服了他，心中卻感到一陣難言的悲傷。自從她年幼時識得宇文崇天以來，便知道這老頭子頭腦極爲清楚，性格極其堅韌，他不但武功高強，識見高超，爲人也高傲得緊。然而這一病，不但將他的身體擊垮，連他的心智也沒有之前那麼清楚了；同樣的話往往會重複很多次，比如去西域尋寶、在沙漠迷路渴死這個話題，宇文崇天已經說過不下十幾次了。剛開始宇文還玉以爲他故意跟自己找碴子、逗樂子，後來才知道他眞的不記得自己曾經說過些什麼。宇文還玉只好耐心地跟他重複同樣的對話，一遍又一遍，每次還得裝出認眞的神氣，不讓他知道這是他第十幾次說同樣的言語了。

宇文還玉眼見宇文崇天的心智漸漸迷糊，心中越來越擔憂。宇文崇天在過去數年之中，確實召集了不少鮮卑武士，準備在大興城起兵，復興大周。這些人宇文還玉雖也見過，但她身爲「皇子」，地位崇高，宇文崇天將她捧得高高地，因此她很少與這些武士打交道。宇文崇天若是死了，這些人卻該怎麼辦？自己難道能叫他們就此散去麼？

如此過了月餘，宇文崇天的病情逐漸好轉，腦子卻始終不清楚，說起話來越發顚三倒四，反複疊遝。宇文還玉向他問起鮮卑武士的事情時，宇文崇天只道：「尋寶，尋寶！找到寶藏後，全數分給武士們，讓大家出力反抗楊廣，推翻隋朝，復興大周！」

宇文還玉知道自己非得去尋寶藏不可。但是宇文崇天此時的神智狀況，顯然不能遠行，要她單獨一人照著一份地圖去西域尋找什麼藏寶窟，並且再千里迢迢將寶物運回來，分送給武士們，她可也實在辦不到。

宇文還玉煩惱了許久，最後決定將宇文崇天安頓在洛陽城外一間鮮卑族的佛寺「雲門寺」中，自己帶著地圖，往西行去，想去大興城尋找那群鮮卑武士，叫他們跟自己一起去尋寶。

然而她離開洛陽沒有多久，便聽聞楊觀海雇用了大批武功高手，率領數千士兵，準備再度攻打少林。

她打聽之下，得知韓峰還在洛陽盤桓，尚未回到少林，不禁好生擔憂，心想：「我大哥不在山上，少林眾人豈不任人宰割？而且大哥重傷初癒，只怕也難以再次抵擋楊觀海和他的手下。」思前想後，當即單騎來到少室山腳，準備攔截楊觀海的軍隊。

然而宇文還玉所不知道的是，韓峰其實早已回到了少林，正著手準備對敵楊觀海的軍隊。他眼見上回楊觀海領兵攻打少林，情勢極險，知道不能坐以待斃，告別徐世勣後，便來到洛陽，在風滿樓找到了掌櫃杜果師兄。杜果一看到他，便抓住了他的手，說道：「峰師兄，我有急事找你！」

韓峰道：「我也有事相求師兄。」

兩人來到密室坐下，杜果道：「峰師兄，楊觀海率領軍隊攻打少林的前後，我都已聽說了。救你的那人，當眞是鮮卑之鬼麼？那小石頭呢？」

韓峰簡略說了少室山上一戰，最後道：「我傷重時，有人以高深內力替我療傷。我雖沒有見到救我的那人，也沒有見到小石頭，但我確知……那二人定然便是鮮卑之鬼和小石頭。」想起那對重新縫過的兔皮手套，心中不禁又是一陣傷感。

杜果驚道：「那人果然是鮮卑之鬼！這老頭子竟然還活著，當眞不可思議。小石頭卻爲何不肯露面？唉，其實老和尙圓寂的事情，實在也不能怪他。」

韓峰想起昏迷中在那暗室中見到的背影，心中一酸，只想立即轉開話題，問道：「果師兄找我有何事？」

杜果眨眨眼，說道：「是我兄弟杜灰鼠要見你。他託付過我好幾次了。你可願意見他一面？」

韓峰道：「杜流主？我當然願意見他。」

杜果望著他，說道：「他找你，是有重大事情要請託你。你若覺得不好拒絕，不如不見也罷。」

韓峰道：「杜流主曾相助大師兄和我救出虞先生一家，又不時出力相助寶光寺，是我們的好朋友。我若能幫杜流主什麼忙，自當盡力相助。」

杜果仍舊猶疑不決，欲言又止，最後說道：「他要求你的，並不是件容易的事。他是我親兄弟，因此我不能拒絕他臨死前的要求。但是我知道他要求你什麼，你若不方便答應，也不要緊，千萬不必勉強。」

韓峰聽他說到「臨死前的要求」，不禁大驚，脫口問道：「杜流主怎麼了？」

杜果嘆了口氣，說道：「他被那渾帳王世充的手下捉住，痛加拷打折磨，我們將他救出來時，只剩下一口氣了。這是三天前的事情。他一清醒，便說要找你。我只好到處打聽你的去處，聽說你去了瓦崗軍，之後便不知去向。幸好你及時回來了。」

韓峰急道：「既然如此，快帶我去見杜流主！」

杜果點點頭，領著他來到酒樓後面的一間密室之中。

密室裡，但見一人躺在榻上，臉色蠟黃，韓峰陡然想起許多年前，自己見到重傷的通吃時，通吃的臉色也是這般，於是明白杜流主生死只在一線之間。他心頭一緊，坐在榻邊，叫道：「杜流主！」

杜灰鼠睜開眼睛，轉頭望向他，認出他的面貌，頓時神情激動，想要坐起身，杜果連忙按住他，說道：「兄弟，別激動！」

杜灰鼠微弱地咳了幾聲，開口道：「韓少俠！我的時候不多了，這些話得趕緊講出來。我有件重大的事想請求你幫忙，請你一定要應允！現下我就快死去了，需要找人接手乞流，幫我照顧洛陽城的乞流子弟。我們的人數共有六百餘人，一半是老弱婦孺，能夠出力作戰的健兒，約有三百人。王世充要將我等一網打盡，一個不留。如今我要死了，我需得將這六百人託付給你！你帶他們留在洛陽城奮戰也好，逃出城去躲避也好，全由你作主。你可願意答應我麼？」

韓峰呆在當地，無法相信杜灰鼠所求之事竟然如此重大，過了半晌，才道：「杜流主，你為何……為何會找上我？」

杜灰鼠睜著一雙小眼，望著他道：「因為我清楚你的為人，知道你的能耐。韓少俠，幾年之前，你跟你大師兄一起來洛陽，我便知道你是個可以託付重任的人才。這麼些年過去了，你的一舉一動，我都看得一清二楚。這世間可以託付我肩頭重任的，也只有你了。韓少俠，我雖受傷將死，腦子卻不糊塗。我在獄中受王世充那混蛋折磨時，心中便一直後悔，自己未曾替乞流安排好後路，未曾替乞流找到新的首領。然而我忽然想到了你，當時就大笑起來。我想到你便是最適當的人選。我出來之後，第一件事，便是要我兄弟立即把你請來，懇求你接過這個重擔。」

韓峰望著他灰敗的臉色，想起這人在攻打宇文述將軍府時勇猛精幹的模樣，當時便令他印象深刻。也只有這樣的人物，才能率領六百名乞流弟子，保護眾人的安危。自己怎能挑起這副重擔？

他心中猶疑，認為自己承擔不起，應當拒絕，然而杜灰鼠眼中充滿了熱切的企盼，自己若不答應，豈不令他含恨而死？

韓峰咬著嘴唇，說道：「杜流主，我年輕識淺，能耐有限，實在不敢接受你的託付。

日前我武功不濟，敗在楊觀海的手下，之前又無能保護寶光寺，以致老和尚逝世，寶光寺燒燬……」

杜灰鼠揮揮手，說道：「那怎是你的錯？你放棄跟隨唐國公的大好機會，回去照顧寶光寺一群孤兒師弟，這可不是一般人能夠做得到的。再說楊觀海那廝，即使你武功不敵，卻曾以十八羅漢陣打退他的五百大軍，最後逼得他退兵，敗中取勝，哪有比這個更厲害的？」

韓峰又道：「但是我從未帶領過這許多人……」

杜灰鼠道：「這又有什麼關係！少林寺不也有數百位出家眾，難道不也是由你一手指點武藝，率領護衛？乞流六百人的生死，你又怎會負擔不起！你聽我說來。洛陽城如今由王世充鎮守，這無賴胡人，上任後便大力掃蕩乞流，我等只能盡力與他對抗周旋。然而那王八蛋手掌軍權，兵馬充足，我們乞流怎是他的敵手？幾場激戰之下，乞流受創甚重，連我自己也就將喪命。王世充知道我們利用地底通道居住來去，竟然封閉了所有地道的入口，毀去了我們的家室。我們乞流何去何從，如今全靠你了！」

韓峰遲疑一陣，才說道：「其實我也正在尋找人馬，至少室山相助守衛少林寺。不知乞流各位會……會願意去少林寺麼？」

杜灰鼠眼睛一亮，說道：「好主意！他們在那兒有地方可以棲身，還能出力相助保衛少林，哪有什麼不願意的？你快帶領了大家，趕緊去少林吧！」

韓峰點頭道：「少林寺正需要人手，如果能有乞流相助，楊觀海若再次攻打少林，我們便有足夠的實力抵擋了。」

杜果在旁聽了，大喜過望，握住兄弟的手，說道：「兄弟，你放心，韓少俠答應了！」

杜灰鼠點點頭，露出微笑，隨即吐出一口氣，偏過頭，昏了過去。

韓峰站起身，望向杜果，神色仍帶著幾分震驚，幾分徬徨。

杜果露出歉疚之色，說道：「峰師兄，我知道你肩上的擔子已經很重了。如今再加上六百個人，你可擔負得起？」

韓峰不禁想起當時自己趕回寶光寺時，在山洞中找到一百多個年幼的師弟，一行人舉目無親，無家可歸，更受到皇帝通緝，各方尋寶凶徒前仆後繼；他當時只覺天地茫茫，不知自己帶著一群師弟們，究竟可以去往何處落腳？

他有過那次的經歷，此時年紀又大了幾歲，心智成熟了許多，知道在此亂世之中，即使自己擔當不起，也只得勉強擔當，由不得他猶豫疑惑，當下吸了一口氣，說道：「果師兄，請帶我去找乞流弟兄，我們今夜便離開洛陽。」

杜果點點頭，臉上露出欣慰的微笑，說道：「我兄弟眞沒有看錯人！」於是立即帶韓峰去見乞流中人。

韓峰和乞流頭目張土狗討論之下，決定當夜便讓六百餘名乞流弟子，從僅剩的一條地道潛逃出城，跟隨韓峰往南行去，上少室山避禍。

第三十章　單挑敵

常悟方丈正慶幸邱七虎率領著那幾百名瓦崗士兵下山去了，不料韓峰又帶了六百個衣衫襤褸、骯髒殘病的老弱婦孺來到山上。

常悟方丈雖然吃驚，但出家人最是慈悲，他得知這些乞者在洛陽城中受到壓迫打殺，貧困交加，自當伸出援手，便慷慨應允收留，讓他們住在少林別院。韓峰安頓好了乞流的飲食住宿之後，便開始著手加強少林寺的防衛，防備楊觀海即將攻上少林的大軍。

正當韓峰率領三百乞流精壯、寶光寺眾師弟和二百少林弟子籌劃對付楊觀海的大軍時，宇文還玉已單槍匹馬，在山下出面攔截楊觀海。

這時楊觀海正率領著三千軍隊，直闖少室山而來。他生怕鮮卑之鬼宇文崇天又來攔截，因此這回謹慎了許多，特地以重金聘請了十五位武功高強的武林異人，包括從南海請來的異人「陀螺仙」，預先帶領他們悄悄來少室山下勘查，掃除任何可能阻止大軍闖上山的障礙。

一行人來到少室山腳，卻見大路正中央擺了張黑木交椅，鑲金嵌玉，極爲華貴；椅上悠然坐著一個白衣少年，他翹著腿，斜靠著椅背而坐，神情悠哉閒適之極；少年膚色微黑，面容清秀，一頭長髮紮成了無數辮子，額前綁了一條銀色細鍊，綁束一頭亂辮，露出一雙晶亮的眼睛。

楊觀海勒馬而止，凝神望向這白衣少年，看不出他是何來頭，只能抱拳問道：「尊駕在此攔路，不知有何指教？」

白衣少年哈哈一笑，說道：「楊觀海啊楊觀海，幾年不見，你還是老樣子啊！」

楊觀海側目望向他，不料這人竟認得自己，又直呼己名，口氣狂妄，心中又是驚疑，又是惱怒，喝道：「小子何人，快快報上名來！」

這白衣少年自然便是宇文還玉了。她這時身穿鮮卑族男子服飾，和當時在洛陽城以俊俠面目出現時一般，模樣極爲瀟灑俊逸。她撇嘴一笑，說道：「你憑著那點兒偷學來的武功，便想在我面前班門弄斧，實是太過不自量力。看在你我往年師兄弟一場，我就直話直說了。你既有膽量打傷我大哥，我又怎會輕易饒過你？」

這幾句話一說，楊觀海驚詫得睜大了眼，脫口叫道：「你……你是小石頭！」

宇文還玉冷笑道：「不錯，本少爺正是宇文峘！」

楊觀海心中警戒，他自然知道小石頭是鮮卑之鬼的親傳徒弟，而自己一身武功不過是從鮮卑之鬼的祕笈中偷學而來，想必不如他精純。然而小石頭年紀幼小，楊觀海回想起幾年之前，眾寶光寺弟子在山上跟著神力大師練武之時，他連個馬步都蹲不來，成日叫苦叫累，顯然不是塊練武的料子；自己的武功雖是偷學而來，根底畢竟較他深厚許多，功力自當更勝他一籌。

想到此處，楊觀海略略放心，跳下馬來，將馬韁交給身邊一個身材矮小的馬伕，走上幾步，抖開腰間長鞭，冷笑道：「你想爲你大哥報仇，是麼？好，上來吧，我奉陪！」

宇文還玉見他輕視自己，暗暗高興，心想：「這人就是托大。所謂『士隔三日，刮目相看』，你總有幾年沒見到我了，竟然就這麼瞧我不起，眞是天助我也！」

當下她拍拍手掌，仍舊從容地坐在交椅上，微笑道：「那我就不客氣了。」話未說完，銀鍊已然出手，點上楊觀海的眉心。

楊觀海只見眼前銀光一閃，還沒會過意來，便覺額頭一陣劇痛，鮮血迸流。他大驚失色，連忙往後一仰，避開了隨即跟上、直取他左眼的第二鍊。若非他閃得快，這隻眼睛已然廢了。

楊觀海只驚得出了一身冷汗，見小石頭出手狠辣，毫不留情，而武功之高，招式之妙，下手之狠，與鮮卑之鬼如出一轍，心中驚惶無比：「這小子何時變得這等厲害？我竟不是他的對手！」

但他此時想要脫身，卻已難了。宇文還玉的銀鍊如影隨形，在他身周數寸內飛舞鞭打、伺機攻擊，不論他如何奔躍騰挪、翻滾閃避，都難以避開對手的銀鍊。

跟著楊觀海來的十五名江湖異人，眼見楊觀海在這白衣少年手下竟然毫無招架之力，都是既驚訝，又恐懼。他們自都知道楊觀海武功詭異高強，居眾人之冠，豈知他竟會全然不是這鮮卑少年的對手！

眾人面面相覷，他們收了楊觀海的重金，出手相助攻打少林，這時見到雇主被人打得滿地滾竄，自然不能坐視，紛紛拔出兵刃，上前攻向那仍舊好端端地坐在交椅上的白衣少年。

然而宇文還玉對這群所謂的高手更加不屑一顧，甚至不曾起身，只用左手揮出另一條銀鍊，點上那十五人的膝蓋和手臂穴道，令他們定在當地，再也無法動彈，好似一尊尊雕像一般直挺站立，觀賞宇文還玉狠狠地折磨英勇大將軍楊觀海。

宇文還玉使動銀鍊，在楊觀海身上臉上割出一道道血痕，心中大感快意，心想：「我大哥若能看到這惡賊受此懲罰，一定大呼痛快！這小子對我大哥何其殘忍，害我大哥險些喪命，我今日非得好好教訓他一頓，替大哥報仇！」

她並不想取楊觀海性命，卻不介意狠狠傷他；銀鍊所攻之處都非要害，並不致命，卻令他疼痛難捱。不久前楊觀海以長鞭攻擊韓峰，也是將他割得遍體鱗傷；這時宇文還玉以其人之道還治其人之身，也同樣以一條銀鍊將楊觀海打得遍體鱗傷，血流滿身，讓他嘗嘗這「千絲萬縷索」的眞正威力。

楊觀海全身疼痛難忍，心中暗罵：「小賊存心折磨我，是爲了替他大哥報仇！」隨即想到：「但他爲何不殺我？是了，小賊或許還尊奉寶光寺那老賊禿，不肯殺生！那我至少不會被他殺死，能夠保住一條命！」

這麼一想，立即大大安心，咬牙想道：「忍一時之痛，並不難辦到。小子不肯殺人，不夠狠辣，等於將自己性命交在敵人手中。這小子年輕氣盛，想必缺乏臨敵經驗。我總能拖上一陣，等待翻身的時機。」

便在此時，宇文還玉首先警覺有些不對，她從交椅察覺大地微微震動，猜知有大隊兵馬正向這邊奔來，聲勢驚人，似乎超過千騎。

宇文還玉心中一凜，不知來者何人，是敵是友，情況難測，心想：「可別在此栽了跟頭。待我廢了他武功，趕緊離去爲妙。」下手陡然轉狠，銀鍊直取楊觀海手筋、腳筋。

楊觀海也覺知有大隊兵馬將至，雖然可能並非他的兵馬，但至少是個轉機，當下抓緊機會，連忙往馬腹下躲去。

宇文還玉不容他逃脫，立即從交椅上躍出，如飛鳥般撲向楊觀海。

楊觀海從馬腹之下揮出長鞭攻擊，宇文還玉隨手一抓，便抓住了鞭梢，往後一扯，楊觀海感到虎口劇痛，長鞭脫手。

便在此時，但聽遠處隱隱傳來呼叫之聲：「楊大將軍，楊大將軍！」正是楊觀海手下的三千軍馬趕到，迅速逼近，隊伍向兩旁分抄，顯然意圖包圍此處。

宇文還玉皺起眉頭，眼看對方黑壓壓地不知道有多少人，自己想要從這千軍萬馬中全身而退，只怕不易。她一咬牙，心想：「就算拚個一死，也要重傷楊觀海，讓他再也不能爲惡！」

她從腰間拔出「如履薄冰」，飛縱而上，搶到楊觀海身前，一匕往他右手手腕斬去。

便在此時，忽覺背心勁風襲來，她立即轉身揮掌迎敵，但見站在自己面前的竟是那不起眼的矮馬伕，掌力竟然如此驚人！她頓時醒悟：「這人也是楊觀海重金請來的殺手之一，或許便是那什麼南海『陀螺仙』！我竟看走了眼，沒發現這人的眞面目。」

但覺那人掌風好強，宇文還玉只能往後急退，展開輕功避開，氣息不免微微一閉。

楊觀海趁著她遇襲後退的大好機會，立即跳起身，使動「陰風掌」，往她背心打去。

宇文還玉感到背後陰風襲來，立即往左閃開，背心被陰風掃過，好生疼痛。那矮子續又攻來，成爲二人聯手夾攻之勢。

宇文還玉知道單打獨鬥，這二人都不是自己對手；但是二人聯手，自己便得花一番功夫才能擊倒二人。她打起十二分精神，左右手同時揮出兩條銀鍊，攻向兩個對手。但那矮子的掌風極強，銀鍊太輕，數度被他的掌力震偏，難以攻至敵身。宇文還玉只好放棄銀鍊，改以匕首爲主要兵器，與二人近身搏鬥。

楊觀海雖已受了傷，但都是皮肉輕傷，此時奮力攻擊，力道仍頗爲強勁，他的「陰風掌」和「蛇蠍爪」偏重陰險狠巧，令人防不勝防；那矮子更是以剛強內力見長，兩人夾攻之下，宇文還玉一時無法取勝，而大軍就將趕至，大軍一到，人多勢眾，她便處於劣勢，只怕連性命都難以保住。

她權衡輕重，知道即使拚著自己受傷，也要重傷楊觀海，接著趕緊脫身，因此不惜使出險招。楊觀海和那矮子顯然也很清楚眼前情況，逐漸轉爲守勢，只求纏住她，並不求將她打傷或打死。

宇文還玉心中暗感焦躁，心想：「管他陀螺仙還是海螺仙，本姑娘怎會收拾你不下！」一咬牙，決意冒險搶攻，忽然猱身而上，往那矮子飛撲而去，匕首刺向他咽喉，左掌一招「玉女穿梭」，補上一掌。矮子見匕首來勢好快，往後翻身躲避，但宇文還玉的一掌已然跟上，正中他臉頰。

宇文還玉這掌的方位原本準擬攻對手胸口，但這人實在太矮，這掌便打上了他的臉頰。矮子怪叫一聲，身子往後飛出數丈，閉氣暈去。宇文還玉皺起鼻子，不敢去看那矮子中掌後的面目。

宇文還玉喘了口氣，解決了一個，楊觀海就好對付了。她定下心神，再度揮使出銀鍊，向楊觀海攻去。楊觀海眼見矮子倒下，知道自己再也討不了好去，回身拔步便跑。

宇文還玉揮銀鍊捲住楊觀海的腳踝，將他拽倒在地。她飛身上前，正要揮匕首解決楊觀海，忽然一騎狂奔近前，一人飛身下馬，撲在楊觀海身上，叫道：「手下留人！」

宇文還玉看清楚了，那人身材高壯，正是昔年的寶光寺三師兄徐山。

宇文還玉皺眉道：「徐山，他上回不顧你性命，獨自逃去，你竟還要護著這廝！」

徐山跪在她面前，懇求道：「小石頭，求求你饒過他！楊老爺往年對我有天大的恩情，我無論如何也要保住楊家的這線血脈！」

宇文還玉想起對宇文皇族忠心耿耿的宇文崇天，心知徐山對楊素、楊玄感一家也是一般，盡忠竭力，至死不悔，心中一軟，說道：「你讓開，我不殺他，只毀去他的武功，令他不能再爲惡害人。」

徐山卻不肯讓開，只不斷磕頭懇求。

宇文還玉眼見大軍就將逼近，無法再等，伸手去推開徐山。不料就在這時，一柄長槍竟然從徐山的胸口穿出，直刺向自己。

宇文還玉大驚失色，這才看出下手的便是躲在徐山背後的楊觀海，他竟心狠手辣到此地步，爲了自保傷敵，不惜重傷忠心的手下！

宇文還玉急忙後退，避開了這一槍，但見楊觀海又是一槍向著通山的背心刺去，眼見便要致他死命。

宇文還玉又驚又怒，喝道：「住手！」趕緊抱住徐山龐大的身子，將他拉到一旁，避過了楊觀海的第二槍。

楊觀海就是看準了她的一念善心，知道她不會眼睜睜地看著徐山被殺，這槍本是虛招，早已棄槍衝上，趁機欺近她身後，一掌攻向她背心。

宇文還玉趕緊往旁一讓，卻因急於護住徐山，無法完全避過，背心被楊觀海的掌風掃中，頓時嘔出一口鮮血，往前跌出數步。她知道楊觀海傷了自己，下一步定會立下殺手，立即矮身，使出鮮卑之鬼傳授的「必殺連環腿」，反身出腿，全力橫掃而去。

楊觀海不料她受傷嘔血後還能立即反擊，一聲驚呼，雙腿被掃中，跌倒在地，只覺腿骨痛極，兩腿腿骨均已斷折，一時更爬不起身。

宇文還玉知道自己已然受傷，大軍將至，時候不多，必得狠下殺手，立即縱身上前，匕首揮處，割斷了楊觀海的雙手手筋；匕首往下一劃，又挑斷了他的左腳跟的硬筋。她憤怒楊觀海竟狠心重傷徐山，下手毫不留情。

楊觀海慘叫連連，眼見這幾匕狠辣已極，廢了自己一身功夫，一時感到萬念俱灰，撲倒在地，嘶聲痛哭起來。

宇文還玉回身去看徐山，但見剛才那一槍從他的背部穿過胸口，傷處鮮血噴出，眼見是不活的了，忍不住叫道：「三師兄！」

徐山臉上肌肉扭曲，低聲道：「小石頭，你快走……」語音未歇，便嚥氣而死。

宇文還玉心中哀然，感到胸口鬱悶難受，哇一聲又嘔出一口鮮血，暗想：「我竟跟我大哥一樣，也被楊觀海這廝打傷嘔血！」只是韓峰當時胸口直接中掌，受傷極重，幾乎喪命，她只是背心被掌風掃到，雖受傷疼痛，卻並不致命。

她伸手按著小腹，勉強吞下湧到喉頭的鮮血，收起匕首「如履薄冰」，四下張望，打算搶匹馬逃走。

只見大軍已然逼近在百丈之外，她吸了一口氣，感到背心疼痛已極，心想：「好在我已重傷了楊觀海這廝，挫了他的銳氣。否則若讓他領著這批高手和大軍闖上少林寺去，我大哥他們可絕對無法招架。」

她勉強往一匹馬奔去，拉過韁繩，奮力躍上馬背，只覺背心痛得如要窒息。她吸了一口長氣，在大軍包抄之前，縱馬沿著一條小路奔去。

第三十一章　遇救星

宇文還玉快馳出一陣，但聽身後敵人追趕的馬蹄聲如雷響一般，緊追不捨，越來越近。她知道自己雖重傷了楊觀海和那裝扮成馬伕的矮子，但楊觀海請來的殺手還有十多人，這些人穴道一解，自會騎馬追上，自己受傷不輕，絕對無法抵敵一群高手圍攻。

便在此時，座下那馬忽然腳下一絆，跪了下去。宇文還玉用力一扯馬韁，但那馬的腳卻已跌跛了，再也無法立起。

宇文還玉只好跳下馬來，只覺背心疼痛難忍，蹲在路邊喘息，但見那馬在一旁翻騰掙扎，心想：「我的處境和這馬也差不了多少，同樣痛苦掙扎，難以起身。只不過敵人追上來不會殺馬，卻會殺我。」

她心中正焦急時，忽見路邊奔來一騎，馬上乘客叫道：「是宇文姑娘麼？妳沒事麼？」

宇文還玉凝目一看，但見那是個高大俊逸的青年，衣著華麗，面目好熟，竟然便是長孫無忌！她心中登時一喜：「有救了！」叫道：「長孫公子，有壞人在追我，請快帶我離開此地！」

長孫無忌聞言一楞，遠遠見到大批人馬緊追在後，警覺情勢緊急，立即應道：「是！」縱馬奔近她身邊，俯身伸手將她拉上馬，讓她坐在自己身前，用力一夾馬肚，沿著一條偏僻的小道疾馳而去。

馳出數十里後，長孫無忌才放緩馬蹄，停下略息。宇文還玉感到背心奇痛無比，卻又不肯呻吟出聲。長孫無忌低頭望向她，但見她臉色發白，臉上布滿了豆大的汗珠，大爲驚憂，問道：「宇文姑娘，妳受傷了麼？」

宇文還玉已痛得說不出話來，無法回答，只能咬緊牙根。

長孫無忌見到心中欽慕已久的天仙竟在生死之間掙扎，大驚失色，心痛如割，忍不住大哭起來，叫道：「宇文姑娘，妳千萬要撐下去！妳如果就這麼死了，我一定會以身相殉的！」

宇文還玉內傷嚴重，強敵在後，生死未卜，心中本已煩惱混亂之極，聽他在旁痛哭，當眞是亂上加亂，煩上加煩，勉強耐著性子，說道：「你哭什麼？莫要給我添亂。繼續前行！」

長孫無忌乖乖收淚，問道：「是誰在追妳？」

宇文還玉道：「是竇建德手下的將軍，叫做楊觀海的。入夜前咱們若能趕到下一個市鎮，我便有救了。」

長孫無忌遲疑道：「但是妳的身子……」

宇文還玉抬頭瞪了他一眼，眼神凌厲如刀。

長孫無忌不敢再說，趕緊抹去眼淚，忙道：「是，是！我們入夜前一定要趕到下一個市鎮。」

長孫無忌這人情感雖纖細豐富，但也有個好處，那便是聽話。宇文還玉說了什麼，他便當成綸音玉旨一般，絕不敢違抗，更不敢懷疑。

此時他一心一意地縱馬趕路，腳程加快了許多，宇文還玉暗暗噓了口氣，只覺得內心從未如此疲倦勞累，眞想躺倒在地，就此一睡不醒。若非長孫無忌在後扶著她，她隨時能跌下馬去。

當天夜裡，兩人終於來到了一處城鎮。

長孫無忌道：「這地方叫做平城，離太原不過兩日路程。我們若能趕到太原，那裡是唐國公的地盤，諒他們也不敢追上。」

宇文還玉點點頭，心想：「如今也只能先逃去太原避難了。」便說道：「那我們便去太原吧。」

長孫無忌聽說她願意去往太原，心中暗喜，精神一振，說道：「此地的駐守軍官和唐國公關係甚好，我立即去找他，讓他派兵護送我們。」

宇文還玉卻搖搖頭，說道：「不，士兵們人數再多，又怎能擋得住楊觀海和他手下的殺手？」想了想，說道：「這樣吧。你去找駐守此地的軍官，告訴他，你從京城帶回上好的梅酒和新鮮荔枝，讓他們趕緊送到太原去，給唐國公和世子品嘗。要他們每隊派出十六名士兵，分成四隊出發，快馬趕路，一日之內要送到。」

長孫無忌頓時醒悟，這招是疑兵之計。他自己雖是李世民的內兄，但也無權命令此地的官員派兵保護自己和宇文還玉；倘若讓大隊士兵護送，目標太過明顯，追兵很快便能趕上，宇文還玉受了重傷，對方只要有一個高手，她這條命便難以保住。然而自己若說想送好吃好喝的去孝敬唐國公，那麼誰也不會多想，最多只會將自己看成個喜愛拍馬討好之人。

在長孫無忌心中，只要能夠解救宇文姑娘的性命，他什麼都願意做，又怎會將自己的名聲放在心上？當下立即去找當地官員，給了他們一大筆銀子！吩咐他們置辦梅酒荔枝，護送去太原。

官員欣然樂從，立即替他備好了梅酒荔枝，派出四隊官兵，急急從平城出發。長孫無忌和宇文還玉則喬裝改扮，扮成一對鄉下老夫婦，乘著騾車緩緩上路。

一路上，果然有不少楊觀海的手下騎馬追上，他們皆被那四隊士兵吸引，追上喝問查看，但是除了美酒荔枝之外，自然未能找到宇文還玉。

宇文還玉忍著身上傷痛，勉強直起身子，露天坐在騾車之外。豪客對這兩個乘騾車緩緩行路的老農夫婦視若無睹，更未放慢馬蹄查看。長孫無忌原本心中惴惴，但見宇文還玉的計策奏效，不禁又是佩服，又是寬慰。

不一日，兩人有驚無險，平安抵達太原。長孫無忌終於鬆了一口氣，臉上露出笑容，說道：「快，到我家裡歇歇，我趕緊找大夫來替妳治傷。」

宇文還玉這幾日來跋涉勞累，知道自己內傷加重，臉色愈發蒼白，只能盡量咬牙忍痛，說道：「不，你替我找間安靜隱密的地方，不可讓任何人知道我在此地。也不要找大夫來。」

長孫無忌忙道：「是，是。」臉上神色仍極爲擔憂，欲言又止。

宇文還玉見了他的神情，知道他焦急自己的傷勢，便解釋道：「我的傷是內傷，自己休養幾個月就會好轉，一般大夫不會懂得醫治的。」

長孫無忌這才略略放心，說道：「我明白了。我家中有間擺放珍寶的密室，通風良好，安靜隱密。我立即便清出來，讓姑娘在裡面休息。」

於是宇文還玉便在長孫無忌家中的密室住下了。她每日盤膝練功，緩緩調理內傷，感覺稍稍好了一些。但她知道自己受傷甚重，經脈受損，需要有人以高深的內功替自己療傷，不是她自己調理調理便能恢復的。世上有這等內功之人屈指可數，鮮卑之鬼宇文天崇天之前救治韓峰時，耗費了大量的心神內功，加上年老衰病，已無餘力替她治傷。

她十分掛念韓峰的安危，不知少林寺情形如何？眾師弟是否平安？她眞想回去少林寺瞧瞧，但她知道自己絕對不能去見韓峰，這個她在世間最最關心的人。

宇文還玉一想到韓峰，心中便是一陣難言的酸楚疼痛，只好儘量管住自己的念頭，不准自己再去想他。

這段時日中，長孫無忌不斷來對她噓寒問暖，送飲遞食，百般體貼，更令她心中煩亂無比。她知道長孫無忌對自己一片癡情，更冒險救了她的性命，自己再冷酷無情，也不能不對他心存感激。

然而感激歸感激，宇文還玉心中十分清楚，自己對長孫無忌實在沒有什麼情意可言。她寧可一輩子孤身一人，也決不肯委屈自己，去和一個自己不中意的人在一起。因此她蓄意對長孫無忌客氣而冷淡，處處恭敬相待，以禮自持。

長孫無忌護送宇文還玉回到太原之後，整日忙著張羅照顧宇文還玉，足不出戶。李世民很覺奇怪，便親自來到他家，硬將他拉回自己的住處，宴飲一番。

長孫無忌不得不去，卻心不在焉。李世民詢問他此行經過，他才將出使瓦崗、見到魏公李密以及竇建德等的前後說了，卻略過了邂逅宇文還玉的一段，對她的事情半句也沒提。

李世民仔細傾聽，頗爲憂心，說道：「李密和竇建德這兩股勢力越來越大，洛陽很有可能被他們其中一人攻下。李密離東都洛陽最近，可說是近水樓臺。」

長孫無忌聽他說「近水樓臺」，忽然想起自己日夜與宇文還玉相處，難道不也是「近水樓臺」？只盼自己能夠真的「得月」！

他心神一蕩，臉上發熱，生怕心事被李世民看透，趕緊定下神，說道：「不錯。李密一旦攻下洛陽，定然會立即稱帝，那麼局勢就很明朗了。然而如今洛陽由王世充把守著，這人也不是個易與的，不會那麼容易便讓洛陽城失陷。」

李世民和長孫無忌正談論著，忽聽外面人聲吵雜，李世民的手下進來報告道：「皇帝從江都派了使者來，說有緊急聖旨傳來！」

李世民一驚，不知吉凶，連忙帶著長孫無忌一起去父親辦公的廳堂之外，悄聲傾聽。

但見唐國公已然換上朝服，站在大廳之上，垂手候領聖旨。一名使者快步從外走入，瞧面目是個素不相識的文官，臉上神色冷肅嚴峻，對唐國公道：「聖旨駕到！唐國公李淵快快跪拜領旨！」

唐國公當即跪倒，恭恭敬敬地道：「臣李淵恭聆皇旨。」

使者展開一張聖旨，讀道：「旨付唐國公李淵：據聞太原一帶盜賊益繁，突厥屢犯邊境，唐國公多次出兵圍勦盜匪，抵禦突厥，絲毫無功，朕聞而震怒，特命使者逮捕，押返江都發落。」

唐國公聽了，臉色大變，驚懼交集，知道自己這一去，那是絕對別想保住項上腦袋了。他勉強沉住氣，磕頭領旨，說道：「臣罪該萬死！罪臣即日便隨尊使南下，面見聖上，伏地請罪。」

他送走了使者之後，回到後廳，卻雙腿發軟，險些跌倒。

李世民眼見情勢如此，搶上扶起，對父親道：「事情緊急，咱們不能再等了！這就起事吧！」

唐國公臉色蒼白，坐倒在太師椅上，喘息不止，良久才道：「太倉促了，太倉促了！」

李世民道：「即使倉促，也勝過坐以待斃！」

唐國公只能點了點頭，當即暗中召集親信手下，在密室中商討起兵之計。然而籌備尚未完全，府中不論兵馬錢財，無一足夠，此時起事，實在毫無把握。

這些情況，長孫無忌都看在眼中，回去後便跟宇文還玉一五一十地說了。

宇文還玉皺眉凝思一陣，說道：「唐國公起兵，絕不能操之過急。我認爲楊廣這只是在測試唐國公，如果唐國公禁不起驚嚇，輕舉妄動，楊廣便有藉口下手對付唐國公了。如今事情緊急，你立即去跟世子說，一定要多等十日，觀望變化，切不可倉促起事。」又密密囑咐了他一番。

長孫無忌對她的話哪敢有絲毫懷疑，立即便去找李世民，將宇文還玉的一番話如此這般地說了。

李世民聽了，皺眉沉思，在房中踱步不止。長孫無忌並依照宇文還玉的囑咐，建議道：「皇帝雖有命讓唐國公去往江都，聽候發落，可沒有限定哪一日啓程。我們當去跟那使者說，唐國公身任一方重鎮，必得在軍事交接完畢後，方能離開太原，否則邊境安危絕非兒戲，唐國公豈可擅自離職，加重己罪？暫且定個十日之期，等唐國公交接完公事，一切安排就緒了，便即上路。」

李世民點頭道：「你說得有理。我這便去跟父親商量，對那使者如此陳說，先拖延一陣子再說。」

果然在八日之後，楊廣又派了使者騎快馬趕來太原，下令赦免唐國公，不必將他擒去江都發落了。唐國公和李世民得知之後，都大大鬆了一口氣。

第三十二章　聞舊事

李世民想起長孫無忌的勸告，楊廣的心思竟然被他說中，心中頗感驚疑：「無忌向來富有計謀，但對於宮廷之事並不熟悉，也不會如此清楚明瞭楊廣的心思。此次怎會料事如此神準，難道有人在背後指點他？那卻會是誰？」

李世民想之不透，於是找了長孫無忌來密談，問道：「你之前勸家父不可輕舉妄動，定要等候十日。這主意是誰跟你說的？」

長孫無忌臉上一紅，說道：「你怎知道是別人跟我說的？」

他在李世民的凝望下，知道瞞不過這個精明的妹夫，只好老實說道：「是我的一位好友。」

李世民眼睛一亮，說道：「果然如此！能出此計策者，絕非尋常人物。你快帶我去拜見他！」

長孫無忌躊躇道：「這個……這個只怕不方便。」

李世民急道：「有什麼不方便？這位前輩若不願意見我，我願在門外長跪求見，以表誠心。」

長孫無忌囁嚅半晌，才道：「不，她不是位前輩，而是一位……一位年輕姑娘。而且她身上有病，此刻不方便見人。」

李世民一呆，說道：「一位年輕姑娘？她生了什麼病？我們府裡有醫官良藥，定當竭盡所能，醫治好這位姑娘的病。」

長孫無忌仍舊推托，李世民只好拿出殺手鐧，沉下臉，說道：「無忌，你府上藏著一位高明的謀士，卻不讓我去拜見，這算什麼？你還當我是你的好兄弟、好朋友麼？」

長孫無忌耐不過李世民的軟逼硬求，只好答應帶他去見宇文還玉。

李世民迫不及待，立即便沐浴更衣，跟著長孫無忌回到他的住處。

長孫無忌硬著頭皮，來到密室，對宇文還玉將李世民來訪之事說了。

宇文還玉聽說李世民已來到門外，瞪了長孫無忌一眼，佯怒道：「我要你隱瞞我在這兒養傷的事情，怎麼，你一轉頭便將我給出賣啦？」

長孫無忌滿面通紅，趕緊打躬作揖，低頭道歉，說道：「不是的，不是的，我怎麼敢出賣姑娘？是世民自己發現的。他說我教給他的計策深謀遠慮，猜到一定有人在背後替我出謀。我被他逼問不過，只好說出給我出謀的人便是姑娘妳。」

宇文還玉知道長孫無忌機伶聰明，絕不愚蠢，只不過他的妹夫李世民比他還要更加聰明厲害，心想：「我這大師兄也未免太精明了些，這麼快便發現長孫無忌身邊另有出謀者。好吧，他既然來了，我又怎能不見？」

於是她勉強坐起身，整理儀容，端坐榻上，說道：「既然如此，你便請二世子進來吧。」

長孫無忌見她仍舊滿面不悅，趕緊道：「宇文姑娘，妳可千萬別……別對世子無禮！」

宇文還玉又瞪了他一眼，說道：「我要對誰無禮，對誰有禮，你管得著麼？」

長孫無忌心中遲疑，生怕她大發脾氣，對李世民出言不遜，將事情鬧僵了，忙道：「姑娘要是不高興，那還是別見了吧。免得大家不愉快，我對不住我妹夫，也對不住姑娘。」

宇文還玉嘆了口氣，說道：「長孫公子，我脾氣雖不好，卻非野蠻之人。我向來尊重唐國公和世子，絕不會無禮的，你放心吧。快請世子進來。」

長孫無忌見她這麼說，才出去請李世民進來。

房門開處，李世民高大的身形走了進來。他見到一個妙齡少女坐在榻上，容色俏麗，雙眼黑白分明，眼中閃爍著精靈巧智，臉上卻略帶病容。他見了不禁一怔，只覺這少女非常眼熟，一時卻想不起她是誰，在何處見過，當下恭敬行禮，說道：「宇文姑娘，世民有禮。」

宇文還玉抬頭望著他，微微一笑，緩緩說道：「宇文還玉參見二世子。恕小女子身上有恙，無法起身行禮。」

李世民聽她自稱「宇文還玉」，這名字他從未聽見過，心中更加疑惑，說道：「宇文姑娘不需多禮。長孫兄弟告知姑娘幫忙出謀策劃，對我等有極大的恩惠，世民特來拜謝。」

宇文還玉道：「世子過譽了，小女子擔當不起。世子大駕光臨，快請坐下。」轉頭望向長孫無忌，說道：「長孫公子，你若不介意，我有幾句話想跟世子單獨談談。」

長孫無忌見兩人間談話和緩有禮，絕沒有半分火爆之氣，這才放下了心，忙道：「是，是。兩位請慢慢談。」走出房去，帶上了房門。

待長孫無忌出去之後，宇文還玉才抬頭對李世民一笑，說道：「大師兄，我們又見面啦。」

李世民不禁一呆，心想：「這位姑娘怎會叫我大師兄？」凝目向她望去，眞是越看越眼熟，但他回想寶光寺中除了自己的五妹李晏雲外，只有師弟，沒有師妹，想破腦袋也想不明白，忍不住問道：「宇文姑娘，請問妳爲何稱我大師兄？」

宇文還玉調皮一笑，說道：「這麼快便忘記故人了，大師兄可眞是貴人多忘事哪！」

她眨眨眼，說道：「大師兄，我們一塊兒去投效雲將軍，遠赴雁門關救援皇帝，這件事，大師兄可沒忘記吧？」

李世民先是一呆，隨即恍然大悟，又是驚訝，又是歡喜，叫道：「小石頭！眞的是妳？妳怎會在這兒？妳受了什麼傷？爲何不早點來跟我相見？妳一切可好？」

他這一串話連著問出來，語氣中滿是熱切關懷，宇文還玉不禁感動，心想：「大師兄仍舊這般眞誠熱情，實在難得。」說道：「請大師兄見諒！我從沒讓人知道我是個姑娘，這會兒又受傷不便，勞煩長孫公子收留照顧，我已經很感過意不去了，因此更加不願叨擾大師兄。」

李世民連連搖頭，說道：「妳怎能如此見外？自從寶光寺出事之後，我便一直掛念著你們，只恨太原多事，一直沒有機會去探訪。我之後得到消息，師弟們都平安無事，峰師弟帶領大家投靠了少林寺，才放下心，但是始終沒有聽聞妳的消息，不意卻在此見到妳！」

兩人敘起往昔諸事，都不禁好生感慨。

李世民問起小石頭跟著鮮卑之鬼離開之後的情形，宇文還玉搖頭道：「別提啦。他把我捉到一座深山裡，逼我練武，練得我半條命都快沒了。我好不容易才逃離了他的掌握。」

李世民哈哈而笑，說道：「我很久以前便聽聞傳言，說樂平公主藏起了一個遺腹子，並撫養了一位宇文氏皇子長大，暗中籌劃反隋復周。然而直到老和尚暗中告知，我才知道原來那個宇文氏皇子，便是我們寺中的小石頭！」

宇文還玉苦笑道：「什麼皇子？宇文皇族早已沒有子孫留下啦。我祖母異想天開，一直讓我女扮男裝，藉以號召周朝老臣滅隋復周。只不過我是個姑娘，又對報仇復國毫無興致，可教我祖母和鮮卑之鬼失望透頂了。」

李世民道：「當時妳和妳大哥一起來到山上，我們只道你們是一對姓石的兄弟。後來雖知道你們並非親兄弟，卻怎想得到妳竟是這般的出身來歷。」

宇文還玉笑道：「我大哥當時受到通緝，我只能隨口胡編，盡量掩人耳目啦。」

李世民道：「妳大哥現在人在少林寺，已是個雄鎮一方、舉足輕重的英雄人物。我真盼能有機會再次與他相見，暢談往事未來。」

宇文還玉露出困惑之色，說道：「大師兄爲何如此說？好似你已許久未見我大哥？我大哥……我大哥難道尙未回到太原？」

李世民一呆，說道：「回到太原？他從來就沒有跟我們來到太原。」

宇文還玉皺眉道：「那怎麼會？那時我明明送他下山……」

李世民望著她，說道：「小石頭，難道妳自從兩年之前送他下山後，便再也沒有見到過妳大哥了？」

宇文還玉搖頭苦笑，說道：「見是有見到，但是……並沒有說上話。」

李世民一怔，說道：「當時我們正在前往太原途中，他一聽說寶光寺出事，便立即向家父告辭，趕回終南山去尋妳。難道，他這些年來，一直未曾找到妳？」

宇文還玉聽了，也是一呆，脫口道：「他趕回來找我？他不是……不是已和雲師姊成婚了麼？」

李世民不斷搖頭，說道：「想來你們一直未曾見面，是以妳並未聽聞當時的情形。那時我們見到妳送出的鴿信，得知寶光寺燒燬，所有的小沙彌都已喪命，峰師弟激動已極，立即向家父告辭，決意趕回終南山。我們勸他爲時已晚，不必趕去，他激動已極，說道：『我和我兄弟小石頭情義深厚，即使她已喪命，我也一定要找到她的屍身，親手將她安葬！』我知道你二人情逾兄弟，難以相勸。他爲了回去找妳，甚至放棄了與五妹的婚事，毅然離去。如今……」

他凝望著小石頭，緩緩說道：「如今，我終於懂得其中緣由了。」

宇文還玉被李世民的眼光這麼一望，臉上不禁一紅，垂眼靜了好一陣子，才抬起頭，說道：「不！大師兄，你不懂得其中緣由，我也不懂得。我大哥在下山之前，已然知道我是個姑娘，但他一心愛慕師姊，欣然跟隨令尊唐國公而去，準備與雲師姊成婚。之後寶光寺陡然遇難，他決定趕回，我猜想那只是因爲他心中自責，對師門感到歉疚罷了。」

李世民皺眉搖頭，說道：「以我所知，峰師弟當年決意趕回去，全是爲了確定妳的生死安危，別無他意。」

宇文還玉沒有接口，靜了一陣，才問道：「那麼雲師姊……她如何了？」

李世民道：「五妹在峰師弟不告而別後，傷心非常，一怒之下，決定回去大興城，嫁給了趙家公子。」

宇文還玉聽了，心中震驚難已，她一直以爲韓峰早已和李晏雲成婚，完全沒想到他竟然離開了李晏雲，而李晏雲竟已下嫁他人！

她呆了半晌，才搥床怒道：「我大哥怎地如此愚蠢，竟這樣白白放棄了這麼好的一段姻緣！」

李世民知道妹妹對於韓峰當時不告而別，至今仍心有怨恨，難以原諒，也不知道該說些什麼，只好轉開話題，說道：「小石頭，過去的事情，我們都不去說了。妳都好麼？我一聽見無忌說出延緩觀變之計，便感到這計策高明，眼光深遠，沒想到竟是出自於妳！聽說妳身上有疾，妳得了什麼病？我立即讓醫官來替妳看看，需要什麼藥物，我府中一應俱全，我吩咐他們全送來無忌這兒。」

宇文還玉道：「多謝大師兄。我不是生病，是受了內傷。」

李世民忙問：「妳怎會受了內傷？」

宇文還玉輕嘆一聲，說道：「還不是楊觀海那賊廝？他偷學了一身邪門武功，投靠竇建德，被封爲什麼英勇大將軍，率領數千士兵準備闖上少林，意欲對我大哥和寶光寺師弟們不利。我爲了阻止他，出頭跟他決鬥，他爲傷我竟親手殺死了通山師兄。我一時大意，被他掌風掃中，受了內傷。若不是長孫公子剛好經過，將我救走，我早已一命嗚呼了。」

李世民皺眉道：「楊觀海這廝，手段竟能卑鄙狠毒至此！妳這內傷卻該如何治理？」

宇文還玉道：「我得靜下心，自己慢慢調養，就會好起來的。」她口中這麼說，心中卻很清楚，除了已老邁失智的宇文崇天外，天下並沒有人能夠治好自己的傷。

李世民望著她，說道：「待我替妳把個脈。」伸指搭上她的脈搏，閉目凝神半晌，問道：「傷了心脈？」宇文還玉咬著嘴唇，點了點頭。

李世民皺起眉頭，說道：「楊觀海這人，他受到竇建德信任，權勢日增，實是個越來越棘手危險的人物。」

宇文還玉嘴角露出調皮的微笑，說道：「但是他此後絕對不能再打傷別人啦。往後要騎馬打仗，我看也不大容易。」

李世民望向她，露出疑惑之色。

宇文還玉吐吐舌頭，說道：「我雖被他打傷，但是他傷得比我還重得多。我挑斷了他的手筋腳筋，讓他那什麼『蛇蠍爪』、『陰風掌』，往後全都使不出來啦。」

李世民倏然明白，她是爲了保護韓峰和師弟們，才去向楊觀海挑戰，拚著自身受傷，也要重創敵人，爲他們去除一個可怖的大威脅、大對頭。

李世民心中好生感動，他知道韓峰和小石頭之間的情感深厚眞誠，卻又錯綜複雜，非外人所能置喙。但旁觀者清，他看出二人之間存有難解的誤會，而這誤會又源自於自己的親妹妹晏雲，一時不知能說什麼，想了想，說道：「小石頭，我給少林寺發個信，告訴峰師弟妳在這兒，好麼？」

宇文還玉漲紅了臉，立即道：「不可不可，千萬不可！我不要見他，大師兄請千萬不要讓他知道！他若來到這裡，我便立即離開！」

第三十三章　獻才智

李世民摸不清她的心意，也不知該如何相勸，甚感無奈，說道：「小石頭，妳住在無忌這兒，若是感到不便，不如住到我的府裡去吧。我有事情需要找人商量時，也好隨時跟妳談論。」

宇文還玉明白他的言下之意。自己無法忘情於大哥韓峰，此刻受到長孫無忌的收留照顧，定然有著難言的不便。

她十分感激李世民的細心體貼，低頭思慮了一陣，一時不知該如何作答。

李世民又道：「妳記得麼？數年之前，我便曾問過妳可願意跟我一起去太原。那時妳說十分願意，只是峰師兄離開後，寶光寺和鴿樓乏人照顧，妳必得回去幫忙，才打消了這個念頭。」

宇文還玉自然記得大師兄當年的邀請；她一直很欣賞大師兄的爲人，當時聽說他邀請自己同去太原，確實頗爲心動，自己不僅可以跟隨胸懷大志、重視人才的唐國公，更可以時時見到大哥韓峰。然而她當時終於決定不去，一來自是因爲寶光寺確實需要人手，自己無法就此離去，二來也是因爲她知道自己無法眼睜睜地，看著大哥韓峰與通雲師姊成婚，而不傷心嫉妒。

如今寶光寺不復存在，通雲師姊已然出嫁，大哥韓峰也不在此地；成日逼迫鞭策自己報仇復國的鮮卑之鬼也已病倒。她再無後顧之憂，若能追隨大師兄李世民，自是個極好的去路。加上長孫無忌整日纏著自己，大獻殷勤，也著實令人煩惱。

她想起長孫無忌，又不禁感到心軟不忍，自己若就這麼搬去唐國公府，定會令他傷心之極。

她嘆了口氣，抬起頭，說道：「多謝大師兄的一番好意，小石頭心領了。長孫公子對我有救命之恩，我衷心感激，不願令他難受，還是留在這兒吧。大師兄隨時有事情，儘管吩咐我。我身子雖受傷不便，腦子還是使得的。」

李世民聞言大喜。他向來欣賞小石頭的才智，此時離父親起事越來越近，正需要頭腦清楚的有識之士幫忙出謀策劃。當下說道：「好極了！無忌是我內兄，我原本便時時來找他，往後順道來此與妳傾談，也十分方便。」

當夜李世民便讓長孫無忌安排酒席，與宇文還玉密談。席間李世民將太原的兵力布置、起事安排全都對她詳細說了，並提起楊廣著手收回李家分布各地的莊園財產，只讓唐國公領轄太原這塊貧瘠之地，若要長期用兵，只恐財力不足。

宇文還玉側過頭，想起鮮卑之鬼曾說宇文皇族在西北某地留下了大筆的寶藏，做爲大周復國之用。她對起兵復國實在毫無興致，全沒想到要去發掘這筆寶藏，這時聽李世民這麼說，心想：「這筆寶藏若能發掘出來，不如便送給唐國公和大師兄去使吧。」

她手中只有一份地圖，並沒有把握能找到寶藏，此時便也沒有提起，只道：「大師兄，若要長期用兵，糧草自是第一要務。我們手中糧草並不足夠，上策自是迅速占領大城鎮，就地補給。一旦開始用兵，便得直取首都。」

李世民沉吟道：「首都？是大興城，還是洛陽城？」

宇文還玉道：「洛陽此時有王世充率領十萬大軍守衛，周圍都是李密軍隊的地盤，東北方還有竇建德虎視眈眈，我們不去淌這渾水。要取，自然該取大興。」

李世民點頭道：「我和爹爹也是這個想法。」

宇文還玉道：「至於起事的時機，我以爲非常緊要。楊廣倒行逆施，大失人心。然而天命所歸，卻仍未有定論。李密此刻勢力龐大，很多人又聽信了之前的〈桃李子〉歌謠，對他抱有很大的期望。」

李世民點頭道：「妳說得極是，我們需得耐心等候。幸好上回楊廣派人來向我爹爹問罪，只是試探，我們還可慢慢從長計議。」

宇文還玉側過頭，說道：「太原地近突厥陣營。大師兄，有件事，唐國公需得考慮考慮。」

李世民道：「妳說吧。」

宇文還玉道：「你記得那回突厥始畢可汗在雁門關包圍楊廣，我和你一同出巡的事麼？」

李世民道：「當然記得。我們二人傍晚出去巡視，被突厥騎兵包圍，險些沒能逃出。」

宇文還玉笑了笑，說道：「那回可著實驚險，多虧大師兄箭法精準，棍法了得，才嚇得他們不敢再追。」

她頓了頓，說道：「突厥兵強馬壯，始畢可汗野心勃勃。我擔心唐國公一旦領兵離開太原，突厥很可能會趁機侵略中土，不但能攻打唐國公的後路，更可直闖京師。若到了那一地步，情勢就不好收拾了。因此我建議唐國公假意與突厥聯繫，取得共識，甚至向他們借兵，邀請他們一起攻打大興，推翻楊廣，並且答應在事成之後給他們一點好處，如此他們的一舉一動，便可在我們的掌握之中了。」

李世民聽得頻頻點頭，說道：「妙計，高招！我立即便找機會去跟父親談論此事。」

二人當夜一直談到三更，意猶未盡。最後兩人決定當前第一要務，便是重新恢復各地鴿樓，保持消息靈通。李世民過去數年派出許多探子，已找到了昔日十多間鴿樓的師兄弟；最重要的據點如大興城、洛陽城和江都的鴿樓，李世民都已與鴿樓主人梁木、杜果等人聯繫上了。

次日，宇文還玉便以寶光寺大弟子通天的名義，寫了數十封密信，請李世民派遣能幹的手下，帶著密信和大筆金銀，騎快馬奔赴各地，以寶光寺大師兄通天和寶光寺鴿樓小石頭的名義，號召重建鴿樓據點，互通消息。

眾鴿樓主人或許不知道唐國公世子李世民是何人，也並未聽過宇文還玉或是俊俠的名頭，卻無人不知寶光寺大師兄通天和鴿樓的小石頭。眾人見到小石頭親筆所寫的密信，很快便群起響應，找回舊日的信鴿，翻出當年的信管、薄紙，讓信鴿帶著回信，直飛太原。

短短數個月中，昔日的鴿樓通信網便重新建立了起來。分散在各地的四五十座鴿樓中，有三十多座都已重新開始互通消息。一時之間，太原成了飛鴿傳信最繁忙之處，皇帝的一舉一動，叛軍間的各場戰役，各地的風吹草動，都盡在李世民的掌握之中。

李世民興奮之極，對小石頭感激不盡，知道這是她送給自己的一份無價大禮。

這日，李世民來到長孫無忌家中，宇文還玉拿了一封信給他，說道：「瓦崗軍發生變化，李密殺死了翟讓！」

李世民一驚，拍桌罵道：「李密這奸賊，翟讓將瓦崗軍拱手送了給他，他竟然反咬翟讓一口，殺死恩人！」

宇文還玉撇了撇嘴，說道：「李密恩將仇報，這已不是第一次了。當年他在寶光寺還不就是這副德性？老和尚冒險收留他，換來的卻是他的反叛出賣！」

李世民道：「妳快告訴我，事情是如何發生的？」

宇文還玉道：「李密當上魏公之後，封了翟讓爲司徒。但是日子久了，翟讓眼見李密日漸高傲跋扈、目中無人，越來越不將他放在眼中，自然甚感不滿。他向一個叫房彥藻的傢伙發牢騷，說李密不將他放在眼裡。卻不知房彥藻這人是李密的親信，他聽了之後，立即去向李密告狀，說翟讓剛愎貪婪，有無君之心，應該早早下手解決。李密原本就看瓦崗的那些舊首領不順眼，一聽房彥藻的話，正中下懷，當下便置辦酒菜，邀請翟讓和他一群手下來宴飲。翟讓毫不懷疑，就這麼去了。李密在席間發難，召手下從外面闖入，砍死了翟讓兄弟。」

李世民搖頭嘆道：「翟讓率先領眾起義，聲勢浩大，不料竟落得這般下場！」

宇文還玉望著信，皺眉道：「奇怪的是，對李密頗爲忠心的右武候大將軍徐世勣，也在混亂中受了重傷，生死不明。」

李世民驚道：「徐世勣是妳大哥的生死之交，妳大哥若知道了，定然擔心得很！」

宇文還玉放下信紙，說道：「可不是？」

她頓了頓，拿起另一封信，緩緩地道：「我也收到了關於我大哥的消息。」

李世民忙道：「快說來聽聽！」

宇文還玉抬頭望向他，說道：「信上說他投靠了李密。」

李世民啊了一聲，大覺不可置信，脫口叫道：「不可能！」

宇文還玉咬著嘴唇，說道：「我原先也覺得不可能。我早先得到的消息，是他被李密擒住了。我當時並不很擔心，他在李密軍中有單雄信和徐世勣、程知節等幾位至交兄弟，這些人定能保得住他。我卻沒想到李密會狠心下手殺害翟讓，並且殺傷了徐世勣。單雄信和程知節幾位，也不知下落如何。一場混亂之後，我大哥不知爲了什麼原因，竟然投了李密，並同意出任魏公府的帳內驃騎。」

李世民也皺起眉頭，兩人對望半晌，同時說道：「要脅！」

宇文還玉點頭道：「李密一定是以什麼人或事做爲要脅，甚至可能捉起了少林弟子，以他們的性命爲要脅，不然我大哥是絕對不會投靠李密的。」

李世民點頭道：「定是如此。」

宇文還玉又拿起一封信，說道：「這封更加不得了。大師兄請看。」

李世民接過看了，見那是從江都傳來的密信，說道皇帝楊廣派了親信宇文化及，也就是寵臣宇文述的長子，率領一千名皇帝的貼身侍衛「驍果」，前來毀滅少林寺的反叛勢力。

李世民甚感震驚，說道：「楊廣爲何對少林寺如此忌憚？」

宇文還玉道：「據我猜想，可能是因爲他無法打敗李密，又控制不了王世充，生怕少林出手相助其中一方，進攻占領東都洛陽，加速隋朝的敗亡。」

李世民沉吟道：「妳的猜想確實有理。少林集合了當年寶光寺會武的沙彌，又有箭術高強、懂得兵法的韓峰，加上熟悉洛陽地形的乞流，地處洛陽之南，已是一股不可忽視的力量。妳認爲妳大哥當眞會起兵相助其中一方麼？」

宇文還玉搖頭道：「我大哥不是這樣的人。大師兄應當知曉，我大哥只願天下太平，別無野心，如今更只顧得上保護少林一寺僧眾的平安。我擔心的是，如今他受到威脅，投了李密，可能就此改變了天下大勢。」

李世民望向她，等著她說下去。

宇文還玉抿了抿嘴，李世民知道她已做出重大決定，或有重要的事情要說，才會露出這樣的神情。他望著宇文還玉，說道：「小石頭，妳心裡有什麼話，儘管說出來吧。」

宇文還玉吸了一口氣，說道：「我得親自去李密那兒一趟瞧瞧。」

李世民面露難色，過去數月之中，宇文還玉已成爲他最爲倚重的左右手，他幾乎每日都必來長孫無忌家中，聽取她從各地鴿樓收集到的訊息，並與她討論天下大勢。此時聽說她要離去，簡直比割斷自己的臂膀還要難以接受。

他懇求道：「小石頭，我立即派人去少林寺和洛陽，確定峰師弟平安無事。此地事情千頭萬緒，妳怎能離開？」

宇文還玉神色堅決，緩緩說道：「大師兄不必過憂，此地諸事我已做出安排。過去數月中，大師嫂也隨你日日來此，我已將傳送鴿信的種種訣竅教給了她。她與大師兄是夫妻之親，自是絕對信得過的。往後大師兄要聽取消息，或要傳送任何密信，只要跟大師嫂說一聲便是。」

李世民知道妻子年輕好玩，人又聰明，平日便常常來探望哥哥長孫無忌，閒時也常去鴿樓幫忙小石頭照顧鴿子、整理鴿信，卻沒想到小石頭早有計畫，一步步將鴿樓的重擔轉移到了妻子的身上。他知道小石頭決意離開，無法挽留，心中甚感不捨，只能說道：「妳身子未復，一切小心在意，千萬不要逞強！我等妳回來。」

宇文還玉微微一笑，心中清楚，自己很可能再也不會回到太原了。她在太原的這段時光中，費盡心思，幫了唐國公李淵和李世民極大的忙，算是報答了他們往年對寶光寺和她的照顧之恩，此後恩情兩了。她受傷不輕，武功大退，能否活下去還是未知之數，就算沒死，她也得顧及自己鮮卑皇女的身分，顧及老爺子宇文崇天的病體，顧及她大哥韓峰的安危，實是不大可能再回來太原了。

她自然沒有說出自己對前途的種種顧慮，只拜別了李世民，也沒有跟長孫無忌道別，便悄然離開了太原。

第三十四章 守少林

卻說當時宇文還玉在少林山腳下單挑楊觀海，拚著自己受傷，重挫敵手，並且引著那批楊觀海聘請來的高手往北追去，楊觀海攻打少林寺的計畫自然便煙消雲散了。楊觀海自己身受重傷，手腳殘廢，武功盡失，雖然仍有數千人的大軍集結在少室山腳下，他卻已無心攻山，帶著手下軍隊灰頭土臉地離去了。

楊觀海傷在宇文還玉手中，卻將這筆帳算在韓峰的頭上，心中對韓峰的仇恨只有增加，沒有減少，日日想著如何報仇，立誓總有一日要率領大軍攻上少林，將少林寺燒燬踏平。然而他出師不利，又兼武功盡失，竇建德對他極爲失望，很快便將他這個「英勇大將軍」的職位給革除了。

韓峰當時在洛陽受杜灰鼠臨死之託，率領了六百名乞流弟子回到少林寺。他知道危機四伏，回山之後一刻也沒有歇息，立即開始著手布置禦敵。

他先召集年老年幼的少林僧人和乞流中的老弱婦孺，讓他們全數搬到山後的閉關巖穴中躲藏，並運去足夠的糧食，讓眾人可以在閉關巖穴住上一年半載；接著他便讓乞流弟子開始挖掘地道，在少林寺的大雄寶殿、羅漢堂、般若堂、食堂、僧寮、練武場等重要房舍的地下挖掘密道，將各處連接起來；並將通道一路挖到山寺之外，一直能通到山腳、山腰的朝山山道之旁。每挖好一個據點，便讓乞流弟子潛伏在洞內，充做眼線前哨。

挖掘地道原是乞流弟子的看家本領，他們在洛陽城的地底下挖掘出了數十里長的密道，四通八達，如蜘蛛網般密密麻麻，密道中更住滿了一戶戶的乞流人家。少室山的土地岩石甚多，比之洛陽城地面的黃土更難挖掘，但也難不倒乞流弟子，不過兩個月的功夫，他們便將數十條祕密地道全數挖掘完成。

在乞流挖掘地道之時，韓峰並沒讓其他人閒著。他親自率領寶光師弟和少林弟子，利用乞流挖出來的大量岩石黃土，在少林寺前方構築了一道堅固的防衛牆，牆高八尺，上方堆起女牆，可以從縫隙中射箭退敵。少林寺西邊是一片峭壁，北邊是一道深谷，敵人要攻入寺中，必得經過東南方的山門。如今這道衛牆築起之後，要闖入寺中便大爲不易了。

韓峰與寶光寺師弟、少林僧眾和乞流精壯商議之下，都知對手若只有幾十人、幾百人，這道衛牆絕對能將之擋住；但是對手若是上千上萬人的軍隊，兵器精良，他們也得想出對策。

眾人討論後，決定在寺外的山道上設下重重關卡，種種陷阱，對方軍隊如果人數眾多，由於山路太險，馬匹是一定上不來的；士兵棄馬步行，必得通過一條彎曲狹窄的山道，最多也只能有三人並肩而行。如此敵人不管來了多少，少林寺都能在這狹窄的山道上將來人一批批地解決，不必面對數萬人的大軍。

韓峰的祖父韓擒虎乃是一位智勇雙全的大將軍，威震南北，因此韓峰年幼時耳濡目染，多少也聽聞了一些兵法策略。加上他曾參與瓦崗軍的數次戰役，見識過大軍對壘的景況，目睹過軍隊攻城掠地的戰法，又曾親身經歷過楊觀海率領五百士兵攻山的戰役，已有不少實戰經驗。因此他保衛少林寺的第一步，便是將此地的防禦建築得固若金湯，守衛嚴謹，而若當眞敗退時，也有充足的退路，不致於困死於此。

楊觀海的大軍雖然無聲無息地退去了，但果然如韓峰所預料，少林的災難並未結束。楊觀海大軍退去半年之後，鎮守洛陽的王世充便派了三千軍隊來到山腳，聲稱皇帝楊廣有命，要收回少林寺產，充做軍餉。

韓峰請示常悟方丈該如何應對。常悟方丈年紀已老，最怕衝突打鬥，聽說官府要來沒收寺產，說道：「阿彌陀佛！我少林寺的田產寺院，原本就是皇帝御賜。如今皇帝想要收去，自當奉命歸還，我等何能抗旨？」

韓峰搖頭道：「方丈請聽我一言。王世充野心勃勃，在洛陽手握重兵，號稱對抗叛軍、守護洛陽，實際上則在培養蓄積自己的勢力。他近日不斷派出軍隊侵略洛陽左近的城鎮，致力於擴張地盤，好與瓦崗李密以及竇建德等勢力抗衡。王世充在洛陽已是獨自稱霸的局面，皇帝楊廣以及留守洛陽的越王楊侗根本制不住他。這回他出手對付少林，顯然是爲了擴張洛陽以南的版圖，擔心少林是一股不可忽視的武力，因此準備先下手爲強，將我等剷除，絕非只徵收寺產充軍那麼簡單。」

常悟方丈皺起眉頭，說道：「韓少俠，那麼你認爲卻該如何？」

韓峰抱著雙臂，知道自己的建議，牽繫著少林一寺和乞流一族的安危，近千人的性命，都在他的一念之間。是擁兵抗旨，對抗王世充？還是伏首聽命，忍辱偷生？他抬起頭，說道：「此事不應倉促決定。待我去見王世充的使者，探清他們的意圖爲何，再回來向方丈稟告。」

常悟方丈點點頭，神色憂慮，嘆息道：「當此亂世，即使想要自保，也不容易啊。」

於是韓峰便帶了通平、通定和曇宗三人，來到山腳下會見王世充派來的使者。

這人是個武官，他見一個少年和三個年輕僧人下山來見自己，甚是不快，拍几喝道：「常悟那老頭呢？快要他親自下山來領旨！」

韓峰合十道：「常悟方丈在寺裡閉關禪修，不見外人，所有俗事，一併交由我等處理。」

武官瞪著他，問道：「你是何人？」

韓峰道：「在下羅漢堂主韓峰，請問將軍大名？皇帝有何旨意？」

武官道：「本官姓黃名聰。王將軍有令，收回少林寺產，全寺僧人一律還俗從軍！」

韓峰冷然道：「我問的是皇帝的旨意，不是王將軍的旨意。」

黃聰喝道：「王將軍的旨意，就是皇帝的旨意，小鬼頭囉嗦什麼？」一揮手，身邊十多名侍衛一齊拔刀湧上，圍在四人身周。

韓峰沉穩以對，凝立不動，陡然喝道：「動手！」

通平、通定和曇宗同時出手，三根長棍如風如影，棍影到處，將周圍十多名侍衛打得一一飛將出去，跌倒在地，沒有一個爬得起身。

黃聰臉色大變，趕緊去拔腰刀，倉皇中拔了三次才終於拔出，想要對韓峰等出聲吆喝，卻因太過驚慌，竟發不出聲音來。

韓峰冷然望著他，見他拔出刀，張口欲言，卻說不出話，緩步上前，面對著黃聰，緩緩說道：「黃軍官，本寺寺產，絕不會交給王世充。本寺僧俗二眾，絕不會還俗從軍。你們回去吧。」

黃聰被他的氣勢所懾，呆在當地，做不得聲，連手中的刀都幾乎握不住。

直到韓峰和通平通定從容離開軍營，他才回過神來，低頭去看躺了滿地的侍衛，呸了一聲，罵道：「沒用的東西！連幾個小鬼也打不過！」

他望向韓峰等的背影，又罵道：「一群不知天高地厚的賊禿！我要叫你們死無葬身之地！」

韓峰率領三僧回山之後，立即便向常悟方丈稟報。

常悟方丈聽說王世充不但要收回寺產，更要所有僧人還俗從軍，知道情勢已無可挽回，抬頭望向韓峰，臉上神色哀戚，合十說道：「事已至此，韓少俠，那就一切由你作主吧。」

韓峰點了點頭，說道：「謹遵方丈之命。」韓峰自當率領寺中僧俗，盡力維護本寺，抵抗外侮。」

此時情勢，比之楊觀海率領數百軍隊攻山時更加嚴峻棘手。韓峰立即找了通定、少林年輕僧人曇宗以及乞流頭目張士狗，聚在禪堂中商量對策。

曇宗道：「來人雖多，但我們防守嚴謹，準備充足，應當緊守於寺中，靜待他們攻上山來。」

張士狗道：「曇宗師兄說得是。我們等敵人攻到衛牆之外，準備好人手從地道後跳出包抄，給他們來個前後夾擊。」

通定則道：「不，兵法有云：『險必用詭。』敵人既然已經來到山腳，他們料想少林寺不過是一座佛寺，就算武裝，也不過是棍棒刀杖一流。我們應當出其不意，主動出擊，在山腳先挫一挫他們的銳氣，之後才回山防守。」

韓峰抱著手臂，思索了一陣，說道：「你們說得都很對。我們需留意的是，敵人從洛陽攻打少林，距離不遠，糧草兵力都可隨時接濟，打傷一個，補上一個，永遠也打不完。我們就算這回可以打退這隊士兵，王世充還能派遣更多的士兵前來攻山。而我等的兵器之精良，糧食之充裕，絕對比不上王世充的軍隊。當今之計，需得讓王世充知道少林堅固難攻，我們緊守於此，偶爾突擊，牽制住他數千軍隊，讓他無法脫身。同時我們需得立即去向瓦崗通報，請他們趁機猛攻洛陽，好讓王世充左支右絀，被迫擇一戰場，放棄攻打少林。」

眾人聽韓峰說得有理，都一齊點頭。韓峰年紀雖輕，卻已極具領袖之風，沉著穩重，識見深遠，眾人對他都越來越心服。

當下韓峰召集全寺弟子，分派任務：張士狗率領兩百名乞流精壯弟子，每日八次，從密道中衝出突襲，殺傷士兵，之後立即退回密道躲藏；曇宗和通定率領少林寺和寶光寺弟子，分東西兩翼，緊緊守在寺外土牆，以弓箭退敵，不讓士兵靠近；通靜則率領少林和乞流老弱，立即躲到預先準備的後山藏身處；通安懷藏韓峰的密信，趕往洛陽以東的瓦崗寨，傳信給瓦崗將軍徐世勣，請他攻打洛陽，替少林解圍。

眾人各自領命，分頭辦事。安排妥當之後，一場少林防守之戰就此展開。

黃聰惱怒韓峰這小鬼完全不將他看在眼中，第二日便整頓軍隊，發兵進攻。然而果然如韓峰之前所料，上山的道路艱險，必得棄馬步行；山道狹窄，士兵無法列陣上山，只能二至三人並肩而行，排成長長的一列往山上行去。

韓峰讓通定和曇宗率領師兄弟們守在山道口，以滾石和弓箭輪番攻擊。士兵無法近前，張士狗又率領一百名乞流弟子從密道中衝出，堵住退路，並在山道上三四處分頭攻擊，士兵被前後堵截，隊伍中間又受到攻擊，一時不知到底有多少敵人，心驚膽戰之下，紛紛往山下逃竄，在狹窄的山道上互相推擠，竟踩死了數十人。

韓峰見守衛策略奏效，甚是安慰，下令將寺中僧人和乞流分成四班，分晝夜四時輪流歇息，分別由通平、通定、曇宗和他自己率領，一班在寺後的禪房睡眠時，另外兩班便負責守衛城牆和闖出密道攻擊，最後一班則晝夜敲鑼打鼓，讓黃聰的士兵無法歇息。

如此僵持了一個月，黃聰的士兵越來越疲勞煩躁，他們不但未能攻近少林寺，而且傷者愈來愈多，糧草越來越少。

少林僧人則好似不用飲食不必睡覺一般，晝夜攻擊不斷。黃聰惱羞成怒，然而不管他如何頒下嚴令，命士兵猛攻，卻始終無法攻進少林寺半里之內。

一個月過後，洛陽傳來瓦崗軍大舉攻打洛陽城南門的消息。王世充不能任由三千士兵困在少室山上無所用處，當即命令黃聰立刻收兵回頭，從南方夾擊瓦崗軍。

黃聰接到軍令，不論他有多麼氣惱，也只能咬牙退軍。臨行前為了洩憤，下令將山腳的所有穀倉房舍都一把火燒了。

韓峰之前早已命人將穀倉中的存糧，全數搬運到寺中安全處存放，因此黃聰燒掉的不過是數十間的空屋。房舍燒燬雖甚可惜，但以少林此刻的人力實力，也只能守衛本寺周圍的土地，山下的產業便無法顧及了。即使黃聰沒有放火燒掉，也甚難派人在山下駐守保護這些房舍，燒了也就罷了。

黃聰退軍之後，韓峰帶著通定和曇宗下山查看。此役少林和乞流雖有十多人受傷，卻無人死亡；敵軍則在山道上自相踩死了數十人，受傷而死的也有數百人。

韓峰率領少林僧俗二眾下山掩埋死者，念經超渡，救助傷者，回山加強防守。少林寺這一仗打得極為漂亮，自此寺儼然成為洛陽南方的武力重鎮，稱雄天下。四方盜匪流兵來到洛陽左近，都一定遠遠避開少室山，不敢在山腳方圓一百里內出沒。

眾人皆知指揮這一役的乃是少林羅漢堂少年堂主韓峰，即使韓峰無心居功，「少林羅漢堂主韓峰」的名聲仍是遠遠傳出，天下間無人不知，無人不曉，取代了當年「神箭韓峰」的名號。

第三十五章 傳信者

卻說黃聰的軍隊離去沒有多久，山上便來了一個古怪的香客。這人肥胖圓滾，一臉油光，穿著華麗，一副富商打扮。他身後跟著一個乾瘦男子，頭上戴著斗笠，肩上扛著一副扁擔，挑著兩個竹簍子，看模樣就是個挑夫。

那富商香客對滿地的血跡、殘甲斷箭視而不見，氣喘吁吁地爬上山道，來到山門外，向知客僧說他是專程來少林寺上香禮佛的。

韓峰安排守衛山門的「知客僧」正是機伶的通定和勇武的曇宗。兩人見這胖子形貌雖尋常，眼中卻閃著精光，不知是何來歷，有何意圖，對望一眼，曇宗走上一步，合十說道：「這位施主，本寺已開始結夏安居，封山閉門，不接香客，還請回去吧。」

那富商拱手彎腰，笑嘻嘻地道：「這位想必便是曇宗大師吧？曇宗師武功高強，修行高超，夜襲軍營，日守寺牆，當真是英名遠播，令人敬仰得緊，敬仰得緊！」又轉頭望向通定，彎腰拱手，笑容滿面，說道：「這位想必是通定師弟了。我在寶光寺見過你一次，那時你還只有這麼高呢！」說著用手比了比自己的肚子。

曇宗和通定都頗爲驚訝，互望一眼，通定合十問道：「請問施主高姓大名？」

那富商哈哈一笑，拍拍腦袋，說道：「你看我多糊塗，連自己的名號都忘了說，怎麼見得到羅漢堂主韓少俠呢？煩請兩位師父代爲通報韓少俠，在下杜果，乃是昔年寶光寺的弟子，也是貴寺韓少俠的舊識。」

曇宗和通定都未聽過「杜果」這名號，曇宗低聲問通定道：「你識得這人麼？」通定露出茫然之色，說道：「我……我不記得了。」又道：「我去通報峰師兄。」便在此時，一個乞流弟子奔上前來，叫道：「果伯！」衝上前來，兜頭便拜。那富商笑著扶起他，問道：「小七，你們都好麼？」

那乞流弟子眼中含淚，說道：「是，回果伯的話，我們都好。常悟方丈好生照顧我們，韓峰堂主率領我們抵抗外侮，保衛莊園，我們在此地實是再好不過了。全賴果伯將我們托付給韓堂主，讓我們得以來少林寺安住，乞流全體感激不盡！」

富商點點頭，說道：「不必謝我。讓你們跟隨韓峰堂主來到少林，乃是你們流主去世前的主意，我只是照我兄弟的意思去做罷了，何需謝我？」

這富商果然便是喬裝改扮的杜果。自從鴿樓毀滅後，他便潛伏於洛陽城大酒樓「風滿樓」，擔任掌櫃；小石頭宇文還玉開始替李世民重建鴿樓時，風滿樓便成爲東都傳遞消息最重要的據點。

韓峰聽通定說杜果來了，喜出望外，立即趕出相迎。

杜果笑嘻嘻地道：「峰師兄，你出身將門，當眞是虎父無犬子啊！少林一役，名震天下，我們當年的寶光寺師兄弟都與有榮焉！」

韓峰忙道：「果師兄過譽了。我等此番能夠抵禦王世充的部隊，全靠少林僧眾同心協力，乞流弟兄全力以赴。」

杜果道：「能夠讓大夥兒團結一致，齊心抗敵，並且讓瓦崗軍配合出手牽制，自是峰師兄之功莫屬。」

韓峰連連謙遜，說道：「果師兄謬讚，師弟愧不敢當。師兄請移步羅漢堂，坐下談話。」

杜果點點頭，轉身招招手，他身後那高瘦挑夫便挑著扁擔，走上前來。

杜果對那挑夫說道：「自己師兄弟，不需如此見外。快來，與峰師兄見禮吧。」

那挑夫放下扁擔，脫下斗笠，露出一頭蓬亂的長髮和一張瘦削臉頰，面色黝黑，滿面鬍渣。韓峰看清楚了他的面貌，不禁一呆，這挑夫竟然便是二師兄通地！

韓峰全沒想到久別不見的二師兄竟會忽然出現在少室山上，但見通地神情沉穩，眼神凝聚，不復當年渾身酒氣、滿面憤世嫉俗的瘋狂之態。韓峰不禁想起二師兄離開終南山之前發生的事情：他找藉口痛毆小石頭一頓，幾乎沒將她打死，目的只是爲了要激怒甚至擊垮自己。這些往事雖然早已逝去，卻仍不免挑起韓峰心頭的一絲恚怒警戒之意。他吸了口氣，合十行禮道：「二師兄。」

通地也合十行禮，說道：「峰師弟。我是來此向你懺悔請罪的。」

韓峰聽他這麼說，只點了點頭，並未說什麼客氣話，只道：「我明白了。」

通地低下頭，說道：「懇請羅漢堂主收留罪身，讓我在貴寺後山面壁閉關三年。」

韓峰道：「我當替師兄向常悟方丈請示，懇求方丈准許。」

通地合十道謝，便在曇宗和通定的引領下，進入禪堂禮佛。

韓峰請杜果來到羅漢堂坐下，問起來意。

杜果神情嚴肅，說道：「我此番前來少林，乃有三件大事。第一件，便是帶通地師兄上山。他的事情，你大概已知道了一些。自從那件傷心事後，他便陷入瘋癲，藉酒澆愁，四處飄泊，沉淪潦倒。我最近找到了他，與他長談一番，他終於答應上山來見你。我跟他說，請求你原諒並非最要緊之事，最要緊的是降伏他自己的憎恨心、嫉妒心和愚癡心。他聽了之後，便希望能來少林寺後的山洞中閉關。我認爲這對他是好事，他若能藉由閉關有所證悟，此後或許便能重新做人，重返正道。」

韓峰道：「通地師兄有此決心，我自當盡力護持。我將稟告方丈，請方丈允許通地師兄在後山閉關，不受任何干擾。」

杜果道：「如此多謝了。第二件事，是送這些小傢伙上山。」他指指通地挑上山來的兩個竹簍，說道：「師兄請瞧瞧，這裡面是什麼？」

韓峰俯身打開一個簍蓋，但見裡面竟蹲著十多隻灰白色的鴿子。

他又驚又喜，叫道：「信鴿！」

杜果微笑道：「不錯。大師兄從太原傳令，讓大夥兒重建鴿樓。因此我也重操舊業，開始養起鴿子啦。」

韓峰頓時想起小石頭，忍不住抬起頭望向杜果，眼中滿是疑問之色。

他還沒問出口，杜果已點了點頭，說道：「不錯，幫助大師兄重建鴿樓的，正是小石頭！」

韓峰心中一震，顫聲道：「她……她人在太原？」

杜果道：「正是。小石頭當年代魏居士寶光寺鴿樓，最清楚天下各地鴿樓據點，因此最有條件重建鴿樓的人，非小石頭莫屬。」

韓峰問道：「她怎會去了太原？」

杜果道：「我聽說楊觀海二度率眾攻打少林時，小石頭在山腳下單挑楊觀海，重創對手，自己也受了內傷，在友人護衛下，逃去太原養傷。他在那兒與大師兄相會，決定重建鴿樓，因此發信給舊日寶光寺的師兄弟和其他鴿樓樓主，開始互換信鴿，定期通信。」

韓峰聽說小石頭被楊觀海打傷，好生憂急，忙問道：「你說她受了傷？可嚴重麼？」

杜果搖搖頭，說道：「我去信詢問了數次，小石頭都只輕描淡寫，說自己只受了一點輕傷，如今已然恢復。實情如何，我就不清楚了。」

韓峰極為擔心，暗想：「楊觀海武功怪異，極難對付，我曾被他打成重傷，多虧那位前輩出手替我治傷，才撿回一條命。」隨即想起：「小石頭若是被楊觀海打傷，那位前輩想必會出手醫治。」這才略略放心。至於宇文崇天在治癒他後，大傷元氣，年老失智，他自然無法料及。

但聽杜果又道：「此刻小石頭身處太原，在唐國公和大師兄的照顧保護下，安全自是無虞，當地醫官醫藥想必也甚齊全，峰師兄請不必過於擔心。一旦少林的鴿樓也建立起來，你就可以直接與太原通信了。」

韓峰略略放心，說道：「多謝果師兄。然而我們這兒並沒有人在鴿樓辦過事，卻該由誰來主持鴿信呢？」

杜果問道：「通靜師妹在此麼？」

韓峰道：「她住在少林別院，掌管寺中醫藥。」

杜果道：「通靜師妹細心謹慎，又識得文字，不如請她先擔起此任吧。少林寺和乞流人數眾多，師兄可以在弟子中慢慢揀擇幾位，接手負責鴿樓事務。」

韓峰點頭道：「好主意。我這便請通靜師妹來此。」又道：「師兄說來此有三件事，請問第三件事爲何？」

杜果聽他問起，神色轉爲凝肅，壓低了聲音，說道：「是瓦崗寨的事情。」

韓峰道：「願聞其詳。」

杜果道：「我埋伏在瓦崗寨中眼線傳回這個消息，十分可靠。瓦崗寨的徐世勣這回收到你的求援信，立即出兵攻打洛陽城，藉以牽制王世充的兵力，讓王世充不得不召回派往少林的軍隊。此舉惹惱了李密，他認爲徐世勣擅做主張，不聽軍令，要處罰他。然而徐世勣握有兵權，加上單雄信和翟讓也都支持徐世勣，因此李密不敢輕易懲處徐世勣。」

韓峰皺起眉頭，說道：「我竟給徐小哥帶來這麼大的麻煩，當眞過意不去。」

杜果搖頭道：「也不盡然是由你的求援信引起的。翟讓退位，推李密登上魏公之後，瓦崗弟兄中有不少人爲此大感不服。大夥兒當年聚眾起兵，爲的就是佩服翟讓、單雄信和徐世勣這幾位頭領的人格氣魄。許多弟兄如程知節等，心中對李密都極爲不服，只肯聽從舊時瓦崗首領的指令，對李密的指令便不大理睬。李密對此非常不滿，徐世勣爲了幫你，擅自出兵攻打洛陽，可說觸了他最大的忌諱。我聽聞他已決意下手除去瓦崗的舊首領，他大約不敢立即對付徐世勣和單雄信這兩個左右武候大將軍，但很可能對沒有兵權的翟讓和翟弘兄弟下手。」

韓峰抱著雙臂，他對翟讓兄弟並沒有什麼好感，卻十分擔憂單雄信、徐世勣和程知節等弟兄的安危，說道：「我當立即趕去瓦崗，向徐小哥示警才是。」但想起少林危機方解，自己也不能就此離開，不禁皺起眉頭。

杜果點點頭，臉上露出微笑，說道：「我知道你會想立即趕去。正是因爲如此，我才親自上山來向你報訊。」

韓峰明白他的意思，露出喜色，說道：「果師兄，你願意留在山上，幫助守護少林麼？」

杜果伏地說道：「爲兄自當盡力。你爽快答應我兄弟灰鼠臨死之託，收留照顧乞流數百弟子，眉頭都沒有皺一皺。之後你將他們安頓在少林寺，率領大夥抵抗外侮，果然保證了大夥的安全。我兄弟當初沒有看走眼，將乞流託付給了最最稱職的人。如今你欠徐將軍一分情，必得去向他報訊；爲兄也需盡一分力，來此代替你守衛一段時日。」

韓峰俯身拜謝，說道：「多謝果師兄！」

韓峰立即去見常悟方丈，先懇請方丈准許通地師兄在後山石穴中閉關，並告知自己有急事需下山一趟，往昔師兄杜果將協助保衛少林等情。常悟方丈對他極爲信任，立即便答應了。

於是通地便在少室山的後山開始了三年的閉關，韓峰則召集寶光寺諸師弟、曇宗和張土狗眾人，告知自己需得趕下山去，此間防衛諸事暫由杜果師兄代爲主持。

寶光寺弟子知道杜果乃是老和尚的弟子，張土狗等乞流弟子也知道杜果乃是已故流主杜灰鼠的親兄長，對他都十分心服。少林寺僧眾雖不識得杜果，但對韓峰極爲信服，也都欣然服從。

韓峰將山上諸事交代完後，便啓程下山，往東行去，一路趕到瓦崗寨。他來到大營，讓人通報自己來訪右武候大將軍徐世勣。

士兵通報後，徐世勣又是親自出來相迎，面色一如平時，並未顯得特別憂心。他見到韓峰，大喜道：「韓兄弟，你終於來了！」

韓峰下拜道：「徐小哥仗義相助，出兵牽制王世充，幫助少林解圍，兄弟特來拜謝小哥相救之恩！」

徐世勣擺手道：「舉手之勞，何須相謝？我們原已布署兵力，準備隨時攻打洛陽。韓兄弟的信來得正是時候，我原已打算出兵，於是將計就計，出兵佯攻，嚇王世充一嚇。兄弟今日來此，可是願意加入我軍了？」

韓峰搖頭道：「請徐小哥見諒，我來此並非爲了加入瓦崗，而是來傳警的。」當下將自己聽聞，李密意圖對翟讓不利的訊息告訴了徐世勣。

徐世勣皺起眉頭，說道：「我身在魏公軍中，卻一點兒也沒有聽聞此事！翟大哥甘心讓位給李密，這是眾所皆知的事情。大家都稱讚翟大哥大度讓賢，李密也一直對翟大哥十分恭敬。莫非有人蓄意造謠，意圖分裂我軍？」

韓峰搖頭道：「消息來源十分可靠，應當不會有誤。」

徐世勣沉吟不決，說道：「這件事情，我若去跟翟大哥說，他只怕不會聽信。我需向單二哥稟報商討後，才好定奪。只是單二哥率兵出擊，此刻不在營地，總要一個月後才會回來。」

韓峰擔憂道：「單二哥回來之前，徐小哥需加強戒備，提防李密突下毒手。」

徐世勣道：「我理會得。」又道：「韓小兄弟既然來了，就多待幾日吧！」

韓峰也想留下觀望看看情勢，便答應了。

第三十六章 混戰中

卻說當日魏公李密便發下請帖，說道爲了慶賀徐世勣攻打洛陽城有功，犒賞士兵，特於魏公府舉行盛大晚宴，邀請翟司徒等諸位瓦崗軍領袖赴宴。

韓峰感覺其中或許有詐，徐世勣卻道：「魏公時時舉辦這樣的宴會，不會有什麼事的。」

韓峰不放心，便扮作隨從，跟著徐世勣一起去赴宴。

晚宴設於魏公李密的府邸，府中處處掛了五彩燈籠，布置華美，歌舞笙竹，不絕於耳；美酒佳餚，垂手可得。

徐世勣甚是高興，說道：「魏公說要犒賞將士，特意運來美酒，召來歌妓，給大家消遣解悶。大家打仗打得累了，能夠輕鬆一下，享受一番，也非壞事。」

韓峰知道瓦崗軍中多是粗人，美酒歌女，便足以打動眾人之心。他看在眼中，卻越來越擔憂：「李密故意擺下這等排場，令翟讓等人不得不去，其中必有詭計。」

但見天色暗下，魏公府前車馬人聲不絕，翟讓、翟弘、侄子翟摩侯和徐世勣、程知節等都興高采烈，相繼來到魏公府，彼此搭背拍肩，談笑風生。

李密盛裝相迎，笑吟吟地與一眾瓦崗英雄寒暄招呼，請他們入內享用筵席。韓峰扮作侍衛，無法跟進內廳，只能留在外廳等候。

李密和翟讓賓主坐定後，李密眼見徐世勣和七八名侍衛站在翟讓身後守衛，笑道：「我今日跟翟司徒兄弟等幾位達官飲酒，不須太多人伺候，左右留下數人，夠得使喚就好了。」

這話一說，他自己身邊的人便退去了許多；徐世勣記得韓峰的示警，只讓數名侍衛退出，自己卻留下了。

李密無奈，只得吩咐上酒上菜。李密的親信房彥藻在旁說道：「今夜魏公和貴客把酒言歡，盡興對飲。眼下天候甚寒，司徒身邊的幾位將士，也請賜予酒食，一同享樂吧。」

李密便對翟讓道：「請司徒定奪。」

翟讓心想滿桌酒菜，自己若不讓左右吃喝，未免不夠意思，便命侍衛都退了出去，只有徐世勣堅持留下。

李密眼見如此，便不再出聲。眾人宴飲一陣後，李密忽然說道：「我最近得到一柄寶劍，或許比翟司徒的那柄『青光劍』還要鋒快。不知各位貴客有無興趣來一開眼界？」

翟讓等都頗爲好奇，紛紛道：「世上哪有劍能比翟老大的『青光劍』還要鋒銳？不可能！」

李密笑了笑，說道：「各位既然不信，不如我們來賭一賭。我的劍若是不如翟大哥的青光劍，那我就將這柄寶劍拱手送給了翟大哥！」

翟讓摸摸鬍子，露出微笑，說道：「魏公如此自信，那我便跟你賭一賭！」

李密拍手笑道：「好！請大家來我的藏寶室，一睹究竟，做個見證。」眾人都已喝了不少酒，一聽要觀劍打賭，都興高采烈，紛紛跟著李密進入內室。穿過內室，來到後進的一間石屋，門口站了十多名佩刀侍衛，防守森嚴。李密笑道：「我將每回打仗後奪得的寶物全都藏在此地，好讓我慢慢地撫摩欣賞。」翟讓等都笑了，說道：「魏公眞懂得享受！」

一群人進入石屋，但見屋中只點了幾盞油燈，頗爲昏暗。李密指著屋正中的一座石臺，說道：「就是這柄劍了！」眾人凝目望去，但見石臺上供奉著一柄入鞘的三尺長劍，看來甚是古老。石臺周圍以木欄杆圍起，只能有一人走近。

李密當先走到石臺邊上，招手笑道：「翟司徒，你先請上來瞧瞧吧！」伸手從石臺上取下長劍，示意翟讓近前觀看。

翟讓伸手接過長劍，拔出數寸，讚嘆道：「果眞不壞！但是比起我那柄……」話未說完，忽聽一名侍衛喝道：「大膽惡賊，竟敢行刺魏公！」另一名侍衛從石臺後轉出，從翟讓手中奪過長劍，一刀劈下，將翟讓的右手臂齊肩劈落，鮮血四濺。

翟讓慘叫聲中，石屋中油燈陡然熄滅，四下一片漆黑。眾瓦崗首領原本已圍繞在石頭周圍準備觀劍，但見變故忽起，血濺當場，又陷身黑暗，伸手不見五指，但聽得石臺處傳來刀劍呼喝之聲，如何敢奔近石臺？更別說出手搶救翟讓了。

眾人驚慌之下，一齊往石室門口搶去，只覺身周殺氣森森，埋伏在門側的侍衛刀劍齊下，驚呼慘叫聲不絕於耳，身邊接連有人倒地死去，局勢一片混亂。

韓峰聽見遠處傳來打鬥之聲，大驚失色，連忙循著喊聲奔往石屋。這時府中所有燈籠都已熄滅，夜色如墨，什麼也看不見。韓峰憑藉著微弱的星光來到石屋之外，高聲叫道：「徐小哥！徐小哥！」他四處奔跑，高聲喊叫，卻沒有人回答。

韓峰心中驚亂，奔近石屋之旁，忽覺腳下踢到一人，他俯身打起火摺查看，但見那人滿面鮮血，竟然便是徐世勣！他大驚失色，叫道：「徐小哥！徐小哥！」

徐世勣面如金紙，呼吸急促，更無法出聲回答。

韓峰檢查他的傷勢，見他肩頭好大一個傷口，似是被大刀所砍傷。方才密室之中，李密的手下突然發難，徐世勣來不及走避，在混亂中竟被斬成重傷。

韓峰更不遲疑，立即將他背起，飛步奔出數十丈，來到一個隱密的牆角之旁，取出通靜師妹調配的外傷靈藥「白芨生肌續骨膏」，敷在徐世勣的傷口上，又趕緊撕下衣襟，將傷口包紮起來，讓鮮血流出略緩。韓峰又檢查了他身上，見沒有其他傷口，才略略放心。他心中念頭急轉：「我需立即帶徐小哥離開險地，找個安全之處，替他療傷。」

他俯身揹起徐世勣，正打算躍過圍牆，但聽牆裡牆外都傳來人聲，四周似乎已被李密的手下包圍。混亂中一人高聲叫道：「徐將軍，徐將軍！」

韓峰不知來者是誰，不敢出聲回應。但見許多侍衛打著火把，四處搜尋，口中不斷呼叫：「徐將軍！」

又聽一個為首的叫道：「仔細搜索，務必要找到徐將軍，確定他是否平安！魏公有命，徐將軍是他的左臂右膀，千萬不可誤傷了徐將軍！要是誤傷了，需得立即找到，替他療傷救命！大家快找！」

韓峰低頭望了望徐世勣，見他臉色越發蒼白，自己若揹他逃出，不免與侍衛交手，混亂打鬥之中，只怕無法保護他周全；他肩頭那傷口若再次裂開流血，轉眼便可送命。然而韓峰卻怎敢將徐世勣交給李密？李密命手下如此呼叫，很可能只是爲了騙徐世勣出去，好將他擒殺，以求斬草除根，自己又怎能將兄弟送入虎口？

他低頭問徐世勣道：「徐小哥，你認爲李密是眞心要找你，還是要殺你？」

徐世勣露出猶豫之色，勉強開口說道：「他若能殺我而不引起公憤，必定會殺。」

韓峰點點頭，念頭一轉，忽然想起小石頭，心想：「如果小石頭在此，她會怎麼做？」遂心生一計，問徐世勣道：「你的手下都在何處？」

徐世勣道：「在西邊的廳堂。」

韓峰道：「我須想法子讓他們知道你並未死去，如此李密便不能在暗中殺死你了。」當即揹起徐世勣，往西廳奔去，見到聚集在廳中的瓦崗手下，高聲叫道：「徐將軍在此，身受重傷，弟兄們快來！」

徐世勣的手下也正在尋找他，聽見韓峰這麼呼喊，都趕緊圍將上來。

魏公府的士兵當然也聽見了，一群士兵奔將上來，見到徐世勣滿身血跡，一齊叫道：「找到了，找到徐將軍了！」七八人留下守護，另有三四人立即奔去報告李密。

不多時，李密便親自趕了過來，他望了一眼圍繞在徐世勣身邊的眾多瓦崗手下，臉上頓時露出憂急的神色，跪倒在徐世勣身邊，連聲問道：「徐兄弟，你傷在何處？我那群侍衛當眞該死，竟爾誤傷了你！可恨，可恨！」又吩咐手下：「快去請大夫來，替徐將軍療傷！」

徐世勣喘息道：「不礙事，韓小兄弟已替我敷藥包紮了。」

這時李密才注意到跪在徐世勣身邊的青年，竟然是宿敵韓峰。他先是一怔，隨即閃過驚詫、恐懼、厭惡、忌憚種種神色，最後凝在臉上的是個十分勉強的微笑，抱拳道：「韓小兄弟！好久不見了，是你救了徐將軍麼？當眞是太好了，本公衷心感謝，定當好好封賞於你！」

韓峰對二人之間的淵源過節可是記得清清楚楚：他對李密的爲人極爲不齒，而李密對他也同樣厭惡非常。他知道李密口中說著這番話，心底卻多半正轉著如何除掉自己的念頭，當下只冷冷地望著他，沒有回答。

李密對韓峰的冷漠敵意視若無睹，又接著微笑道：「徐將軍跟我說過，他一直想召你投入他的麾下，看來你終於答應了！那眞是太好了。我瓦崗軍得到韓峰少俠之助，定是如虎添翼啊！」連忙命令左右：「快拿擔架來，將徐將軍抬到屋裡去醫治！」

韓峰站起身，說道：「我陪徐將軍同去。」

李密望了他一眼，知道他認定自己會加害徐世勣，半步不肯離開，當下並未出聲。一行人進入屋中後，李密見這裡不似屋外人多口雜，才對韓峰道：「韓小兄弟，徐將軍乃是我最重要的臂膀，我怎會對他懷有半分傷害之心？」

韓峰冷然道：「翟司徒將瓦崗軍拱手讓了給你，你卻將他提拔重用的恩情拋到九霄雲外，狠心下手殺害。你對徐小哥又何嘗有半分眞心？眼下不過是在利用他罷了。一旦你自己能掌握山東軍隊，徐將軍便可有可無了。」

李密聽了，面不改色，說道：「亂世之中，誰能預料明日將有何變化？我今日需要徐將軍，因此重用他，珍惜他。倘若哪一日徐將軍捨我而去，投靠他人，那我和徐將軍自然會反目成仇。如今徐將軍的武功威望，在我瓦崗都是首屈一指，山東子弟也都對他極爲欽服。我既已任命他爲將軍，便是打算重用於他，韓小兄弟又何須懷疑？」

忽然他話鋒一轉，說道：「然而其他人的性命，我可就難以保證了。」擺了擺手，一個高大的侍衛走了進來，押著一人，這人身形甚高，瘦骨嶙峋，一張方臉稜角分明，正是程知節。他雙手被反綁，身上鮮血淋漓，顯然受了重傷。

李密臉上露出奸笑，說道：「你若想要保住這位程三哥的性命，那也很容易。只要跟這位秦軍官一般，擔任帳內驃騎，直到單雄信回來，確定他不會一怒之下出手刺殺我，那就行了。」

韓峰往那高大侍衛望去，但見他面目好熟，又聽說他姓秦，這才想起：「是了，這人便是張須沱手下的大將軍秦瓊秦叔寶！」

當年李密和張須沱軍對陣，勇將秦叔寶在陣前被韓峰三箭射落馬，李密趁勢擊潰張須沱軍，斬殺張須沱。秦叔寶在韓峰的掩護下，從亂軍中逃脫，歸於裴仁基部下，之後又隨裴仁基投降了李密，受到重用，被任命爲帳內驃騎。

秦瓊顯然也認出了韓峰，臉色微變，卻沒有出聲招呼。

韓峰見程知節神情委頓，命在旦夕，心中大怒，冷然說道：「李密，沒想到你對單二哥如此忌憚。你既害怕他殺你報仇，怎地又有膽量下手殺害翟讓？」

李密笑道：「我老早便想除掉翟讓，這意圖單將軍原本就清楚得很。就如徐將軍一般，我的這些心事，老早就跟這兩位親信心腹說了。我只擔心他們手下中有死忠於翟氏兄弟者，如這位姓程的，吵著鬧著要為翟大首領報仇，讓事情就難辦一些了。」

徐世勣受傷雖重，聽見了這話，卻陡然使力坐起身，雙眼圓睜，怒喝道：「李密，你胡說！我並不知道你想對翟大首領狠下殺手！我若早知道了，定盡我所能阻止你！」

李密望了他一眼，肅然笑道：「徐將軍忠肝義膽，對翟司徒一片忠心，誰不知曉，誰不佩服？然而軍法如山，翟讓兄弟意圖謀反，方才在密室中他舉劍意圖刺殺我，被我的貼身侍衛發覺制止，擒拿殺死，原是罪有應得！」說著舉起衣襟，但見他衣襟上果然有個長長的裂口。

徐世勣見了，皺眉咬牙，閉嘴不語。當時藏劍石室中燈火昏暗，情勢混亂，徐世勣雖身處室中，卻也說不清楚究竟發生了什麼事情，更無法確定翟讓究竟有沒有持劍刺殺李密。他素知翟讓對李密心存疑忌，若說翟讓想藉觀劍之機，拔劍刺殺李密，也不是不可能之事。權力爭奪之間，原本是勝者為王，敗者為寇；翟讓出手刺殺若成，大夥兒自當再次奉他為首領；然而此時瓦崗首領乃是魏公李密，這原是翟讓自己一手促成，眾人都已認同的安排；如今翟讓出手行刺魏公失敗，被殺身亡，那麼也只能說是他犯上作亂，咎由自取。徐世勣即使心中不忿，也不能公然揚言要替翟讓報仇。

李密對瓦崗眾將領的心態了解得極為透徹，蓄意設計這一幕觀劍刺殺的好戲，將過錯全都推到翟讓身上，並且讓侍衛當場殺死翟讓兄弟子侄，死無對證，封住所有人之口。只可惜此戲美中不足，一是來不及等單雄信回來，未曾讓他親眼目睹，怕他心生懷疑而大動火氣，興師問罪；二是他沒料到韓峰會在魏公府中，並出手救了徐世勣的性命。李密原本想將舊時瓦崗將領一網打盡，全數刺殺，然而韓峰插手相救徐世勣，更讓徐世勣的部眾知道主帥未死，李密此時再要殺他，便得面對兵變的危機。

他對韓峰的心思也同樣十分了解，知道他極重兄弟之義，絕不會不顧程知節的生死，只要用程知節的性命相脅，韓峰定會屈服。他計劃先將這少年留在身邊，再慢慢對付他，收爲己用。韓峰冷冷地瞪著李密，心中憤怒如烈火一般燃燒起來。然而他已不是當年十二三歲的孩子了，知道如何壓下心頭怒火，判斷形勢，做出眼前最好的決定。

他深深地吸了一口氣，說道：「好！我便做你的帳內驃騎，直到單二哥回來爲止。單二哥回來之後他若決定殺你報仇，我定當出手救你一回，但是只此一次。之後他若發兵叛變，我絕不會再次救你，甚至會去相助單二哥，立誓殺你。」

李密微笑道：「好！君子一言，快馬一鞭。」

韓峰望著李密，心想：「這人短視近利，對手下寡恩少義，隨手殺戮。如此領袖，絕對無法長久。」

第三十七章　設奇計

宇文還玉從鴿信中得知韓峰投靠了李密，留在瓦崗軍中，而宇文化及帶領了上千驍果突襲少林後，便立即離開太原，趕往少林。

她與楊觀海決鬥時，受了沉重的內傷，雖在太原休養了一陣子，受到李世民和長孫無忌的悉心照顧，但身子仍舊十分虛弱，武功更是只剩下原本的兩三成不到，別說跟人過招，就連騎馬趕路，也能將她累個半死不活。

但是她知道宇文化及率領驍果來攻，少林和寶光寺師弟們再度遇上危機，自己若不趕去相救，等韓峰發現少林被毀、師弟喪命，定然會自責無已。她於是抱著傷，連夜趕路，來到了少林寺。

當她身著鮮卑服裝，來到少林寺山門口時，守門的知客僧不識得她，不讓她進入山門，甚至準備擺開十八羅漢陣，阻止這名裝扮詭異的陌生人闖進寺去。

宇文還玉不能動手，卻能動腦，當下客客氣氣地合十說道：「在下名叫小石頭，來此並無惡意，特來尋找通平、通定兩位寶光寺故人。」

知客僧聽了，便派人進去稟報。不多時，通平和通定一起奔出，但見一個少年站在寺門之外，滿頭辮子，一身鮮卑服飾，衣著華麗，幾乎認不出他來。直到小石頭開口笑道：「通平，通定，怎麼都傻啦？連我小石頭都不認得了，你們想找死麼？」

通平和通定這才一齊大叫起來：「眞的是小石頭師兄！」又驚又喜，一齊衝上前，一人拉住她的一隻手，叫道：「小石頭師兄，你沒死，你可回來了！」

宇文還玉一笑，她知道除了韓峰之外，寶光寺其他沙彌們並不知道自己是個姑娘，但是讓兩位出家人拉著自己的手，畢竟不大方便，當下抽出手，順手在二人的光頭上拍了一下，笑道：「我當然沒死，你們的小石頭師兄神通廣大，怎會那麼容易就死？」

這時通平和通定都已比她高上一個頭，更是少林寺中武功高強、領有職位的僧人，被她這麼伸手拍頭，都不禁甚感尷尬，紅著臉，卻不敢躲避。

宇文還玉滿意地點點頭，說道：「很好，很好！很乖，很乖！」

通定比較機伶，說道：「小石頭師兄，你是來找峰師兄的吧？他恰好不在山上。」

宇文還玉搖搖頭，說道：「我知道他不在山上，我也不是來找他的。你們這些沙彌啊，死到臨頭了，自己竟一點都不知道麼？」

通平和通定對望一眼，都頗爲吃驚。他們雖知道小石頭喜愛胡言亂語，但他失蹤這許久，突然現身，第一句話就是警告之語，想來並非虛言。通定忙問道：「小石頭師兄，我怎會死到臨頭？請你快說！」

宇文還玉道：「我們到寺裡說去。」

通平和通定連忙恭敬請她入寺，呼喚其他寶光寺的沙彌來見。

杜果此時負責寺中守衛，聽說小石頭上山來，立即出來相見，與她互相行禮問候，極爲親熱。

少林僧人見杜果、通平和通定等對這瘦瘦小小的少年如此恭敬，都不禁大感驚奇。須知韓峰武功高強，自從兩年前來到少林之後，便率領少林眾僧練武強身、抵禦外侮、擊退強敵，因此少林僧人對韓峰和一眾寶光寺沙彌都十分敬重，卻並不知寶光寺還有這麼一位古怪的「小石頭」師兄，都暗暗納罕，悄悄議論道：「寶光寺的弟子三教九流，那商賈模樣的杜果已非出家人，這清清瘦瘦、服飾古怪的少年，竟也是出身寶光寺的師兄弟麼？怎地從未聽他們提起過？」

宇文還玉和杜果談了幾句，了解山上情形後，杜果便立即找了通平、通定、通安、通靜、曇宗和乞流首領張士狗到禪室中密談。

宇文還玉神情嚴肅，說道：「山下布滿了楊廣的貼身護衛，今夜就將攻上山來，你們可知道麼？」

杜果一驚，說道：「我們得到一點消息，但是並不確切。究竟有多少人？」

宇文還玉搖頭道：「人數過千，但是人數無關緊要，緊要的是他們這回派出的都是宇文化及手下的菁英高手，擅長近身而搏。之前王世充的軍隊攻不上來，楊廣學到了教訓，這回派了一千名『驍果』，身穿藤甲，不怕弓箭，輕功又高，能夠趁夜攀越土牆，攻破少林。」

眾人聽了，都是臉上變色。

曇宗忙問杜果道：「果師兄，那我們卻該如何抵禦？」

杜果抱著雙臂，望向宇文還玉，說道：「小石頭，你既然上山來，想必已胸有成竹。你說說看吧。」

宇文還玉拂開額頭上的辮子，眼中露出精光，說道：「你們若肯聽信我的主意，定能擊退這群驍果。你們相信我麼？」

杜果和通定、通平當先點頭，說道：「小石頭師兄，我們一切聽你指令。」

曇宗和張土狗見他們如此信服這古怪少年，也只好點頭道：「我等願意聽從師兄指揮。」

宇文還玉道：「帶頭上山的，正是宇文述的兒子宇文化及。這人武功得到父親的眞傳，擅長雙刀和飛刀，外號『千手千眼必殺刀』。我們要對付這群殺手，首先必須破除宇文化及的武功。」

她向眾人環視一圈，問道：「咱們這夥人中，誰的武功最高？」

通定、通安等同時說道：「當然是峰師兄了。」

宇文還玉搖頭道：「廢話！武功最高的當然是我大哥，但是他不在這兒，武功再高，難道能千里之外取人首級不成？我是問你們之中誰的武功最高。」

通定和曇宗互望一眼，同時指著對方，說道：「是他！」

通靜則溫言道：「小石頭師兄，峰師兄說你曾在洛陽城中行俠仗義，外號『俊俠』，武功出神入化，那麼這兒武功最高的應該是你了。」

宇文還玉微微一怔，揮揮手，說道：「不錯，我就是俊俠。但是這兒是少林的地盤，我可不能越俎代庖。此地是你們自己的家園，還是得靠你等守禦保衛才是。」

通靜望著她，沒有言語，臉上卻露出擔憂之色。宇文還玉知道她擅長醫藥，很可能已看出自己受了內傷，趕緊轉開話題，說道：「通定，曇宗師父，請你們兩位試演數招，讓我看看你們的武功。」

當下通定和曇宗持起木棍，在中庭中對立，互相行禮，之後便開始過招，使出的多爲勁罡棍和嘯野棍的招式。

宇文還玉看了一陣，心想：「他們的武功是我大哥所傳，大哥的武功又是學自神力大師和二師兄通地。神力和通地的武功傳承，則來自神武上人。這一脈的武功講究穩準實用，適合出家人學習。我大哥將這些武功融會貫通，傳給少林僧眾，實是再恰當不過。然而宇文化及和宇文述的武功同樣傳自神武上人，同一路功夫，論功力，論精純，論鑽狠，通定和曇宗絕對及不上宇文化及。」

她皺眉凝思一陣，不等通定和曇宗過完招，便拍了拍手，說道：「二位師兄旗鼓相當，不分高下，都是峰師兄的得意弟子。我有個主意，你們聽聽，看能不能行得通。」

通定知道小石頭鬼主意最多，立即道：「小石頭師兄請說！」

宇文還玉眨眨眼，臉上露出調皮的笑容，說出了一個計畫。

當天夜裡，宇文化及派出數名親衛，來到少室山腳下探查。親衛聽得山腳小酒館中傳來爭吵之聲，便悄悄上前探視，但見酒館中兩個黑衣男子正大聲爭吵。

其中一個黑衣人形貌猥瑣，搖頭道：「你少來騙我！少林寺這等地方，我可不敢去自討苦吃。」

另一個黑衣人身形瘦小，滿面機伶之色，伸手敲著桌子，說道：「我說的可是千眞萬確！少林如今發生內亂，自相殘殺，武功高的不是死了，便是傷了，有什麼好怕的？」

猥瑣黑衣人搖頭道：「少林常悟方丈素有威德，加上羅漢堂主韓峰武功高強，威名遠播，怎麼可能發生內亂？」

瘦小男子道：「這你就有所不知了。韓峰去了瓦崗沒有回來，他一不在，山上即便亂了。常悟方丈怎麼管得住他們？寶光寺的小和尚，少林的光頭賊禿，和乞流那群叫化子，誰也不服誰，大家都會武功，於是你砍我，我斬你，彼此相殺，血流成河，不知道死了多少人！」

猥瑣黑衣人質疑道：「哪有這種事？少林再怎麼說，也是清淨佛寺，殺戒也犯得！」

瘦小男子道：「出家人要守殺戒，乞流可不必守殺戒。光頭們若不反擊，豈不是任由乞流喧賓奪主，乞兒成了廟公？」

過。」

那猥瑣男子嘎嘎怪笑，說道：「乞兒成廟公！這句俗話對少林來說，可是再妥貼不過。」

瘦小男子道：「現在你可相信了吧？我的消息是從賣菜的王大嬸那兒來的。她說這回挑菜上山，根本沒人回應她，連廚房中管炊事的和尚都打架去了，四處空空如也，連後門都沒關上。以前門禁多麼森嚴，如今，嘿嘿，你我要上山去搬走他們大雄寶殿上的金身佛像，恐怕也沒人理會！」

猥瑣男子仍舊不大相信，說道：「你這雞鳴狗盜之流，一向膽小如鼠，這回竟然聽了賣菜的幾句閒話，便敢去太歲頭上動土？少林可不是易與的，莫要偷雞不著蝕把米！」

那瘦小男子臉一紅，用力拍桌，站起身，戳指喝罵道：「你這渾帳，竟敢不信老子的話！少林那群賊禿死的死，活的都老早都逃下山去啦。我親眼見到的，哪能有假？」

猥瑣男子道：「你親眼見到？絕對沒錯？」

瘦小男子道：「當然啦！我聽了王大嬸的話後，怎能不親自去踩踩盤子？我才上山，就見到一群光頭匆匆揹著包袱奔下山去，模樣好生狼狽，僧袍上都是血跡，人數總有百來人。你想想，山上僧人也不過幾百人，互相殘殺後，剩下的也不多了。如今又逃跑了這一群，還能有幾個人剩下？我們不趁亂上去偷點寶貝，更待何時？」

猥瑣男子道：「好吧，你這麼一說，我也心動了。事不宜遲，我們就趁今夜闖上山去，等到他們重新關上寺門，那就再難闖進去偷東西啦。」

瘦小男子笑道：「這才是好兄弟！」

兩人正說得高興，宇文化及的親衛便闖入酒館，將兩人抓了起來，一齊帶到了宇文化及面前。

這兩人正是張土狗和宇文還玉假扮的。兩人來到宇文化及面前，雙雙跪倒，吞吞吐吐地將剛才的話重複了一遍。

宇文化及信以爲眞，大爲高興，說道：「少林內亂，眞是天助我也！我們就趁今夜攻上山去，殺他個片甲不留！」

第三十八章　夜抗敵

於是宇文化及匆匆率領手下驍果，趁黑往山上趕去。他命手下將那兩個山腳吵架的黑衣男子關在營地中，然而兩人也不知如何弄斷了繩索，等驍果出發後沒多久，便潛逃出營，不見影蹤了。

宇文化及滿心以爲少林自相殘殺，已是搖搖欲墜，更不蓄意隱藏行跡，命手下打起火把，沿著山路直闖上山。

眾人一直到了山腰，都未曾遇到任何阻擋，他更是放心。當他來到少林山門外的土牆時，只道情勢定是大門洞開，只等他們闖進去燒殺一番。不料土牆仍舊固若金湯，牆頭上雖是一片黑暗，卻顯然布滿了守衛。一人站在牆頭，朗聲說道：「何方賊寇，半夜偷闖本寺，有何意圖？快快退去，不然我等要發箭自衛了！」

宇文化及哈哈大笑，說道：「我等乃是御前驍果，奉命來此掃平少林叛逆。我等早已得知寺中發生內亂，眼下已是外強中乾。快快開了門！我饒你們一群禿驢不殺便是。」

牆頭那人也是哈哈大笑，說道：「既是御前驍果，爲何在半夜三更偷偷上山？定是盜匪一流，竟敢佯稱皇軍，好大的膽子！倘若當眞是御前驍果，本寺恭請首領將軍單獨入寺，恭領御旨。」

宇文化及見對頭應對沉著，絲毫沒有內亂的跡象，心生警惕，當然不敢單獨入寺。他當下說道：「本將軍便是驍果首領宇文化及。你們少囉嗦，立即打開寺門，讓我等進去！」

牆頭那人道：「宇文化及？那不是宇文述的長子麼？宇文一家跟隨皇帝遊幸江都，天下皆知，怎麼可能跑來少林？你若當眞懷有聖旨，爲何不敢入寺？若不敢入寺，顯然是胡說假扮。好了！我數到十，你們再不退去，本寺爲求自保，只能發箭驅退你等盜賊了。」

宇文化及大怒道：「少林叛逆，少跟我胡說八道！本將軍正是宇文化及，快快開門！不然我等攻入少林，將你們一群賊禿殺得雞犬不留！」

便在此時，驍果後方傳來驚呼之聲，卻是一群乞流在張士狗的率領下，從地道中鑽出，攻擊驍果的後方。宇文化及的手下在黑暗中看不清對手，驚慌中只能高聲呼喊，胡亂擋架，受傷者甚眾。

宇文化及見後路受到攻擊，知道山路狹窄，己方人多難以轉圜，當機立斷，叫道：「後路受截，大夥奮力攻牆！」

眾驍果喊殺聲中，牆頭羽箭如雨一般落下，前排驍果紛紛倒地，慌亂中想往後退，卻沒有退路，一千多名驍果被困在狹窄的山道上，進退兩難。

宇文化及叫道：「少林內亂，死傷已眾，無力抵抗，城牆定然容易攻破。大夥奮力攻破城牆，方有生路！」

然而這道土牆由韓峰率領少林僧眾堆而成，堅固異常，羽箭從牆頭源源不斷地射下，宇文化及率領手下搶攻數次，卻都無法攻破土牆。

宇文化及頭腦雖不靈活，但確實身負絕技，在這流箭如雨的戰陣之中，向著牆頭射出數柄飛刀，牆頭數名少林僧人中刀倒下，射箭稍緩。

宇文化及心頭一喜，立時施展壁虎遊牆功，準備攀登土牆。將近牆頭時，卻見一人高立牆頭，長髮飛散，低下頭，凝目向己瞪視。宇文化及一呆之下，卻見那人猛然往下一躍，正撲在他的身上，兩人一齊滾跌在地。

宇文還玉在牆頭看得清楚，但見那人面目冷峻，一頭亂髮迎風飛揚，竟然便是二師兄通地！

宇文還玉大驚，對通定問道：「我怎不知道二師兄在山上？」

通定道：「他跟隨果師兄上山後，便在後山巖穴中閉關，我也沒料到他會出來。」

宇文還玉大大鬆了一口氣，說道：「我要是早知道二師兄在此，也不必費那麼大的功夫，設計騙他們上山了。」

但見通地落地之後，立即閃出一柄長劍，和宇文化及的雙刀鬥在一起。這兩人都是神武大師的再傳弟子，武功同出一門，此時在少林寺外各盡全力，各以刀劍互相拚殺，牆頭眾人都看得驚心動魄，目不轉睛。

數十招過去，宇文化及顯然不敵，不斷後退。他只道韓峰不在山上，山上已無高手，沒想到少林寺中臥虎藏龍，竟又冒出這樣一個高手，而少林內鬨的消息顯然是假，這時心頭慌亂，只好下令道：「大夥兒退！」收起雙刀，回身衝入驍果之中。

通地也不再追，收起長劍，緩緩走回少林寺，也不跟任何人打招呼，便逕自回到後山巖穴，繼續閉關去了。

此時夜色昏暗，宇文化及的手下又不熟悉地勢，即使想退，也難以覓路下山。

少林大占地利，前方僧眾緊守城牆，不讓敵人攻入；後方則由乞流利用密道，出其不意地突擊，令宇文化及手下傷亡極重，全然無法抵禦，隊伍很快便潰散逃逸。不少驍果被擠入山谷，其餘則紛紛鑽入山林躲避，不論宇文化及如何呼喊下令，聽令的驍果越來越少，最後他也只能在幾個親衛的保護之下，硬闖下山。

張土狗率領乞流在後追擊，宇文化及回身發出數柄飛刀，射中了幾名乞流弟子，令追兵不敢逼近，宇文化及等才狼狽地逃去了。

天亮之後，宇文還玉和張土狗、曇宗、通平、通定等下山視察，但見一千名驍果中，喪命者有一百多人，另有百來人受傷，其餘不知是跌落山谷，還是已逃逸無蹤。

隋朝此刻已是搖搖欲墜，願意替皇帝效命的驍果原本不多，何況臨陣脫逃乃是死罪，這些驍果想必不會有膽量回到宇文化及麾下。於是少林僧眾埋葬了死者，替他們念經超生，將傷者都搬到寺中，悉心治傷解救，傷好之後，任其自去。

許多驍果傷癒之後自願留下，有的出家爲僧，有的投靠乞流。總之身處亂世之中，能不參與征戰便是好事，眾驍果眼見少林勢力雄厚，是個可以棲身之處，大多心甘情願地留下。

就在宇文還玉使巧計擊退宇文化及手下的同時，少林以北數百里外的瓦崗寨，也正面臨一場危機。

單雄信已然得知翟讓、翟弘兄弟被李密設計殺害，惱怒非常，認定李密誣指翟讓意圖刺殺，蓄意殺害翟讓，決意向李密興師問罪。

然而李密最工心計，早已買通了單雄信身邊的親信，讓他對單雄信進言道：「魏公李密爲人忠厚仁義，雖知道翟司徒對他不滿，有意相害，仍舊恭敬相待，不惜錢財官爵，慷慨封賞翟氏兄弟，毫不慳吝。然而這回翟氏兄弟決意藉機除掉魏公，魏公總不能坐以待斃吧？他爲求自保，在身邊安排了多名高手侍衛。翟氏兄弟在酒宴中藉著觀劍發難，突然行刺魏公，幸虧魏公身邊守衛警覺，不然死的就是魏公了！如今翟氏兄弟披上『犯上弒君』的惡名，瓦崗兄弟忠於魏公者甚眾，自然無心替二人報仇。單二哥倘若出師討伐李密，那麼支持和反對爲翟氏兄弟報仇的弟兄定當分裂，互相指責爭鬥，那瓦崗軍便四分五裂，別說打下洛陽、征服天下，就連守住大本營都不可能了！」

單雄信是個雄心勃勃的將領，聽了這番話，心想：「我雖痛恨李密，但也應顧全大局，避免瓦崗軍內鬨分裂。魏公此舉雖是恩將仇報，畢竟也是因翟讓兄弟先出手刺殺，魏公不過是自衛而已，非其之罪。」這麼一想，便打消了攻打李密的念頭，率兵回到瓦崗陣營，如常晉見魏公。

李密眼見一場危機化爲無形，心中大爲高興，極力籠絡單雄信和徐世勣二人，每日親自登門問候，賜宴款待，傾心長談，穩住二人之心，讓他們忘卻老瓦崗大首領翟讓，全心效忠於己。

李密雖降伏了單雄信，卻並未實踐諾言，仍舊囚禁著程知節不放，以他的性命爲要脅，將韓峰困在瓦崗軍中，無法離去。

韓峰擔憂少林情勢，又惱恨李密陰險，蓄意將自己羈絆於此，正打算出手劫獄時，帳內驃騎秦瓊卻主動將程知節放出，讓他往年的弟兄將他接走，並且來見韓峰，對他說道：「我見主公挾持人質以威脅韓少俠卻又食言，心中不忿，因此自行放出了程將軍，讓他回歸自己率領的部隊。我想主公不會敢再次捉住他了，往後安全應是無虞。」

韓峰好生感激，行禮說道：「多謝秦將軍仗義釋放程三哥，韓某深感於心！」

秦瓊回禮道：「韓少俠正直重義，往昔曾救過秦某的性命，乃是秦某恩人。秦某感恩圖報，義之所當，韓少俠何須相謝！」

韓峰痛恨李密，眼見程知節已脫離險境，便決定立即離去。他離開之前，暗中去見了單雄信和徐世勣二人，說道：「李密靠著昔日的瓦崗勢力，累積雄厚兵馬，已有稱霸一方、爭雄天下之勢。然而此人奸險無德，不是可以長久跟隨之人。請單二哥和徐小哥要深思。」

單雄信和徐世勣、程知節等深知李密的爲人，都不禁點頭。

徐世勣道：「韓小兄弟說得不錯。我們跟隨李密，是因爲他富有智計謀略，非我等粗人能及。若是脫離了李密，又能去往何處？」

韓峰道：「小弟以爲唐國公李淵和二世子李世民，乃是值得信任追隨的領袖。諸位哥哥未來若決定脫離李密，或可去太原投靠李家父子。」

單雄信濃眉豎起，說道：「不成！李淵殺我兄長單雄忠，與我有不共戴天之仇！」

單雄忠在楂樹崗被誤殺當時，韓峰正跟隨唐國公去往太原，親眼見到事情經過，當下說道：「唐國公當時追蹤刺客，遠遠發箭射下了數名騎馬逃逸的匪徒。想來令兄剛好騎馬經過，才不幸中箭。唐國公並不識得令兄，絕非有意傷害，應是誤殺。」

單雄信搖頭道：「不論是否誤殺，我都與李家結下了不解之仇。我單雄信就算死了，也絕不投靠李家！」

韓峰知道這事難以相勸，便道：「英雄何患無出路？盼單二哥好自爲之。」

於是韓峰拜別了單雄信和徐世勣兩位將軍，以及程知節、秦瓊等其他瓦崗弟兄，離開瓦崗，回往少林。

當他趕回少林時，才知道小石頭曾來過這兒，並且設計擊退了宇文化及和手下驍果，心中又是驚訝，又是歡喜，立即問道：「她還在山上麼？」

然而通定卻答道：「小石頭師兄已下山去了。我們請他多留幾日，等你回來，他卻不肯，匆匆離開了。」

韓峰感到心中一陣揪痛。他知道小石頭二度在少林遇危時挺身相助，但她仍舊蓄意避開自己，不肯見面，心中忍不住想：「爲什麼？是因爲她在惱我，不肯原諒我麼？」

通靜道：「但是有一樁事，我感到有些奇怪。」

韓峰忙問道：「什麼事？」

通靜道：「我見小石頭師兄一身鮮卑打扮，確實和峰師兄形容的『俊俠』十分近似。

然而小石頭這次回來，卻並未展現任何高深武功，甚至面帶病容，好似……好似受了內傷。」

韓峰皺起眉頭，他親眼見過俊俠使出高妙超凡的武功，此時小石頭也做此裝扮，俊俠應當便是小石頭無疑了。但是她怎會武功大退，面帶病容？杜果說她在與楊觀海對敵時受了內傷，然而那也是數月前的事了，她爲何至今尚未痊癒，鮮卑之鬼又怎會不出手替她醫治？

韓峰心中有千百個疑問，也有千百般憂慮，對小石頭的思念越發濃厚強烈，難以自已。

然而無論如何，少林再次平安度過難關，韓峰回到少林長駐，自是一大喜事，寺中眾人上至常悟方丈，下至廚房火工，全都鬆了一口氣，群相慶賀。

這時的洛陽城在王世充和李密兩股勢力的攻防爭奪之下，已是風雨飄搖，前途難料；少林寺離洛陽不遠，卻是一片安寧平和，再也沒有人膽敢侵擾，全仗了羅漢堂主韓峰和他所率領的少林武僧、乞流精壯這股「少林勢力」。少林守衛嚴謹，策略清晰，不求擴張，只求自保，在改朝換代的亂世之中，這股「少林勢力」保衛了方圓數百里內的村鎮人家不受戰火波及，可說功德無量。

用計擊退驍果之後，宇文還玉當然並沒有立即離開少林。她雖發誓不見韓峰，卻並非不想見他。韓峰回到少林時，她正藏身少林寺外的一諸株高大杉樹之上，遙遙偷望。

她癡癡地凝望著韓峰的身影，心中感到一陣難言的激動。韓峰性格堅毅果敢，剛直猛烈，早在她第一次見到他時，便留心到他眼中暗藏的兩團火焰，明白這不是一個失意落寞、茫然無歸的少年，而是一頭尚未長成的幼獅，總有一日他會昂首怒吼，聲震叢林。

她眼看著他在神力大師和二師兄通地手下刻苦忍辱，勤奮練武，鍛鍊意志武功；眼看著他在老和尚和大師兄的指點引領下，四出辦事，開拓眼界，培養見識能耐。她知道韓峰只差一個機會，便能大展身手，龍騰虎躍。

當時她便已在暗中替他設想謀劃；瓦崗軍勢力雖大，但有李密在那兒掌握大權，此人險詐無義，不可信賴，又曾意圖出賣韓峰的父親，韓峰絕不可能去依附他；其餘各股勢力都還不成氣候，唯有韜光養晦而暗懷大志的李淵一家可供寄託。她都替他盤算好了：下山投靠唐國公李淵，迎娶李淵的愛女李晏雲，齊赴太原，與大師兄李世民共同闖出一番事業，前途一片光明，不可限量。

宇文還玉當時算計得天衣無縫，卻沒料到自己會出事，竟被鮮卑之鬼宇文崇天給尋著了，不但連累了老和尚和寶光寺，更將韓峰的前途也搞砸了。

宇文還玉想起鮮卑之鬼，不禁嘆了一口長氣。她知道老爺子年老體弱，自己應當趕緊回去照顧他，不應在此多耽擱。然而她仍舊捨不得韓峰，忍不住又多凝望了他一陣。

她眼見韓峰年紀輕輕便擔任少林羅漢堂堂主，威名遠播，這該是他最得意昂揚的時刻。然而他的臉上卻殊無喜色，神態就如往年在寶光寺時那般，沉鬱中帶著一抹難掩的悲傷。

此時他神色中的悲傷，似乎比以往還更加深沉了些。宇文還玉看在眼中，不禁好生難受；她不知道韓峰爲何總是這麼沉鬱憂傷？爲什麼他不能多笑一笑，開心一些？兩人往年在山上共度的那些日子中，她總能逗得韓峰開懷大笑，爲什麼那些日子好像已過去了一千年那麼久，消逝不再；又好像已沾染上了層層抹之不去的灰塵和淚痕，日漸模糊。

她卻不知道，韓峰的沉鬱憂傷，正是因爲她自己。當通定等告訴他小石頭來過少林，以及她在少林寺所做的一切又悄然離開之後，他立即明白她確實蓄意迴避自己，不願見他的面。這看在韓峰眼中，眞是情何以堪？即使贏得了多少場大陣仗，搏得了多麼隆重的名聲，但是他卻見不到自己最關心最重視的人，所有的光榮和驕傲，又有何用？

宇文還玉望著韓峰的身影，抹去眼淚，暗暗對韓峰道：「大哥，你好生保重。我今生雖不能再見你的面，但心中總是會記掛著你。我眞希望你快樂一些，一輩子都快快活活地，永遠不要再傷心難受。」

第三十九章　時機到

宇文還玉離開少林寺後，便匆匆往西趕去，不一日，來到了大興城。

她之前已收到梁木的飛鴿傳信，得知表姊李靜訓已與梁木成婚，好生欣喜，盼能來此一見故人。她來到梁木的新居，不料梁木一見到她，便緊緊拉住她的手，說道：「小石頭，妳可來了！大事，大事，大事哪！」

宇文還玉搖頭道：「師兄是說少林打退宇文化及的事麼？我早知道啦。我剛從少室山來。」

梁木瘦瘦的頭不斷搖晃，說道：「不是，不是！少林的事情雖大，可比不上這一件！

妳聽我說。靜訓之前曾行刺宇文述，令他身受重傷，他的傷勢始終未有起色，我剛剛得到消息，說宇文述傷重難治，日前突然惡化，已於昨日死了！」

宇文還玉望向梁木，眼神中閃爍著無比的興奮，兩人都是絕頂聰明之人，立即便明白了此事何其重要。

宇文還玉三步併作兩步，奔入書房，叫道：「你抓信鴿，我寫信！」

梁木也直奔頂樓，從籠子中捉出一隻飛往太原的信鴿。

大業十三年四月某日，李世民的妻子長孫氏收到一封從大興城寄來，十萬火急的鴿信。這封密信是由宇文還玉親筆寫的，密信上只有一行十二個字：

寺木至辵　巳我羊走　束刀幾日

李世民持著信，屏息而讀，持信的手微微顫抖。他知道宇文還玉傳來了當今天下最重要的訊息：

「時機到，速起義」

李世民緊緊攢著這封密信，立即奔入父親的房室。

當時爭奪天下的群雄中，明眼人都知道宇文述之死緊繫著大隋的命脈。他手握重兵，能征善討，又忠於楊廣，因此楊廣才讓他跟隨至江都，準備割據南方，定都丹陽，甚至將皇帝禁衛軍驍果也交給宇文述的兒子宇文化及掌管。只要宇文述在世，那麼群雄儘可在北方各地作亂起義、爭奪地盤，楊廣所在的江都和南方卻穩若泰山。如今宇文述一死，江都的安危便搖搖欲墜，甚至楊廣本身的安危也不可測了。

唐國公李淵得訊之後，立即與手下謀士商議，決定僞造楊廣敕書，聲稱皇帝要再度出征高麗，徵召太原、西河、雁門、馬邑四郡二十至五十歲的男子從軍。這道命令一出，立即激起人民反隋的意志。

李淵又傳出密信，召回分散在各地的諸子女。他並準備了厚禮，派李世民去見突厥始畢可汗，相約一起攻入大興，財寶美女都歸始畢可汗，土地則歸唐國公，始畢可汗欣然答應。李淵並命手下和李世民在左近郡縣大舉募兵，十日之內，便募集了超過一萬人。

五月十四日，李淵傳檄各州縣，宣告起義，自稱「大將軍」，命三子李元吉留守太原，任長子李建成和次子李世民分任左右領軍大都督，稱士兵爲「義士」，統兵三萬，並帶著始畢可汗手下五百騎兵，直指大興城。

宇文還玉傳信給李世民後，不久便聽聞了唐國公李淵起兵的消息。她甚是高興，知道唐國公父子聽從了自己的建議，抓緊時機，果敢而行，毅然起兵反隋。如今天下各股勢力爭戰不休，然而李淵若能奪得大興城，那局面便大大不同了。

她觀望眼前局勢，又寫了一封密信給大師兄李世民，說道關東李密勢力龐大，需請唐國公儘速寫一封信給李密，措詞寧可低下謙卑，務必讓李密繼續攻打東京，拖住隋軍，令之無暇西顧。李世民收信後深以爲然，立即稟告父親。

李淵是個頗有計謀之人，籠絡李密這一步棋，不須宇文還玉或兒子提醒，他早便已想到了。他之前便曾派長孫無忌去給李密送信，暗中結交；此時又寫了一封信去，語必稱李密爲「兄」，尊敬無已，措詞卑躬，明白表示自己起義只爲推翻暴君楊廣，並不反大隋，讓李密以爲自己沒有爭奪天下之志。

李密得到李淵的信，但見地位崇高的唐國公竟也對自己如此恭敬順服，十分得意，對左右笑道：「李淵從太原起兵，不過是幫助我騷擾隋軍後方。要征服天下，坐穩皇帝之位，還是得靠實力啊！」

李密對自己信心大增，立即寫了回信給李淵，信中說道：「與君派流雖異，根系本同」，說兩人都姓李，乃是同宗；又說「自惟虛薄，唯四海英雄共推盟主，所望左提右挈，戮力同心，執子嬰於咸陽，殪商辛於牧野，豈不盛哉？」自認爲起義軍之「盟主」，勉勵大家共同起事，擒擄楊廣，消滅隋朝。他果然依照李淵所求，繼續攻打洛陽，牽制住隋朝大部分的精銳軍隊，令其無法分散兵力防衛大興。

李淵收到回信之後，眼見李密中了自己之計，大爲放心，笑道：「李密妄尊自大，我只要措詞卑恭，大大恭維他一番，他便越發驕傲了。等我平定關西，便可慢慢看他們鷸蚌相爭，坐收漁人之利。」

於是又回信說道：「殪商辛於牧野，所不忍言，執子嬰於咸陽，未敢聞命。」表示自己不敢有殺執君主的野心；又說「天生烝民，必有司牧；當今爲牧，非子而誰！」這是說天下百姓好似柔順的綿羊，必須要有牧者掌管。今日天下可以做這牧者的，除了你李密還有誰呢？

李密非常高興，說道：「唐公見推，天下不足定矣！」他心想連唐國公都如此推崇我，那平定天下就不是問題了！

卻說宇文還玉來到大興城，見到久違的表姊李靜訓，好生歡喜。

李靜訓仍舊冷冰冰地，不喜言笑，宇文還玉卻只管纏著她，將自己過去幾年中發生的事情嘰嘰呱呱地都跟她說了。然而宇文還玉的敘述中完全沒有提起韓峰，好似這個人根本不存在一般。

李靜訓心中雪亮，她初次在墓室中見到韓峰時，便已知道他們二人是至交好友一事，之後又從梁木口中得知二人親厚無間的感情。她明白韓峰在宇文還玉心中的份量一定極重，重到還玉竟然連他的名字也不敢提起。

李靜訓明白自己當初和韓峰說的那番話完全說中了，心中暗暗爲表妹感到擔憂，但她也不說破，聽完之後，只淡淡地道：「只要妳一切平安，那就好了。」

宇文還玉道：「我的事兒都說完啦，靜訓姊姊，妳呢？說說妳過去幾年的事兒吧。」

李靜訓搖頭道：「我一直住在墓中，沒有什麼可說的。」

宇文還玉頗爲失望，說道：「那妳出墓之後呢？總有事情可以跟我說說吧！」

李靜訓道：「不錯，我是有一件事須得跟妳說。外祖母交給妳的那塊玉呢？妳弄丟了麼？」

宇文還玉一呆，沒想到表姊也知道關於冰玉的事，吐吐舌頭，說道：「那塊玉麼？我不小心把它給砸壞了。」

李靜訓道：「上面的地圖，妳想必已描畫了下來。」

宇文還玉點了點頭，說道：「表姊，那地圖上所示，眞的便是宇文皇族的藏寶窟麼？」

李靜訓道：「如果外祖母當年是這麼跟妳說的，那麼定然就是眞的了。我並非宇文氏族人，因此她什麼也沒有跟我說。只有一回她對我交代，說如果哪天妳要去尋寶，卻忘了她告訴妳的二十四字眞言，可以來我墓中尋找。」

宇文還玉一呆，她已很久沒有想起這回事了，一聽李靜訓提起，腦中印象頓時極為清晰。當時她年紀還很小，祖母拉著她的手，諄諄告誡，叮囑她牢牢記住一段二十四個字的「眞言」，並說這段與尋得寶藏至關緊要。她還記得那二十四字是：

奇峰立玉，異石引渡。

頂禮未來，皈依佛足。

毋亡隨和，呼之欲出。

宇文還玉在心中默念了一遍這二十四個字，忍不住道：「表姊，妳也知道那二十四字眞言麼？那六句話究竟是什麼意思？」

李靜訓搖搖頭，說道：「我並不知道眞言內容爲何。外祖母將那二十四字刻在我墓室中一個十分隱密的角落，囑我不可去看。只有當妳記不清楚，需要重溫時，我才能指點妳自己去看，因此我從來也沒有看過那段文字。妳如果忘了，我可以帶妳去我墓中看。」

宇文還玉搖搖頭，說道：「我一個字也沒忘記，不用去看啦。」

李靜訓道：「那就好。」

就在這時，梁木敲了敲門，走進屋來，微笑道：「兩位久別重逢，聊得可開心麼？」他來到李靜訓身旁，將手放在她的肩頭。李靜訓抬頭對他一笑，神色溫柔甜蜜，說道：「時隔多年，能夠再次見到還玉表妹，我當然高興得很。」

宇文還玉眼見梁木和李靜訓之間的親密神態，不禁微微臉紅，微笑道：「木師兄，你們二位新婚燕爾，我該改口叫你一聲表姊夫啦。」

梁木笑得闔不攏嘴，含情脈脈地望著愛妻，說道：「天下最幸運之事，莫過於有情人終成眷屬。我得妻如此，夫復何求？」

宇文還玉聽了梁木的話，心中忽然一酸，正想找個藉口迴避開去。梁木忽道：「小石頭，我差點忘了，我剛剛收到這封大師兄寄給妳的急信，妳快看看。」說著將一封信遞給宇文還玉。

宇文還玉接過了，但見那信果然是李世民所寫，請她儘快去向住在城中的五妹李晏雲報訊，告知父親即將發兵起義，要她及早走避。信中並說，聽說李晏雲和丈夫相處並不融洽，如果她的夫君趙慈景不願意逃走，李晏雲最好趕緊獨自離城云云。

宇文還玉見了信，不禁頗為躊躇，她實在不敢去見五師姊李晏雲，但又不能辜負大師兄的託付。她思索再三，終於向梁木問了趙家的所在，獨自趕去報信。

注：宇文述病逝於大業十二年十月，李淵起義則是在大業十三年七月。

第四十章 姊妹會

宇文還玉走在城中，但見城中一片混亂，唐國公起兵的消息早已傳入城中，城中貴官巨賈紛紛帶著貴重財物逃出城去，百姓也扶老攜幼，推著板車，往各個城門趕去，絡繹不絕。

大興城雖是大隋京師，但是皇帝楊廣已很久沒有回來這兒了。楊廣喜愛到處遊走，偶爾落腳，也是去東都洛陽，或是去溫暖繁華的江都遊玩。此時他流連江都已超過一年，完全沒有要北歸的意思。東都洛陽在王世充的掌握之下，受到瓦崗軍李密的包圍，戰火連天；大興城尚未受到波及，但已是驚弓之鳥，一聽說唐國公在太原起兵，城中居民無法預料唐國公若占領了大興城，將是如何的局面，因此都打算先出城躲避再說。

宇文還玉找到了位在豐樂里的趙宅，打算將信送到李晏雲的門外，便即離去。她等到深夜，潛入趙府，找到正屋，躲在角落裡偷聽。

等了一會兒，聽見一個老婆子吩咐丫鬟道：「哪，我將大少奶奶留下的幾樣首飾都收拾好了，妳這就拿去大少奶奶房裡吧。」丫鬟應道：「是，多謝王嬤嬤。」

老婆子似乎滿腹牢騷，又道：「這大少奶奶也真是的，住得離大少爺那麼遠，如今半夜三更的，還催著趕著要將陪嫁首飾全數搬過去，這是什麼意思！」

宇文還玉心想：「原來大師兄信中說得沒錯，通雲師姊跟趙家公子感情不睦，甚至搬到遠處的房舍住下了。」

但聽那丫鬟道：「王嬤嬤，妳就少說兩句吧！大少奶奶最近心情不好，愁悶得很，整日坐在屋裡不說話。偶而出來練拳練劍，也懶懶懨懨地沒有精神。她是唐國公愛女，嫁入我們趙家，原本便是紆降尊貴，加上她和大少爺性子不合，生了小公子之後，兩人更是相敬如『冰』，話也說不上幾句。之後她帶了兒子搬到東廂房去住下，也是圖個清淨啊。」

宇文還玉心中更爲傷感：「原來連孩子都有了。師姊夫妻不和，拖個孩子，那是更加難理了。」

老婆子口中仍在嘀咕，丫鬟已自捧著首飾盒子走去了。

宇文還玉悄悄跟在丫鬟身後，來到東廂房大少奶奶李晏雲的住處。丫鬟將盒子交給那邊屋裡的丫鬟，便自離去了。

宇文還玉取出李世民的信，她內傷未癒，無法使巧勁將信擲入，只好老老實實地打開房門，將信放在几上，趕緊退出。

便在此時，一個少婦從屋內走出，一身短打裝束，梳著垂馬髻，手中抱著一個嬰兒。她一眼便見到桌上的信，快步上前，拿起了信，立即將嬰兒交給身邊僕婦，搶出屋外。

宇文還玉看得分明，那少婦面目清麗，正是唐國公的五女，寶光寺師姊李晏雲！

她無心與李晏雲相見，隱入黑暗，準備悄悄離去。然而李晏雲卻已瞥見了她的身影，開口叫道：「小石頭，別走！」

宇文還玉一驚，沒想到她會認出自己，站定腳步，轉過身，低下頭，叫了聲：「通雲師姊。」

李晏雲走上幾步，凝視著小石頭；但見站在面前的，已不是當年終南山寶光寺裡那個調皮骯髒、精靈古怪的小娃兒了；眼前的小石頭雖身著男裝，一身鮮卑服飾，滿頭散亂的辮子，但是眼神黑亮，面容淨秀，微黑的肌膚柔潤光澤，嘴唇微翹，已是個不折不扣的大姑娘了。

李晏雲嘆了口氣，神情沉靜中帶著一股濃郁的哀傷，緩緩說道：「小石頭，好久不見了。我有些話想對妳說，請妳留步聽一聽，好麼？」

宇文還玉咬著嘴唇，說道：「師姊請說。」

李晏雲靜了一會兒，才低聲道：「師姊……對不起妳。當年我從妳身邊搶走了妳大哥韓峰，我自己卻也沒能留住他。他畢竟還是離開了我，回去找妳了。」

宇文還玉已從大師兄口中得知當時的情形，這時轉過頭去，沒有回應。

李晏雲又道：「自從峰師兄離開終南山，來到我家後，我心中便一直隱隱擔憂著，擔憂妳大哥對妳的重視遠勝於我。因此我想盡辦法，故意表示我不喜歡聽他提起妳或寶光寺，希望他能早日忘記妳、拋下妳。如今我才知道自己全然錯了！我越是盼望他忘記妳，他越無法將妳放下。妳在他心中的地位，沒有人能夠取代。」

宇文還玉仍舊沒有回答。

李晏雲凝視著小石頭，說道：「妳是個姑娘家，我早就知道了。在山上時，我帶妳練習輕功，那時便已看出妳不是男兒身。我沒有跟別人說，但是每當我見到妳跟峰師兄親密的模樣，我心中便難受得緊。峰師兄顯然不知道，妳也一直瞞著他。我擔心有一日峰師兄發現之後，會突然明白妳才是他最好的伴侶，只能祈求他永遠都不要發現。」

宇文還玉抬起頭，終於開口，說道：「師姊，其實當年我大哥下山去太原之前，便已知道我是個姑娘了，但是他仍舊當我是好兄弟、好夥伴，從來沒把我當成個姑娘家看待。師姊，他當時心中只有妳。正因爲如此，我才想盡辦法，讓他可以與妳相守一世。如果寶光寺沒有出事，你倆早已在太原成婚，過著幸福快樂的日子了。妳不會違著心意嫁給趙公子，他也不會終日在外飄泊，尋尋覓覓，無處可依，是我對不起你們才是！」

李晏雲搖搖頭，說道：「小石頭，妳還是不明白。其實在妳大哥離開後，我起初雖然很傷心，但不久後便想通了。妳一直是峰師兄身邊最親近的友伴，無話不談，在他心中，其實我遠遠及不上妳。峰師兄在我身邊時並不開心，在妳身邊卻萬分自在愜意。我終於明白，妳才是最適合他的伴侶。我決定與趙家公子成婚，並不是出於一怒之下的衝動，而是希望峰師兄能夠明白，他不必再對我感到歉疚牽掛，人各有緣分，他也該去追求屬於他自己的緣分。」

宇文還玉沒有言語。

李晏雲凝視著她，問道：「小石頭，妳爲何要避開他？妳明明知道他找妳找得萬分辛苦，卻爲何始終不肯跟他見面？」

宇文還玉轉過頭去，望向遠方，她想起自己在參天崖苦捱練功時，曾立誓避開韓峰，以免陷他於危；也想起宇文崇天逼迫自己發下毒誓，此生再也不見他的面。但是盤旋在她心中的答案，卻並不是這兩個誓言。

她靜默一陣，才道：「師姊，我說老實話，不知妳能否明白我的心思。我希望他自己能想清楚，他找我是爲了什麼？」

李晏雲反問道：「那麼妳自己卻希望如何？」

宇文還玉嘴角泛起微笑，說道：「師姊，當時我年紀小，什麼也不懂得。現在我已懂了。我希望他找我……是因為他想一輩子跟我在一起，永遠不分開。」

李晏雲完全能夠明白她的心境，點了點頭，說道：「妳不該有所疑慮，他對妳一片真心癡情，找妳自然是想一輩子與妳相守，娶妳為妻，攜手共度一生。」

宇文還玉聽了，忽然臉頰飛紅，搖了搖頭，說道：「我一番胡說八道，師姊千萬不要當真！他若想娶我為妻，我可得好好考慮考慮。他連妳如此家世品貌的未婚妻都可以拋下不顧，何況是我？」

李晏雲搖頭道：「小石頭，妳錯了，韓大哥根本不是戀慕虛名的人。妳是他最好的伴侶，他此刻早已明白，只是始終找不到妳，無法向妳說出他的心意罷了。」

宇文還玉望著李晏雲，懷疑地道：「師姊，妳又怎會知道他此刻心裡在想些什麼？」

李晏雲苦苦一笑，說道：「妳或許不相信，但是我對他的了解並不淺薄。當時他聽說寶光寺出事，便決意離開我爹爹和二哥，回去找妳；他甚至沒有跟我說一聲，沒有見我最後一面，便逕自離去。我當時就知道，他心中已明白了妳是他此生最重要的人，他可以沒有我，卻不能沒有妳；因此他毅然放下我，放下跟著我爹爹哥哥打天下的大好前途，寧願浪跡天涯，只為了將妳找回。」

宇文還玉低下頭，沒有言語。她仍然無法相信在韓峰心中，自己會比李晏雲更加重要，但是他當年確實曾為了自己而離開李晏雲。他心中到底在想些什麼？宇文還玉真想去找他，當面問個清楚，卻又知道自己根本開不了口，甚至根本不能見他的面。

然而李晏雲的這番話，畢竟令她解開了心結；她知道李晏雲並不怨恨自己，甚至並不怨恨韓峰，這讓她心中好過了許多。她噓出一口氣，對李晏雲說道：「師姊，謝謝妳。」

李晏雲笑了，說道：「只要妳不恨我怪我，我已很高興了，何須相謝？」

宇文還玉也是一笑，轉開話題，說道：「唐國公已在太原起事，師姊請趕緊離開此地吧。」

李晏雲皺起眉頭，說道：「我已收到風聲，正準備離開。他……慈景卻說他年老的母親無法遠行，母親把他當成命根子，他堅決不肯先行。既然如此，我也只能捨他而去了。」

宇文還玉聽她說得堅決，對丈夫顯然毫無眷戀之情，無言以對，靜默一陣，才道：「師姊，妳多多保重，我去了。」推門而出，離開了趙家大宅。

李晏雲望著她遠去的身影，心中惆悵良久，難以自已。

她吸了一口長氣，眼見夜色已深，知道是自己離開此地的時候了。她身負絕技，又慣走江湖，當夜便帶了襁褓中的兒子趙節趁黑離去，遁入山林避禍。

她離去後不久，官兵果然包圍了趙家，將趙慈景逮捕下獄。趙慈景對老丈人起兵反叛、妻子捨棄婆婆丈夫獨自逃逸大感不滿，夫妻之情原本淡薄，此後更是蕩然無存。

第四十一章　困霍邑

卻說李淵大軍五月從太原起兵，一路南下，並未遇到隋軍的抵抗，七月時，大軍已逼近離京城不遠的霍邑。

留守大興城的是楊廣的另一個孫子代王楊侑。由於大部分的隋朝兵力都被牽制在東京洛陽，西京相對空虛，代王派了虎牙郎將宋老生率領精兵兩萬人駐防霍邑，並派了驍衛大將軍屈突通率領數萬驍果，駐守河東。霍邑和河東都是從太原進軍大興城的必經之路，李淵要打入關中，便必須打下這兩座城。

這日，李淵的軍隊已隊集結在霍邑城外，準備攻城。然而宋老生緊緊守住城門，不肯出戰。

如此對峙數日，霍邑左近道路狹隘，偏逢連陰雨天，唐軍糧道斷絕；同時北方又傳來謠言，說突厥兵準備偷襲晉陽。李淵進退兩難，便召集親信討論對策。

李淵的好友兼親信裴寂看出李淵的心思有些動搖，似有撤兵的念頭，便建議道：「從太原起兵攻打大興，並不如我等當初設想那麼容易。如今宋老生和屈突通聯手抵抗，占據險要，無法快速攻下；李密雖說跟我們合作，但這人不可相信，奸謀難測；突厥貪婪而無信用，唯利是圖，很可能會趁機攻擊太原。太原是北方重鎮，而且義兵家屬都在太原，不如我們立即退兵，回去太原保住我們的根本，慢慢再計畫起兵不遲。」

李淵聽了，不禁點頭，說道：「我擔心的並非宋老生的兵力，而是軍餉接濟不及。霍邑不易攻打，若是在此困上半個月，打不下霍邑，糧餉眼看就要斷絕，那時再退兵，可就太遲了；加上突厥若藉機攻打太原，我們連老家都守不住，無路可退，情勢便十分危殆。」其餘親信謀士都紛紛贊成此議。

於是李淵便下令讓兩個兒子撤軍北返。

李世民得令後，大驚失色，立即去見父親，稟告道：「爹爹！我們出兵南下，已是箭在弦上，不得不發，怎能在此時此刻退軍？軍心若是一散亂，就再也不能收拾了！」

李淵皺眉道：「但是糧餉怎麼辦？突厥怎麼辦？」

李世民想了想，說道：「始畢可汗派了五百騎兵跟隨我軍，如果他攻打太原，這五百騎兵豈不成了我們手中的人質？」

李淵搖頭道：「始畢可汗為人刁滑狠辣，倘若當眞決意與我決裂，又怎會在意這五百騎兵的性命？」

李世民知道父親說得沒錯，一時不知該如何勸諫，悶悶地退了下來。

李世民回到自己的軍帳，在帳中來回踱步，滿腔憂惱。忽聽一人道：「大師兄，什麼事情如此煩心？」

李世民一聽見這聲音，頓時大喜，回身一望，果見一個白衣少女站在帳門之旁，正是寶光寺師妹，小石頭宇文還玉。

李世民大喜，登時振作起來，衝上前去，叫道：「小石頭，妳來得正好！妳怎會突然來到這兒？」

宇文還玉微笑道：「我掛念著唐國公和大師兄，特地來探探情況。」

李世民立即將父親下令退兵之事說了。

宇文還玉微微皺眉，說道：「退不得。唐國公擔心的兩件事：糧餉和突厥，都非小事。但是權衡輕重，絕對不能就此退兵。」

李世民忙問：「我卻該如何勸阻父親？」

宇文還玉道：「大師兄，你需趕緊去對唐國公說，退兵危害太大，絕對不可。這一著棋走壞了，以後便再也無法挽回頹勢了。這樣吧，突厥那邊，我們立即去找始畢可汗派出的騎兵統領羅拔，探探他的口風；同時與太原鴿樓的大師嫂通信，詢問狀況。至於糧餉，這件事需得分兩路設法。第一，你去跟唐國公說，現在正是七月，穀豆成熟，遍地黃金，軍隊隨處可取得糧食，何患無糧？第二，太原太遠，運糧不知何時才能送到，不如從大興城左近悄悄運糧過來，就近補給，這樣軍心就會安定了。應急的軍餉不需多，即使只有五日十日也好，已足夠穩定軍心，讓唐國公安心攻打霍邑。」

李世民點頭道：「然而誰能替我們從大興城送糧過來？」

宇文還玉微笑道：「有一個人，一定能幫上忙。」

李世民忙問：「是誰？」

宇文還玉臉露神祕之色，說道：「此人身在大興，足智多謀，神通廣大。」

李世民一拍大腿，恍然說道：「木師兄！」

宇文還玉道：「不錯，正是木師兄。」

李世民道：「不錯，只要有數日的糧食送到，便能讓爹爹暫時放下疑慮，先不退兵，留下攻城。但是大興城能送來這麼多糧餉麼？」

宇文還玉笑道：「大師兄你當眞忘了？終南山腳的莊園地窖裡，藏的都是什麼？」

李世民皺眉道：「但是莊園已被皇帝收去，如何能運出大量的糧食？」

宇文還玉道：「這個容易。莊園地底有不少乞流挖掘的地道，木師兄若能得到乞流相助，定能神不知鬼不覺將糧食全數搬出。我們可立即傳信給木師兄，請他幫忙運送糧食。」

李世民點點頭，說道：「我明白了。我們這便寫信去，請木師兄出手相助。」

於是李世民和宇文還玉趕緊去找突厥騎兵的首領。這人正是曾在雁門關困住李世民和宇文還玉的羅拔，算是老相識了。

宇文還玉旁敲側擊，發現羅拔對始畢可汗是否有意攻打太原一無所知，於是對李世民說道：「羅拔是始畢可汗身邊的親信，始畢可汗派他跟隨唐國公南征，便是因爲對羅拔極爲信任。如果連羅拔也未曾聽聞突襲太原的計畫，那麼傳聞很可能只是空穴來風。總之，始畢可汗的意圖無法確知，如今我們只能賭注他們不會眞的攻擊太原。再說，突厥若當眞偷襲太原，唐國公失去了大本營，沒了退路，更加有如過河卒子，只能勇往直前，方有生路。」

李世民道：「妳說得不錯。突厥之事只能暫時放在一邊，眼下應當專注於攻下大興。我這就去勸爹爹。」

宇文還玉忙叫住他，說道：「且慢。大師兄若要去勸令尊，需得請了令兄一道去。」

李世民奇道：「卻是爲何？」

宇文還玉道：「唐國公命大師兄和令兄分任左右領軍大都督，這兩個都督之位可不是白給的。你們兩位若同時力勸不可退兵，唐國公回心轉意的機會便大了許多。」

李世民點頭道：「此言甚是。」

李世民正要離開，宇文還玉又拉住他，說道：「唐國公若是不肯見你，你可使出『淚攻』之策。」

李世民一呆，說道：「什麼是淚攻之策？」

宇文還玉調皮一笑，說道：「就是站在帳外大哭，引起唐國公的注意，好讓他願意聽你說話。」

李世民不禁莞爾，說道：「我明白了。」

於是李世民急急去找兄長李建成談論此事。李建成也認爲己方是起義之師，不可輕易言退，兄弟倆於是立即去見父親。但是時候已晚，李淵已經睡了，不肯接見二子。

李世民大急，想起宇文還玉的話，便站在父親的帳外大哭起來。這麼一哭，李淵才終於叫他兄弟進來，問他哭什麼。

李世民說道：「我們眼下舉著大義之旗，興師南下，前進一戰便可攻敵致勝，撤軍後退便是灰飛湮滅；士兵在前崩離潰散，敵人在後乘勝追擊，大家全要死在這兒，我怎能不悲傷呢！」

李淵聽了，皺眉道：「你們兄弟倆都認爲不該退兵？那麼糧餉不夠，卻該如何？」

李世民早有準備，說道：「此時正是稻穀豐收的季節，滿地都是禾菽，如果當眞糧食短缺，我們就地收割一些，何需擔憂？而且兒臣已派人從大興城外的莊園取糧，三萬士兵十日的糧餉，後日午後，一定會到。」

李淵道：「那麼李密呢？」

李建成道：「李密守著他占領的那幾個大糧倉，怎肯離開？大興離洛陽有八百里的路程，他又怎麼可能率軍來攻打我們？」

李淵又問道：「那麼突厥呢？」

李世民道：「始畢可汗的騎兵首領羅拔並未聽聞此事，相信只是謠傳。再說，突厥若當眞攻擊太原，我們趕回去相救也已太遲；倘若失去了太原，我們更加只有攻下大興城一途，方能有落腳紮根之地。」

李淵再問：「宋老生若堅守不出，霍邑久攻不下，卻該如何？」

李建成道：「宋老生性情輕率急躁，毫無謀略，一戰便可將他擒住。」

李淵遲疑不決。

李世民見父親開始動搖，又道：「我們本著解救蒼生的大義，揭竿興師，應當奮不顧身，搶先進入大興，占據京城，號令天下。今日如果遇到小小的阻礙，就遽然班師退回原地，恐怕聚集在我們旗下的義士們都將失去信心，各自散去。就算回到太原，我們也只不過是一群守著一座小城的盜賊而已，連己身都無法保全，更別說想再仗義起事，平定天下了！」

李淵聽兩個兒子說得有理，才勉強收回成命。然而拔軍撤退的命令已下，有許多部隊已開始走回頭路，李世民和李建成兄弟只好派出快馬，將開拔北歸的軍隊一一召回，再次集結重整，準備攻打霍邑。

李淵決定不退兵後，便讓兵馬駐紮於距霍邑五十餘里的賈胡堡。到得次日傍晚，各路軍馬大都已歸隊，大軍重新集結。

入夜之後，忽有一隊馬車急急從南方趕至賈胡堡，說有急事要求見李世民。

李世民好生奇怪，匆匆出來接見，但見為首的是個青年，跨著一匹通體漆黑的馬，竟然便是騎著追龍的韓峰！

李世民大喜，奔上相迎，叫道：「峰師弟，你帶了人手前來相助麼？」

韓峰一笑，翻身下馬，說道：「大師兄！你這回可猜錯了。我帶來的不是人手，而是糧草。」說著往身後一排大車一指，說道：「這兒的糧食草料，足夠三萬軍馬吃用十日了！」

李世民又驚又喜，說道：「我才寫鴿信給木師兄向他求糧，怎地你這麼快便將糧草送到了？」

韓峰道：「我在少林聽聞唐國公起義，便立即率領了一百名少林和乞流弟子趕來大興城，盼能為唐國公和大師兄出一分力。入城後，木師兄便告知唐國公駐軍霍邑以北，大師兄來信急索糧草等情。我心想去終南山故李家莊搬糧太花功夫，緩不濟急，便與大興城中的乞流聯繫，乾脆從地道闖入皇城中的官倉，連夜搬運出大批糧草，經由地道送出城外，直接在城外僱了車馬往北運送，因此只花了一日一夜便趕到了。」

李世民見他和一群少林武僧和乞流弟子個個風塵僕僕，顯然日夜未眠，專為唐軍送來糧草，極為感動，緊緊握住了韓峰的手，說道：「師弟，我真不知該如何謝你！快，我領你去見家父。」

當下領著韓峰進入大帳，拜見唐國公。李世民告知韓峰提早送來了十日的糧草，李淵大喜過望，感激非常，大大地褒獎讚賞了韓峰一番。

出帳之後，李世民對韓峰道：「我軍很快便將攻打霍邑，不知師弟和諸位少林師父、乞流英雄是否願意留下，相助我軍攻城掠地？」

韓峰卻搖了搖頭，說道：「大師兄，霍邑並非難攻之城，我等也非受過軍訓、長於征戰之師。少林眾僧恪守戒律，不應介入攻伐殺戮；乞流但求自保，也無參戰之心。我想我等送糧任務已然達成，應當早日回返大興，替義師入城鋪路。」

李世民聽他這麼說，便點了點頭，說道：「你說得甚是。各位已爲我軍做出極大的貢獻，我等感激不盡。請在此歇息一宿再上路吧。」

韓峰道：「多謝大師兄體諒。」頓了頓，忍不住問出心中盤桓已久的話：「小石頭她……她在這兒麼？」

這回輪到李世民搖了搖頭，說道：「她突然而來，給我出了許多計謀後，便又離去了。」

韓峰輕輕嘆了一口氣，沒有再說什麼。他從梁木口中得知，替李世民寫信來大興求糧的正是小石頭；然而當自己帶著糧草趕到賈胡堡時，她卻又如清風一般消失無蹤了。

韓峰與一百名少林乞流弟子當日在賈胡堡休息了一夜之後，便即騎快馬離去，回返大興城。

第四十二章　定長安

糧草一到，軍心大定，李淵更是解除了心頭一大隱憂，信心大增，立即下令次日清晨拔軍往南，進攻霍邑。

八月初三早晨，李淵率軍從小路向東南直抵霍邑。

李建成和李世民對父親建議道：「宋老生有勇無謀，見到我們軍隊到來，只要挑釁他一番，他必定會開城出戰。」

李淵道：「好！就怕他守城不出，不斷拖延。你們能激得他出城應戰，我軍便有機會迅速攻下此城。」於是親自率領數百名騎兵埋伏在霍邑城東，派李建成和李世民率領數十騎來到城下，大聲辱罵宋老生。

宋老生聽他們兄弟罵得難聽，心中有氣，暗想：「你們這兩個初生之犢，竟敢在我宋老生面前班門弄斧！」果然上當，率軍出戰。

李淵大喜，率領軍隊迎戰，李世民則率領手下精壯士兵，縱馬快馳而下，衝向敵軍陣營，突襲宋老生軍的背後。隋軍腹背受敵，應接不暇，頓時陷入混亂。

李淵趁機命手下高聲呼喊：「我軍已抓住宋老生了！」

宋老生軍隊人心原本不穩，聽了這謠言，就此潰散逃逸，隋軍大敗。宋老生下馬跳入壕溝，被李淵手下士兵殺死。李淵率兵直抵城門，攻下霍邑。

唐軍這一役贏得既快速又漂亮，士氣大振。李淵極為高興，深深慶幸自己當時聽了兒子的話，沒有決定撤軍，不然後果實在不堪設想。

霍邑打下之後，唐軍繼續南下，相繼攻克臨汾郡和絳郡，進逼龍門。關中勢力最大的幾支軍隊見唐軍勢如破竹，紛紛投降李淵。

九月，李淵率兵圍攻河東，隋將屈突通固守不出，久攻不克。

李淵再次召集諸將領商議。李淵的親信裴寂說道：「我軍士氣如虹，河東乃是進攻大興的最後一個據點，需得不計代價，盡力拔除。若不除去屈突通的軍隊而直接入關，則我軍前有鎮守大興城的隋軍，後有屈突通，前後受敵，情勢危殆。」

李世民則道：「我等五月起兵，至今已有四個月的功夫。時光消耗得越久，隋軍準備抵抗的實力便會越強。我等離大興已然不遠，兵貴神速，不能在此耗時日久，徒然喪失占領大興城的先機。」

李淵思慮良久，認爲兩人說得都有理，權衡輕重，下了決斷，說道：「裴先生和世民所言都有道理。我決定分兵兩路：派遣諸將圍攻河東，牽制屈突通；本將軍則率領左右領軍大都督，率領主軍，直攻大興。」

裴寂和李世民見自己的意見均被採納，都沒有異議。於是李淵率軍迅速渡過黃河，派長子李建成把守潼關，阻擋關東隋軍；李世民則率軍隊從渭北進入三輔。關中各散軍遊兵紛紛投降李淵，關中局勢很快便穩定下來。

隋義寧元年十一月，李淵會合李建成和李世民等的二十餘萬兵力，攻打首都大興城。李淵下令軍中不許侵犯隋朝七廟和代王宗室，違令者夷其三族，之後便下令諸軍攻城。

這時梁木、韓峰和大興乞流已在城中做了不少功夫，上至宗族貴宦，下至商賈百姓，人人都已知道李淵本是隴西貴宦，世居大興，軍隊入城後絕對不會燒殺擄掠，人心皆已歸向唐軍，再無慌亂奔逃之舉。

不出數日，唐軍便攻克京城。城中並無激戰，也無傷亡，可說草木不驚，唐軍入駐隋朝首都大興城。

隋將屈突通眼見大勢已去，失去鬥志，河東也無法守住，城破被俘，投降了李淵。

李淵占領大興之後，立即推代王楊侑爲傀儡皇帝，遙尊身在江都的楊廣爲太上皇，受假黃鉞、使持節、大都督內外諸軍事、大丞相，進封唐王，不久又進位相國，加九錫，大權在握，等同挾天子以令諸侯。李淵期許天下自此長久安定，進入大興城後不久，便將大興城改名爲「長安城」。

此番唐軍順利入城，李淵知道韓峰和梁木二人出了不少力，命使者去尋找二人，拜官賞賜。二人卻對唐王的使者道：「唐王盛情，我等心領了。然而我等實無功績，不敢領賞；素行隱密，不求功名。」

使者去後，梁木問韓峰道：「你想唐王會再次派人來頒賞麼？」

韓峰搖頭道：「唐王清楚你我的出身性情，絕對不會勉強。而且我們在暗中相助，對唐王的助力只有更大。」

梁木笑道：「峰師兄說得是。」

韓峰忽然問道：「木師兄，小石頭人在城中，是麼？」

梁木收起笑容，遲疑半晌，才道：「唐王入城前後，我猜想她一直跟在大師兄的身邊。軍情緊急時送來城中的那幾封鴿信，都是她親筆寫的。如今她想必已跟隨唐王軍隊入城，至於她人在何處，我卻並不知曉。」

韓峰心中一沉，良久不語。

梁木拍拍他的肩膀，說道：「你不必太擔心。唐王起義前，她來見過靜訓一回，之後便又匆匆離去了。」

韓峰問道：「我聽說她受了傷，傷勢如何？」

梁木搖搖頭，說道：「不大樂觀，武功大退。」

韓峰嘆了一口氣。長安城人海茫茫，小石頭若蓄意避開自己，那自己是絕對見不到她的了。他眼見唐軍直入西京，大局底定，壓抑著心頭尋不著小石頭的失落難受，告別了梁木和李靜訓夫婦，準備率領少林弟子和乙流離開長安，回往少林。

正當韓峰要出城時，卻在長安街頭見到一個少婦，一身紅衣甚是奪目。他留心一望，但見那女子臉容好生眼熟，猛然想起：「這不是表伯李靖的妻子，紅娘子麼？」當即迎上前，叫道：「表伯母！」

紅娘子轉頭見到他，彷彿在水中抓住了一根救命稻草，立即奔上前，叫道：「韓峰少俠，韓表侄！快救救你表伯的性命！」

韓峰忙問究竟。紅娘子道：「靖哥先前被派到太原任職，他發現唐國公李淵有不臣之心，悄悄離開，打算去江都向皇帝密報此事。不料兵荒馬亂，被困在大興城中。」

韓峰問道：「他現在何處？」

紅娘子咬著嘴唇，說道：「唐國公攻入城中後，便將他逮捕下獄，憤恨他擅離太原去告密，決定將他斬首，今日就要行刑了！求求表侄救他一命！」

韓峰雖對李靖並無好感，但對紅娘子當年出力迴護寶光寺小沙彌，更欲慷慨相贈金銀，始終心存感懷，當下點頭道：「表伯母請放心，我一定盡力。」側頭想了想，說道：「請表伯母跟我一起去見唐王。」

紅娘子當即和韓峰一起躍上追龍，兩人縱馬馳到唐國公府外，但見門口匾額已從「唐國公府」改成了「唐王府」，門外的侍衛儀仗也不同於往昔，人數多了好幾倍，車馬轎輿也都更加華麗。

韓峰立即求見二世子，自稱是二世子之友韓峰。

守門人自曾聽聞鼎鼎大名的少林羅漢堂主韓峰，卻沒想到一位雄鎮一方的將領竟然如此年輕，而且單獨出現在長安城中，身邊連一個守衛也沒有，心中好生驚疑。虧得另一個守門人記心甚好，認出他便是差點成爲唐王五女婿的少年，立即去向李世民稟報。

李世民跟隨父親行軍出征，占領長安，父親受封唐王後，他也受封「秦國公」，負責籌劃掃蕩東方群雄的勢力。他在京城中正忙得焦頭爛額，聽說韓峰來訪，甚是歡喜，立即出來相見。

但見韓峰身邊跟著一位紅衣少婦，李世民並不識得，微微一怔，迎上前去，說道：「峰師弟！你拒卻父王的封賞，我已代爲解釋，父王不會再堅持了。」

韓峰道：「多謝大師兄體諒，我和木師兄感激不盡。」他知道時機緊急，也不再寒暄，單刀直入地道：「我來此，是爲了懇請大師兄救一個人。」

李世民忙問究竟。韓峰告知表伯李靖即將問斬之事，李世民皺眉道：「李靖這人我聽說過，是個英武有謀的人物，爹爹不應殺他。我這就帶你去見爹爹！」

當下跟韓峰一起去見唐王李淵。

唐王見到韓峰，十分歡喜，說道：「韓小兄弟冒險奔波，替我軍及時送來糧草補給，本王感激無已。我派人去宣賜封賞，韓小兄弟卻又辭而不受，如今是改變心意了麼？」

韓峰道：「唐王昔年對晚輩父子有恩，晚輩盡一己棉薄之力相助唐軍，只求略報唐王往日恩情，任何封賞皆愧不敢當。」

唐王嘆道：「當初你辭別本王回返寶光寺，竟自闖出一番事業，在少林自立門戶，雄據一方，委實令人驚喜讚嘆！」

韓峰下拜道：「承蒙唐王提拔栽培，韓峰沒齒難忘。」

唐王微微嘆了一口氣，說道：「各人有各人的路，當初你所選顯然是對的。然而……唉！只是可惜了我的五兒！」

韓峰知道唐王對女兒李晏雲與趙慈景婚事不諧耿耿於懷，也不知能說什麼，便默然不語。

唐王喟嘆了一會兒，說道：「韓小兄弟，你今日來見我，我好生歡喜。若有任何我能辦得到之事，請儘管說出。」

韓峰捉緊機會，跪下說道：「我來此，是想懇請唐王放過我表伯李靖，饒他不殺！」

唐王奇道：「李靖？他是你表伯？」隨即醒悟，說道：「是了，李靖是令尊的表兄！」

韓峰道：「正是。我為表伯求情，並非只因了這層親戚關係，而是因為他對我有恩。

我當年帶著師弟們逃離寶光寺，表伯奉命來捉拿，卻仗義放過了我師弟們。憑此恩情，我便一定要替他求情。」

唐王神情嚴肅，摸著鬍鬚道：「此人對我不忠不義。在太原時，他得知我有心起兵，竟假扮成囚犯偷偷離去，打算去江都向楊廣告密，卻被困在大興城之中。如今我攻下大興，捉住此人，若不殺他，豈能平我心頭之怒！」問左右道：「人可是今日斬首？」左右道：「預定午時，尚未行刑。」

唐王沉吟不決。他心中已有意放人，心中卻想：「要讓這李靖往後對我李氏死心蹋地，便不能讓他得知我是因他侄兒求情而答應饒他性命。爲他求情，免他一死者，必得是我李家中人。」於是轉頭望向李世民，向他使個眼色。

韓峰見唐王遲遲不語，心中好生焦急。李世民見了父親的眼色，卻頓時明白父親的心思，當下說道：「啓稟父王，我聽人說，李靖在獄中高喊道：『唐王起義，原是爲了替天下除暴滅亂；如何不想著成就大業，卻以私人恩怨斬殺壯士？』」

唐王點頭道：「此人出言豪壯，確實不同凡響。」

李世民又道：「父王，李靖武功高強，兵法精熟，當此亂世，確是個可用之才。我們除暴起義，正當用人之際，不應錯殺任何人才。懇請父親饒了李靖性命，讓他來我帳下效勞吧。」

唐王見二子替這人請命，態度懇切，言詞有理，這才便道：「好吧！世民，既然你如此堅持，我便能饒過他，讓他去你帳下聽命罷了。」

韓峰鬆了一口氣，立即跪倒拜謝；李世民也趕緊向父王行禮，兩人退了出去。

韓峰將好消息告知紅娘子，紅娘子跪倒在地，痛哭拜謝。

李世民道：「嫂夫人不必如此。我自當重用李軍官，盼他能在我帳下立功。」

韓峰道：「表伯母，我曾勸表伯良禽應擇木而棲。他此後若能跟隨秦國公，定能成就一番事業。」

紅娘子道：「表侄所言甚是，我夫婦感激不盡。」

在韓峰和李世民的求懇下，李靖撿回了一條命，從此在李世民帳下效力，為李氏平定天下立下許多汗馬功勞。

注：唐傳奇小說中的李靖很早便有叛隋之心，曾與虯髯客、紅娘子結拜，立誓除隋。然而歷史上的李靖起初確實曾忠於隋煬帝楊廣。當時他被派到北方，在李淵帳下與突厥作戰，得知李淵有叛變之心，便偽裝成囚犯，趕往江都，準備向隋煬帝告密。後來因兵荒馬亂而被阻於大興，李淵起兵攻下大興後，便將李靖捉起問斬。處斬之前，李靖大叫：「唐國公起義，原是為了替天下除暴滅亂。您竟然不想著成就大業，卻欲以私人恩怨斬殺壯士麼？」李淵認為他出言豪壯，加上李世民在旁大力為李靖請命，李淵才放過他，最後李世民將他收入帳下。小說中韓峰因感激紅娘子的情義，出面搶救李靖，又請李世民替李靖請命，原屬合情合理。李靖後來成為唐朝開國功臣之一，在凌煙閣二十四功臣中排名第八。

《舊唐書·李靖傳》云：「大業末，累除馬邑郡丞。會高祖擊突厥於塞外，靖察高祖，知有四方之志，因自鎖上變，將詣江都，至長安，道塞不通而止。高祖克京城，執靖將斬之，靖大呼曰：『公起義兵，本為天下除暴亂，不欲就大事，而以私怨斬壯士乎！』高祖壯其言，太宗又固請，遂舍之。太宗尋召入幕府。」

第四十三章　煩惱根

卻說唐王占領長安後，諸事底定。

宇文還玉知道韓峰在城中，便想方設法避不見面。她心中掛念老爺子宇文崇天的病勢，遂離開長安，趕去雲門寺探望。

但見宇文崇天坐在小室中的軟榻上，神智似乎清醒了許多，臉上神色卻極爲難看，一見到她便破口大罵：「小畜生，小崽子！妳在外面連遭挫折，被人打得差點沒丟掉一條命，枉費我教妳武功的一番苦心！好啦，在外面吃苦受罪，現在可終於知道要回來向我哭訴了吧！」

宇文還玉聽他劈頭便是一頓臭罵，心頭有氣，哼了一聲，說道：「我回來是想看看你有沒有好一些，你不肯領情也就罷了，還要罵我？你放心吧，我就算在外面被人打死打傷，也不會哭著回來，更不會賴在你身邊不走，向你訴苦。你沒死最好了，看來身子還挺健朗的。那我這就去啦！」

宇文崇天瞪著她，口中連忙叫道：「慢著，別走！妳對我竟便如此絕情，毫不關心麼？」

宇文還玉嘿然道：「難道老爺子對我就很有情，很關心麼？嘿，你心中滿懷著復國大業，我是死是活，是傷是病，是苦是樂，你又何曾絲毫在意過？」

宇文崇天臉色一沉，怒道：「小兔崽子，妳對長輩說話竟如此沒大沒小，沒上沒下！

我傳妳一身武功，妳竟然故意涉險，讓自己受傷，弄得武功全失，這是什麼狗屁渾事？妳想把我活活氣死麼？」

宇文還玉甚是不甘，說道：「我被楊觀海那廝打得半死不活，你道我很開心麼？你道我是故意讓那賊廝打傷的麼？哼！楊觀海自己武功不行，卻找了一群高手來幫忙，還弄了千軍萬馬來包圍我，我一個人怎麼打得過？我能活著回來，已經很了不起了，難道你寧可見到我的死屍才開心？」

宇文崇天臉色陰沉，忽然喝道：「妳什麼也不懂！」他陡然出掌，往宇文還玉的胸口打去，勁風鼓動，力道極大。

宇文還玉內傷仍重，功力只剩下兩三成不到，這時遭宇文崇天突襲，難以躲避，只感到氣息一滯，眼前一黑，心中閃過一念：「他終於氣得要殺死我了！」就此不省人事。

韓峰救出李靖後，便拜別秦國公李世民，帶著一眾少林弟子和洛陽乞流，回到了少林寺。

當時天下局勢瞬息萬變，李密和王世充數度在洛陽城外激戰，幸而戰火並未波及少林。

韓峰觀望天下大勢，東都仍在李密、王世充和竇建德等爭奪之下，唐王李淵卻已穩穩占據西都長安城，占了絕大的優勢；唐王只需站穩腳步，便有望收漁人之利，往東進擊，慢慢收拾各路叛軍，平定天下。

韓峰於是安住少林，整飭武僧，蓄勢待變。

山下爭戰紛紜不休，山上卻渾然是另一個天地。

少林畢竟是座禪寺，即使經過幾場驚天動地的攻防戰役，卻很快便回復平靜，波瀾不驚。寺僧仍舊暮鼓晨鐘，早晚課誦，參禪打坐，挑水劈柴，過著平實淡薄、簡單純樸的修行生活。

韓峰雖非出家人，卻始終遵守寺中儀軌，每日清晨也照樣帶領少林弟子習練武功。然而他卻比昔時更加沉默，往往整日不言不語，好似當年神力大師給他下的「禁語令」再度生效一般，令他失去與人交談的意念。

他也常常獨自上山砍柴挑水，埋首幹活，將自己累得筋疲力竭；夜間卻又往往徹夜難眠。他盡量息心禪坐，遠離煩惱，但是心中愁緒卻無時無刻不纏繞著他。他此刻已清楚知道小石頭一次又一次蓄意避開自己；她不但來過少林寺，並曾積極整頓鴿樓，更替大師兄李世民出謀策劃，甚至在唐軍占領大興城時，人便在城中。但是她卻堅決不肯見自己的面，也不與自己傳遞任何信息。不管他有多麼擔心她身上的傷，多麼想見她，這份心思卻偏偏無處宣洩，無可排解。

他往往獨坐一旁，凝視著自己那把弓上小石頭爲他篆刻的「峰」字，久久沉默；也不時取出小石頭親手替自己縫製的兔皮手套，撫摩沉思。這對手套初製好時，做工粗糙，原已破舊不堪；在自己受傷昏迷時，小石頭又重新縫製了一回，針線雖仍參差不齊，他卻視若珍寶，小心收藏，再也捨不得使用。他只盼自己能找回替自己縫製手套的那個人，拾回當年的情誼。

他也常常取出小石頭讓他帶去送給李晏雲的白狐裘觀看。這件白狐裘終究未能成爲他送給李晏雲的求親聘禮，至今仍留在他的手中。這件稀世珍寶帶給他的回憶更多：小石頭如何用這件狐裘救了通定的性命，他們兩人如何在夜半冒著大雪，偷入老和尙的竹舍取藥……當他想起小石頭慷慨將狐裘送給自己，讓自己將之送給李晏雲爲聘禮時，心頭總不免感到一股難言的傷痛悔恨，小石頭對自己的這份眞心誠意，自己當時竟未能覺察，而至今也未能報答其萬一。

韓峰望著那件白狐裘，剪裁顯然是給一位年輕姑娘所著；曾幾何時，他曾欣喜地想像李晏雲穿上這件白狐裘的模樣。

而此時他卻清楚知道，他眞正願意見到小石頭穿上這件白狐裘！此時她想必已長高了許多，穿上這件白狐裘，或許正正合身。

然而韓峰只能默默地將兔皮手套和白狐裘小心收好，收進櫃中，放進心裡。

通吃、通平、通定、通靜等都知道他心中憂鬱難受，卻不敢多問，也不知道該如何相勸。

這日韓峰正在寺後無人處劈柴，一連劈了二十捆的柴，全身大汗淋漓，手臂肌肉隱隱作痛。

他抬頭望向山間浮雲，不自覺又想起了離合崖上日落西山的景色，想起了離合崖上久已消逝的笑聲。

韓峰嘆了一口長氣，俯身拾起木棍，準備回去寺中。

便在此時，他忽然感到背後傳來一股陰寒之氣，他心中一凜，握緊木棍，立即回身。

但見暮色蒼茫之中，一個青衣人安靜沉肅地站在自己面前，身上的殺氣卻如潮水般向自己猛襲而來。

韓峰感到背心一涼，冷汗直流，雙手握緊木棍，橫在身前，心中動念：「這人要殺死我，可是易如反掌。我手中這根木棍絕對擋不住他的攻招殺氣！」

韓峰性情堅毅剛硬，遇到敵手向來是遇強則強，勇往直前。

他睜眼瞪著面前那青衣人，勉力抗禦青衣人身上傳來的森森殺氣，心中頓時明白：「他便是鮮卑之鬼！」

韓峰望著青衣人蒼白清癯的容顏，以及與他外貌極不相稱的濃厚殺氣，心中知道這人便是曾醫好自己內傷的內家高手，也就是將小石頭帶走的武學奇人。他心中有千言萬語要詢問他，卻被他的氣勢所懾，一句話也問不出口。

便在這時，宇文崇天開口了，他容貌雖不老，聲音卻極爲老邁混濁。他沉聲道：「韓峰！」

韓峰定下神，說道：「前輩想必便是鮮卑之鬼，多謝前輩替我治傷，救我性命。」

宇文崇天搖搖頭，說道：「我無心救你，只因受人之求，才違心出手，如今後悔非常。」

韓峰心知求他出手替自己治傷之人，定然就是小石頭，忍不住問道：「小石頭呢？她在何處？她身上的傷好了麼？」

宇文崇天沒有回答，靜了一陣。

他才開口緩緩說道：「我很後悔，禁不住她的懇求，一時心軟，竟出手救了你這無用之人。今日我必得彌補過錯，特來取你性命。你若不死，她永遠也不會專心一意地跟我復國報仇。」

韓峰聽著他這幾句平淡的言語，卻感到一陣澈骨心寒，清楚知道面前這人舉手便能殺死自己，今日在劫難逃。

他腦中飛快地閃過一個念頭：「我不但見不到明日的日落，恐怕連今夜的月升都看不到了。」

又想：「這一切都來得太快，老和尚以前常說『死生無常』，無常果然來得極為迅速，極為突然，極為出乎意料。為何會如此？死亡為何會如此匆忙急促地找上我，讓我毫無準備地死在此時此地？我還沒見小石頭一面，為什麼我一定得死，為什麼是我，為什麼我不能活久一些？為什麼他要殺我，不殺別人？」

但韓峰畢竟久居寺院，日日禪坐，在面對生死之際，往年的修行便使出力道，拉了他一把，將他從恐懼、憤怒、不平、自憐的種種情緒之中拉了出來。他放空心境，調勻呼吸，忽然領悟到：當此生死一線之時，沒有人能夠憑著一腔熱血勇氣面對死亡；熱血勇氣只能讓人盲目地向前衝撞，卻不能讓人平心靜氣地跨越死亡。

宇文崇天從他臉上神情，能夠感受到他心境的轉變，見他從恐懼哀傷、氣憤不服，轉化為沉靜平穩、安然接受。

宇文崇天揚起眉毛，心中好生驚訝。

他這輩子殺過許許多多的人，受死之人臨終之際，有的破口大罵，有的苦苦求饒，有的崩潰哭泣，有的恐懼喪膽，卻從未見過如韓峰這般，年紀輕輕，竟能如此淡然地面對死亡的來臨。

宇文崇天冷然盯著他，說道：「你以為我殺不死你麼？」

韓峰搖頭道：「不，前輩當然能殺死我。」

宇文崇天又問道：「你不怕死？」

韓峰道：「我的命是前輩救的，如今你要取去，自當任隨君便。」他吸了一口氣，又道：「但請前輩答應我，一定要治好小石頭身上的傷。並請前輩轉告小石頭，她的大哥祝願她遠離煩惱，一世安心快活。」

宇文崇天身子一震，眼中發出精光，喝道：「我是不會替你轉達什麼遺言的！你受死吧！」

韓峰點點頭，盤膝坐下，雙手交疊，閉眼說道：「前輩請動手吧。」

宇文崇天舉起手掌，對準了韓峰的天靈蓋，然而這一刻，他的手掌竟微微顫抖，遲疑著未曾打下。

他滿擬韓峰見到自己來此取他性命，定會驚愕氣憤，盡力反抗，拚死一搏，全沒料到他竟會安然受死！

「這少年不是尋常人！」宇文崇天心想。「他雖未出家，卻不愧是少林寺的頭號人物。這等修為，只怕修行數十年的老僧都比不上。」

宇文崇天凝望著韓峰平靜的臉龐，忽然明白了一件他一直想不通的事：神光老和尚為什麼會受到弟子的真心尊敬，原來是因為他是個已解脫生死的大菩薩；弟子們尊敬的是他的慈悲包容，他的超然智慧，他的指點引領，而這些都是他宇文崇天所沒有的。因此宇文還玉對自己始終殊無敬意，只有無盡的揶揄、嘲笑、鄙視。

宇文崇天感到好似被一把刀戳入了心臟一般。

他倏然領悟，宇文還玉是個充滿靈氣，超凡脫俗的少女，她對自己這個一心只想著報仇復國的老匹夫，除了揶揄、嘲笑、鄙視，還能有什麼呢？她不斷地容忍自己，不斷地試圖點化勸喻自己，但顯然徒勞無功。自己對宇文王朝、千古功業抱持著無可解脫的狂熱執著，早已無法聽進去任何別的聲音。

宇文崇天眼中不再見到韓峰，只見到一個安然入定的僧人，面帶微笑。

他倏然驚覺，原來神光老和尚、韓峰、宇文還玉，都是另一個世界的人。他們不屬於這個妖魔橫行的亂世，卻毅然跨入紅塵，試圖撥亂反正，能救一個是一個，能度一個是一個。他們都是菩薩的化身，而自己正是那個等待被他們解救度化的凡夫俗子，滿腦子貪瞋癡的業重之人。

他聲音發顫，忍不住問道：「小子，你爲什麼不怕死？」

韓峰緩緩說道：「人孰無死？先師往年曾教導我們：『諸行無常，是生滅法；生滅滅已，寂滅爲樂』。人人樂於求生，樂於追求富貴名聲，樂於追求曠世功業。然而眞正的快樂卻存在於超脫生死存滅，得到寂靜眞理。我即使學薄修淺，也嚮往老和尚傳授的境界。當此生死之際，恐懼驚慌、憤怒悲哀，又有何用？不如放下。」

宇文崇天聽了「不如放下」四個字，如遭雷殛，呆在當地。他一心來此殺人，卻被韓峰的安穩淡然所感化，心境在一轉眼間便全然改變。這個變化對殺人者宇文崇天和被殺者韓峰二人來說，都是始料不及的。

半晌，韓峰感到身前的殺氣陡然間消失，再次睜開眼時，宇文崇天早已不見影蹤。

韓峰心頭並沒有起死回生的歡喜，也沒有逃過一劫的僥倖，卻只有一絲淡淡的哀愁，一絲不得不提起精神，繼續試圖降伏煩惱的無奈。

宇文崇天身子一震，眼中發出精光，喝道：「我是不會替你轉達什麼遺言的！你受死吧！」

韓峰點點頭，盤膝坐下，雙手交疊，說道：「前輩請動手吧。」

宇文崇天舉起手掌，對準了韓峰的天靈蓋，然而這一刻，他的手掌竟微微顫抖，遲疑著未曾打下。

第四十四章　一場夢

而宇文還玉被宇文崇天打昏之後，迷迷糊糊中不斷做著各種各樣的怪夢，一會兒夢見韓峰揹著自己，走在終南山的山道之上，兩人說說笑笑，好不輕鬆快活；一會兒夢見自己領著一群小沙彌在山上採蘑菇、捉蝌蚪，小沙彌們擠在通鋪上聽自己講故事；一會兒又夢見通吃在廚房中俐落切菜，雙臂完好。

她甚覺驚奇，上前詢問：「通吃，你的手臂不是斷了麼？」

通吃咧嘴一笑，說道：「是啊，原本是斷了，但是不知怎麼，我的手臂就跟青蛙的腿一樣，自己長出來了！」

通安抱著他的穿山甲龍王從旁走過，插口道：「是啊，就像我的穿山甲一樣，尾巴斷了，又會自己長出來。」

宇文還玉笑斥道：「胡說八道，只聽過壁虎尾巴斷了會再長出一條，沒聽過穿山甲的尾巴斷了也會長出來！」

通吃伸出右手臂給宇文還玉看，說道：「妳看，妳看！是眞的！」

宇文還玉嘖嘖稱奇，忽又夢見楊觀海穿著乾淨整齊的白色羅漢衫，剃著青亮亮的光頭，一身白衣上都是血跡，惡狠狠地瞪著她道：「小石頭，我沒想到妳竟如此殘忍惡毒，對我狠下殺手！」

她心中微感驚慌，連忙解釋道：「不，不，我恪守不殺生之戒，並沒有殺你，你又沒死啊！你不是還站在這兒說話麼？」

楊觀海額上青筋暴露，一跛一拐地搶上前，舉起軟軟垂下的雙手，喝道：「妳挑斷我的手筋腳筋，讓我成爲廢人，比殺死我還要狠毒！我恨妳一輩子！」

宇文還玉見他的模樣極爲悲慘可怖，但心中卻無法升起同情之意，反而大怒道：「你還有臉跟我提『狠毒』二字！是你帶領了數千軍隊，要上少室山去殺光少林僧人，踏平少林寺；是你親手殺死對你忠心耿耿的三師兄！你竟還有臉怪我狠毒挑了你的手筋腳筋？你要恨我一輩子，就儘管去恨好了，我才不怕你呢！」

轉眼間楊觀海不見了，一人從後拍拍自己的肩膀。她回頭一看，卻是她的大哥韓峰。但見韓峰剃了光頭，身穿袈裟，臉上神色沉鬱悲哀，說道：「小石頭，好兄弟，我來跟妳道別了。」

宇文還玉大驚，連忙伸手抓住他的衣袖，忙道：「大哥，你這是幹什麼？爲何突然要出家？」

韓峰低眉垂目，合十說道：「妳不斷躲避著我，我也無法可施。我就算尋覓一世，也尋覓不到妳。因緣已了，何須強求？如今我在少林，此地便是我的歸宿。我當摒棄塵緣，專心修行。」

宇文還玉大哭起來，緊緊拽著他的衣袖，哭道：「大哥！是我不對，是我不好！我不能見你，我眞的不能見你，因爲老爺子在我身邊，我不能讓老爺子害了你的性命，也不能讓他再次去害寶光寺的師兄弟們。他還逼我發下毒誓不去找你，可是我眞的一直在惦念著你啊！」

話還沒說完，韓峰便消失了，宇文還玉只知道自己哭個不停，哭得肝腸寸斷，卻不知道後來究竟如何了。

過了不知多久，她忽然間清醒過來，感到全身舒暢，背後被楊觀海打傷處的鬱悶疼痛全數消失，先是一呆：「我的內傷怎會自己好起來了？」隨即明白：「是老爺子！他這老頭子竟然不顧性命，出手替我治好了內傷！」

她終於擺脫了纏綿半載的沉重內傷，感到一股清氣在體內活潑地運轉，身輕體健，覺知功力不只是恢復昔日，甚至比往日還要深厚。

但是她心中卻連半點興奮、快活或慶幸之情也沒有，滿腔受到欺騙後的憤怒，驅使她爬起身，奔到宇文崇天的屋中，衝著他大叫道：「你爲何要替我治傷？」

宇文崇天盤膝坐在室中，臉色枯敗，滿面皺紋，頭髮盡白，看來似乎陡然老了三四十歲，一副就將油盡燈枯的模樣。

他緩緩張開眼睛，淡淡地道：「小娃子，我從小看著妳長大，妳道我當眞就如此無情，願意看著妳被重傷所纏，一輩子活在苦痛之中？」

宇文還玉隨手抓起一個陶瓶，狠狠往地上一摔，哐啷一聲，陶瓶登時碎成了片片。

她大怒道：「你偷偷摸摸替我治好內傷，欺騙了我，根本就是不安好心！我知道，你要我一輩子感激你，乖乖答應你去復興大周。我告訴你，你的計策一點用也沒有！我寧可一輩子受內傷折磨，也不要欠你的情，不要受你逼迫，去幹什麼復國當皇帝的蠢事！」

宇文崇天沒有言語，只閉上了眼睛。

宇文還玉心中急怒交集，而更深刻的情緒卻是悔恨和恐懼。她口中罵著罵著，忽然跪倒在地，哭道：「笨蛋老爺子！你竟敢如此傷害自己的身子，我不會原諒你的……你要是死了，我該怎麼辦？你根本就不該出手救我，不，是我不該回來看你。是我愚蠢，我以爲你早就放棄我啦。我眞希望你早些放棄我，最好當我根本沒活過，那我就千恩萬謝，謝天謝地了。你幹麼不快點忘了我這個沒用的傢伙？像我這般無用之人，是絕不可能替你完成什麼復國大業的。我一聽見『大周』、『復國』這些字眼，就渾身不對勁。但是我絕不會阻止你去復國，你野心勃勃，自己起兵去做皇帝好啦，我一定全力支持的。老爺子，你千萬不要死，讓我幫你復國，你來做皇帝，好不好？你懂得奪舍之術，這個身子壞了，你再去奪一個就是了。」

宇文崇天睜開眼睛，微微一笑，說道：「我這一輩子滿手血腥，連奪舍這等邪術都使得出來，實是無所不用其極。然而這等造孽之事，可一不可再，我是不會再幹一次的了。」

他緩了一口氣，又道：「人生原本有如黃粱一夢。佛經說：『一切有爲法，如夢幻泡影，如露亦如電，應作如是觀。』我現在才懂得這是什麼意思。報仇復國，奪得天下，一切轉眼即逝，難道不都是夢幻泡影？」

宇文還玉聽他突發此語，一時聽得呆了，張大口說不出話來。

但聽宇文崇天又道：「還玉，妳是個好姑娘，我走了之後，誰也不能再逼迫妳做什麼了。妳想做什麼，就去做什麼，再也沒有人會管束妳。要不要復國，要不要尋寶，全都隨妳。我近來腦子越發糊塗了，但是對有些事情，卻似乎更清楚了一些。妳那麼尊敬感念神光老和尚，我終於懂得是什麼原因了。只因他從來不逼妳去做妳不想做的事，是麼？現在妳長大了，應該自己拿主意了。妳這輩子愛怎麼過就怎麼過，我再也管不了了。我只知道，妳過得開心一些，或許比復興大周更加緊要。」

宇文還玉呆呆地聽著，眨了眨眼睛，忽然撲到宇文崇天身前，說道：「老爺子，你的腦子當眞壞掉了，一點兒也不清楚了，竟然說出這樣的胡話？我可沒聽錯吧？」

宇文崇天瞪眼叱道：「小兔崽子，我說的話清清楚楚，是妳腦子不清楚，才聽不懂！我不會再多說一次了。妳自己好自爲之。我醫治了妳的內傷，爲的是讓妳快快活活地過一世。妳愛怎麼揮霍浪費消耗妳這一輩子，我可管不著！妳要去找那姓韓的小子，就快點去找他，再遲一些，他恐怕就要在少林寺出家了！蠢蛋！」

宇文還玉仍舊不敢相信，驚疑不定，說道：「你要我去找韓峰？你不是要我發下毒誓，這輩子再也不可去見我大哥麼？」

宇文崇天搖頭道：「年輕人的事情，我可懶得管。妳想做什麼就去做，我說過了，我不管了。妳被我逼著發過什麼毒誓，全都不算數了。」說完便緩緩閉上了眼睛。

但見宇文崇天的氣息漸漸轉弱，不多時，便停止了呼吸。他那雙看遍了百年世事的老眼，從此再也不曾睜開。

宇文還玉見此情狀，霎時明白宇文崇天已離開世間，忍不住伏地大哭。

她知道全是因爲自己懇求他救治韓峰的內傷，才令他大大耗損內力，以致急速衰老，神智不清；如今他又替自己醫治內傷，而致油燈枯盡，就此殞命。

這一切都是她的錯！是她害死了老爺子！

宇文還玉不知道老爺子在最後一刻時，頭腦究竟是清醒還是糊塗；總之他似乎變了一個人，什麼不必復國，要她去找韓峰，還說出什麼「妳過得開心一些，或許比復興大周更加緊要」這等不知所云的話來。

宇文還玉哭了許久，才勉強止住眼淚。她對宇文崇天這老頭子一直是又恨又敬，既尊敬他的忠誠壯志，佩服他的智計武功，但是對他的復國狂熱卻嗤之以鼻，厭惡至極。如今老爺子竟然說出這番話，讓自己脫離他的掌握，發過的毒誓也可以不算，甚至不欠他任何情，這怎麼可能？想來老頭子當真是年老糊塗，變了個人了吧？他寧可犧牲自己性命，治好了她的內傷，又不要求她繼續復國，難道她真的就此自由了？

宇文還玉坐在當地，哭了又止，止了又哭。忽然想起老爺子臨終前說的話：「妳要去找那姓韓的小子，就快點去找他，再遲一些，他恐怕就要在少林寺出家了！蠢蛋！」最後那個「蠢蛋」不知罵的是韓峰還是自己，又想起夢中見到韓峰穿著袈裟、剃了光頭的模樣，心中一跳：「啊喲不好，我大哥搞不好真的會出家。老爺子說我的毒誓不算數了，我應當趕緊去見他！」

然而她知道自己還有許多事情得做，許多責任須盡，不能任性地一走了之，就此跑去找韓峰；於是她定了定神，出室去呼喚雲門寺中的僧人，告知老爺子已壽終正寢，請他們將他好生安葬。

僧人們毫不驚訝，住持大師入室來望了望宇文崇天的遺體，合十行禮，對宇文還玉道：「啓稟小皇子，宇文老爺子知道自己性命不長久，早已吩咐我們該如何替他經辦後事，並擇好了下葬之地，就在本寺之後，塋地墓碑都已準備妥當。」

宇文還玉聽了不禁一呆，暗暗驚奇，心想：「看來老爺子早就準備好了。那也是應當的，我若活了超過一百歲，有幾十年的時光去準備身後之事，想必能將後事處理得萬分妥當。」

眾僧帶宇文還玉去看寺後宇文崇天為自己準備好的墓碑，但見墓碑上寫著：

「生為鮮卑鬼　死為如來徒」

宇文還玉心想：「老爺子多麼精明，多麼懂得算計。他生前壞事幹盡，滿手血腥，死後卻皈依如來，立地成佛。天下哪有這麼便宜的事？」

於是她留在雲門寺中，幫助僧眾替宇文崇天辦法事，誦經念佛。鮮卑人篤信佛教，佛事直做足了四十九日方止。

宇文還玉內傷雖已痊癒，老爺子的過世卻令她感到身心疲倦已極，一邊參與法事，一邊在心中默念「往生咒」，心想：「老爺子一世驕傲蠻橫，他若當真往生西方世界，只怕阿彌陀佛也管他不住！他若要跟阿彌陀佛搶奪西方淨土，那可真乖乖不得了。或許他還是別往生淨土吧，不如再次投胎，繼續替復興大周盡一分力好了。」

第四十五章　武士集

宇文崇天遺體火化當日，一群鮮卑武士趕到了雲門寺，共有一百多人。

宇文還玉知道鮮卑武士分爲許多族，各有首領；這一支曾經來帝王山拜見老爺子宇文崇天，爲首的鮮卑武士身形巨大，身高九尺，全身肌肉糾結；最特出的是他將頭髮剃得精光，整個頭顱、頸項、肩膊，以至臂膀和後背上都刺滿了種種猙獰的龍、虎、豹、蛇的圖案，張牙舞爪，栩栩如生。

宇文還玉頓時記起：「是了，這是屬於拓拔氏屬下的鮮卑武士，這首領名叫拓虎，聽說曾空手與老虎和豹子搏鬥，力大無窮。」

一眾鮮卑武士們在拓虎的率領下，來到火化場。拓虎撲在宇文崇天的遺體之上，跪地痛哭。直到眾僧點火焚燒，鮮卑武士們才退開，仍舊群情激昂，以鮮卑語哭喊道：「老爺子！你竟捨棄我們而去了！」

哭喊一陣，由拓虎爲首，眾武士各自從懷中掏出小刀，有的往心口刺去，有的以刀劃面，有的割下耳朵，有的斬下手指，鮮血直流，血跡斑斑，將火化場前染得一片血腥，當眞是血淚交織，刻骨銘心。

宇文還玉在一旁只看得膽戰心驚，暗想：「咱們鮮卑人性情剛烈率直，悲痛時竟會拿出刀子來，切割自己肌膚，當眞粗獷野蠻得緊。」暗暗慶幸宇文崇天教會了自己鮮卑語言，至少能聽懂這些鮮卑武士在哀嚎些什麼；自己若從未學過鮮卑語，那麼這些呼喊在她耳中便只如狼嗥虎嘯，鬼哭神號，殊不可解了。

須知當時外族習俗，在族長或尊親去世時，多有以刀刺面刺心之舉，表示痛心疾首。這等習俗在中土漢人看來自是不可思議，儒家教條有云：「身體髮膚，受之父母，不敢毀傷」，漢人連剪下一小綹頭髮都認爲是大逆不道，更別提引刀自殘了。

自北魏以來，遷入中原的鮮卑人漢化極深，然而塞外仍有甚多從未進入中原的鮮卑族群，保留了大量的草原傳統風俗。鮮卑族在中原建立王朝，由北魏以至北周，漢化極爲徹底，尤其在北魏孝文大力漢化之後，鮮卑貴宦一律改漢姓、著漢服、學漢字，並大舉與漢族通婚。之後宇文氏篡了北魏拓拔氏，建立北周，沿襲北魏的漢化傳統，雖然改回了鮮卑姓氏「宇文」，但皇族漢化已深，甚至自稱是炎帝神農氏的後裔。如宇文還玉這般的鮮卑皇族公主，從小跟著漢人祖母楊麗華住在隋朝皇宮之中，讀的是漢書古籍，說的是中州正音，幾乎已是個徹頭徹尾的漢人，因此她對這些胡俗猶存的鮮卑武士極感陌生。

火化完畢後，雲門寺僧人將宇文崇天的骨灰收入罈中，放入墓穴，立起墓碑。眾鮮卑武士又在墓前哭喊了一回，在僧人的勸導下，才回入寺中，在大殿中席地坐下。

宇文還玉也跟了進去。她一走進大殿，眾武士便一齊抬頭望向她，目光銳利，顯然都在等候著什麼。

拓虎也抬頭望向她，虎眸炯炯，站起身，往主位一指，說道：「小皇子，請坐！」

宇文還玉心中一凜：「他們認定我是小皇子，如今老爺子歸西了，我卻該如何與他們周旋？」

當下只能硬著頭皮，走到主位跪下，先對眾武士拜下，哭泣道：「多謝各位特地趕來雲門寺，爲老爺子送終！老爺子在天之靈見到各位來此祭拜，想必甚感安慰！」

拓虎眼眶一紅，說道：「我們得知老爺子身體不適，立即趕來，沒想到還是遲了一步！」神情激憤，又從懷中拔出小刀，這回沒有刺向自己，卻往木頭地板猛刺了幾下。

其餘武士也依樣拔出小刀，在佛堂地上猛刺一陣，以表達心中的悲憤。

宇文還玉從未與這些鮮卑武士相處過，見他們一兩句話間便拔刀亂刺，不禁有些惶惑，不知所措。

但她素富急智，勉強鎮定下來，心想：「他們喜歡發狠，我須得比他們更狠，才能鎮得住他們。」當下暗運內勁，伸手拍向身邊矮几，一聲巨響下，那矮几被她拍得斷成兩三截，轟然垮倒在地。

她高聲喝道：「大家何須悲傷！老爺子一世英雄，我們定得竭力完成他老人家的遺願，才對得起他的在天之靈！」

眾人見她比他們還要火烈，紛紛握拳高呼，群情激動。

宇文還玉見他們肯聽自己的言語，稍稍多了幾分自信，站起身，高聲道：「大家可知道，老爺子的遺願是什麼？」

眾鮮卑武士都望向爲首的拓虎。

拓虎走上一步，用仍舊沾染著血跡的一隻大手拍著胸膛，叫道：「老爺子這一生的願望，便是殺死楊廣，奪回天下，重建大周的光榮！」

宇文還玉連連點頭，說道：「不錯，拓虎大哥說得對極。要達成老爺子的遺願，我們眼下有兩件大事。第一，要將鮮卑皇室的寶藏找出來！」

她說的第一件大事極為吸引人，眾武士都隱約聽說過宇文皇室的寶藏，此時聽她說要尋找寶藏，自都怦然心動，誰也不會反對。眾武士議論紛紛，先將寶藏的眞假有無、內容所在都談了一遍，才想起宇文還玉說有「第二件大事」。

拓虎轉頭望向宇文還玉，問道：「請問小皇子，那第二件大事呢？」

宇文還玉道：「我們找到寶藏之後，便可招兵買馬，計劃刺殺楊廣，奪回天下。我所說的這第二件大事，就是在我們奪回天下之後，須得趕緊找到老爺子的繼承人，輔佐他坐上皇位！」

眾人盡皆舉拳歡呼，隨即感到有些不大對頭，互相問道：「老爺子的繼承人，那會是誰？爲何要讓他坐上皇位？」

眾武士紛紛詢問拓虎，拓虎也答不上來，便問宇文還玉道：「小皇子，你說要找老爺子的繼承人坐上皇位？爲什麼坐上皇位的人不是你？」

宇文還玉聽他問得直接了當，心想：「這些武士倒也不笨，單刀直入，正中要點。」

她早有準備，當下連連搖頭，說道：「因爲我並不是眞正的皇子，而是個皇女。老爺子生前來不及跟你們說，因此留下遺命，讓我向大家宣告此事。事實上，我祖上確實是宇文皇族，父母雙亡後，老爺子特意收留了我，教我武功，悉心栽培。至於宇文氏皇族，你們應當知曉，早在幾十年前，宇文氏的男子便已被楊堅趕盡殺絕。老爺子爲了號召鮮卑志士同心復興大周，才對外謊稱我是個男孩兒，假稱找到了一位倖存的皇子。但是你們只要用指頭想想也該知道，楊堅如此多疑忌刻之人，連八歲的廢帝都可以害死，又怎麼可能留下任何一位宇文氏皇子不殺呢？」

眾人聽了，都是大嘩，群情鼓譟，紛紛呼喊吼叫起來。

宇文還玉見眾人反應激烈，自己再多說也是無益，因此並不回應，只顧低下頭，伸手拭淚，等大家安靜一些了，才哽咽著說道：「老爺子一直不願意說出這個祕密，生怕違背了你們對他的信任。他一直到死，心中都懷著歉疚。如今我說出來了，老爺子在九泉之下，也應當感到安慰了吧！」說著便撲在地上，假裝痛哭出聲。

眾鮮卑武士見她如此悲淒，想起宇文崇天剛剛死去，人都死了，難道還能責備他不成？便又大聲討論起來，大都認為這少女說得有點道理。宇文崇天的謊言雖然大膽荒唐，但自己受到宇文崇天欺騙，實在無法怪到這位皇女頭上。

有人質疑道：「皇子這等大事，豈是玩笑？老爺子若是一開始就欺騙了我們，並沒有宇文皇室的皇子，那我們究竟是在為誰賣命？」

又有武士道：「是男是女，沒得爭辯，一看便知。這人若是男子，又怎會自認為女？誰不想讓別人幫他打天下，自己做皇帝？他若真是皇子，便絕對不會否認。看來她確實是位公主了。」

眾武士商討了一陣，最後拓虎轉向宇文還玉，問道：「那麼公主殿下，我們眼下卻該怎麼辦？」

宇文還玉聽他直稱自己為「公主殿下」，不再稱「皇子殿下」，知道他們已然接受了自己是女非男的事實，心中甚感喜慰，作勢抹淚說道：「我認為我們應當繼承老爺子的遺志，設法刺殺楊廣，替宇文皇族報仇，復興大周。至於誰來做皇帝，既然宇文皇族已沒有子裔，我認爲最好的辦法，便是找出與大周建國、復國有著莫大關係的功臣——宇文崇天老爺子的後裔，大家擁戴他來做皇帝。你們認爲如何？」

眾武士又是一陣激烈討論，最後拓虎道：「但是老爺子一生未曾婚娶，並沒有留下子裔。妳既然是宇文皇族的公主，又是老爺子的親傳弟子，就跟他的親孫女一樣，不如就讓妳來當皇帝吧！」

宇文還玉一聽，心想這還得了，自己苦心孤詣說出了實情，就是爲了徹底擺脫當皇帝的責任；反正宇文崇天已經去世，而且他死前也清清楚楚地對自己說了，她若是不想起義復國，全都隨她高興。沒想到這些人竟然還想推她去做什麼女皇帝！

她眼珠一轉，立即說道：「這不成的。讓一個女子當皇帝，或許你們會服氣，但是其他的鮮卑義士又怎會服氣？再說，我年幼識淺，實在不適合當大家的頭兒。之前老爺子尚在，大家都聽服他的；如今老爺子去世了，我提議大家推選一個新的領袖，讓他來帶領大家。至於誰來做皇帝，如果眞的奪得了天下，到時再決定也不遲。」

拓虎皺起眉頭，說道：「我們鮮卑武士，除了我們拓拔氏族，還有十多個部族，大家都以老爺子宇文崇天爲首領。他過世之後，其他人誰也不服誰，除非自己先打上一架，才能推舉出一個大家都心服的領袖。但是如果當眞這麼打上一架，我等如何還能團結一致去推翻楊廣，復興大周？」

宇文還玉抓緊機會，立即點頭說道：「拓虎大哥說得極是。不如這樣吧，老爺子去世前吩咐過我，一定要去將宇文皇族的寶藏發掘出來，分給大夥兒。至於那第二步，決定誰來做皇帝，或是誰做大夥兒的領袖，眼前倒是不急，我們等其他部族來到之後，再慢慢商議不遲。」

眾武士聽她又提起寶藏，眼睛再度發光，心中都想：「這話倒也不錯。寶藏是一定要找的，找到之後，再決定誰來做首領也不遲。」

拓虎心中更想：「我們最先來到此地，最好能說服小公主立即帶領我們去尋找寶藏，其他各部族趕到時，寶物已在我們手中，便不怕他們出手搶奪。掌控了皇室寶物，我族便能號令其餘部族，讓大家都聽從我族的號令。」

拓虎和眾手下武士商議一陣，都認爲這個主意不錯，當下對宇文還玉道：「如此甚好。那麼就請公主殿下帶我們去尋找寶藏，找到之後，我們再邀約其他部族，一同商議如何推舉首領。」

宇文還玉知道自己曾答應過宇文崇天要跟他一起去尋寶，此責原難擺脫，如今鮮卑武士又要自己一同去尋寶，看來自己是非得去將這寶藏找上一找了。便即說道：「我正有此意。然而刺殺楊廣這件大事，我們應當先去辦妥，再出發尋寶，如此才對得住老爺子在天之靈。」

拓虎等聽她說得有理，都道：「不錯，不錯！刺殺楊廣這奸賊，確實更加緊要。我們這就去江都取這奸賊首級，祭告老爺子的在天之靈！」

卻說在李淵占領長安、受封唐王之際，魏公李密那方派遣兩大將軍單雄信和徐世勣猛攻洛陽，王世充勉強守住，洛陽岌岌可危。

滯留江都的楊廣仍舊醉生夢死，擁著諸多妃子飲酒享樂。他並非傻子，自然知道大隋東西兩都已落入叛軍之手，大勢已去，無可挽回，卻始終不認爲這是自己的過錯。他不時對著鏡子左右觀望，對蕭皇后道：「我脖子上這顆大好人頭，不知會由誰取去？是我那老表哥李淵呢？還是老狐狸李密呢？」

然而出乎他的意料之外，最後奪取他性命的，既不是李淵，也不是李密或竇建德，而是他身邊的親衛宇文化及。

大業十三年過去了，步入大業十四年。三月時，洛陽告急，眼看就將陷落於叛軍之手。跟隨楊廣游幸江都的文武官員得知洛陽即將淪陷，想起眷屬大多留在洛陽，深恐叛軍入城後將傷害家人，加上滯留江都已有數年，無不思念家鄉，紛紛吵嚷著要回去。

楊廣當然不肯離開江都。他心中清楚得很，就算叛軍得勢、改朝換代，一眾文武官員照樣可以封官晉爵，飛黃騰達；但他楊廣卻是皇帝，不論哪一路叛軍得勢，一旦改朝換代，可就沒有他楊廣的立身之地了。

楊廣即使心灰意懶，也並未完全絕望。他相信自己可以丹陽爲都，割據江南，偏安一方。於是他下令在丹陽興建丹陽宮，準備遷都。

然而這個詔令一出，文武百官都知道了他的心思，也都明白自己再也無法回到北方與家人團聚。當時便有不少近身侍衛「驍果」潛逃離開江都，打算逃回洛陽或關中。

楊廣聞訊大怒。他見這些驍果竟敢背叛自己，私自逃亡，若不嚴懲，必會有其他人前仆後繼地逃亡北歸，因此下令大舉追捕逃亡的驍果，抓到的全數殺死，絕不寬宥。

楊廣對百姓殘忍，對臣子苛刻，對身邊負責保護自己的驍果，也同樣毫無憐惜愛護之心。驍果們都由世家子弟中選拔擔任，身壯體健、武功高強，兼且心高氣傲，眼見逃走的同伴全被處死，心中自都又是憤怒不服，又是慄慄自危，於是便開始暗中策劃叛變。

當時有宮女偷聽見了驍果企圖叛變的談話，憂心忡忡地向蕭皇后稟報道：「我聽見外面的傳聞，人人都想造反呢。」

蕭皇后道：「妳去向聖上啓奏吧。」

宮女便去向楊廣說了此事，楊廣勃然大怒，喝道：「一個小小宮人，這豈是妳該談論的事！」便將宮女斬了。

之後又有宮女對蕭皇后說道：「我聽見宿衛的驍果常常暗中談論謀反之事。」

蕭皇后知道事情已無可挽回，嘆息道：「天下之事頹敗至此，大勢已去，已是無可救藥了。這些事情，以後都別再跟聖上提起了，徒然令聖上憂心煩惱。」

於是此後便再也沒有人敢向楊廣提起驍果叛變之事。儘管外面驍果反叛之聲震耳欲聾，卻一點兒也沒有傳到皇帝的耳裡。

第四十六章　驍果叛

在某夜的歌舞宴飲之後，楊廣帶著微醺，在一個美人的攙扶下，回到寢宮睡倒。寢宮之外傳來隱隱的喧嘩人聲，楊廣躺在榻上，迷迷糊糊地猜想外面不知爲何騷動。他當時怎會知道，宇文還玉已帶著拓虎和十多名武功高強的鮮卑武士來到江都，就在當夜闖入了楊廣寢宮，準備刺殺皇帝。

拓虎主張立即闖入寢宮，一刀解決了楊廣。宇文還玉卻道：「楊廣手下有數百驍果保衛，其中不乏武功高手，我們還是小心一些爲是。我們先去宿衛房瞧瞧，等到三更之後再下手，如此才能保證我等全身而退。」

拓虎知道宇文還玉武功極高，行事謹慎，便聽從她的意見，兩人先來到驍果的宿衛房外探視。

不料更房中驍果並未就寢，吵吵嚷嚷地，似乎正在爲了什麼事情爭執不下。

宇文還玉偷偷望去，但見房中約有五十多名驍果，當中一人舉起拳頭，露出手臂上的血鷹刺青，大聲道：「我的老父老母、妻子兒女都在洛陽，無論如何，我都要趕回去見他們一面！皇上不讓我們回去，我便自己回去！」

另一個驍果道：「擅自離職，投奔敵營，那可是死罪哪！你沒見到那些被捉回來的弟兄，全都被處死了？」

之前那驍果怒道：「我若能夠逃回洛陽，還有誰能捉得住我？你們說吧，誰沒有家人親戚在洛陽？誰不想回家鄉？」

其餘十多名驍果聽了，都紛紛叫嚷起來：「回洛陽，見親人！回洛陽，見親人！」數十條手臂舉在空中，手臂上的血鷹刺青顯得異常猙獰。

眾人吵嚷了一陣，一個首領模樣的驍果站起身，宇文還玉看得清楚，這人正是宇文化及，皇帝親衛驍果的首領。

他舉起手，沉聲說道：「各位弟兄，聽我一言！如今洛陽已落入王世充之手，從江都去往洛陽，一路上盡是叛軍李密的地盤。我們身爲皇帝身邊的驍果，若想回洛陽見親人，哪有那麼容易?依我說，若想安穩回到家，只有一個辦法。」

眾驍果一齊問道：「什麼辦法?」

宇文化及壓低了聲音，說道：「我們必須帶著一個護身符，一道免死令。」

眾人忙問：「什麼護身符，免死令?」

宇文化及神色陰狠，一字一字地道：「這護身符、免死令，便是皇帝的人頭!」

眾驍果聽了，霎時安靜下來。

窗外的宇文還玉也吃了一驚。

驍果們靜了一會兒，方才首先說要回洛陽見親人的驍果一拍桌子，說道：「宇文首領說得不錯!這護身符我們非得去取了，大夥兒才能回家!」

其餘驍果並無膽量去刺殺皇帝，甚感惶惑，但在宇文化及和幾個驍果首領的倡議鼓動下，也只能表態贊成。

宇文化及於是將眾人召近前，低聲商議起來。

宇文還玉對拓虎招招手，兩人離開了宿衛房，來到僻靜處，宇文還玉將驍果們的對話翻譯給拓虎聽了。

拓虎瞪大眼，罵道：「這群驍果真不是人!連自己的主子都敢下手殺害!」

宇文還玉嘆了口氣，說道：「宇文述和宇文化及父子都是豺狼般的陰險之輩，隨時能回頭咬你一口。楊廣多年來寵信宇文述，宇文述死後，他仍讓宇文化及擔任驍果首領，那不是自找死路麼?」

拓虎道：「我們這就去殺了楊廣，免得他死於那群狗驍果之手。報仇雪恨，必得親自下手才成！」

宇文還玉搖了搖頭。她恪守不殺生戒，被迫來此刺殺楊廣，本非所願，這時發現楊廣眾叛親離，連身邊的驍果都想取他人頭以自保，心中也不禁甚感悲哀，說道：「老爺子說了，只要能取楊廣的性命，誰動手都是一樣。我們先去見一見他吧。」

兩人來到寢宮，宇文還玉武功已復，輕盈無聲地進入寢宮，來到楊廣榻前。

拓虎拉起楊廣身邊的美人，那美人驚醒過來，睜大眼望著拓虎，有如見到了鬼怪一般，面無人色，連驚叫都不會了。

拓虎正準備扭斷她的脖子扔出窗外，宇文還玉舉手阻止，說道：「慢著！不必殺她，將她打暈了便是。」

拓虎便一拳搥上她的腦袋，那美人軟倒在地，再也不動了。

宇文還玉道：「看著門口，我要跟他說幾句話。」

楊廣這時才聽見聲響，一驚清醒，坐起身，但見一個少年站在床前，其後還站了一個鐵塔般的巨漢，兩人都做鮮卑打扮。

楊廣一時不知是醒是夢，呆了一陣，才道：「你……你們是誰？」

宇文還玉道：「我是宇文還玉，樂平公主的孫女。舅公，你不認得我了麼？」

楊廣睜大眼瞪著她，良久才道：「我……我知道妳。那時妳還是個小娃兒，樂平公主一直將妳帶在身邊。莫非妳眞的是宇文皇族……宇文皇族的後裔？」

宇文還玉點點頭，說道：「楊堅下手將宇文氏的男子全數殺盡，但卻漏了我爹一個。他是樂平公主的遺腹子，一直被公主藏在民間。」

楊廣呆了半晌，才嘆息道：「我明白了，妳是來為宇文皇室報仇的。我們楊家竄周建隋之際，確實殺戮太多。但那是文皇帝的決定，這筆帳可算不到我頭上。」

宇文還玉淒慘一笑，說道：「舅公，文皇帝當年滅我宇文一族，手段實在太過殘忍。小皇帝宇文衍、諸弟宇文術、宇文術，諸王宇文贊、宇文賢、宇文招、宇文純、宇文盛，還有他們的家屬又有什麼罪？這筆帳卻又為何算到了他們的頭上？」

楊廣臉色蒼白，無言可對。

宇文還玉嘆道：「舅公，我今日不是來取你性命的。我是來告訴你，你從文皇帝手中接過帝位，若是好好經營大隋江山，也不致於落到今日這等地步，如今叛軍蜂起，四面楚歌，你不得不竄藏江都，再難回京。你可知道，當年你三度派軍攻打高麗，枉死了幾百萬士兵？你可知道，你催趕著在短短數年內挖好幾條大運河，累死了幾百萬民夫？而你建造東都、大營宮殿，濫用民力，又令多少萬戶百姓家破人亡，孤雛遍地？這數百萬百姓的性命，並不比宇文皇族的幾十條性命低賤。要找你報仇雪恨的，並不僅只於我宇文皇族。天下百姓都恨你入骨，說你是魔精投胎，專門來為禍人間的。」

楊廣口唇顫抖，眼睛發光，似乎義憤填膺，他坐直了身，反駁道：「妳說的這些，全都是朕的功績，不是朕的過錯！戰爭自古有勝有敗，誰能預料？高麗國主不服從天朝聖旨，我自當出兵征服，維護天朝的威嚴！戰爭失利乃是領軍統率的失誤，我已懲處了宇文述和其他將領；挖掘運河乃是流通天下貨物的重要工程，絕不可延宕，自然應當趕工完成；東都洛陽更是我大隋最重要的都城，壯麗恢宏，驚艷天下。你們等著瞧吧！我的功績必將流傳後世，千古留名！」

宇文還玉聽他仍在爲自己的作爲爭辯，振振有詞，嘆了口氣，說道：「舅公，總之我將該說的話都說了。你心中毫無憐惜人命、悲憫百姓之心，我再多說也是無用。你確實會千古留名，但是留下的是什麼樣的惡名臭名，卻非我所能預知。我在過去數年親眼所見，應足以證。你下令捕殺流落街頭的洛陽乞兒，只爲了在外族使臣面前炫耀東都的富裕繁榮；你下令捕捉寶光寺的孤兒，只因這些孤兒讓你想起被你害死的無數冤魂；你下令坑殺數萬名領取楊玄感開倉放糧的百姓，只因你恐懼百姓起義叛變。你的殘狠無情，暴虐荒淫，世間少見。我不殺你，自有人殺你。」

楊廣張開口，還想爭辯，宇文還玉卻已站起身，退開幾步，對拓虎招了招手。拓虎大步上前，拔出腰間大刀，惡狠狠地盯著楊廣。

便在此時，但聽門外傳來腳步聲響，後門飛開，一群驍果闖了進來，爲首的正是宇文化及。

楊廣面露喜色，叫道：「化及！你來得正好！有刺客！快制住他們！」

然而宇文化及和他手下的驍果並沒有上前守衛皇帝，也沒有理會房中的宇文還玉和拓虎，卻是各自拔出刀劍，圍在楊廣身邊，眼露凶光，惡狠狠地向他瞪視。一眾驍果都捲起左臂衣袖，手臂上的血鷹刺青原本是對大隋皇室效忠的標記，此時卻如一頭頭凶殘嗜血的猛禽，蓄勢待發，準備撲殺獵物。

楊廣見狀倏然明白：這是一場近身的兵變！身邊的驍果多日來吵著要回洛陽，自己一直不予理會；如今他們終於忍無可忍，群起叛變了。

他心中又驚又怒，忍不住破口罵道：「鼠輩！我確實辜負百姓，但是你們這群人，哪個不是榮祿兼備，我可沒有對不起你們！如何竟叛變於我？今日之事，以誰爲首？」

眾驍果都望向宇文化及。楊廣心中一片冰涼，暗想：「原來是宇文化及這奸賊！我待他父子還不夠好麼？數十年的恩寵信任，重賞厚賜，卻換不到宇文化及的一絲忠心！豺狼，這對父子都是豺狼！」

他瞥眼見到宇文還玉站在一旁，不禁想起：「然而我和父皇又何嘗不是豺狼？宇文皇族善待禮遇楊氏一族，楊氏篡位之後，卻下手殺盡了宇文一族！犯上作亂、不守臣道的，可不只是宇文述父子。」

楊廣想到此處，不禁氣餒頹喪，再也無心爭辯抵抗。他知道自己就將畢命於此，抬頭望向宇文還玉，眼中露出求懇之色。

宇文還玉搖了搖頭，說道：「舅公，你楊家殺我宇文氏一族，我來此便是爲了報仇，自無出手相救之理。」

楊廣嘆了口氣，說道：「我知道，我明白。我……我只求一個好死。」說著恐懼地望了一眼宇文化及等人手中的刀劍。

宇文還玉見這稱雄一世的帝王竟落得如此下場，心中也不禁惻然，便對宇文化及道：「不准你們亂刀殺他！」

就在這時，楊廣最疼愛的小兒子楊杲奔入寢室，見到驍果們手持刀劍對著父皇，頓時嚇得呆了，大哭出聲。

宇文化及怒喝道：「安靜點，哭什麼哭！反正都是一死！」揮出右手刀斬向楊杲，眼看就要將他斬死在地。

宇文還玉見這孩子只有十一二歲年紀，心中不忍，射出銀鍊捲住宇文化及的右手刀，將刀盪開，跨上一步，將楊杲拉到自己身後。

宇文化及曾在少林山腳見過宇文還玉，但那時她扮成個江湖人物，和張土狗做戲誆騙於他，令他莽撞攻上少林，大敗而歸。這時宇文化及自然認不出她來，喝道：「哪裡來的刺客，快快受死！」

宇文還玉輕哼一聲，手中銀鍊激射而出，但聽叮叮噹噹聲連響，五十多名驍果的兵器同時落地。她出手實在太快，驍果們聽到兵器落地之聲，才知道自己失去兵器；知道自己失去兵器，才發現手腕受傷流血；發現手腕受傷，才開始驚駭呼叫，紛紛後退。

宇文還玉見自己武功盡復，不禁甚覺得意，隨即又感到一陣哀傷，心想：「老爺子，你捨命替我治好內傷，讓我恢復舊日武功，我一輩子都還不清你的恩情。」

她對一眾驍果掃視一周，冷冷地道：「不准你們殺死這孩子。至於楊廣，就讓他自我了斷吧。」

宇文化及等震驚於宇文還玉的武功，都不敢違抗，互相望望，一個驍果撿起佩刀遞了過去，交給楊廣；楊廣接過了，想要刎頸自殺，然而手抖得厲害，在脖子上劃了幾道血痕，這刀卻始終割不下去，只弄得滿身鮮血淋漓。他手一顫，刀子跌落在地，整個人撲在地上，如同一灘爛泥一般，再也爬不起身。

宇文化及見此景況，說道：「他這樣是死不了的。你們誰去櫥櫃中找出一段白綢，將他勒死了吧。」

於是眾驍果一齊動手，找出白綢，將楊廣從地上拖起，用那段白綢將他勒死了。

宇文還玉心中雖對楊廣痛恨無已，但見他下場竟如此淒慘，也不禁心生悲憐，轉過頭去，不忍見到他的死狀。

楊廣斃命後，一眾驍果歡呼慶賀，簇擁著宇文化及，準備結隊回歸北方。

宇文還玉便帶著十二歲的趙王楊杲，與拓虎揚長出了江都宮。她將楊杲安頓在江都的新鴿樓安樂寺，便與拓虎等鮮卑武士離開了江都。

注：歷史上驍果叛變時，隋煬帝愛子楊杲在楊廣身側，嚎慟不已，被叛軍斬殺，血濺御服。煬帝想飲毒酒自盡，叛軍不許，最後將其縊弒，得年五十歲。

第四十七章　大唐興

楊廣於三月斃命，兩個月後，李淵便在長安稱帝，建立大唐，年號「武德」，封長子李建成為太子，次子李世民為秦王，三子元吉為齊王。

同一時候，殺死楊廣的宇文化及另立楊浩為皇帝，自封為大丞相，擁兵十餘萬，從江都北上，駐守於黎陽。

楊廣斃命的消息傳到東都洛陽，大臣們得知宇文化及犯上弒君、另立新主，都極為悲憤，決定擁立留守洛陽的越王楊侗即位，改元皇泰，史稱「皇泰主」。

這時王世充擁兵自重，專橫跋扈；皇泰主楊侗和大臣們商量之下，決定借李密之手除去王世充，於是派人冊封李密爲太尉、尚書令、東南道大行臺行軍元帥、魏國公，對他說道：「魏國公若能出兵平定宇文化及，便可前來東都輔政。」

李密借助瓦崗軍隊起義，勢力雖大，名義上卻始終只是個叛軍首領，如今終於贏得皇帝的垂青，心想：「即使楊侗並無實力，但我若接受冊封，便能名正言順地挾天子以令諸侯。眼下皇帝親手將權柄交給我，我若不接受，豈非愚蠢？」當即喜孜孜地接受了冊封，率領軍隊攻打駐兵黎陽的宇文化及。

宇文化及原是個嬌生慣養的貴宦子弟，在他父親宇文述的羽翼之下一帆風順，除了練成一身武藝之外，什麼正經事也沒幹過，十多歲起便已在皇帝楊廣身邊充當近身侍衛。他這一輩子唯一領軍打仗的經驗，便是在少室山上吃的那場敗仗。此時眼見李密率領大軍攻打黎陽，登時嚇得慌了。他有膽下手縊殺皇帝楊廣，卻無膽面對李密的軍馬，手下軍隊不攻自破，節節敗退。

宇文化及帶著僅剩的兵力往北逃走，來到河北魏郡。他手下將士原本都是想逃回洛陽尋找親人的一群窩囊廢物、烏合之眾，許多人眼見李密勢力雄厚，又被皇帝楊侗封爲魏國公，紛紛叛離宇文化及，歸降李密。

宇文化及眼見情勢如此，不想著投降或者潛逃，好保住一條命，卻嘆息說道：「人生誰無一死，不當一日皇帝，怎能過癮呢！」

他既已親手殺死過皇帝楊廣，自然也能再殺一次皇帝，於是一狠心，將自己擁立的皇帝楊浩毒死了，自立爲帝，國號「許」，年號天壽。

李淵和李世民等見宇文化及兵力微弱，占地狹小，竟然敢稱帝建國，都甚感可笑，暫時沒有去理會。次年，李淵的勢力穩定下來之後，才派遣部將攻討宇文化及。宇文化及不堪一擊，敗退到聊城，被夏王竇建德所擒。竇建德十分看不起這連殺兩個皇帝的寵臣之子，將他和他的兩個兒子都殺了。這是後話。

而李密打退了宇文化及，正準備去洛陽朝見皇泰主楊侗，卻聽說王世充在洛陽發動兵變，挾持皇泰主楊侗，獨攬朝政。

李密得知以後，憤怒已極，說道：「我在外面替皇帝討伐弒君逆賊宇文化及，出生入死，王世充卻趁機兵變，挾持皇泰主，這算什麼？」

於是李密拒絕去洛陽朝見皇泰主楊侗，帶領軍隊回到了瓦崗軍的根據地金墉城。

李密這時已不復是當年謙恭下士的瓦崗領袖了；他對自己的地位實力極爲自滿，驕氣凌人，不再體恤將士，更吝於分賞金銀財寶。瓦崗軍將領對他原本便有些隔閡，這時更是離心離德。

徐世勣看在眼中，勸李密道：「魏公大業未成，應當不忘初衷，善待諸將，好讓諸將替魏公效命。」

李密卻早已聽不進去這些諫言，漸漸疏遠徐世勣，剛愎自用，心中以爲自己離登上皇帝之位已經很近，很近了。

楊廣駕崩後，宇文還玉和拓虎等鮮卑武士回到雲門寺，用楊廣之血祭告了宇文崇天的墳墓。

第一件大事辦完了，拓虎又向她詢問尋寶之事。宇文還玉知道無從推托，便取出當時宇文崇天描下的地圖給他看了。

拓虎大喜，仔細研究了地圖，認爲藏寶之處是在西域白山和大清池以北的龍門山上。他熟悉西域地勢，與手下弟兄討論了一番，認爲應當從長安往西北，經天水郡至隴西郡、金城郡、西平郡、張掖郡至敦煌郡，出玉門關，經高昌國、焉耆、龜茲，越過白山山麓和大清池，穿過沙漠，直抵龍門山腳。

宇文還玉對西域一無所知，聽他這麼說，自無異議。她雖仍掛念著韓峰，但自思尋得寶藏、安頓一眾鮮卑武士更爲緊要，拓虎又催得急，便同意立即啓程。

於是拓虎命手下武士備齊馬匹飲水乾糧，就在中原地區一片混戰，李淵、李密、竇建德、宇文化及各自稱帝，擁兵據地、彼此征戰不休之際，宇文還玉卻跟著一群鮮卑武士離開了長安城，往西北尋寶去了。

尋得寶藏之後，拓虎這個鮮卑武士首領是否便擁有足夠的本錢據地起兵，與群雄逐鹿中原？還是他只想私吞寶藏，帶回塞外去揮霍享用一番？宇文還玉並不在乎，也從不多問。總之這筆財富是她鮮卑皇族傳下的，她既然不要，那麼讓誰取去都無關緊要。

一行人離開長安三日，這日在道上迎面遇見了一隊五十多人的乘客，雙方交錯而過，原本相安無事，不料對方乘客中忽有一人開口叫道：「宇文姑娘！」

宇文還玉身處鮮卑武士之中，沒想到竟會有人認出自己，好生驚訝。她趕緊勒馬回頭，但見出聲呼喚自己的是個高大俊美的青年，胯下騎著一匹矯健的胡馬，定睛細看，正是長孫無忌。

宇文還玉絕沒想到會在此遇上他，微微一怔，說道：「長孫公子，好久不見了。」之前她未曾向長孫無忌告別，便匆匆離開太原，頗爲絕情無禮；長孫無忌卻好似完全不記得這回事兒，高高興興地問道：「宇文姑娘，沒想到我竟在道上遇見妳，眞是太巧了！請問你們要去哪兒？」

宇文還玉道：「我和這些鮮卑弟兄們打算去西北玩玩。」

長孫無忌並不知曉宇文還玉內傷已完全恢復，只道她仍舊負傷虛弱，皺眉驚道：「西北？那兒寒冷乾燥，沙漠中狂風暴沙，此行艱險已極。妳負傷之身，千萬不可獨自涉險！妳若堅持要去，便讓我陪伴妳，路上好照顧妳的身子！」

宇文還玉見他辭眞情切，對自己萬分關心，也不禁心中感謝，但仍舊搖了搖頭，說道：「長孫公子一番好意，我心領了。我會照顧自己的，況且我身邊有這許多鮮卑武士保護，不會有人敢欺侮我的。」

長孫無忌卻不肯放棄，說道：「他們這些粗人，如何懂得伺候姑娘？姑娘要是病了傷了、餓了渴了，誰來招呼妳、服侍妳？請姑娘一定要讓我跟隨妳去！」

宇文還玉心想：「這些鮮卑武士已知道我只是個皇女，對我的敬意有限。等到尋著寶藏之後，不無可能對我狠下殺手，殺人滅口。到時我以一敵眾，甚難全身而退。若是有長孫公子的快馬，走脫的希望便大了幾分。」當下說道：「不敢有勞長孫公子相隨照顧，但是能否借用長孫公子的快馬一匹，隨我一行。」

長孫無忌道：「借馬給姑娘當然不是問題，但是我也一定要跟去，請姑娘千萬不要推辭！」

宇文還玉聽他嘮嘮叨叨，糾纏不休，不想多費唇舌，便道：「好吧，你若想來，便跟來好了。」

長孫無忌大喜，幾乎沒在馬上手舞足蹈起來。他只要能跟在宇文還玉身邊，即使上刀山、下油鍋，也是心甘情願，區區西北沙漠，他可全然不放在心上。當下招呼了二十多名手下，立即整裝備糧，跟著宇文還玉和那群鮮卑武士一起上路。

同一時候，韓峰也揹起行囊，孤身離開了少林寺。

此前數日，通靜收到從江都安樂寺傳來的緊急鴿信，告知楊廣被叛亂驍果殺死的消息。鴿信中並提到，宇文化及等驍果勒殺楊廣之時，宇文還玉也在場；之後她將楊廣的小兒子楊杲託付給安樂寺的鴿樓照顧，自己便跟著一群鮮卑武士離去了。

韓峰得信之後，猛然想起了那塊奇玉和宇文皇室的寶藏，心念一動：「莫非她正準備帶領鮮卑武士，一同去發掘寶藏？」

他並不責怪小石頭故意避開自己，卻責怪自己自始至終都對她不起；她抱傷趕上少林，保護寺院，計退強敵，對師門和師弟義氣深重。然而她卻始終不肯見自己的面，要不就是因爲她大大地惱了自己，無法原諒，要不就是因爲懷著什麼難言之隱。

韓峰多年來念茲在茲，一直想找到她，當面向她道歉，乞求她的原諒；如今猜知她準備去尋寶，如何能放過這個機會？立即交代寺中諸事，讓少林曇宗、師弟通定和乙流首領張土狗主持守衛寺院，拜別常悟方丈，趕下山去。

下山之前，韓峰與通平、通定、通安、通靜四人長談了一夜。談完了少林守禦諸事後，自然談到了韓峰下山的原因。

他老實說道：「我打算下山去找小石頭，可能需花上一段時候，不知何時才能回來。」

通安性情天眞單純，懷中抱著他那隻從終南山千里迢迢帶來的穿山甲龍王，說道：「小石頭師兄可眞古怪，明明知道峰師兄就要回到山上，卻避不見面，匆匆離去。這卻是爲了什麼？」

通靜細心，知道這觸及韓峰的傷心事，趕緊對通安使眼色，要他別多說，開口說道：「小石頭師兄當時匆匆趕下山去，自是去辦什麼緊急的大事了。」

通定接口道：「可不是？小石頭師兄去了江都，果然去辦了一件驚天動地的大事。如今他離開江都，峰師兄可知他下一步將去往何處？」

韓峰抬起頭，說道：「我並不知道，但是我或許能打聽得到。」

通靜點點頭，說道：「峰師兄應當快些趕去。要是遲一些，就怕師兄追不上人了。」

韓峰望了她一眼，但見她神色沉靜中帶著幾分認命和憂傷，倏然想到：「說不定她已知道小石頭是個姑娘了！」心中一沉，於是等眾人散後，單獨留下了通靜，問道：「通靜師妹，上回小石頭來到少林寺，可跟妳說了什麼沒有？」

通靜起先低頭不語，靜了一陣，才道：「是的，小石頭離去前，跟我說了不少話。」她抬起頭，勉強笑了笑，說道：「原來她……她竟是個姑娘！」這話一說出口，再也忍耐不住，兩顆眼淚滾落臉頰。

韓峰心中難受，暗想：「或許我應當早些告訴她。然而要對她說出，她的意中人其實是個姑娘，實在太也讓人難以啓齒。」說道：「師妹，是我不好。我在終南山上那時便知道了，但是一直沒有對妳說出。」

通靜搖頭道：「師兄答應替她保守這個祕密，我自然不能怪你。而且你之前就算跟我說了實話，我也不會相信的。」

她抹去眼淚，抬頭望向韓峰，微笑道：「峰師兄，現在我終於明白你對小石頭師姊的一番心意，是多麼的深厚眞摯。我衷心祝福你們兩人能夠再次聚首，一世相守，永不分離。」

韓峰又是感動，又是難受，低聲道：「她蓄意避開我，已有好幾年了。我連是否能再見到她的面都無法逆料，更不知道自己與她的緣分是否已盡。」

通靜道：「峰師兄，小石頭師姊心中對通雲師姊之事確實有些介意，但是她並沒有責怪你。她不能見你，一定是有她的苦衷。師兄不必過憂，等到時機成熟，她一定會回來找你的。」

韓峰嘆息道：「但願如此。」又道：「通靜師妹，多謝妳。每回跟妳說完話，我的心便寬慰了許多。」

通靜微微一笑，忽然轉變話題，說道：「師妹有一事，需向峰師兄稟告。我在寶光寺時，奉老和尚之命，一直未曾出家。但近來深感佛恩深重，慧命待續，因此我決意在少林別院旁的清淨庵剃度受戒，出家爲尼。」

韓峰微微一驚，沉吟一陣，說道：「出家乃是好事，但是我希望妳決意出家，並非因為……因為小石頭之事。」

通靜微笑道：「自然不是。峰師兄太小看我了。我心中雖總掛念著往事難以放下，但我在寶光寺接受老和尚教誨多年，深明出家意義重大。這回決意出家，自是經過深思熟慮，並非一時起念，也非因為傷心苦惱，峰師兄不必多慮。」

韓峰點點頭，說道：「師妹福慧深厚，能夠了結塵緣，出家修行，自是大喜之事。」

通靜臉上露出平靜的笑容，拜倒說道：「多謝峰師兄一直以來對師妹的保護照顧。師妹在清淨庵中，定當時時誦經迴向給峰師兄和小石頭師姊兩位。」

韓峰也下拜回禮，說道：「但願師妹修行無礙，早日明心見性。」

第四十八章　尋寶行

韓峰離開少林寺後，便立即趕去華陰尋找賈老大。

多年之前，他曾在黃河邊上救過狼牙幫的賈老大，知道他手中有一份偷描下的鮮卑皇族藏寶地圖，心想：「賈老大貪圖財寶，應當不會等上這麼久還不去尋寶。然而去年冬季嚴寒，或許難以成行也說不定。」又想：「除此之外，我別無線索。不去狼牙幫看看，又怎會知道？」

當下來到華陰的狼牙幫總舵，找到一個看似狼牙幫眾的嘍囉，請他通報賈老大，說少林韓峰求見。那嘍囉去通報了，出乎韓峰的意料之外，賈老大竟然還在華陰，還未出發去尋寶。

賈老大聽說來者是韓峰，甚覺不敢置信；少林羅漢堂主韓峰名震天下，無人不知，無人不曉，這樣一個叱吒風雲的大人物，怎會突然跑來找自己這個小小盜匪幫派的頭子？

他戰戰兢兢地出去相見，但見廳上站著一個少年，一身灰布袍服，眼神英氣逼人，不禁一怔。眼前這少年，不正是當年在黃河邊上救過自己性命的少年石峰？

賈老大又驚又喜，叫道：「石公子，原來你便是……便是少林羅漢堂主韓峰？」

韓峰道：「正是。上回相見，我有所不便，才自稱姓石，還請賈老大勿要介意。」

賈老大聽他果然是少林寺韓峰，不禁對他恭敬畏懼，無以復加。他初遇韓峰之時，韓峰自稱「石峰」，不過是個平凡無奇的少年，賈老大自然不知他是何方神聖。此時再度相見，才知自己當時可是遇上了貴人，不禁暗暗慶幸：「我當年遇難，竟蒙這位英雄相救，眞是鴻運當頭，自己卻渾然不知！幸好當時我不曾得罪了他，還試圖送他金銀，與他結交哩！也算我賈老大目光深遠，頗有見識！」

兩人寒暄之後，韓峰便單刀直入地問道：「賈老大，你還沒去尋寶麼？」

賈老大道：「我幫中出了一點事，因此耽擱了。如今已籌備完全，正準備要出發了。」

韓峰道：「你往年曾邀我一起去尋寶，如今可還願讓我隨行？」

賈老大喜出望外，撫掌笑道：「少林韓少俠要隨我等同行，自是求之不得！而且我們早先便已說好的，尋寶這件事兒，我隨時歡迎少俠加入。我在這兒一直等不到你，如今終於準備好要上路，你便來了，這眞是天意啊！」又問道：「少俠坐鎭少林，怎會有空閒跟我一起去尋寶?」

韓峰道:「我不是去尋寶,而是去尋人。」

賈老大道:「哦?不知韓少俠要去尋找什麼人?」

韓峰卻搖了搖頭,沒有回答。

賈老大見他無意多說,也不好再問,當下興沖沖地命手下替韓峰準備糧食飲水等物,說道:「我仔細研究了地圖,判斷那寶藏應是在大沙漠以北的龍門山中。我們得先往西北去,在那兒找個慣走沙漠的嚮導,再進入沙漠。」

於是狼牙幫一行五十多人便整裝啓程,往西北行去。

一行人從洛陽至長安,經過河西走廊,來到敦煌的玉門關外。賈老大派手下鴨嘴去尋聘一位嚮導,韓峰記得這名叫鴨嘴的嘍囉,他當年曾跟賈老大一起來到終南山,在寶光寺的遺跡中翻尋寶玉,賈老大聲音沙啞低沉,這鴨嘴則是個尖嗓子。

鴨嘴爲人精細幹練,不多久便找來了一個高鼻深目的高昌商人,願意做他們的嚮導,帶領他們穿過大沙漠,攀越白山麓,經過大清池,到達龍門山。

一行人在玉門關修整一番,準備好足夠的飲水糧食,再向西行。

不一日,一行人來到高昌國境內。嚮導對他們道:「這便是我的國家了。這兒地勢高敞,人庶昌盛,故名『高昌』。」又道:「我離國已久,需回家探望家人,也需辦一批新貨。你們剛好也需要採買補給,不如便在城中多待一日吧。我國市面繁華,你等可以去市集逛一逛,買些物事。」

賈老大無心去市場買什麼物事,只派手下趕緊去採辦糧食飲水等補給。

新奇。

韓峰獨自去城中走走，但見城中熱鬧繁榮，居民面貌大多高鼻深目，膚色黝黑，甚覺新奇。

他來到市集中，找到一間食舖，打算叫些東西吃。但見食舖中坐著一名身材魁偉的漢人，滿面鬚髯，衣著簡樸，氣度儼然。那人一見到韓峰，便睜大了眼，滿面笑容，站起身說道：「韓兄！你可回來了！」

韓峰不禁一呆，這人面貌陌生，從未見過，不知他怎會認識自己？

他又是驚訝，又是警戒，迎上前去，抱拳說道：「這位英雄，請問閣下怎會識得在下？」

那鬚髯大漢待他走近，神色愈發驚奇，臉上隨即露出歉意，抱拳說道：「啊！眞對不住，是我認錯人了。我有個朋友，容貌與你十分相似，只是年紀比你大得多。」

韓峰心中一動，想起他剛才稱呼自己「韓兄」，暗想：「莫非他口中的朋友，便是爹爹？」便問道：「敢問令友可是姓韓？」

鬚髯大漢道：「正是。」

韓峰聲音顫抖，問道：「請問令友名諱，可是世諤？」

鬚髯大漢睜大了眼，說道：「原來你識得世諤兄？」

韓峰心中激動，說道：「便是家父！」

鬚髯大漢哈哈大笑，說道：「眞是有其父必有其子！你長得跟你父親相像極了，我方才竟爾將你錯認爲令尊！」當下拉著他坐下，說道：「快快！且讓我一盡地主之誼，好好款待故人之子。」說著連忙吩咐店伴張羅酒食。

韓峰坐下了，心中急著知道父親的下落，問道：「請問世伯如何稱呼？」

鬍鬚大漢道：「我姓張，外號虯髯客。你可稱我張世伯。我往年曾與令尊的表兄李靖和其妻紅娘子結識，結拜爲兄妹。我長年往來於西域，約莫四五年前，你父親和他手下壯士來到高昌，我便是在那時與令尊結識的。」

韓峰忙問：「請問張世伯，家父此刻卻在何處？」

虯髯客道：「當時他們在城中待了月餘，便往西去了。令尊打算越過蔥嶺，進入昭武九姓之地。」

韓峰對西域所知甚少，忙問：「什麼是昭武九姓？我爹爹還好麼？」

虯髯客笑道：「你不必擔心。令尊手下帶有一群壯士，安全自是無虞。昭武九姓是康、安、曹、石、米、何、史、火尋、戊地九姓，他們是居住在葉河以南以至烏滸水流域的粟特人，善於經商。你父親對粟特族人甚感興趣，決定去昭武九姓諸國遊覽一番，開開眼界，學學他們經商的手腕。他一去數年，近來我聽人說他經商有成，已是西域著名的大商賈。你是來找他的麼？」

韓峰聽他這麼說，終於放下心，暗想：「我定要找機會去昭武九姓之地，探訪爹爹的下落。」便說道：「我與父親分別已久，並不知道他曾來過此地。我這回與一群夥伴從中原來此，乃是爲了尋找我的結拜兄弟。無意間得知家父的下落，當眞好生歡喜，多謝張世伯相告！」

虯髯客笑道：「這就是緣分吧！世侄老遠來到高昌，恰好我也來此辦事，竟在街頭巧遇。他鄉遇故知，當眞難得之極！」

當夜虯髯客擺下盛宴，款待韓峰，席間種種山珍海味，金杯玉盞，極盡奢華。

韓峰從他的外表衣著之上，完全看不出他出手竟能闊綽如此，不禁甚感驚異。後來他詢問那高昌嚮導，才知道虯髯客並非一般的商人，卻是千餘里外一座名叫「小孤城」的國王。小孤城中住的都是流落西域的漢人，聚集成群，占據此城居住下來，推虯髯客為國王，擁兵自衛，成為西域獨樹一幟的漢人勢力。

韓峰拜別虯髯客，次日一行人再啓程離開了高昌，不多久便到達了另一個小國，高昌嚮導告知這是「阿耆尼國」，古稱「焉耆」。他道：「焉耆比之高昌小一些，東西六百餘里，南北四百餘里，四面有山為屏障，道路艱險，易於防守。」

韓峰見此國雖處沙漠之中，但氣候溫和舒暢，居民衣服都以粗細毛線織成，剪短頭髮，頭上不戴頭巾。

那高昌嚮導對焉耆並無好感，說道：「焉耆國王有勇無謀，只懂得自誇，國內毫無綱紀，人民無法無天，我們別在此多待。」

離開焉耆後，往西南行出二百餘里，翻過一座小山，渡過兩條大河，再往西便是一片一望無際的平原。一行人在平原上行出七百餘里，來到另一個國家，叫做「龜茲」。

那高昌嚮導道：「龜茲國比焉耆國大得多，東西千餘里，南北六百餘里，大都城方圓十七八里，市面繁華。此國之人最擅長管絃伎樂，別的國家都比不上這兒。你們要不要留下欣賞一下？」

賈老大等盜賊都是粗鄙之人，哪有心思欣賞什麼管絃音樂，擺手道：「不必了，快快上路便是。」

穿過龜茲都城，但見居民穿著錦製衣服，剪短頭髮，頭戴巾帽。最奇怪的是每個小孩兒的頭上都夾著兩塊木板，賈老大忍不住問道：「這是做什麼？」

嚮導道：「龜茲風俗，認爲扁形的頭比較好看，因此孩童從小就用木板夾住頭，好讓頭長成扁形。」眾人都嘖嘖稱奇。

一行人出城往北，見到一座湖，湖邊有個荒廢的城市。鴨嘴問道：「這城市怎地荒涼成這樣？」

高昌嚮導道：「這湖叫做大龍池，池中有龍，偶爾會跑出來，與母馬交合，生下的便是『龍駒』，暴戾難馭，龍駒再生的馬，才可能馴駕。此地多出好馬，就是因爲有許多龍駒的後代。這城中因爲沒有井，居民汲取池水飲用，湖中的龍會變成人，與婦女們幽會，生出來的男兒矯健強壯，跑得跟馬一樣快。慢慢地，這城中的人都成了龍種。這些人仗著自己壯健威猛，不遵從國王的命令，國王於是勾結突厥人入城殺人，男女老幼，全數殺死，因此今日這兒變成了一個荒城，再沒有人煙了。」

賈老大罵道：「他奶奶的，這國王勾結外族殘殺自己人民，還當眞狠得可以！」

鴨嘴大著膽子走入廢墟探視，忽然驚叫道：「死人！死人！死人！」

韓峰和賈老大前去探看，但見廢墟中果然橫七豎八地躺了數十名死屍，看來才死去不到一日，穿著漢人服飾，身上都沒有血跡，只是臉上發黑，似是中毒而死。

賈老大皺眉道：「這些人看來應是中原來的江湖人物，莫非也是來尋寶的，卻被人在此幹掉？」

鴨嘴小心翼翼地上前勘查，說道：「瞧他們衣著打扮，應是黑道上的人物。寶藏之事流傳甚廣，覬覦而來的各道人物不在少數，不知他們是被誰做掉的？」

賈老大道：「江湖會使毒藥的門派並不多，下手的很可能正是大智義邑一夥！」

韓峰想起往年與大智義邑打交道，曾在他們的船上找到數箱毒粉，說道：「我聽聞大智義邑善使毒，可是眞的？」

賈老大道：「當然是眞的！他們當初在黃河上偷走奇玉，就是使毒毒倒了我幫兄弟。後來他們闖入我狼牙幫華陰總舵，一場大戰，他們寡不敵眾，也是使了毒才逃走的。」

韓峰心想：「我們當時趁夜奪船，逃出大智義邑的魔掌，實屬幸運。他們當夜若曾對我們使毒，只怕所有的寶光弟子都已失陷在他們手中了。」

賈老大愁眉深鎖，說道：「看來大智義邑那群渾帳很可能也在路上。我們趕緊上路吧，大家小心提防，別著了奸人的毒手。」

一行人匆匆離開龜茲國境，又西行六百餘里，經過一個小沙漠，到了另一個國家，一路都未曾見到其他的中原江湖人物。

嚮導道：「這國家叫做『姑墨』，和焉耆差不多大小，東西六百餘里，南北三百餘里，土地肥沃，出產細氈細褐，鄰國都爭相來向他們購買。你們要不要買一些帶回中原，贈送親友？」

賈老大甚是不耐煩，說道：「我們什麼都不要買，只要去龍門山。快點走吧！」

嚮導也不多說，於是眾人離開姑墨，再往西北三百餘里，度過一片碎石戈壁，面前出現一道高峰入雲的山脈。嚮導道：「那便是白山山麓，此地叫做凌山。我們穿越這座山，就到達大沙漠了。」

但見此地的河水大多往東流，即使是盛夏，山谷仍有積雪，寒冷非常。山路異常險阻，寒風慘烈。高昌嚮導神色嚴肅，對賈老大等警告道：「這山上有叫做『暴龍』的神怪，你若想活著通過這條山路，便絕對不可穿紅色的衣服，也絕對不可拿著水瓢大聲叫喚。誰要稍稍犯了暴龍的這些忌諱，災禍立即降臨。暴風忽起，飛沙雨石，遇者必死無疑。」

賈老大等雖不相信這等迷信之言，但身處如此遙遠陌生之地，也不敢蓄意造次，所幸眾人之中並沒有穿紅衣的，身上也都沒帶著水瓢，安然通過了凌山。

一行人在凌山中攀越了四百餘里，終於穿過了白山山麓，迎面出現一座巨大的湖泊，周圍至少有千餘里，東西長，南北狹。這湖四面負山，許多河流匯聚於這個大湖。但見池水色帶青黑，洪濤浩瀚，巨浪滔天。

高昌嚮導道：「這湖叫做『大清池』，水味鹹而苦，湖中龍魚雜處，靈怪間起。往來的行旅者，多在此祈禱求福；水中族類雖多，卻沒有人敢打漁捕撈。你們此行去龍門山十分危險，要不要向神靈禱告一下？」

賈老大揮手道：「你怎地這麼囉嗦，一下要我們聽樂曲，一下要我們買細氈，一下又要我們禱告。通通不用！只要帶我們去龍門山就好了。」

高昌嚮導嘿了一聲，說道：「咱們立即就要進入大沙漠了。你們要去的龍門山，就在沙漠的另一頭。沙漠艱難凶險，很可能無法活著出來，所以我才建議你們在此祈禱。你們不肯聽信，那也罷了。」

第四十九章　見斯人

一行人踏上了一望無際的大沙漠。眾人都從未來過大沙漠，剛開始見沙漠景色壯闊出奇，遠遠只見沙天連成一線，一開始頗覺新鮮，但是很快便受不了沙漠中的乾燥炎熱，叫苦連連。

如此行出十餘日，沙漠的景色已不再吸引人，只令人感到無止無盡的單調枯悶，而更難忍受的是無止無歇的烈日曝曬，將眾人體內的血液精力一點一滴地榨乾殆盡。

沙漠上白日炎熱無比，夜晚卻又冰冷奇寒，若不裹在厚厚的羊毛中，夜晚的寒氣足能將人凍僵凍斃。

到得第十日上，連韓峰也感到頗爲難耐，只覺頭上的火球奇熱無比，胯下的追龍腳步也遲緩了，口中不斷吐氣，嘴角冒出白沫。

韓峰知道牠定然與自己一般，又渴又累，伸手輕拍馬頭，低聲道：「撐著點，很快就可以休息了。」

前面賈老大和手下也頂不住烈陽曝曬，紛紛哀叫抱怨起來。

賈老大身子壯大，更是汗流浹背，整件衣衫都已濕透。他向在前領隊的高昌嚮導叫道：「喂，我們再這麼曬下去，人都要給曬得化成一灘水啦。前面的市鎮還有多遠？何時才會到？」

高昌嚮導停下馬，回過頭，瞇起眼睛，咧開嘴，似乎在估量這群漢人還要多久才會眞正化成一灘水，接著慢慢地說道：「不遠，不遠，就快到了。」

賈老大呸了一聲，罵道：「渾帳！我一個時辰前問你，你這麼說。現在問你，還是這麼說！你給我說清楚，還有幾個時辰才會到？」

那高昌嚮導抬頭望向日頭，又望望遠方，指著天地交界處的一座山，說道：「我要帶你們去的綠洲，就在那座山的山腳下。不遠，不遠。」

韓峰極目望去，心想：「那山看來有幾百里之遠，看來總要到天黑才能走到。」

賈老大已大叫起來：「什麼？我們要去那座山的山腳？我看到太陽下山了也走不到！你誆騙我們！我們現在就要停下歇息，再走下去會出人命的！」

那高昌嚮導一翻白眼，說道：「你要停下歇息，那也可以。但是這一停下，天黑前就一定到不了市鎮。沙漠晚上寒冷得緊，那才會出人命呢。」說著咧嘴一笑，似乎覺得這群漢人不管被烈日曬得化成一灘水，或是凍死在沙漠中，都是挺有意思的事情，逕自掉轉馬頭，往前行去。

賈老大聽他這麼說，儘管又熱又累，又氣又急，卻也不敢不聽信，也只得跟著他繼續往下走。

才行出不遠，便見到沙漠上躺著無數白骨，有的是人，有的是馬，骨頭已被烈日曬乾，狀甚恐怖。賈老大見了，想起嚮導說會出人命的言語，不禁打了個寒顫，不敢再跟那嚮導爭執。

行至傍晚，一行人終於來到一個綠洲小鎮，在鎮上歇腳。

鴨嘴找到了一間客店，讓大夥兒下榻。但見客店食堂中已坐著二十多名江湖人物，呼酒叫菜，高聲喧鬧，聽口音似乎都是從中原來的。

賈老大心中警惕，說道：「之前我們經過的都是大國大城，倒沒撞上什麼中原人物。如今越來越接近龍門山，道路就此一條，大家不免狹路相逢。」

當下命鴨嘴多給客店老闆一些錢，要個偏僻的房舍住下，不要跟那些江湖人物朝面。他又命手下趕緊餵馬洗馬，盤點糧食飲水，自己攤倒在一張胡床上，累得爬不起身。

韓峰也十分疲倦，但心中思量：「不知這地方叫什麼名字，離小孤城還有昭武九姓之地有多遠？我該去探問探問，日後來西域尋找爹爹，便容易一些了。」便打算去小鎮上走走，探問情況。

他才走出客房，便見兩匹馬快馳而來，停在客店之外。

但見當先那乘客翻身下馬，身手俐落，一身雪白衣衫，身形婀娜，是個妙齡少女。

韓峰定睛看清了那少女的面目，登時僵在當地，心頭如巨浪翻騰，趕緊伸手扶住一旁的土牆，才沒有跌倒。

只見那少女膚色微黑，一頭長髮結成無數條長辮，散在身後，雙目黑白分明，俏美清秀的臉上滿是倔強精靈之氣，正是他日夜記掛的兄弟小石頭！

另一名乘客也趕緊下馬，這人高大俊逸，韓峰頓時認出他來，卻是李世民的內兄長孫無忌，不由得他一怔：「長孫大哥怎會和小石頭在一起？」

他見小石頭微微蹙眉，對長孫無忌招了招手，讓他走近前來，說道：「這兒風沙大，你把馬牽到後面馬廄裡去，趕緊給牠們餵些水草。」

長孫無忌連聲道：「是，是。姑娘趕緊進去歇著，千萬別到處走動，當心吹著了風。」神態又是關懷，又是殷勤，滿面春風，顯然認為自己能夠陪伴在她身邊，乃是人生中最最幸運得意之事。

宇文還玉瞪了他一眼，說道：「我好端端地，吹點風又能怎樣？還不快去！」

長孫無忌忙道：「是，是！」趕緊依照宇文還玉的吩咐，將馬牽去後面的馬廄。

宇文還玉望著長孫無忌牽馬離去，便自走入了客店。

韓峰眼中再也望不見她的身影，但仍舊凝望著客店門口，無法動彈，心中一片混亂：「莫非……莫非她已與長孫公子定情？她一直避著我，難道就是因為如此？」他思緒大亂，胸口堵塞著陣陣心痛酸楚，一時不知自己是悔恨惋惜多些，還是嫉妒傷痛多些？

他無法理清自己的思緒，只能呆然站在當地，望著長孫無忌匆匆趕回，追入客店，輕聲細語地道：「妳交代的事情，我都辦好啦，馬已牽進馬廄，我讓馬伕趕緊餵水餵草。我還讓他們整理好了房舍，我扶妳進房中歇歇吧。」神態溫柔，萬般遷就，細心體貼，就連瞎子都聽得出他對這少女關懷逾恆，愛之入骨。

宇文還玉沒有回答，大約只點了點頭。

長孫無忌一疊聲地問道：「姑娘想吃些什麼？我讓他們泡了紫筍茶，配上甜柿餅兒。吃一兩塊，填填肚子，好麼？」

韓峰沒有聽見小石頭回答，腦中只想著方才匆匆一瞥之間，她漆黑明亮的雙眼和濃眉小口，一切都令他感到異常親切熟悉；然而自己從未見過她長成為少女後的形貌，如今她俏麗臉容中透著一股英氣，拔高的身子顯得纖細婀娜，舉止間卻又充滿了豪爽。

韓峰想著想著，不禁癡了，心神蕩漾，良久難以自遣。

他回想她下馬時身手靈活敏捷，之前受過的內傷似乎已然痊癒，暗暗放下了心。然而他也瞥見她神色中一抹黯淡惆悵，眉目間似乎含藏著一股難言的憂慮。他心中也跟著擔憂起來，眞想衝進去找她，問她爲了什麼事情不開心。他想像小石頭定會一五一十地向自己傾訴，說她遇上了什麼不痛快的事兒，加油添醋、戳指大罵一番，直說到她自己開懷大笑爲止。

他想起兩人過往相處之時，小石頭總是樂天隨性，很少爲了什麼事情憂愁，即使懷有心事，也很難從她的神態中看出半點端倪。她此時爲何看來如此鬱鬱寡歡？長孫無忌對她這般殷勤，她爲何看來好似並不怎麼領情？莫非她和李晏雲當年一般，委身給自己不中意的人，只能一世隱忍，委屈自己？

韓峰搖了搖頭，盡力甩開腦中這些胡思亂想。他知道自己不能衝進去找小石頭，即使他們往年親如兄弟，但過去數年中發生了太多事，他已不是當年那個直率衝動的少年，小石頭也不是那個胡鬧搗蛋、偷懶作怪的頑童了。她不但成了武功絕頂的高手，更是受到洛陽全城百姓尊重崇拜的俠客，還是宇文氏僅剩的一位公主，大周復國的唯一希望。而且韓峰看得清楚明白，長孫無忌亦步亦趨地緊隨在她身邊，他是不會讓任何人隨意接近她的。

韓峰只能強自壓下心中種種思緒，回到東首的客房中。

賈老大忙問道：「來了什麼人？」

鴨嘴也去觀望過了，回答道：「一對夫妻，衣著華麗，怕是從京城來的。」

韓峰聽他說「一對夫妻」，忍不住道：「是一對青年男女，看來並非夫妻。」

賈老大和鴨嘴一齊望向他，韓峰心中對二人是不是夫妻極爲在意，但他知道賈老大等人當然不會明白自己的心事，便也不開口解釋。

賈老大疑神疑鬼地道：「莫不是來跟我們爭奪寶物的？」

韓峰心想：「寶物原本便屬於宇文家族，屬於小石頭。來搶奪寶物的是你和你的手下才是。」

鴨嘴道：「有此可能。但這兩人看來並非江湖人物，不像是來搶奪寶物的。」

賈老大沉吟道：「那就好。可是好端端地，一對京城夫妻怎會跑到這鳥不生蛋的鬼地方來？我看其中一定又詐，咱們還是小心提防些才是！」

韓峰不再理會，在窗邊坐下，凝望著窗外沙漠小鎮的景觀，只見商賈駱駝川流不息，處處暖氣蒸騰，熱鬧非凡。

然而他的心思卻總離不開與自己只有一牆之隔的小石頭；他發現自己心中最強烈的感受竟是後悔。如果自己如此關心在意她，當時爲何會一心想娶李晏雲，離開寶光寺，跟隨唐國公去往太原？老和尚說「煩惱起自無明」，指的大概就是自己當時那一念莫名的執著吧？如今回頭看來，確實是無可解釋，無可理喻。

韓峰正想著心事，忽聽門外傳來隆隆之聲，似乎有大隊人馬往這邊奔來。他掀開窗簾往外看去，但見灰塵瀰漫，客店門口聚集了一群騎士，總有一百來人，個個身穿鮮卑武士服飾，形貌粗獷凶猛。

韓峰心想：「這群鮮卑武士，不知是否跟小石頭做一道？」

那群鮮卑武士紛紛下馬，進入客店，在前廳坐下，取出自備的酒菜，大吃大喝起來。隔了半個時辰，又是一群鮮卑武士縱馬趕至，也有百來人，見到前一群鮮卑武士的馬，戳指談論，紛紛大呼小叫起來。

後來的武士首領是個矮壯粗獷的男子，一身青花衣袍，一頭髮辮披散在身後。他跳下馬，大步走入客店前門，高聲喊了幾句話。

一個先到的鮮卑武士從前廳奔出，望向那身穿花袍的矮壯鮮卑武士，滿面警戒，喝問數句，兩人三言兩語很快便高聲爭吵起來。那身穿花袍的矮壯武士首領跨上前去，舉起拳頭，一拳便將迎出的武士打倒在地。

韓峰聽不懂鮮卑語，不知這兩隊鮮卑武士爲何爭執，只見客店中湧出更多的鮮卑武士，當先一個大漢身高九尺，頭髮剃光，頭頂、肩膊和臂膀上布滿猙獰的虎豹刺青。他聲如暴雷，大聲吼了幾句話，便逕直走到那花袍武士面前，一高一矮相對吼叫了幾句，便各自拔出大刀，砍殺起來。

韓峰見他們說打就打，雙刀互砍，發出噹噹巨響，勢甚猛烈；兩人都以蠻力見長，看來不多久便要血濺當場。他暗暗皺眉，取出了弓箭，蓄勢待發。

賈老大和狼牙幫的手下早已聽見外邊的喧嚷之聲，奔出來觀望，見事情與己無關，便負手靠牆而立，隔山觀虎鬥。

便在此時，一個清亮的聲音從客店傳了出來，眾人轉頭望去，都是眼前一亮，一名白衣少女站在客店正門，眼光銳利，渾身帶著一股威嚴氣勢。

那花袍武士和刺青大漢聽見那少女發話，一起住手，轉頭望向那少女。周圍數百名鮮卑武士的眼光都落在她身上，屏息無聲。

那少女緩步走到兩群武士的中間，面對著兩個首領，清清楚楚地以鮮卑語說了一番話。刺青大漢低頭不語，後來的花袍武士首領則忽然跪倒在地，向那少女膜拜起來。

韓峰看得清楚，那少女正是小石頭宇文還玉。她橫眉怒目，厲聲將兩個首領都斥責了一頓，神態語氣中充滿了威嚴。

韓峰見了不禁甚感陌生。他記憶中的小石頭始終是個髒兮兮、瘦巴巴的孩童，調皮搗蛋有之，威儀尊嚴欠奉。不料分別數年，小石頭不但出落得亭亭玉立，風采照人，更說得一口流利的鮮卑語，身在這兩股鮮卑壯士之中更威風凜凜，極具領袖之風。

韓峰望著小石頭，心中升起一股難言的驕傲。他留意到人群中還有一人與自己的眼神相似；那是長孫無忌，大師兄李世民的內兄。他站在門邊，雙眼如被米糊黏在小石頭身上一般，目不轉睛，臉上滿是欽仰愛慕之色。

韓峰想起當年在唐國公府首次遇見長孫無忌的景況。長孫無忌直率眞誠，性喜笑鬧，曾蓄意讓自己和李晏雲獨處，爲人甚是友善，心想自己或許該去跟他打個招呼，但隨即又打消了這個念頭：「他跟隨在小石頭身邊，顯然對小石頭欽慕不已。我若在此時出現與小石頭相認，只怕不便。」一時心中竟感從所未有的苦澀，只希望陪伴在小石頭身邊的是自己，而不是長孫無忌。

但見小石頭又說了幾句話，一眾鮮卑武士俯首敬聽，最後恭恭敬敬地目送她回入客店，才各自退開，再也不曾怒目相視或惡言相對。

韓峰心想：「小石頭出來說幾句話，便擺平了這數百名鮮卑武士，手段當眞高明！」

然而韓峰並不知道，回入屋中的小石頭此時已是心力交瘁，坐倒在炕上，臉色蒼白。她身處於這兩群鮮卑武士之中，地位雖是高高在上，但在老爺子宇文崇天去世後，想要維持老爺子爲她苦心營造出來的「皇子」地位，已是日益艱難。她雖實言告知自己乃是女子，擺明無心復國做皇帝，解除了這些鮮卑武士對宇文皇族立下的血誓；但如今能夠控制他們的，唯有她那空虛無用的公主身分，以及大量的皇室寶藏。她需得利用他們殘存的敬畏和對寶藏的貪求，令他們俯首稱臣，繼續聽她的話，直到尋得寶藏爲止。她答應過老爺子宇文崇天，一定要將寶藏挖掘出來，分配給所有曾爲鮮卑皇族流過血的武士們。

第五十章　分道行

賈老大等見這兩群鮮卑武士言歸於好，不再打鬥，錯過一場好戲，都有些失望。回到屋中，互相詢問道：「那是怎麼回事？這兩股鮮卑武士爲何爭執，那白衣少女又是什麼人？」

眾人聽不懂鮮卑語言，自都摸不著頭腦，只能胡亂猜測一番。

韓峰坐在一旁，耳中聽著狼牙幫眾人天馬行空的臆測，始終沒有開口。

當日晚間，繼那群鮮卑武士之後，又有一群旅人抵達客店。這群人和鮮卑武士的怒馬鮮裘恰成對比，竟是一群身穿土黃色居士服的在家人；大多騎著瘦駱駝或矮驢子，有的甚至步行，一路齊聲念著「南無阿彌陀佛」，總有百來人，當中簇擁著一個坐著軟轎的胖大僧人，正是大智法師。

群弟子的領頭者，便是當年曾來找尋寶光寺沙彌的中年人，韓峰隱約記得他叫做晁鉅德。但見晁鉅德恭恭敬敬地招呼大智法師入宿客店上房，又帶領著其餘信眾安安靜靜地分別入住客店，自行煮食燒菜。

韓峰心想：「賈老大猜測在路上施毒殺人者乃是大智義邑弟子，如今他們果然現身了。大智法師不肯放棄寶藏，竟然率領了這麼多徒眾，親自老遠跋涉來此。」

他望向鮮卑族人居住的前廳，見眾鮮卑武士聚集在廳中，席地而坐，大碗喝酒，大口吃肉，猜拳比力，熱鬧無比。小石頭和長孫無忌所住的房舍卻安安靜靜，一點聲響也沒有。眾鮮卑武士對大智義邑信眾的到來視如不見，毫不理會。

賈老大吃過大智義邑的苦頭，聽見他們念佛之聲，就嚇得全身寒毛直豎，臉色發青，直罵道：「他奶奶的，這群念佛吃素卻貪財愛寶的假道學也跟來了！」吩咐手下徹夜輪班守衛，嚴加戒備，並且命令他們不要食用客店中的食物。

次日清晨，便聽客店傳出驚叫聲，鴨嘴立即出去查看，才知道昨夜住在客店中的二十多名江湖人物，全被毒死了。

賈老大臉上變色，暗自慶幸自己小心謹慎，才沒有著了大智義邑的道兒，不然自己和狼牙幫五十多名手下此刻多半也已屍橫就地。韓峰眼見大智義邑出手狠辣，想起在大龍池旁廢墟中見到的死屍，也不禁皺眉。

那群鮮卑武士卻渾若無事，他們昨夜食用的酒肉顯然都是自己帶來的。但見眾鮮卑武士早早便起身，整裝備馬，率先上路，此時他們人數多了一倍，超過兩百名人高馬大的武士浩浩蕩蕩地往西馳去，極爲壯觀。

韓峰望著鮮卑武士，自然也留意到夾雜在武士之中的小石頭和長孫無忌。他瞥見小石頭雙眉微蹙，眼神凝肅，緊抿嘴唇。

韓峰在寶光寺曾與她朝夕相處數年，同吃同住，即使只是一瞥之間，亦能看出她內心充滿擔憂恐懼，強烈到她幾乎無法控制掩飾。大智義邑毒死客店中江湖人物之舉，她似乎全未留意，心思只專注於她所擔憂之事。

韓峰全身一震，倏然領悟她正身處於極大的危難之中，而她自己清楚知道，這危難是她無法單獨面對的。

韓峰轉頭望去，見縱馬伴隨在她身邊的長孫無忌神色自若，顯然並不知道她的心事，也並未察覺她心中如狂風巨浪般的焦慮。

韓峰眼望鮮卑武士簇擁著小石頭離去，心中思潮起伏，憂思無已。

賈老大等手下狼牙幫幫眾吃完早飯之後，便催促那高昌嚮導整裝啓程。上路之時，韓峰留意到大智義邑的信眾盡皆留在客店中，聚集在後堂圍坐念佛，絲毫沒有要離開的跡象。

鴨嘴恨恨地道：「大智義邑下手好狠，見到江湖人物便出手毒死，這一路行來，也不知道毒死了多少人！」

賈老大騎在馬上，眼睛一時望著前面大隊鮮卑武士留下的滾滾沙塵，一時又回頭望向留在客店中的大智義邑信眾，不禁煩惱，暗想：「這些鮮卑武士看來一定也是來尋寶的了。我們怎麼可能打得過這幫人數又多，又兼孔武有力的粗蠻胡虜？」又想：「還有那群大智義邑的賊子，善用毒術，從我手中硬奪走那塊奇玉，此番聚眾遠行來此，顯然對寶藏志在必得。他們詭計多端，手段決絕，隨時能對我們下毒手，只怕比那群鮮卑武士更難對付。」

他越想越焦慮憂急，不斷偷眼望向韓峰，心想：「他既然自願跟我等來此，我們若受到鮮卑武士或大智義邑圍攻，想必不會坐視。」轉念又想：「他要求跟隨我等來尋寶，卻說明了不想要寶物，只是來尋人，真不知他究竟有何意圖？唉，若是世間每個人都跟我賈老大一般，擺明是殺人搶劫、貪財愛命之輩，事情就好辦得多了。」

如此行行走走，鮮卑武士和狼牙幫眾兩隊人馬一前一後，穿過了大沙漠的最後一段路，逐漸接近龍門山脈，遠遠已能見到一排高聳的山巒，橫亙在無邊無際的沙漠之上。

高昌嚮導指著遠處的山脈，說道：「那就是龍門山了。」

賈老大皺眉道：「沙漠中怎會突然長出這麼高的山？」

高昌嚮導似乎頗為得意，笑了笑，說道：「根據我們高昌人的古老傳說，這座山是天上的飛龍變成的。飛龍經過此地，口渴了，決定落地喝水。牠將一整座湖的水都喝乾了，還是不夠，因此再也飛不動，就此渴死在大沙漠中，才變成了這座山。你們瞧，龍門山高聳綿長，就和一條龍一模一樣。」

賈老大很忌諱聽見「死」這等字眼，眉頭皺得更加緊了，心想：「這見鬼的大沙漠，連龍都會渴死，何況是人！」說道：「那我們該如何穿過這座龍門山？得翻越過去麼？」

高昌嚮導伸手指著遠處，說道：「你見到那兩座高峰之間的裂縫麼？這龍門山綿延數百里，中間只有一條狹窄的山谷可以通過，人稱『蛇腸谷』。谷中有許多盜匪出沒，很少商旅能平安通過。」說著側眼望了望賈老大，詭異地歪嘴笑笑，似乎是在說：「你們這夥人想要平安通過狹谷，只怕不易。」

賈老大戒心大起，心想：「這高昌人頗有點兒古怪，莫非他老早勾結了藏身蛇腸谷的一幫強盜，準備將我們這群肥羊送入虎口？」

他想著想著，越想越是膽顫心驚，當下一扯馬韁，靠到韓峰的馬旁，低聲道：「韓少俠，你瞧……你瞧事情是否有些不大對頭？」

韓峰望向遠處的高山，淡淡地道：「偷取別人的藏寶地圖，意圖發掘寶物，據爲己有，這件事本來就不大對頭。」

賈老大聽了，不禁吞了口口水。韓峰向來沉默寡言，他從未聽韓峰說出這等重話，心中又是擔憂，又是慚愧，又是惶恐，說道：「韓少俠，那麼你……你又爲何跟著我們來？」

韓峰道：「我是來找人的。」

賈老大忙問：「找誰？那人也來尋寶了麼？」

韓峰點點頭，說道：「我來找的，正是寶藏的主人。」

賈老大一驚，說道：「啥，原來你認識那什麼……什麼鮮卑皇子？」

韓峰道：「正是。」

賈老大懇求道：「韓少俠，你知道我的爲人，我們狼牙幫處心積慮，找到這份地圖，不過是想發一筆橫財。在華陰那時，你可從未阻止我來尋寶，如今我們大隊人馬都來到這兒了，還將你也一道帶來了，你卻說我們這麼做不對，讓我們自生自滅，這麼做只怕不大……不大慈悲吧？」

他本想說「不大有道義」，又想韓峰是自己的救命恩人，自己實在無法跟他論什麼道義，若是訴諸他的慈悲心，或許還有點兒效。

但聽韓峰輕輕嘆了口氣，說道：「賈老大，多謝你領我來此，讓我找到我想找的人。我勸你不要再打寶藏的主意了，否則下場堪憂。你若堅持搶奪寶物，恕我絕不會出手相助。你等若因此遇險，我也難以插手保護。」

賈老大聽他說得清楚明白，心中一沉，只能一咬牙，心想：「我狼牙幫等身爲一方盜匪，素以搶劫維生，若不能憑自己的本事奪得寶物，妄想靠他人的武功保護相助，就算眞的奪得了寶物，這寶物我們又怎能大大方方留下？」

當下點點頭，說道：「韓少俠的意思我明白了。我們江湖人物最講究道義，你救過我的性命，我爲了報恩，帶領你來到此地尋寶，已算是兩不相欠。之後我們便各走各路，分道揚鑣吧。」

韓峰見他這麼說，還頗有綠林盜匪的豪氣，當下說道：「賈老大，多謝你帶領我這一段路。韓峰就此告別。」於是一抱拳，騎著追龍，便直往龍門山馳去。

那高昌嚮導見韓峰單獨縱馬奔去，好生驚訝，問賈老大道：「他急著趕去做什麼？這麼想送死麼？」

賈老大神色複雜，搖頭道：「你放心吧，他死不了的！他跟我們原本不是一條道上的人。如今我們各走各路，互不妨礙，也是好事！」他鼓起勇氣，大聲對手下道：「上路吧！」

韓峰獨自上路之前，已然準備好了飲水糧食，足夠他一個月所用。他想起小石頭強自壓抑內心焦慮恐懼的模樣，暗自籌思：「我得儘快趕路，追上小石頭，盡力保護她的安全。她若不想見我，我也不能勉強，但卻不能讓她陷入危難，受到一點兒傷害。」

他在烈日下趨馬快馳，追龍放開四蹄，掠過空曠的沙漠。前面鮮卑武士的健馬腳程極快，韓峰只能遠遠見到他們馬蹄踢起的風沙，卻已看不到他們的人影。

到了日中，沙漠中太過炎熱，韓峰見追龍喘個不止，只好停下休息，餵牠喝了水，自己也喝了幾口水。

烈日當空，沙漠熱得好似要融化了一般。韓峰躲在追龍的馬腹下避熱，等到午後，又上馬繼續趕路，但卻已見不到鮮卑武士的蹤跡。

韓峰觀察地上馬蹄痕跡，策馬追上，直到天黑，才停下紮營。沙漠之中不比中原，夜晚驟然寒冷，必須在沙地中挖個地洞，裹著毛毯睡在其中；追龍則彎下四蹄，躺在沙洞之旁。

韓峰跟隨賈老大一行人，已在沙漠上度過了一段時日，知道沙漠之夜有時平靜如水，萬籟俱寂，彷彿天地間只剩下他一人一馬；有時狂風呼嘯，好似有無數妖魔鬼怪在沙漠中兵戎相見，混戰一場。

這夜，韓峰獨自躺在黑暗的沙漠中，仰望著無邊無際的星空，無法入睡，心中想著小石頭，想著身在異域的父親，想著大唐帝國，也想著已死去的暴君楊廣。他知道小石頭就在自己前方不遠之處，同處沙漠之中，她想必也正仰望著同樣的星空吧？陪伴在她身邊的，卻一定是對她一往情深、一片癡心的長孫無忌。

韓峰感到心頭酸苦，難以自抑；他多麼希望自己能陪伴在她身邊，多麼希望能探問她此刻的處境和困難，自己又能如何幫上她的忙。長孫無忌即使關心她、愛護她，卻畢竟不明白她，看不出她心底深處的憂慮。而且長孫無忌武功有限，在中原雖是個地位崇高、生活奢華的貴宦子弟，但在這荒僻的大沙漠中，地位財富卻毫無用武之地。

然而我又能如何幫助她？韓峰知道自己的武功雖然勝過長孫無忌，卻仍遠遠比不上今日的小石頭；至於智計謀略，自己跟她就相差得更遠了。如果她面對的困難如此巨大，連她自己都無法解決，我又如何能幫得到她？

韓峰思前想後，不得要領，只得盤膝閉目，禪坐入定，逼迫自己不再胡思亂想。禪坐片刻後，心情平穩，才躺入沙坑，沉沉睡去。

第五十一章 龍門山

次日天未明，韓峰便爬起身，再往龍門山馳去。龍門山看似就在眼前，實際上卻遠在天邊。

這日韓峰獨自行在沙漠中，但見遠處風沙滾滾，隱隱傳來廝殺之聲。

韓峰縱馬趕上前，奔近之時，廝殺卻已結束，地上血跡殷然，有不少死去的江湖人物，有些是被砍死的，有些則被毒死，總共有三十多人。

韓峰不敢太過靠近，只見當地所有人都已死去，一股貌似江湖人物的生還者縱馬匆匆往東方逃去，另一股身穿土黃衣衫的大智義邑信眾則繼續往北方而行。

韓峰好生奇怪：「大智義邑那些人不是還留在客店麼？」隨即明白：「大智義邑信徒眾多，這些想必是先行隊伍。」

他略一思索，便大略猜出了形勢：許多江湖豪客、黑道人物、各方盜匪風聞寶藏之祕，都一窩蜂趕來此地尋寶，然而擁有地圖的只有鮮卑武士、賈老大和大智義邑三方。賈老大並未讓人知道他擁有地圖，而鮮卑武士熟悉地形，腳程極快，甚難追上；有不少人試圖追蹤，卻在沙漠中落單迷失，渴死餓死、熱斃凍僵。因此一眾覬覦寶藏之徒大多決定跟隨在大智義邑之後，而大智義邑爲了驅散這些想來瓜分寶藏的烏蠅，便一一下手毒殺。

韓峰卻不知道，大智義邑手中雖握有地圖，卻未能確知寶藏地點，因此也在暗中觀察追蹤鮮卑武士。大智義邑將信眾分爲十多股，前後呼應，在路上遇見其他前來奪寶之人，便順手殺掉，慢慢減少爭奪對手，因此賈老大等一路上才撞見這許許多多被毒殺的死屍，當然還有許多其他的受害者未曾被他們撞見。

韓峰眼見大智義邑心狠手辣，殺業甚重，心中甚是惱怒：「大智義邑號稱佛門弟子，爲了爭奪寶藏，竟下手殺死了這許多人！」

他單獨在大沙漠中馳行了十餘日，路上又見到不少被毒死的江湖人物，才來到龍門山腳下。這時他才發現，之前遠遠見到的那條裂縫，竟是一道寬約半里的山谷，兩壁山仞高高聳立，令這山谷看來更加險惡。

韓峰知道那高昌嚮導所言不虛，這山中定然藏了不少強盜，於是取下弓箭，繫緊弓弦，揹上羽箭袋子，準備隨時發箭退敵。

他在山谷口短暫停留後，便縱馬進入山谷。才入山谷，便感到一陣陰森森之氣迎面而來，寒風中混雜著隱隱的血腥氣味。韓峰心中一凜，低頭望去，果見地上散布著不少血跡，斷折的兵器、弓箭散落一地，此地顯然經過一場激戰。

韓峰甚是擔憂，暗想：「很可能是山中盜匪在此埋伏，偷襲小石頭和鮮卑武士，雙方大打出手。希望小石頭平安無事！」

他雖知道她武功卓絕，足智多謀，遠在自己之上，卻總不免擔心她會一時大意，失手受傷，或被流箭射中，於是縱馬快行，深入山谷。

韓峰入谷之後，但見地上血跡越來越多，不禁越來越擔憂。

他下馬仔細觀察，忽然注意到地上有一段短短的白色衣帶，他立即俯身拾起，看清那段綢料純白柔軟，似乎便是小石頭所著的衣帶。衣帶上還沾著幾根頭髮，韓峰登時想起，往年每當小石頭心中焦慮之時，總喜歡拉過一束頭髮咬在口中，說這樣可以讓她的心情稍稍平靜下來；她煩惱害怕時，往往不自覺地捏弄腰帶或衣襬。此時她武功已高，很可能一不小心便將衣帶捏斷了，落在地上。

韓峰持著那段衣帶，輕撫那幾根頭髮，似乎能清楚見到小石頭的面容神情，他知道小石頭此時情緒一定極爲激動不安，才會捏斷衣帶，咬斷頭髮。她是故意將它們留在地上的麼？難道她是在向我求救麼？她知道我跟在她身後麼？

韓峰搖了搖頭，心想：「小石頭不會知道我跟在她身後。她很可能是不經意地留下這段衣帶，也可能正默默向菩薩護法求救。總之她的處境十分危險，我得趕緊追上她！」

便在此時，忽聽前面傳來哀號之聲，韓峰一驚，趕緊縱馬奔去，轉過一個彎，面前出現一片空地，七橫八豎地躺的都是人。

韓峰縱馬上前，但見躺在地上的都是身穿獸皮的盜匪，高鼻深目，看不出是高昌人還是突厥人，大多被點了穴道，或是斷了手腳，並未喪命，各自躺在地上哀號咒罵。韓峰知道小石頭恪守不殺生戒，想必也約束手下鮮卑武士，命他們不可大開殺戒，不然他此時看到便是一片狼藉的死屍了。

韓峰拉起一個盜匪，問道：「剛才來過的那些人呢？」

這盜匪顯然聽不懂漢語，睜大眼瞪著他，咬牙切齒地咒罵了起來，都是韓峰聽不懂的語言，咒罵中還夾雜著幾聲哀號。

韓峰見面前只有一條上山的通道，便將那盜匪放回地上，上馬沿著通道馳去。他轉過一個山坳，迎面便是一道險坡，險坡下有數百匹馬在草原上悠閒地吃著草。

韓峰一看便明白，這坡太過陡峭，馬匹無法上去，因此鮮卑武士決定棄馬於此，徒手攀上。這群武士顯然剛烈絕決，並沒有留下任何人看顧馬匹，只將馬群留下，所有人便全攀上坡去了。

韓峰翻身下馬，將追龍繫在樹下，也往山坡上攀去。

這山坡極爲陡峭，韓峰足足費了一頓飯的工夫，才攀到山坡的一半。地勢越高，能見越遠；他回頭一望，但見一群數十人正沿著狹窄的山谷往這道險坡而來，看來是賈老大一行。之後遠遠的大漠之上，另有一群百來人向著龍門山行來，一片土黃衣衫，正是大智義邑一夥。其後還有三五成群的小隊人馬，看不出來歷，大約是聞風而來，尚未被大智義邑趕盡殺絕的江湖人物、黑幫盜匪一類。

韓峰心中更加擔憂，暗想：「小石頭帶著一群鮮卑武士匆匆趕入藏寶窟，知不知道後面緊緊跟了這許多豺狼虎豹？」

他快手攀爬到山頂，只見山頂是好大一塊平臺。此地高聳入雲，平臺上勁風凜冽，刮面生疼。韓峰勉力站起身，迎著風往前跨去。走出五六步，但見腳下崎嶇的岩石轉爲乾旱的土地，土上腳印雜遝，鮮卑武士顯然不久前才來過此地。

韓峰順著足跡走去，來到一塊大石前。那巨石足有五人高，石壁光滑，有如一面明鏡，不知是有人特意將其放在此地，還是天然立在山巔之上，經過千百年的風吹雨打，才被磨得如此光可鑑人。

韓峰頂著狂吼的勁風，繞過石壁，數丈之外便無去處，就是一道直直往下的峭壁。他矮著身子，走到懸崖盡頭，低頭一望，下面竟是萬丈深淵，深不見底。

韓峰大覺奇怪：「瞧這兒的足跡，他們確實來到了這山巔上，但是人卻都到哪兒去了？幾百名鮮卑武士，總不會全都跳下山崖去了吧？」

他直起身，四處張望，這山巔平臺傲然聳立，四面空虛無憑，實在想像不出小石頭和鮮卑武士們能跑去何處。

韓峰勉強頂抗著山頂的狂風，緩緩挪近那塊巨大的石壁，背心靠上石壁，想藉石壁來抵擋強勁的山風吹襲。

他一靠上石壁，便覺背心一片冰涼，不禁一驚。回過身，伸手去摸那光滑的石壁，但覺觸手寒冷如冰，陡然想起一段往事：許多年前，自己去鴿樓找小石頭聊天，他正忙著抄鴿信，為了打發自己，便扔了一塊髒髒的石頭給他，說道：「大哥，你別吵我，這石頭你拿去琢磨琢磨吧。」

韓峰記得自己那時伸手接住石頭，石頭外觀並無特異之處，但感到一股寒氣透入掌心，握在手中，直如握著一塊堅冰。當時小石頭笑笑道：「很冷吧？這石頭酷暑時懷著最好，涼快得很。冬天就不適宜帶著，太冷了。」

韓峰問這石頭有何神奇，小石頭道：「也沒什麼，就是一塊石頭。你左右無事，就看看上面的圖案好了。」

當時韓峰便專注地研究那塊石頭，見到石頭表面光滑，裡面卻有許多紋路，有線條，也有圓圈，卻不知道畫的是什麼。

這時他回想起石頭上的圖案，腦中靈光一閃：「小石頭那時給我看的冰石，難道便是那塊畫了藏寶窟地圖的奇玉！」

韓峰心中豁然開朗，暗想：「如此珍貴的一塊奇玉，小石頭卻當它是塊平凡的石頭，隨手拋給我瞧，也不怕砸壞了。」

他擔心小石頭的處境，努力回想奇玉上的地圖圖案；自從小石頭第一回扔奇玉給他瞧之後，他又曾見過那塊奇玉三四回，對奇玉上的圖畫仍有記憶。他隱約記得左上方有條彎彎曲曲的山線，中間是道深線，心想：「那畫的想必就是龍門山和蛇腸谷了。」他還記得那龍門山的線條之上畫了一個高高圓圓的鵝蛋，形狀似乎便是自己背靠的這塊大石頭。

韓峰趕緊抬頭，望向那塊大石頭光滑的表面，頓時醒悟：「這塊巨石便是一塊巨大的冰玉！別說什麼藏寶窟了，這塊巨石本身就是無價之寶！」

他仔細觀望巨石，只見這巨石跟小石頭的那塊奇玉一般，表面光滑，裡面卻有許多紋路，圖案卻與小石頭的冰玉並不相同。

韓峰仔細望去，見左上方也有個鵝蛋形狀的圈圈，之上畫了一枝羽箭，指向西邊的一柄劍。他好生奇怪，暗想：「如果那鵝蛋之形指的就是這塊巨大玉石，那西方的劍又是什麼？」

他辨別方位，來到西方的山崖邊上，放眼望去，見十餘丈外有座較矮的山峰，拔地而起，筆直挺立，正如一柄劍一般。

韓峰心想：「這座山峰果眞好似一柄劍一般，不知其中有何祕密？巨石上的箭頭爲何指向它？」

仔細瞧去，可見劍峰的山壁中央有個黑漆漆的洞穴，寬七八丈，離這平臺總有十多丈遠。韓峰心中一驚：「莫非藏寶窟竟是在那座劍峰之中，需得從這兒縱躍過去？」

他低頭一望，不禁倒抽一口涼氣，但見萬丈之下乃是一道深澗，激流澎湃，水花飛濺，即使相隔遙遠，也能聽見轟轟的水聲傳上山頂，煞是湍急險惡，若是跌將下去，斷無倖存之理。

韓峰心想：「小石頭和鮮卑武士來過此地，自不會憑空消失，想必已躍過這深澗，進入對面崖壁的山洞中了。但是人非飛鳥，如何能飛躍過去？」

他仔細觀察那塊巨大的冰玉，發現冰玉底部泥土似乎有被移動的痕跡。他心中一動，吸一口氣，伸手抱住冰玉，用力推動，但那冰玉巨大沉重，紋絲不動。

韓峰凝思一陣，再次抱住冰玉，用力往左旋轉。果聽機括聲響，一道半尺寬的鐵橋便從懸崖之旁伸出，直達十多丈外的那座劍峰。

韓峰大喜，來到崖邊，走上鐵橋，來到盡頭時，離那劍峰洞口仍有兩丈遠近。兩丈並不甚遠，但需橫躍過萬丈深谷，思之委實令人驚心。

韓峰測度距離，往後退了七八步，舉步快奔，來到鐵橋盡頭時雙足一蹬，縱身一躍，躍入了劍峰山壁上的洞口。

他在地上滾了兩圈，穩住身形，心中怦怦而跳；低頭一望，只見腳下的山澗澎湃洶湧，水勢惡猛，當眞凶險可怖已極。也虧得那數百名鮮卑武士個個英勇豪壯，竟然全數躍了過來，一個也未曾留下。

至於從鐵橋跳入這山洞之後，是否另有出路，小石頭和鮮卑武士似乎全不在意，勇往直前地尋寶去了。

第五十二章　真言祕

卻說當時宇文還玉帶領著以拓虎和青花爲首的兩股鮮卑武士，在長孫無忌的陪伴下，穿越大沙漠，抵達龍門山，直闖蛇腸谷。一行人在蛇腸谷遇到了大批盜賊，由拓虎和青花率眾出手解決了。

宇文還玉果然曾命二人不可多傷人命，因此盜賊大多只是受傷，並未喪命。

一路上宇文還玉魂不守舍，心中只反覆想著許多許多年前，祖母將那塊冰玉交給她時，叮囑她背熟的「二十四字真言」：

奇峰立玉，異石引渡。

頂禮未來，皈依佛足。

毋亡隨和，呼之欲出。

那時祖母樂平公主曾嚴厲地對她道：「總有一日，妳得爲了周室宇文皇族去尋找寶藏。藏寶窟中布滿了防衛盜賊的陷阱，危險非常，一不小心，所有人都會沒命。這二十四個字妳一定要牢牢記住，謹慎遵守，不然妳即使找到了寶藏，也無法活著出來！」

宇文還玉從未見過祖母如此嚴肅，於是收起了嬉皮笑臉，用心將那二十四字背熟了。她背完之後，詢問祖母其中意義，樂平公主卻只道：「我也不懂得。當時天元皇帝只讓我記下這二十四字，並且給了我這塊冰玉。我今日將冰玉傳了給妳，以後尋寶復國，就全靠妳了！」

宇文還玉心想：「連祖母自己也不懂得，我又怎能弄清楚那二十四字的意義？」

她此時細心尋思：「頭兩句該是指示藏寶窟的所在，以及如何進入藏寶窟。後面四句卻殊不可解：什麼是『頂禮未來』？爲什麼要『皈依佛足』？怎樣才能『毋亡隨和』？就是要心平氣和，不要急躁麼？」

然而無論如何，她被形勢所逼，也只能硬著頭皮，帶領著數百名鮮卑武士，依照冰玉上的地圖指示，來到了山巔上的巨大冰玉之旁。她仰頭望向那塊巨大冰玉，心想：「這應當便是『奇峰立玉』所指了。」

她也同樣見到了巨大冰玉上的圖畫，往西方那座劍峰望去。只見那座劍峰與這座平臺相隔甚遠，想起「異石引渡」四字，心想：「所謂『異石』，指的想必便是這塊巨大的冰玉了。去往劍峰的方法，想必便藏在其中。」

於是她讓十多個武士一起抱著巨大冰玉，使勁推動，玉石卻毫不動搖；宇文還玉略一細想，又命眾人試著旋轉冰玉，果然能夠轉動。一轉之下，一道鐵製橋樑從山壁中緩緩伸出，讓眾人得以橫越深谷，躍入劍峰的洞穴中。

鮮卑武士個個勇武，全數從鐵橋上縱躍入了劍峰洞穴。宇文還玉見到洞旁有個機括，一扳之下，鐵橋便慢慢縮回了對面的山壁中。當先幾名鮮卑武士打起火把，宇文還玉接過一柄火把，說道：「藏寶穴中布滿陷阱，十分危險。你們跟在我後面，讓我先行。」

一行人經過一條長長的隧道，迎面便見一個巨大的日洞門，門上橫寫了三個大字：

「千佛窟」。

宇文還玉想起祖母的警告，心中惴惴，舉手讓鮮卑武士在洞口等候，舉起火把，緩緩跨入日洞門。

但見眼前豁然開朗，門後竟是一個巨大的洞穴。宇文還玉抬頭望去，幾乎見不到山洞的頂壁；火光照耀下，洞中光彩輝煌，五色流轉，極爲耀眼奪目。

她不禁暗暗驚訝納罕，心想：「這山洞如此大法，好似這整座劍峰之中都是空的！」只見石穴盡頭矗立著一尊十丈高的彌勒佛像，面目慈祥聖嚴，胸口有個金色的「卍」字，雙手置於胸前，兩掌相對，屈指作環形，右手在上，左手在下。宇文還玉知道這是「轉法輪印」，意示彌勒佛將在未來降生，講經說法，教化眾生。

山洞的四個角落矗立著四尊護法金剛，南方增長天王持劍，東方持國天王抱琵琶，北方多聞天王執傘，西方廣目天王執蛇，正是「風調雨順」四大金剛。

洞中山壁之上，則刻滿了各式各樣的石雕佛像，或站或坐，姿態各異；所有眼睛能看見的石壁之上，全畫滿了精緻細膩的經變圖，描述佛經中的種種教理故事。佛像身上各以金銀珠寶裝飾，耀眼生輝，光彩奪目；火光映照之下，只見石洞中五彩繽紛，各種金銀寶石競相發出燦爛的光芒。

宇文還玉目光停留在那尊彌勒佛像的臉上，見佛像法相尊嚴，不禁走上前去，在佛前跪倒禮拜。正當她跪倒之際，只聽咻咻聲響，數十枝弩箭從她頭上飛過，插入身後的土地之中。

宇文還玉大驚失色，立即縱身後退數丈，轉到一尊石雕佛像背後。直到她確定沒有更多飛箭射出，才小心翼翼地走出，過去觀察那幾枝飛箭。但見箭尖青光閃動，顯然餵有劇毒，自己剛才俯身一拜，竟然就在生死間走了一遭。她想到此處，背心也不禁冒出冷汗，這才恍然大悟：「眞言說道『頂禮未來』，『未來』指的自然便是未來佛彌勒佛了。幸好我見到彌勒佛像便心生恭敬，自然拜下，才躲過一劫，不然此刻已然屍橫就地。」

她定下心神，在千佛窟中探勘一番，確定沒有其他的陷阱，才招手讓其他鮮卑武士進來。

眾人見到莊嚴的佛像、石雕和精緻的壁畫，都連聲讚嘆。鮮卑人篤信佛教，雖見到佛像身上飾滿珍珠寶貝，都不敢起盜取之心，紛紛頂禮膜拜。

宇文還玉知道後面跟著大智義邑和其他覬覦寶藏的盜匪，雖猜想他們未必能發現旋轉巨大冰玉、啓動鐵橋的祕密，仍命令拓虎和青花各派二十名手下守在洞口。

宇文還玉站在千佛窟中，抬頭四望，心中思量：「眞言的下一句：『皈依佛足』，又是什麼意思？」

她心中一動，來到彌勒佛像一對巨大的赤足之下，但見每隻腳趾大小有如一人橫臥，雕刻精細，趾甲趾節栩栩如生。她細細觀察了十隻腳趾，卻未找到任何線索。

她望著佛像的一對大腳，心想：「眞言說『皈依佛足』，那麼還是應該頂禮才是。」於是在佛足前跪下，頂禮膜拜。就在她的額頭離地之際，忽然注意到佛的右足大腳趾下踩著一顆圓圓的石頭。

宇文還玉甚是好奇，匍匐在地，伸手去撥動那圓石，又聽機括聲響起，她抬頭一望，驚見佛像巨大的右腳緩緩往上舉起，舉到一人高時，便止住不動，露出一個洞口。

宇文還玉大喜，不禁十分佩服自己的腦子靈光，那麼快便解開了「皈依佛足」之意，對拓虎和青花道：「這很可能便是藏寶窟的入口了。跟我來。」

她率領著一眾鮮卑武士，鑽入佛腳下露出的洞口，見後面又是一條長長的甬道。行出十餘丈，但見面前出現一個月洞門，橫額寫著「萬寶窟」三個大字。

眾人穿過月洞門，都不禁眼前一亮，又是好大一座石窟。石壁上滿滿的不是千尊佛像，而是萬種寶物；有金銀玉石，有珍珠珊瑚，有琉璃翡翠，有巨鐘古鼎，種種珍奇異寶，整整齊齊地陳列在石壁的凹陷之中，耀眼奪目，果真不負「萬寶窟」之名。

宇文還玉見到這許多寶物，也不禁震驚，心想：「我那些皇帝祖先，可眞收集了不少寶物哪！」又想：「如今藏寶窟找到了，眞言只剩下兩句：『毋亡隨和，呼之欲出』。那究竟是什麼意思？難道是說我們得心平氣和，隨隨和和地取去寶物，才不會全死在這兒？」

她舉手讓鮮卑武士停步等候，自己當先跨入萬寶窟，舉起火把，環望一周，不禁一驚。只見走進來的月洞門之上，矗立著一尊巨大的修羅神像，青面獠牙，血口大張，面貌極爲猙獰可怖；雙手一持寶劍，一持方戟，劍尖和戟尖都漆成血紅色，好似剛剛才殺死了一千個人一般。

宇文還玉不禁打了個冷顫，心想：「千佛窟中的彌勒佛像多麼慈悲平和，這位護法修羅神卻一副不殺不快的模樣，也未免太陰森恐怖了些。」

宇文還玉生怕這地方也布滿陷阱，獨自走了一圈，卻什麼也沒有發生。她招手讓一眾鮮卑武士進入萬寶窟，眾人見到滿壁的珍寶，盡皆看得呆了，紛紛走到牆邊，抬頭觀望嵌在牆上的種種珍奇寶貝，滿面癡迷，讚嘆不絕。

宇文還玉仍不敢放鬆警戒，下令道：「大家什麼都別碰！我們需得確定此處沒有別的機關陷阱，才能取寶。」

拓虎和青花兩人也生怕手下胡亂搶奪爭取，毀壞寶物，觸動機關，各自下令：「不可碰觸任何寶物！」「聽我號令，寶物人人有份，切勿爭奪！」

宇文還玉又在萬寶窟中走了一圈，除了感到那月洞門之上的護法修羅神，雙眼似乎一直狠狠地盯著自己之外，也看不出什麼異狀，心想：「『毋亡隨和』，是不是慢慢取寶，不要急躁，便可以安然帶著寶物退出？但是這兒的寶物這麼多，卻該如何搬運出去？」

她搖了搖頭，對拓虎和青花道：「我看不出此地有什麼陷阱，只知道在此窟中不可……嗯，不可失去和氣。你二人也到處看看，小心謹慎。」她不知道「隨和」二字在鮮卑語中該怎麼說，只能權且翻譯成「和氣」。拓虎和青花便在窟中走動觀看，除了滿目的珍奇寶物之外，更看不出此地藏有什麼機關。

青花試探著伸手取下一只黃金酒尊，並無任何異狀。拓虎見青花取了酒尊，不甘示弱，也伸手從石壁取下一柄寶劍，拔出觀看。

青花和拓虎互瞪一眼，心中都想到了同一個念頭：「這裡藏著這許多寶物，到時卻該如何分配？或許非得經過一場火鬥，才能決定誰取得哪樣寶物。」兩人互望的眼神中，頓時充滿了敵意。

拓虎來到修羅神腳旁的兩座石龕前，見左首的石龕中供著一塊一尺高的玉璽，右首的石龕則供著一顆直徑盈寸的巨大珍珠。

宇文還玉轉頭瞥見那塊玉璽，心中忽然一動：「這玉璽玉質精萃，絕非凡物，比之我那塊冰玉還要罕見，不知是何來歷？」

她又望向那顆巨大的珠子，腦中靈光一閃，倏然醒悟：「『隨和』、『隨和』，我一直以爲是要隨順平和，卻沒想到『隨和』指的正是春秋時代的兩件寶物，隨侯珠和和氏璧！眞言中說這兩樣東西不可失去！」當即脫口叫道：「拓虎，別碰那塊玉璽！」

但是卻已太遲了。

拓虎已伸手拿起玉璽，持在眼前觀看，讚嘆道：「這塊玉實在太美了！」

宇文還玉飛身上前，奪過玉璽，放回護法修羅神前的石龕中。但聽機括聲再響起，整個地面忽然開始傾斜，拓虎等鮮卑武士盡皆驚呼出聲，只知劇變災難降臨，卻不知道究竟發生了什麼事。

但見眼前豁然開朗，出現一片新天地，抬頭望去，幾乎見不到山洞的頂壁；洞中光彩輝煌，五色流轉，極爲耀眼奪目。

只見石穴盡頭矗立著一尊十丈高的彌勒佛像，面目慈祥，胸口有個金色的「卍」字，雙手置於胸前，兩掌相對，屈指作環形，右手在上，左手在下。

第五十三章　死亡淵

卻說韓峰從鐵橋躍入劍峰的洞穴中之時，原本守在洞口的鮮卑武士聽見洞中夥伴呼喚求救，都奔入窟去，穴口已空無一人。

韓峰傾聽一陣，洞內寂靜無聲，便點起火把，走入隧道深處。

他和宇文還玉及一眾鮮卑武士一般，來到了千佛窟中，見到了巨大的彌勒佛像、四大金剛、石雕佛像以及石壁上的精緻壁畫。

他持著火把，仔細觀望牆上壁畫，不禁讚嘆，心想：「這兒石壁上的畫工之細，比我往年見過的還要精緻百倍，只有李靜訓姑娘墓穴的石雕壁畫可比擬。」隨即想起：「這兒的雕刻壁畫，顯然出自宮廷石匠畫師之手。周室歷代皇帝崇信佛法，王公貴宦往往在各地挖掘石窟，塑佛畫佛、抄經藏經，認爲是莫大的功德。此地若眞是大周皇室藏寶之地，這些佛像想必是由皇帝親自下令塑造，無怪精緻若斯。」

韓峰往前走去，見那尊彌勒佛像寶相莊嚴，正想走上前去頂禮，卻留意到插在地上的十多枝箭，心中一動：「這些暗箭看來都餵了毒，卻不知從何機關射出。這洞窟並非單純供奉佛像之地，而是大周皇室祕藏歷代寶物的處所，很可能到處都設有這等殺傷、阻退盜賊的機括，我得萬分小心。」

他仍舊向著佛像禮拜了，這回又是一排毒箭射出，落在之前那排毒箭之旁。

韓峰吸了一口氣，心想：「小石頭和鮮卑武士想必已經來過此地，不知他們是否平安通過了這些機關？」

他見石穴地上並無屍體，也無血跡，心想：「小石頭身為周皇室傳人，想來早知洞穴中藏有機關，能夠預先避開。」

他傾聽一陣，石穴中一片死寂，不知小石頭眾人究竟去了何處？四下遊走觀望，但見洞穴中除了佛像壁畫外，只有大佛的右足微微舉起，足下似乎有個通道。

他舉步往佛足下的通道走去，才跨入通道，便已聽見人聲，不但是人聲，而且是驚呼慘叫之聲。

韓峰只聽得全身毛骨悚然，趕緊加快腳步，奔到通道盡頭，眼前隨即出現一幕驚心動魄的景象：但見幾百名鮮卑武士匍匐在愈漸傾斜的地面上，慌張地伸手亂抓，卻無法抓住任何事物，身子不斷地往下滑落。

韓峰乍看之下，好生疑惑：「他們怎會爬在這斜坡上？」再看才明白過來，這地面顯然是個陷阱，原本平坦無奇，鮮卑武士走入這間石室之後，地面才忽然傾斜，令他們措手不及，紛紛往下滑落。地板之下便是個無底深淵，跌下去定是粉身碎骨，死無葬身之地。

韓峰又驚又急，舉目在鮮卑武士中尋找小石頭的身影，她的白色衣衫十分搶眼，卻並不在人群之中；那她人在哪兒？

韓峰放眼四顧，瞥見一襲白衫懸掛在半空中，手中握著一條細細的銀鍊，銀鍊的另一端勾在一尊巨大的修羅護法像高高舉起的手指之上。想是她見到地面開始傾斜，便立即揮出銀鍊捲住高處的護法手指，才未曾滑落深淵。

又見她一手緊握著銀鍊，另一手則拉著另一人的手，正是長孫無忌。兩人僅靠那條細銀鍊懸掛在半空中，左右晃盪，搖搖欲墜，處境至危，並不比趴在斜坡面上的鮮卑武士們好上多少。

韓峰叫道：「小石頭，不要動！我來拉妳上去！」

然而石穴中迴盪著數百名鮮卑武士的斷嚎慘叫之聲，宇文還玉自然無法聽見韓峰的喊叫。

韓峰立即往那尊巨大的護法神像攀爬而上，只聽腳下慘叫聲越來越尖銳，地面越來越傾斜，一個鮮卑武士身不由主地往下溜去，滑過邊緣，高聲慘叫，跌入深不見底的黑暗之中。

宇文還玉懸在半空之中，耳中聽那武士的慘叫聲漸漸遠去，終至不聞，腳下深淵不知有多深，只驚得全身冷汗淋漓，徬徨無措。

她舉目四望，看見頭上不遠處便是那護法修羅神猙獰的臉面，一張血口正慢慢地閉上。

宇文還玉一呆，心想：「這護法神的嘴緩緩閉上，正與地面緩緩傾斜快慢一致。莫非機關就在護法口中？」

她一低頭，眼見又有三四個鮮卑武士跌入深淵之中，慘呼聲不絕於耳，知道再過片刻，數百名武士全要喪命於此，情勢千鈞一髮，不容她有所猶豫。她一咬牙，手腕用勁，將身子往外盪出，藉著盪回的力道，攀上了護法的手掌，隨手將銀鍊纏在護法的手指上，讓長孫無忌懸掛在半空中，接著便湧身往上一躍，鑽入了護法神的口中。

在一眾鮮卑武士和長孫無忌驚呼聲中，宇文還玉奮力撐住護法的上顎，使出老爺子宇文崇天逼她苦練而成的「渾天合地神功」，拚著一口眞氣，奮力撐持，不讓上顎落下。

如此撐住之後，地面果然便不再傾斜，一眾武士察覺地面靜止不動，發現一線生機，精神一振，抬頭見到宇文還玉站在那護法神的口中，高舉手臂撐住護法的上顎不令闔上，霎時明白過來，一齊狂呼起來：「公主救命！公主救命！」

宇文還玉低頭叫道：「快往上爬！我支撐不了多久！」

眾鮮卑武士手腳並用，奮力往上爬去，拓虎力氣最大，當先爬上，越過了邊緣，抓住了護法的腳趾頭，穩住身形。他更不停頓，立即取出繩索扔下，讓斜坡上的武士們捉住，將他們一一拉上，轉眼間已救起了十多人。另一族的領袖青花也已攀過邊緣，和拓虎一般，趕緊搶救自己的手下。

正當眾鮮卑武士忙著救人時，韓峰也沒閒著，他已攀爬到護法的手臂之上，抬頭見到小石頭奮力撐著護法的上顎，不讓祂閉上嘴巴。

韓峰一眼便看清了形勢，心想：「護法閉上嘴巴的力道極大，背後定然有機關。」他游目四望，看見護法耳垂上掛了一對黃金打造的骷顱狀耳環，直徑足有三尺長，看來極爲沉重，而且正緩緩落下，心中一動：「或許護法嘴巴闔上，正是受到這對耳環的牽引！」

韓峰不暇細思，當機立斷，迅速取下背上弓箭，舉弓瞄準懸掛護法左耳環的鐵鍊，一箭射出，飛越十餘丈，準頭奇佳，啪的一聲，射斷了懸掛左耳環鐵鍊中的一股。他立即取第二箭瞄準，連發三箭，箭箭都射中了鐵鍊，鐵鍊終於從中斷絕，黃金骷顱耳環轟然墜地，護法嘴巴闔上的力道立時減少了一半。

宇文還玉忽然感到雙臂輕鬆了一些，她身處護法口中，無法望見口外的情況，當然不知力道減輕是由於韓峰發箭射落護法左耳環的緣故。

她低頭望去，見地面仍舊傾斜，不敢鬆手，勉力舉臂撐著修羅神的上顎。

韓峰快步奔過護法神的手臂，來到右側，再度拉弓瞄準，試圖射落護法右邊的耳環。然而這回射箭的角度太偏，連射兩箭都未能射中懸掛耳環的鐵鍊，只急得他全身直冒冷汗。終於在射出第五箭後，鐵鍊將斷欲斷，耳環搖搖欲墜，韓峰想找個更好的位置發箭，才往前跨出一步，不意腳下一空，險些跌下護法的手臂。他及時抓住護法修羅神手臂上的石環，穩住身形，然而揹在身後的一袋箭卻已跌落下地，一枝羽箭也沒剩下。

韓峰又驚又急，他只差一箭便能射下那只右耳環，豈知自己這一跌，竟失去了所有的羽箭！他生怕小石頭無法撐住，自己得趕緊上去相助，隨即手腳並用，迅速往護法的大嘴攀去。

宇文還玉此時幾乎已用盡全力，漸漸感到雙臂痠麻，雙手亦被護法銳利的牙齒割破，鮮血流了一身。她憑著一口氣，仍勉強撐住。

底下兩族領袖奮力搶救同族弟兄，雖仍有七八人跌落深谷，但其餘數百名鮮卑武士都已攀上了護法的腳趾，僥倖存活。

宇文還玉眼見最後一個鮮卑武士爬上斜坡，到達安全之處，才終於鬆了一口氣，罷手坐倒在地。

但見此時護法的嘴巴緩緩閉上，口內漸漸暗下。

宇文還玉暗叫一聲不好：「可別被困在這大嘴巴裡！」趕緊想爬出護法之口，無奈全身脫力，動彈不得，只能望著護法的大嘴一寸寸地闔上，最後陷入一片黑暗。

此時外面的情況也是驚天洞地。宇文還玉鬆手之後，護法的口再次一寸寸閉上，地面便又一寸寸地傾斜，直至垂直向下。眾鮮卑武士探頭往下望去，只見那深淵黑漆漆地，深不見底，心想自己只差一點點便跌了下去，都不由得驚出了一身冷汗。

卻見地面垂直了約莫半刻鐘，便又慢慢恢復水平，但是護法的口再也沒有張開。眾鮮卑武士高聲大叫：「公主，公主！」

然而被關閉在護法修羅神像口中的宇文還玉，卻半點也聽不見。

宇文還玉身處黑暗之中，四下一片死寂。她心想：「我救了大夥兒，自己卻被這護法修羅神給吃掉啦。」

她喘了幾口氣，定了定神，從懷中摸出火摺，但雙臂痠軟，打了數次才打上火摺。她舉起火摺，四下觀望，看這護法修羅神的口內眞如一個大嘴巴一般，門齒、犬齒、臼齒一應俱全，都是巨石所製；自己坐在一塊略微凸起的大石頭上，中間有個溝，正是一條巨大的石雕舌頭。

宇文還玉即使身處險境，也不禁佩服建造這巨大護法神像的工匠，心想：「這護法神不但是個恐怖的陷阱，而且雕塑精緻逼眞，實是一件無價之寶！那些工匠大哥們也眞是用心得很，不但將彌勒佛的腳趾做得如此精細，連護法修羅神的牙齒舌頭也雕得似模似樣。難道他們以為如我這般險些死於陷阱的倖存者，竟會有心情鑑賞品評他們雕刻牙齒的工藝麼？」

她忽然想到：「這修羅神連牙齒舌頭都做得如此逼眞，那麼或許嘴巴之後還眞有喉嚨，甚至連著食道，能落入修羅神的肚子裡去？到了肚子，莫非還能經過腸子，從臀部鑽出去？」

她不禁越想越好笑：「既然我被修羅神吃掉了，他老哥又不肯大開尊口，我也只好另尋出路啦。」當下舉起火摺，往舌頭根部走去。

走出七八步，果然見到喉嚨處有個往下的洞口。她想：「人的喉嚨之後便是食道，直通向下。這修羅神像如此巨大，我若跌下去，只怕也會受傷。」伸手去摸，摸到食道邊緣竟然有突出的梯級，心中一喜：「工匠大哥們多麼用心，不想讓食物直直跌下食道而受傷，特地為我做了梯級。」

攀下梯級需要雙手，宇文還玉只好熄滅了火摺，手腳並用，往下爬去。

第五十四章　執子手

卻說當時韓峰出手射落護法修羅神的左耳環，減輕小石頭的負擔，後因失足而令羽箭跌落，無法射落右邊的耳環，心中大急，只能快手快腳往上攀爬，終於爬到護法修羅神的大頭之旁。但此時卻已太遲了，只見護法修羅神的石頭嘴巴緊緊閉合，毫無縫隙，石嘴沉重，再難移開。

韓峰急得大叫：「小石頭！小石頭！」卻毫無回音。他忽然靈機一動：「人有七竅，嘴巴閉了，眼睛進不去，還有耳朵啊！」

當即爬到護法的耳朵上，果然見到耳朵中也有窟窿，便湧身跳了進去。他在細細的甬道中爬出一段，便進入了護法修羅神的口腔，但是這時的宇文還玉已經落下到護法神的食道了。

韓峰叫道：「小石頭，小石頭！」

宇文還玉身處食道之中，正往下攀爬，聽見頭上傳來聲音，然而食道細長，迴聲混雜，難以聽清，心想：「是誰在上面？啊，是了，定是長孫無忌。那時我將他掛在護法的手指上，想是他爬了上來，跟我一起被關在嘴巴裡。他怎地不早點出聲？」

當下仰頭叫道：「長孫公子，舌頭後面有喉嚨，喉嚨後有食道，食道裡有梯級可以爬下。你跟著我爬下來，小心點兒！這兒或許有出路。」

韓峰聽她出聲回答，顯然平安無事，鬆了一口氣，但聽她以爲自己是長孫無忌，一時也沒有辯解，只道：「好的，妳小心，我就下來！」

護法體腔內迴聲連連，宇文還玉隱約聽見上面有人說了話，卻聽不清楚說了什麼，更加分辨不出說話的是誰，只隨意應了一聲。

韓峰循著聲音，摸黑來到喉嚨深處，沿著食道的梯級落下。

宇文還玉攀下十餘丈，腳便踏上了實地，仰頭叫道：「這食道不很長，不一會兒就到底了。我先去探探。」

她打起火摺，但見身處一間甚大的圓形石窟，心想：「人的肚子裡頭眞的就是這樣麼？或許我們每日吃的食物都得經歷這段旅程，如今我走過這一遭，以後吃東西時，就可以跟麥粥、麵餅、青菜和蘑菇，談談它們即將面臨的遭遇了。」

宇文還玉往前走出十餘步，來到圓形石窟的中央，聽見身後一人也落下了食道，心想：「長孫公子手腳竟然如此敏捷，這麼快便攀下來了。」她沒有回頭，只往後招招手，讓他跟上。

轉過一個彎，忽然一陣颶風向她迎面吹來，風勢勁急，將她手中火摺吹熄，洞中頓時一片漆黑。

那股風猛然吹起，而且愈吹愈強勁，宇文還玉一時竟然無法站穩，不自由主往後跌出，背心撞上了一人，她心想：「可別撞傷了長孫無忌！」連忙伸手去扶石壁，卻感到那人緊緊抱住了自己的身子，幫助她穩住腳步，接著伸手握住了她的手，拉著她躲到轉角之後。此處風勢較弱，宇文還玉才終於能夠站穩，喘了一口氣。

黑暗中那人自然便是韓峰了。

他落下食道後，便跟在宇文還玉身後，但見那怪風勢道勁猛，生怕宇文還玉被吹倒受傷，趕緊搶上前，攔在她身後，伸臂抱住了她，並將她拉回圓形石窟之中。

一片黑暗之中，韓峰和宇文還玉並肩靠著窟壁而立，耳中風聲盈耳，即使大聲吼叫也無法聽見彼此的言語，便都沒有開口。

宇文還玉感到握住自己的手掌粗糙而有力，心中暗覺奇怪：「我瞧長孫無忌這富貴公子的手又白又嫩，好像姑娘家的手一般，定然柔軟細滑得緊。沒想到他的手竟如此粗硬結實，倒像是我大哥的手一般。」

她想到此處，不禁心中一緊，暗想：「我怎地老想著我大哥！他很可能早已在少林寺出家啦，老爺子要我快點去找他，如今我就算找到了他，只怕也來不及了。」

她想著想著，心頭一片哀傷難捨，又想：「我真是想我大哥想瘋了，在這大沙漠中、藏寶窟內、修羅神的肚子裡，竟然將長孫無忌當成是我大哥！」她想要抽出手來，又感到風勢加勁，兩人雙手互握，較不易被大風吹倒，便沒有動。

韓峰心中也是波瀾起伏，心跳加速；他與小石頭已分隔數年，長年的思念懷想，數度從旁窺見她的長成後的外貌風采，加上李靜訓的一番言語，都令他漸漸明白自己對她的心意，已不再是童年時單純的兄弟朋友之情了。自己對她的思念眷戀，直比當年戀慕李晏雲時更加深刻，更加熾烈。

這時他在黑暗中，狂風下，手中握著她柔軟的手掌，不禁心神蕩漾，卻又參雜著難言的失落和傷感：自己怎能離她如此之近，卻又如此之遠！自從數年前自己離開終南山後，兩人的道路便越行越遠，似乎再也不會有交集。即使自己放下一切，追隨她穿越大沙漠，終於來到她身邊，但對於她內心的思緒和情之所屬，卻仍舊毫無頭緒，茫然不知。

他心中暗想：「當年在終南山上，我和她無話不談，何等親近，如今卻連她心中在想些什麼也全不知曉！她蓄意避開我，堅決不願與我相見，顯然對我無法原諒。她只道此刻在她身邊的是長孫無忌，才會讓我握著她的手。如果她發現身邊之人是我，難道不會立即甩脫我的手，掉頭而去？」這麼一想，心中更覺歉疚不安，不敢將她的手握得太緊，但又擔心風勢強勁，也不敢鬆手。

過了一約莫盞茶時分，大風倏然止息。

韓峰和宇文還玉兩人各懷心事，雙手仍舊互握著，在黑暗中靜立了一陣。

宇文還玉感到心頭異樣，生怕長孫無忌生起誤會，趕緊放脫了手，低聲罵道：「什麼鬼風！但是既然有風，就一定有出口。我過去瞧瞧。」不等長孫無忌回答，便舉步往前走去，心中只想離長孫無忌越遠越好。

她轉過了三四個彎，但見前面隱隱傳來幽暗的光線，走出數十步，但見黑暗中出現一個巨大的卍字，足比自己的身子還高了一倍有餘。

她好生驚奇，來到那卍字形前，見那竟是個鏤空的窗戶，通向洞外，不禁大喜。她探頭出去，但聽下面傳來喧嘩的人聲，低頭一望。外面竟是個洞穴，石壁邊立滿佛像，石壁上布滿壁畫，好生眼熟，看來正是方才經過的千佛窟；許多小小的人形正湧入窟中，原來自己竟在數十丈高處，離地甚遠。

宇文還玉大奇：「我被護法修羅神吃掉，是在那間萬寶窟裡；怎麼如今又回到了千佛窟中？」

又想了想，這才恍然大悟：「原來千佛窟的彌勒佛像，和那萬寶窟的護法修羅神像的內部是相通的，共用一個身體。只是一個面向千佛窟，做彌勒佛形；一個面向萬寶窟，現護法修羅貌。我鑽入修羅神的肚子裡，卻來到了彌勒佛的胸口！是了，這個卍字開口，正是之前見過的彌勒佛像胸口的卍字形！佛與魔，竟是一體的兩面！」

耳聽地面傳來叫囂兵刃之聲，似乎正展開一場激鬥。

宇文還玉趕緊低頭凝望，不由得一驚。但見大智義邑信眾和狼牙幫幫眾已與一眾鮮卑武士廝殺起來。她心中焦急，立即從卍字形開口鑽了出去，跳上彌勒佛的手臂，沿著手臂奔去，來到彌勒佛結著「轉法輪印」的左手之上。

韓峰這時也已跟到卍字形之旁，見到小石頭奔到佛像的手上，想要開口呼喚，卻忍住了，只站在卍字邊緣，觀望外面發生的情景。

半個時辰之前，在藏寶窟中，眾鮮卑武士和長孫無忌眼見宇文還玉被護法修羅神的血口吞噬，再也不見影蹤，都是又驚又急。

長孫無忌當時手抓銀鍊，懸空掛在護法的手掌之下，見到韓峰忽然現身，發箭射下護法神的耳環，心中好生驚奇：「那不是韓峰韓兄弟麼？他怎會在這兒？」又見到韓峰爬上護法的肩頭，隨即消失不見，自己也趕緊拉著銀鍊往上攀去，卻未能找到進入護法神嘴巴的入口。

這時十多名鮮卑武士也已紛紛爬到護法神像的肩上，打算撬開祂的嘴巴，將宇文還玉救出來；然而這石像堅硬巨大，又不知藏了什麼機關，眾人也不敢胡亂敲打，生怕觸動機關，再次陷大家於死地。

便在這時，甬道中傳來雜遝的腳步聲和喧嘩的人聲。

拓虎和青花只好暫且放棄撬開護法神的血口，攀落地面，率領手下武士鑽出甬道，回到千佛窟中。只見賈老大率領的狼牙幫幫眾、大智法師率領的大智義邑信眾和其餘聞風而來的盜匪一流，已全數闖入了千佛窟。

眾盜匪見到四周的佛像和壁畫，看不出其美妙珍貴，只見到鑲嵌在牆上的種種珠玉寶石，眼睛發光，口水都快流下來了，紛紛叫道：「找到藏寶窟了！找到藏寶窟了！」

眾盜紛紛拔出刀劍斧鉞，往牆上斬去，想將種種金銀珠寶撬下來帶走；其餘各股盜賊見到了，不肯落於人後，各自霸占住一面牆，取出兵器往牆上亂鑿起來。

眾鮮卑武士大驚失色，拓虎大喝道：「住手，住手！誰也不准亂碰此地的佛像！」他們不只是想阻止外人掠奪財寶、毀壞佛像，更害怕他們觸動了什麼機關，弄得大家一起送命。宇文還玉已被那護法修羅神吃掉，這回可沒人會再次捨命相救他們了。

然而眾強盜和大智義邑弟子搶紅了眼，又聽不懂鮮卑語，自然全不理會，仍舊不斷地敲砸挖掘。

大智法師在信眾簇擁下，原本還坐在軟榻之上；這時他見到滿石窟的寶物，再也顧不得莊嚴儀態，匆匆跳下軟榻，奔近壁邊觀看，不禁躊躇滿志，得意已極：「我花了這許多心血功夫，奪得奇玉，破解地圖，遠赴西域，終於找到了這傳聞中的寶窟！嘿嘿，這窟中的寶藏果然值得！」

他眼見賈老大和其他盜匪爭搶壁窟上的珠寶，又見鮮卑武士出現阻止，如何能容忍這許多人跟他爭奪石窟中的寶藏，當即高聲叫道：「這藏寶窟中的所有寶藏，都是我大智法師的，誰也不准拿！」

其餘眾盜自然充耳不聞，毫不理會。

大智法師心一橫，對弟子下令道：「這些人罪業深重，將他們全數送上西天去！」大智義邑徒眾紛紛從袖中取出毒粉，便要對著狼牙幫和鮮卑武士等人施放。

便在此時，忽聽頭上傳來一聲清脆冷笑，笑聲在巨大的洞穴中迴響不絕。

眾人聽這笑聲懾心攝魂，震人心弦，一齊抬頭望去。但見在那尊巨大彌勒佛的左手指上端端正正地坐了一人，如雪白衣上沾染了不少血跡，一頭髮辮披散在腦後，正是宇文皇族的最後一位公主、藏寶洞窟的主人——宇文還玉。

宇文還玉盤膝坐在佛掌之上，低頭望著洞窟裡前來偷盜寶物的群盜。她的目光如秋霜，如利刃，淩厲無比，洞中眾人被這樣的眼光掃過，都不禁身子一顫，不敢再動，忙著從石壁上撬下珠玉寶石的手，也不自由主停下了。

大智法師原本已下令讓弟子放毒，這時也遲疑著，讓弟子暫緩。

宇文還玉曾從大智法師手中奪回奇玉，跟大智義邑打過交道，一路上也見到了無數被毒死的江湖豪客、綠林盜賊，知道大智義邑這群人出手狠辣，極爲危險。大智法師若讓手下施毒，地上眾人死傷必然極爲慘重。

她心中擔憂焦急，臉上卻不露喜怒之色，低頭望向賈老大，又望向大智法師，繼而望向那群烏合之眾的盜匪，緩緩說道：「本座便是這千佛窟的主人，鮮卑公主宇文還玉。各位老遠來到此地，便是爲了奪取藏在此地的寶物，是麼？」

眾人見到她眼神寒冷如冰，語調平淡卻充滿霸氣，一時都噤不敢言。

宇文還玉冷笑一聲，伸手指指站立在彌勒佛旁的數百名鮮卑武士，說道：「此地的財寶屬於宇文皇族，如今我已承諾將財寶全數分散給我族勇士。各位看不起我，想跟我作對，那是無妨；若要跟我的族人作對，只怕連屍骨都無處埋葬！」

眾人望望那群凶神惡煞的鮮卑武士，都知道這群人即使武功不高，但矯捷壯健，粗蠻強悍，甚難對付；而且彼此拚鬥廝殺起來，也是一場硬仗，難免死傷。然而眾人千里迢迢來到沙漠尋找寶物，如何肯就此放棄？一時都躊躇猶疑，不願離去，也不敢吭聲。

大智法師眼中暗露凶光，心想：「鮮卑公主又如何，鮮卑武士又如何？我一放毒，全都要死在我手下！」他臉露微笑，抬起頭，合十對宇文還玉道：「這位大德此言差矣！此地寶藏，乃是汝等異族胡虜從我中土搜刮而來，原屬天下人所有。早先佛菩薩向我託夢，告知此地藏有奇珍重寶，命我去挖掘出來，帶回中原，善加運用，濟世利民，弘揚佛法。我等大智義邑乃是虔誠佛徒，豈會有半分覬覦寶藏之心？我等不過是尊奉佛菩薩的指引，來此取寶藏，意在拯濟天下，普度眾生。」

宇文還玉聽大智法師滿口胡言，心中怒不可遏，正想躍下去再好好教訓他一頓，一低頭，忽見佛像向內的左手指上安置了兩個機括，其中一個寫著「金剛怒吼」。她大為好奇，心想：「什麼是『金剛怒吼』？」不暇細思，直覺伸手便去扳動那個機括。忽然之間，洞窟中巨聲大作，大智義邑信眾和諸盜匪嚇得四下張望，但見站在四個角落的「風調雨順」四大金剛，口中發出震耳欲聾的怒吼之聲，眼中亮起暗紅的火光，眾盜匪都嚇得縮在一起，連鮮卑武士和大智義邑信眾也驚得面色發白，有不少便跪倒在地，向著四大金剛膜拜。

宇文還玉大喜，心想：「這石窟原來裝有這許多機關能夠嚇退盜賊，我的祖先還眞有一套！」又扳動另一個寫著「地搖天崩」的機括，這回更加驚人，整個千佛窟忽然地動天搖起來，彷彿洞穴隨時會崩垮。

眾匪不知這是石穴中的機括，哪裡見過這等神奇的陣仗，全都嚇得趴倒在地，縮成一團，驚駭得連逃跑都忘記了。

大智法師跌坐在地，張大了口，顯然已嚇得失了神，忽然舉起手，尖聲道：「這窟裡有妖魔鬼怪，快放毒！快放毒！將妖魔殺光！」

眾信徒此時都已跌倒在地，面色蒼白，雖聽見大智法師的指令，倉皇中卻無法立即爬起身施放毒粉。

狼牙幫賈老大聽大智法師下令放毒，大驚失色，叫道：「千萬不能讓他們動手放毒！先殺了這群大智妖眾再說！」狼牙幫眾人趕緊爬起，舉刀衝上，往大智義邑信眾斬去。

宇文還玉眼見地面上又將開始一場混戰，死傷定然慘重，更會毀損佛窟中的珍貴石像壁畫，心中一急，雙眼一瞪，舉起手，運起渾天合地神功，喝道：「仔細瞧著！」一掌向著十多丈外地下的一座石碑拍下。這石碑正位於大智義邑和狼牙幫眾之間，這一拍看似力道不重，而且距離遙遠，眾人都不知她為何凌虛出掌，不料那石碑在她掌風震動下，竟爾當場破碎，嘩啦啦地裂成了十多塊。

眾盜匪和大智義邑信徒即使身負武功，也從未見過這等凌空出掌破碑的神功，比起剛才的護法暴吼、地搖山崩更加驚人可怖，不禁都退開數步，心想：「天下哪有人能隔空擊碎石碑？這女子定是菩薩下凡，佛陀轉世！她要下手殺死我等，可是舉手之勞！」

宇文還玉使出這一掌，實用盡了她畢生的功力，此時已是疲累不堪，幾乎說不出話來。她勉強調理眞氣，臉上不動聲色，冷然道：「你們若不想自己腦袋跟那碎裂的石碑一樣，便立即給我遠遠地滾出洞去。聽清楚了沒有？」

賈老大和大智法師等眼見這洞中有鬼神護法保佑，宇文還玉的武功又出神入化、匪夷所思，早都嚇得呆了，生怕自己執著財寶，立時便要被洞中巨大的護法魔怪殺死。

大智法師是個佛徒，對龍天護法還是相信的，眼見這地方陰森詭異，殺氣騰騰，早已膽戰心驚，暗想：「我平日拜的阿彌陀佛遠在西方極樂世界，要等人死後才能轉生去極樂淨土，阿彌陀佛眼下幫不上我的忙，我可不想死在此地，還是快走爲妙！」當下一聲高呼，帶領眾弟子快步逃出了千佛窟。

賈老大環顧張望了一陣，想知道韓峰是否已來到此處，一望之下沒有見到他，心想：「憑他多高的本事，此時只怕也已被那些鬼怪吃掉了吧！」也帶著手下狼狽離去。至於其他烏合之眾的盜匪，眼見這兩股大盜匪都逃跑了，也紛紛搶出洞去，逃得不見影蹤。

第五十五章　重效忠

韓峰從佛像胸口的洞穴中望見這一幕，嘴角不禁露出微笑。小石頭對付群盜時的那股莽撞霸氣，怎地看來如此眼熟？自己在對付眾多攻上少林的敵人時，不也是這副神態？他繼而想起，正如自己在面對危急關頭時，往往不自覺地制止自己的衝動莽撞，想像若是小石頭在自己身旁，她會想出什麼妙計，以什麼巧謀應對；而她在面對危境時，竟也開始模仿自己，展現從自己身上學得的那股火爆狠勁。他們當年在寶光寺相依爲命，親厚無間，早已將對方的性情脾氣融入了自己的性情脾氣之中，不自覺地彼此模仿起來。

然而韓峰也清楚看出，小石頭已經不是當年的小石頭了。她的神貌氣質中似乎多了些什麼，那是自己一直無法摸清的。之前他親眼見到小石頭出面震懾住兩股鮮卑武士，氣勢驚人；這時他就近觀望小石頭對付數百名凶惡盜匪和險詐的大智義邑弟子，顯現出過人的智勇，勢力萬鈞，竟如沙漠上的狂沙暴風一般，令人無法抵禦，甚至不敢正視。

韓峰忍不住心想：「她此時身上那股皇貴之氣，在寶光寺時竟然一點也不曾顯露出來。那時她雖喜歡對小師弟們頤指氣使，全是出於調皮好玩，從不給人高高在上之感。如今的小石頭卻已重新拾起了皇族公主的身分，不管行住坐臥，舉手投足，一言一行，都自然流露著一位鮮卑公主的貴氣和霸氣。」

韓峰想到此處，心中頓然省悟：「她已不再是小石頭，而是鮮卑公主宇文還玉了！」

他忽然感到眼眶發熱，心中激動，終於能夠體會宇文還玉此刻的心情。這個讓他牽掛懷想了許多年的至交友伴，竟以這樣的方式告訴他：我已不是你的好兄弟小石頭了。如果你要找回當年的小石頭，還是早早放棄吧，你是再也找不到她的了。

然而韓峰卻不願相信終南山上、寶光寺中，那個精靈古怪、調皮搗蛋、懶惰愛哭小石頭已不復存在了。他凝望著宇文還玉的背影，心中暗暗對她道：「還玉，我明白，妳長大啦。我也不是當年的韓峰，我也長大了。當年妳對我的一片深情厚意，我竟矇然不知，不懂得珍惜。我不知道妳此時心中如何想，但我已經明白我自己的心了：我對妳的心意眞切誠摯，情深無悔。只盼有一日妳能夠明白！」

宇文還玉眼望群盜終於被自己嚇倒，倉皇離開，這才暗暗鬆了一口氣。她低頭尋找落下的路徑，見到彌勒佛像手腕上掛著一串長長的瓔珞，直垂到地，便沿著那瓔珞往下攀爬，落到地面。

一眾鮮卑武士們眼見宇文還玉捨身相救，原本以爲她已喪命，這時見她現身驅走盜匪，都極爲喜慰欣喜，不等她落地，便一齊跪下禮拜。拓虎高聲叫道：「公主殿下！妳是我們的救命恩人，我等百死亦無足報答！此地是宇文皇族的寶藏窟，妳是此地所有寶藏的主人，我們一絲一毫也不敢擅取，只求一心追隨妳！」

宇文還玉才踏上地面，便見鮮卑武士黑壓壓地跪了一地，微微一怔，定一定神，說道：「拓虎、青花，我早已說過，你等當年向宇文皇族立下的血誓已然解除了。我帶領你們來此，就是希望將此地的寶藏分給大夥兒。我早已告訴你們此地暗藏危機，我並不知道所有的陷阱，生怕會引你們墮入凶險。如今我擔心的事果然發生，令好幾位弟兄無辜喪命，我實在好生過意不去！萬寶窟中的寶藏，你們任意取去便是，我一件也不要。」

青花大聲道：「公主殿下不用再說了！妳的救命恩情我們若不報答，豈非連豬狗也不如？這兒的寶物我們一樣也不會取。妳若想將寶藏運回中原，我們一定替妳辦到，將寶藏全數平安護送到達！」

拓虎也高聲附和，眾鮮卑武士都是暴烈血性之人，一旦經歷這等生死之變，又親眼見到宇文還玉冒死相救，對她的恭敬感恩無以復加，紛紛拔出小刀，割上手臂肌膚，歃血爲誓，聲稱世世代代效忠宇文還玉及其後代，永不毀誓。

宇文還玉忍不住苦笑，心中暗想：「我這是何苦來哉！千辛萬苦帶他們來這鳥不生蛋的大沙漠中，就是希望能永遠擺脫他們的效忠之誓，將金銀財寶分散給大家，一了百了。如今竟弄得讓大夥兒再度歃血效忠於我，這不是白費功夫麼？」

她眼見事情演變至此，只覺荒唐無比，自己千算萬算，竟然算不到事情會有如此轉變！她再也沒有力氣爭辯，搖了搖頭，忽然注意到眾鮮卑武士之後有個人站在當地，沒有跪下。她定睛一瞧，那人竟是長孫無忌。

宇文還玉吃了一驚，心想：「他不是在修羅神口中跟著我一起爬下來麼？怎地此時卻站在人群之後？他是何時落地的？方才在修羅神的體內時，明明有人在上面叫我，並且跟著我落下了食道，還曾跟我並肩靠著石壁，握著我的手，一起等候狂風過去。如果那人不是長孫公子，卻又是誰？我此刻究竟是醒是夢？」

她想起那黑暗中的人確實對自己說了話，似乎曾開口叫喚自己小石頭，還曾在黑暗中抱住自己，握過自己的手。那時自己只覺得那人的手掌粗硬，不似長孫無忌的手，卻沒想過那人竟然可能不是長孫無忌。

那會是誰？難道會是他？他怎會來到此地？

她越想越糊塗，韓峰的形貌聲音不斷在她腦中盤旋，令她霎時心跳加快，腦中一陣暈眩，忽然仰天倒下，昏厥了過去。原來她方才用盡力氣頂住護法的上顎，又運用眞氣發出那石破天驚的一掌，身子再也支撐不住，竟爾昏暈了過去。

長孫無忌原本跟在眾鮮卑武士之後，見她倒下，趕緊衝上前，伸臂抱住了她。但見她臉色蒼白，雙目緊閉，忍不住驚叫道：「宇文姑娘！宇文姑娘！」只覺她身子軟綿綿地毫無反應，還道她已死去，抱著她大哭起來。

韓峰仍在彌勒佛的胸腔之中，清楚望見了這一幕。他方才在護法體內，見到宇文還玉身上雖負傷，但內息平穩，行動敏捷如常，應當並未受到重傷；此時昏厥過去，想是因爲她爲了嚇退群盜，勉強展現神功，大耗眞氣，一時緩不過氣來，應無性命危險。

他雖極想攀落地下，確定她平安無事，卻見長孫無忌緊緊抱著她的身子，心中又遲疑：「我不能下去。她邀了長孫公子相伴來此，並不是我。我此時出現，又算得什麼？」這麼一想，便強自克制，勉力按壓下心頭的那團火焰，留在佛胸之內，未曾落下去探望。然而他卻也說不清，自己胸中這團火究竟是怒火，還是妒火？是憂急之火，還是悔恨之火？

他靜靜望了一陣，眼見宇文還玉呼吸漸漸平緩，慢慢甦醒過來，這才鬆了一口氣，感到胸中的那團火陡然熄滅了，煙消雲散，不留痕跡，心中只剩下清楚的一念：「只教她平安無事，歡喜快活，其他一切都不相干。我自己的悲歡喜怒，愛憎情癡，全都無足輕重，無關緊要。」

他在彌勒佛胸腔之中跪倒，低眉合十，暗暗祝禱：「還玉，妳好自珍重！願佛菩薩常相護佑，永不離棄；願妳時時心存正念，不離佛道。我總是會等著妳，等到妳願意見我的那一日。」隨後站起身，轉身走入佛胸深處。

過了不久，宇文還玉悠悠醒轉，喘了幾口氣，神色疲憊，睜眼見到長孫無忌，又見到周圍的鮮卑武士，這才想起自己置身宇文皇族的藏寶窟中，心想：「這鬼地方陷阱太多，不宜久留，我們應當及早離去。這些鮮卑武士們打定主意聽我的話，我也只好趕緊下令，先將大家都帶離險地再說。」

當下坐起身，朗聲說道：「大家聽我號令：千佛窟中的所有事物，一概不准動。萬寶窟中的金銀珍寶，全數搬運出此山，運回中原。」

眾鮮卑武士齊聲應道：「是！」

於是眾鮮卑武士回到萬寶窟中，一齊動手將珍珠寶貝一一從石壁上取下，堆在萬寶窟當中。

宇文還玉掛念著在彌勒佛體內遇到的那人，便趕緊爬回彌勒佛胸中，四處探尋，但是韓峰早已離去，她自然什麼人也沒有找到。

宇文還玉悵然若失，勉強定下心神，暗想：「不管那人是誰，顯然他已經離去了。當今之務，我得儘快找到離開這藏寶窟的出路，大夥兒才能將寶藏平安運出。我們進來的那座山巔太過險峻，不可能從那兒運出大批珍寶。」

宇文還玉想著眞言的最後一句「呼之欲出」，心想：「這句話定是離開千佛窟的關鍵。然而呼是什麼意思？呼喊，還是呼吸？不管呼喊或呼吸，都跟口有關。嗯，護法修羅神血口大張，彌勒佛的嘴巴卻是閉著的。」

當下回到彌勒佛的體內探尋，果然找到一條往上的通道，攀爬上去，來到了彌勒佛的口中。她探索一番，又發現口旁另有通道，通往山洞之外，出口則正好在當初大家留下馬匹的山坡之旁。

宇文還玉大喜，於是指示眾武士搬運珍寶，從佛口的通道出去，滿窟奇珍足足搬運了兩天兩夜才搬完。

宇文還玉思慮良久，認爲自己應當取去代表天命所歸的隨和二寶，而不該讓這兩件寶物永藏於此。於是她再度爬入護法修羅神體內，觀察令地面傾斜的機關，發現洞窟中許多機關都是可以操控的。她關上了那陷阱的機關，試著取走隨和二寶，地面果然沒有再次傾斜。

等到寶物搬運完了，宇文還玉鬆了一口氣，命令眾鮮卑武士以石塊砂土封閉了從山巔躍入劍峰的那個入口，之後對著彌勒佛頂禮膜拜三次，長孫無忌和眾鮮卑武士也都跟著跪下禮拜。

她跪在彌勒佛前，用鮮卑語說道：「未來佛彌勒大士、諸佛菩薩明鑒，我等運走洞窟中的所有寶物，包括隨和二寶，不是因爲貪求，而是爲了保護這個聖地。我宇文還玉在此許願：待我等離開之後，此窟將長久封閉，直到千年之後，才會被後世之人發現。在此期間，一切佛像壁畫都將保存完好，不受侵擾，不遭竊盜，不經風霜，等待未來佛重入濁世，再轉法輪。」

說完又向著彌勒佛頂禮三次，才起身轉頭對眾人道：「我們走吧！」

滾滾大漠之上，一隊長長的馬隊綿延不絕，回往中原。到了玉門關時，宇文還玉命令拓虎和青花取去所有金銀財寶，並要他們將財寶公平分配給其他各族的鮮卑武士。

拓虎和青花恭敬答應了，卻不肯將財寶全數取去，堅決留下了數十件最珍貴的寶物給宇文還玉。眾武士得到了他們渴望企求的財寶，興高采烈地回去了漠北；宇文還玉則帶著少數的寶藏以及隨和二寶，在長孫無忌的陪伴下，回往大唐首都長安。

二人只在西平郡左近撞見了大智義邑一夥，得知大智法師在千佛窟中受驚過度，又惱恨自己花費了如許心血，卻終究未能奪得寶藏，出窟後便一病不起，在沙漠中暴斃而亡。

信眾圍繞著大智法師的遺體痛哭誦念，就地埋葬了，由弟子晁鉅德率領大智義邑信眾回歸洛陽，一個數千人的義邑就此散了。

第五十六章　李密殞

當宇文還玉回到中原時，正是大唐武德元年，延續了短短三十八年的隋朝，已正式結束。

在洛陽登基的皇泰主楊侗痛恨跋扈的王世充，祕密派人刺殺他，不幸失敗；王世充惱怒之極，下手殺盡楊侗身邊的大臣，最後乾脆廢了楊侗，將他囚禁起來，自己登基成爲「大鄭皇帝」，建元「開明」，接著便毒死了年方十五歲的廢帝楊侗。

幾個月後，楊侗的弟弟、在長安城禪位給李淵的楊侑也死去，年紀同樣只有十五歲。自此楊氏皇族死亡殆盡，幾乎不留一人。與前朝大周不同的是，周室皇族乃由篡位的隋文帝下手屠殺殆盡，而楊氏子孫卻多死於皇帝楊廣和叛軍之手。

王世充稱帝之後，實力最強而且距離最近的敵人，自然便是瓦崗李密了。李密打敗宇文化及後，便率軍駐守金墉城。王世充派大軍突襲金墉城，幾場激戰之下，擊敗了瓦崗軍數員大將。

李密得報大怒，親自率軍出征，與王世充的軍隊在偃師會戰。在這關鍵的一役中，李密竟吃了個大敗仗，瓦崗軍的大將程知節等被王世充擒擄，單雄信、秦瓊和其他數名將領之前已對李密不滿，相繼投降王世充。

這是自李密依藉瓦崗軍崛起以來最大的挫敗，除了手下大將徐世勣仍舊率領山東子弟軍駐守黎陽外，其餘將領不是戰死，就是已投降了敵人。

李密眼見大勢已去，只能帶著少數親信，率領剩下的二萬士兵投奔長安，投降了唐帝李淵。

李淵對李密的勢力一直十分忌憚，聽聞他來投降，心中大喜，立即拜李密為光祿卿，封邢國公，還將表妹獨孤氏嫁給了李密，稱呼李密為弟。李淵雖素知李密奸險無信，實不願將這條毒蛇留在身邊，但他為了收伏舊時瓦崗部眾，此時便極力籠絡李密，故示恩寵。

李密原本是稱雄一方的「魏公」，離登上皇帝之位只有一步之遙，如何肯居人之下？即使李淵對他十分禮遇，仍對自身的處境非常不滿。

李密降唐之後，原本擁有的大片土地仍由徐世勣占據。徐世勣是個忠直之人，心想：「今日我所擁有的這些人眾土地，原本都是魏公所有。魏公既然歸降了大唐，我若上表將人眾土地獻給大唐天子，那麼就是利用魏公的失敗當做己功，忝邀富貴，我不恥這這麼做。」於是命人將所領州縣名稱和軍民戶口如實詳細記載，派使者送去給李密，由李密決定是否獻給李淵，此舉等同將獻地獻人的功勞全數歸於李密。

徐世勣的使者初到長安時，李淵聽說使者並無上表給朝廷，卻只送了信給李密，甚覺奇怪。後來使者將徐世勣的意圖奏知李淵，李淵並不惱怒徐世勣仍舊忠於李密，反而十分讚賞，說道：「徐世勣感德推功，不忘舊主，實在是個純臣啊！」

於是李淵下詔授徐世勣黎陽總管、上柱國，萊國公，之後又加封徐世勣為右武候大將軍，改封曹國公，賜姓李氏。

李密雖投降了唐軍，但他始終怨恨李淵靠著自己在洛陽牽制住隋軍，趁機攻占首都，幾乎沒有打上幾場硬仗，便在長安稱帝；又生怕秦王李世民要報自己當年背叛出賣寶光寺的舊仇，心中又是不服，又是憂恐。

當年年底，李淵派李密率領本部兵馬，去黎陽召集舊日部眾，並命令他設法打敗王世充。

李密得令後，心中大喜，暗想：「李淵果然愚蠢，竟然讓我重掌兵權，更讓我去召集舊部！這不是給我東山再起的大好良機麼？」當即率領手下部隊，連夜往東趕去。

這時李世民聽聞此事，忙對父親道：「讓李密回去黎陽與舊時瓦崗部眾會合，豈非縱虎歸山？」

李淵聽了，這才醒悟，頓時反悔，急命召回李密。

李密原本已有反叛之心，得命後大爲恐懼，心想：「李淵始終對我懷有疑心，我這一回去，性命定然不保！」當即決定反叛，率領部眾襲破鄰近的桃林縣，掠奪畜產，向南進入熊耳山，前往襄城投奔舊時的將領。

然而李密反叛的消息很快便傳至當地，當地的唐軍將領率兵埋伏在陸渾縣以南的邢公峴。臘月三十日，李密率部經過邢公峴，遭唐軍突襲，全軍覆沒，唐軍將領將李密的首級送至長安。

李淵聞訊後，喟嘆道：「我並非心胸狹窄之輩，容不下李密這等豪傑。實是李密疑心太重，不甘屈於人下，遲早要反叛。」

於是派使者去黎陽，告知徐世勣李密反叛之舉。徐世勣是個重情重義之人，得知李密死訊後，便上表請求收葬李密的屍首，李淵允許了。徐世勣便將李密葬於黎陽山西南五里處，墳高七仞，率領瓦崗舊部哭拜祭祀而歸。

卻說宇文還玉和長孫無忌帶著幾箱子的珍貴寶藏，回到了長安。她將帶回的金銀財寶託付給梁木和表姊李靜訓收藏保管，之後便帶著隨和二寶，與長孫無忌一同來到秦王李世民的府上。

秦王李世民並不在府中，宇文還玉對長孫無忌道：「長孫公子，請你代我轉告秦王，這兩件遠古異寶應歸天子所有，請秦王呈獻給大唐天子吧。」

長孫無忌好生驚訝，一時說不出話來，良久才道：「宇文姑娘，這兩件無價之寶，不如由妳當面獻給聖上吧。」

宇文還玉微微一笑，說道：「你倒說說，我該以什麼身分去見大唐天子？」

長孫無忌此時早已知道她是大周僅剩的一位皇女，無言以對，只能說道：「那麼姑娘應該等世民回來，一同呈獻寶物，聖上一定會衷心感激的。」

宇文還玉搖頭道：「秦王帶兵出征去了，人不在長安，我瞧十天半月也不會回來。我不能等上這麼長時候，這就得走啦。」

長孫無忌知道她即使遠赴西域，也從不曾中斷與中原傳遞鴿信，消息靈通，比自己知道得要多得多了。他當下只好點點頭，說道：「好吧，我命他們謹慎收藏好這隨和二寶，等世民回來後，便讓他稟明聖上，代爲呈獻。」

宇文還玉點點頭，說道：「這兩件寶物得來不易，長孫公子應當知道得最清楚。如此便多多勞煩你了。」

長孫無忌聽她語氣，似乎就將離去，忍不住開口懇求道：「宇文姑娘，妳……妳別走，好麼？」

宇文還玉望著他，嘆了口氣，低聲道：「你又來啦。」

長孫無忌跪倒在地，眼中含淚，說道：「宇文姑娘，妳這一走，我活著還有什麼意思？妳要去哪兒，去找什麼人，我都不在乎，我只求能跟在妳身邊，一輩子伺候妳、照顧妳。妳不理我也罷，討厭我也無妨，只求妳不要趕我走！」

宇文還玉長嘆一聲，說道：「長孫公子，人可以糊塗一時，卻不能糊塗一世。我明白你對我的一番心意，然而男子大丈夫，豈能胸無大志？你是二世子最信任親近的好兄弟，足智多謀，如今正是二世子最需要用人的時刻，你自當跟隨在他身邊，與他一起開創一番天下事業。你跟著我，豈不是荒廢了一生？」

長孫無忌低下頭，流淚道：「是，我知道自己不應該苦纏著妳，應當放手。然而我並不是爲了我的前途未來才放手，而是因爲……因爲我知道妳要去尋找那個一直藏在妳心底的人。我相信他定然是個值得妳傾心，值得妳託付終身的好男子。我……我祝福你們。」

宇文還玉苦澀地笑了笑，說道：「長孫公子，你不懂得。我在這世間並沒有什麼情人，只有一個好朋友，好兄弟，好夥伴。你不會明白的。我們曾在一起同生死，共患難，世上沒有人比他更關懷我，世上也沒有人比我更了解他。」

長孫無忌忍不住問道：「他是誰？是……是韓峰麼？」

宇文還玉轉過頭去，沒有回答，只低聲自言自語道：「我只不知道，他是否仍當我是好朋友，好兄弟？」

長孫無忌再也壓抑不住，說道：「宇文姑娘，韓兄弟的事情，世民都跟我說過了。妳若屬意於他，我自當祝福你們。我……我一直沒有跟妳說，但是妳或許早已覺知，我們去西域時，他千里迢迢跟來，想來正是爲了找尋妳。我在那萬寶窟中，親眼見到他發箭射下修羅神像的耳環，又攀上神像試圖救妳，後來他不知爲何竟不告而別。我當時不敢告訴妳……妳瞧，這些箭都是我在萬寶窟中拾得的。」說著從包袱中取出十餘枝白羽黑箭，正是當時韓峰失手跌落地面的羽箭。

宇文還玉心中猛然一跳：「如此說來，當時在護法修羅神肚子裡的那人，果眞是我大哥！」

長孫無忌道：「妳心中對他念念不忘，他亦千里相隨，竭力相救，對妳想必也是一片眞心。妳卻爲何始終不願意見他？」

宇文還玉心中激動難已，勉強忍住眼淚，閉上眼睛，說道：「長孫公子，你不會明白的。當你受過一次傷後，心中所想和眼中所見，便都完全不同了。」

長孫無忌只道她說的是那回受到沉重內傷，脫口問道：「妳的傷不是都好了麼？現在身子如何？胸口還疼麼？還嘔血麼？」

宇文還玉見他關心情切，眞情流露，不禁好生感動，想起自己在太原養傷的那段時日中，長孫無忌盡心竭力地照顧自己的傷勢，衣物飲食處處設想周到，細心體貼，無微不至，這份恩情自己始終未能報答，這輩子只怕是再也無法報答了。

宇文還玉吸了一口氣，知道自己倘若無法痛下決心，斬斷長孫無忌對自己的一片癡情，如此下去定然沒完沒了，藕斷絲連，對誰都沒好處。她心想：「長孫公子才智兼備，又是大師兄的內兄，原是大師兄身邊一個可靠可用的幫手。我若讓他跟在我身邊，可是毀了一個大好人才。」

她心意已定，當下向長孫無忌拜下，說道：「長孫公子對我的救命照顧之恩，絕非泛泛幾句感謝之詞所能道盡。宇文還玉日後自當朝暮以一段馨香，祝願長孫公子多福多壽，一切順遂。」

長孫無忌聽她這麼說，知道她這一去便再也不會回來了，心痛欲裂，垂淚道：「還玉姑娘，妳要好好珍重！」

宇文還玉站起身，微微一笑，離開了秦王府。

注：書中關於長孫無忌的敘述，大多依照史實。他是李世民妻子之兄，出身北魏皇族，有才有智，少年時便與李世民交好，乃是李世民最信任的知己之臣。唐開國後，長孫無忌居相三十餘年，忠心輔政，居凌煙閣二十四功臣之首。後因反對唐高宗封武則天爲后，被逼自殺，享年六十五歲。

第五十七章　續前緣

在洛陽和少林寺之間的轘州城外，李世民率領了數萬唐軍，與城內竇建德軍對峙僵持，已有數月之久。轘州城內軍隊糧草充足，兵強馬壯，守城將領採取堅守突攻之策，李世民久攻不下，不禁甚感焦躁。

這日清晨，李世民再次命手下猛攻，轘州城軍隊開門迎戰。李世民身先士卒，在前線指揮。一輪激戰之後，卻始終未能攻破敵陣，更無法接近轘州城門，唐軍不得不再次撤退。

李世民騎馬到一個小山丘上觀望形勢，心中鬱悶難解，不只是因為久久打不下轘州，而是因爲他今日收到了兩個消息：一是長孫無忌從長安城傳來的，告知宇文還玉慷慨相贈隨和二寶，便即飄然而去；二是杜果從洛陽城傳來的消息，說道韓峰自從數月前獨自離開少林寺後，便下落不明，失去音訊。

李世民曾傳送緊急鴿信給宇文還玉，詢問她和韓峰的下落；宇文還玉對她自己身在何處不置一詞，只回信道：「師兄勿憂，吾兄必濟兄之急也。」

李世民收到這封簡短的信，雖得知宇文還玉和韓峰應當平安無事，心中卻只有更加擔憂。這兩位師弟妹可說是他的左臂右膀，宇文還玉幫助他重建鴿樓，出謀策劃；韓峰則從旁協助唐軍成功攻下大興，又依憑著他在洛陽以南的少林勢力，遙遙呼應唐軍起義。

更重要的是，這兩人都是跟隨神光老和尚的寶光寺弟子，大夥兒曾同在古佛前發願解除百姓痛苦，創造和樂盛世。李世民從未忘記這個誓願，相信宇文還玉和韓峰也不曾忘記。

然而他們倆跑到哪兒去了？宇文還玉不告而別，韓峰也遠赴異地。當此亂世，正是最需要英雄豪傑的時刻，他們二人卻走得不見影蹤！

李世民正憂愁間，忽聽前方呼聲大起。他心中一驚，生怕敵人出兵偷襲，連忙奔上高臺，放眼望去。

但見南方出現一群灰衣僧人，個個手持木棍，衝入敵軍，有如秋風掃落葉般，闖出一條通路。

那群僧人人數並不多，一共只有十三名，然而個個武功高強，一般士兵遠非他們敵手，只見這條灰龍勢如破竹，很快便衝到了城門底下。

李世民大喜過望，感動得熱淚盈眶。他此時已然看清，領頭者武功高妙若神，雖身穿羅漢服，卻並非出家人，正是韓峰；跟在他身後的除了少林僧人曇宗、志操、惠錫之外，都是當年寶光寺的師弟們，有曾經顛狂的通地、跛腳的梁木、胖滿的杜果、獨臂的通吃，還有當年一眾小沙彌通平、通定、通安、通智和通剛。

李世民知道戰況終於出現轉機，立即高喊道：「大軍進攻！今日上天助我唐軍，派了十三位神人來此襄助，我軍定能攻下轘州！」

千軍萬馬之中，韓峰率領著十二名師兄弟，很快便攻到了轘州城門下。韓峰將長棍插在背後，湧身一躍，施展壁虎游牆功，竄上了城頭。他長棍指處，便將守城的軍隊打得落花流水，四散奔逃。

曇宗和通定也跟著攀上了牆頭。不多時，但見城門大開，唐軍如潮水般湧入，占領了久攻不克的轘州。韓峰高立牆頭，向著遠處騎在白馬上的李世民揮手。

李世民望著韓峰獨立城頭的身影，忍不住露出微笑，小石頭說得一點也不錯！她對韓峰的了解之深，天下無人能及，或許她比韓峰還要更加了解他自己。她知道當此緊急關頭，韓峰一定會出手相助大師兄的。

唐軍攻下轘州城後，士氣大振。在拿下轘州後的第十二日，唐軍生俘竇建德，大夏滅亡。

竇建德手下大將楊觀海因武功全失，早早便被竇建德所革除，逐出了竇軍，此時因禍得福，免於一死。楊觀海當時離開竇建德軍隊後，便找了個隱密之處，苦練宇文崇天的祕笈，盼能重新練成絕世武功。但這祕笈已遭宇文還玉竄改，他當然什麼也練不成，憂鬱憤怒之下，性情更加暴戾凶殘，只不過他此時已無法再傷害什麼人了。他之前親手殺死了忠心耿耿的僕人徐山，只能孤獨一人在江湖上飄泊遊盪，此後下落不明。

滅亡大夏之後數日，李世民平定洛陽，迫降大鄭王世充，立下擒獲兩國國主的大功，唐朝統一大業由此奠定。

當初投降王世充的瓦崗好漢、李密舊部如秦瓊和程知節等大將，都歸於秦王李世民帳下；單信雄因舊仇不肯降唐，原應處斬，卻在韓峰的盡力開脫下保全了性命，流亡草莽。

李世民對韓峰及時出手相助極爲感激，破了轘州城後，立即請他來見，希望能封他爲大將軍，厚加賞賜。

韓峰卻婉拒了一切封賞，說道：「大師兄，大唐基業已定，這是天下百姓之福。我原本無心求取功名富貴，如今大事底定，我只想盡一切努力，尋回我心上之人。」

李世民明白他的心思，拍拍他的肩頭，說道：「還玉若是知道你的心意，想必會感動於你的一番眞心誠意。」

韓峰回到少林之後，才知常悟方丈已於半個月前圓寂，少林僧眾聚會議論之下，都希望韓峰能出家爲僧，接掌少林寺方丈之位。

韓峰聞言怔然，只能堅辭拜謝，對曇宗、通平、通定等說道：「我自知俗念未絕，不宜出家，更不宜擔任少林首座。」

眾僧都好生失望。通定問道：「峰師兄，你若不願出家，便以在家身分暫領少林首座，卻也不妨。」

韓峰搖頭道：「不可因我而壞了佛門規矩。我以俗家弟子掌領羅漢堂，已屬非制。如今大唐興起，天下太平，指日可待。我當離開少林，另尋落腳之處。」

他於是召集全寺僧眾，推選下一任的少林方丈。眾僧商討之下，公推常悟方丈的大弟子，德性禪修俱佳的志操，擔任下任方丈；武功高強的曇宗和通定則共同主掌羅漢堂，負責帶領寺中武僧習練武功。

寺中諸事底定後，韓峰便拜別了少林眾僧和當年寶光寺諸師弟們，獨自下山而去。

通平、通定和通靜等人失望之餘，都很清楚韓峰的心思：他在這世間什麼都不執著，什麼都不在乎，卻始終無法忘情於小石頭，他必須去找到她。

天涯另一邊的宇文還玉回到了雲門寺，以萬寶窟的珍寶祭告老爺子宇文崇天的在天之靈。關於韓峰的消息，很快便傳到了她的耳中。她得知韓峰不但婉拒了秦王李世民的封賞，更堅辭不接少林掌門之位，獨自離開，孤身飄泊。

她怎會不明白韓峰的心意？他分明是在告訴她：我可以放下一切，捨棄一切，也要找到妳，等妳回到我身邊。

她再也無法克制心頭對韓峰的疼惜和思念，不自覺地站起身，離開了雲門寺。

宇文還玉來到長安城，漫步行走在都會市之中。但見市集上人潮洶湧，比之五六年前自己流落街頭、靠著乞討偷食維生那時節，自是繁榮熱鬧得多了。天下太平，百姓安樂，似乎也不是那麼遙不可及的夢幻。當年自己無家可歸，身無分文，武藝低微，顛沛流離；不過幾年之後，一切都已不同了。自己已然武藝高強，腰纏萬貫，也不必逃避官府追捕，只有無家可歸這一點並未改變。

宇文還玉心頭不禁生起一股悲涼之感：「原來武功錢財都是可以靠努力掙得的，唯有『家』這樣東西，沒有便是沒有，不是努力就能得到的。」

她想起業已燒燬的寶光寺，以及業已辭世的祖母樂平公主、老和尚神光大師和老爺子宇文崇天：他們都曾如此關心照顧自己，都曾是自己在世間唯一的長輩親人。而自己短暫居住過的幾個「家」——大隋皇宮、寶光寺和參天崖，卻都已不能再回去了。

宇文還玉感到一陣難言的傷感落寞，信步來到一間包子鋪前，一段回憶陡然浮上腦際：「這兒就是我和大哥初次見面的地方！那時候我沒錢買包子，瞪著包子直流口水，鋪子老闆罵我『小乞兒』，要我滾蛋；我猛向包子吐口水，老闆舉起擀麵棍子要打我，這時大哥挺身而出，替我買下了那幾個包子……」

宇文還玉望著那一籠包子，不知不覺，眼前已是一片矇矓。

便在此時，但聽背後一人道：「店家，這裡四個包子，我全買了！」身後扔來兩枚銅錢，正落在包子小販的板檯之上。

宇文還玉聽了這熟悉的聲音，身子不禁一震。她飛快地回過身，果見一個青年站在自己身後。

那人身形高大，面目俊朗，英氣逼人，正是韓峰。他的臉頰消瘦了許多，但眼中的兩團火焰並不曾稍減。

韓峰從小販手中接過包子，遞給了宇文還玉。

宇文還玉接過熱騰騰的包子，淚水已忍不住撲簌簌而下。

她低下頭，深呼吸了幾次，匆匆抹去頰上眼淚，抬頭望著韓峰，淚眼微笑道：「我已不是小乞兒啦，但還是該謝謝你買包子給我吃。」

韓峰凝望著她，臉上也露出微笑，說道：「趁熱吃。」

宇文還玉抓起一個包子咬了一口，綻開如花笑靨，低聲說道：「有錢眞好！」

韓峰見她調皮神色一如往昔，忍不住笑了，說道：「兄弟，我就知道妳會回來這兒。」

宇文還玉笑道：「這是我們初遇的地方，我想見你，當然得來這兒。」

韓峰聞言心頭一熱，伸出雙手，握住她的手，說道：「還玉，請妳原諒我。我此後再也不會離開妳了。」

宇文還玉感覺他手掌粗硬結實，一如在藏寶窟修羅神像體內，在黑暗中、狂風下，兩人雙手相握的覺受。她心中明白，當時在黑暗中保護自己之人正是韓峰，他確實曾千里迢迢，追隨自己去到大沙漠中！

她抬起頭，凝望著韓峰的臉龐，黑亮的雙眼閃著光芒，微笑道：「大哥，我也不會再避開你了。」

韓峰心中激動，多年來讓他朝思暮想，念茲在茲的好兄弟、好夥伴、好伴侶，終於回到了他的身邊。

兩人相視而笑，緊緊握著對方的手，穿過都會市摩肩接踵的人潮，消失在大唐帝國長安城的某個角落。

注：《舊唐書．卷五十三》關於單雄信下場的記載是：「東都平，斬於洛陽。」單雄信的故事在戲曲小說之中流傳不斷，大多歌頌他性情忠烈，因不忘兄長之仇而寧死拒絕降唐，是個悲劇英雄。單雄信兄長單雄忠在楂樹崗被李淵誤殺之說，出自歷史小說《說唐》。也有一說王世充敗後，單雄信被唐軍圍困伏牛山，血戰三天三夜，絕望之下，驅馬跳崖未死，被俘押至洛陽，堅不投降，最後被斬於洛陽。本故事中關於歷史人物的敘述，大多依照史實，唯獨改變了單雄信的下場，以令主角韓峰得以保全朋友之義。

尾聲

許多年後，李世民登基成大唐皇帝，便是後世熟知的唐太宗。

登基當日，群臣紛紛呈上各種華貴珍稀的賀禮。其中有份賀禮並未具名，啓封後才見到匣中並排放著兩柄鋒銳的匕首，匣蓋上整整齊齊地書寫著兩柄匕首的名稱：「天降大刃」、「如履薄冰」。

李世民一見到那兩柄匕首，便知道這份賀禮是誰送給自己的。

他撫摩著匕首，臉上露出微笑。他知道他的兩個好友韓峰和宇文還玉終於聚首定情，同行天涯。他們即使身處江湖，心中仍記掛著自己。他們送來這兩柄匕首，意在提醒自己登基爲帝，位極九五，正是「天降大任」；而君臨天下，掌牧萬民，正應「如履薄冰」。

李世民不知這對俠侶流浪到了何方，是去西域昭武九姓之地尋訪韓峰的父親了麼？抑或隱居在某個不知名的高山之巔，過著神仙般的日子？

他心中不禁羨慕二人的自由自在，超脫凡塵。

偶一仰頭，但見一隻白鴿穿過太極宮的飛簷，展翅消失在碧藍的青天之中。

（全書完）

注：置於本冊開頭的兩首詩，乃是一種特殊的詩體，稱爲「離合詩」。離合詩始於漢魏，南北朝以至唐朝都有詩人寫作。這兩首詩的作者謝惠連是南朝宋文學家謝靈運的族弟。原詩抄錄如下：

放棹遵遙途，方與情人別。嘯歌亦何言，肅爾凌霜節。
夫人皆薄離，二友獨懷古。思篤子衿詩，山川何足苦。

——〈謝惠連．離合詩二首〉

離合詩與其說是詩，不如說是一種文字遊戲。離合詩的「解法」饒具趣味；通常將第一、二句的首字放在一起相減，再將第三、四句的首字放在一起相減，稱爲「離」；再將這兩個字合在一起，稱爲「合」，便可得到該詩所隱藏的意義。

比如第一首詩，「放」和「方」相減，剩下「攵」；「嘯」和「肅」相減，剩下「口」；「攵」加上「口」，成爲一個「各」字。「各」表示各處一方，正是別離之義，而詩中所述也是與「情人」（或『友人』）別離的情感。也有一說，此詩離合後爲「文」加「口」，得個「吝」字。吝字表示捨不得，也是與朋友別離，依依不捨之意。

第二首詩更有意思：「夫」減「二」等於「人」，「思」減「山」卻該怎麼減？我想了許久，才發現「思」若把上方「田」字減去「山」的四筆，就剩下了「二」，下面還留著一個「心」。「人」加上「二」加上「心」，就成了一個「念」字。因此這首詩隱藏的感情是思念，而詩面的意義，也與本故事若相契合；加上離合詩的趣味解法，與飛鴿密信的拆字解法頗爲近似，正好做爲第三冊的開頭詩。

「離合」二字在書中別有深意。韓峰和小石頭共居終南山時，兩人常在離合崖相聚談心，離合崖可說是他們的祕密聖地。之後二人分隔兩地，各處一方，彼此思念，正好應了「各」及「念」兩個字。

後記

開始寫《奇峰異石傳》時，曾打算寫一套「少年武俠」，給年紀比較小的兒童和青少年看的。面對這些讀者，第一用字不能太深，第二頁數不能太多。但是寫到一半，我就遇上了第一個難以克服的困難：當我盡量使用比較淺顯的詞彙時，一來感覺寫作受到束縛，二來生怕失去武俠小說「古典」的味道。武俠的場景大多設在古代，尤其這本書寫的是隋唐時期的故事，比明朝還要早七八百年，用詞應當更有古樸的感覺才是。如果一味要求淺白，失去了古味，整個故事的可信度和真實感就減低了。因此我沒有再蓄意使用簡單淺白的詞彙，還是照原來的筆法去寫，年輕讀者是否能看懂，就請大家各自努力了。第二個困難是頁數：我發現自己非常不擅長寫短篇小說，要把一個故事完整地講出來，非得長篇不可。因此不論我如何努力地試圖限制字數，最後還是寫出了一本三冊的長篇故事，字數超過六十萬字。年輕讀者是否有耐心看完，也還是只能請大家努力啦。

最終我寫出來的，不知是該感到遺憾還是安慰，仍是一本維持原來風格的武俠小說。

唯一還維持「少年」的兩個特點是：故事中的兩個主角年紀都不大，一直到故事結束，也只有十五歲和十七歲，還有就是在書中加入了插畫。

如果看看現代的青少年，可能覺得十幾歲的孩子充其量只是一群乳臭未乾的小娃兒，能做得了這麼多事麼？然而當我們觀察隋唐之際的亂世之中，英雄豪傑輩出，很多人物成名都非常早。如書中的李世民，他的年齡在故事中都是正確的，當他去雁門關替皇帝解圍時，正是十六歲；隨著父親從太原起兵，正是十八歲，相當於今日的高中畢業生；之後四五年間，征討不斷，打敗生擒王世充和竇建德時，只有二十二歲，相當於今日的大學畢業生；玄武門事變當上皇帝，二十七歲，相當於今日的博士畢業生。我們現代青年二十七歲很多才剛讀完書出社會找工作，人家已經東征西討，平定天下，開始做皇帝了。

另外還有一個人物，書中沒有寫到的，叫做羅士信。這人打起仗來勇猛過人，出道時只有十四歲。他跟隨張須沱征討變民領袖王薄，對方才開始布陣，羅士信就縱馬衝到敵前，刺殺數名敵人，斬下一人的首級挑在長矛上，縱馬在陣前來回巡馳，嚇得變民們都不敢接近這個恐怖份子。很難想像一個十四歲的孩子有此膽識本事！羅士信死去時才二十歲，十四歲出道打仗，打了六年的仗，就戰死了。

當時的人也非常早婚；李世民十四歲便與長孫氏成婚，那時長孫氏才只有十三歲。

因此當我們去揣想隋末亂世的景況時，實在不可小覷了「英雄出少年」這句話。韓峰出身武將世家，堅毅勇敢，十二歲打敗宇文述，十四歲以三箭將猛將秦瓊射下馬，十六歲已成爲名揚天下的少林羅漢堂首座，並不是不可能之事。

關於唐太宗李世民，後世對他的評價正反兼有，盛讚者大多著眼於他的文治武功、開創大唐「貞觀之治」的千古功業，貶抑者則指出他在玄武門事變中殺兄戮弟、迫父讓位，爲了奪取皇位而不擇手段的事實。

然而當我寫這本書時，對當時的社會有了稍稍深一層的了解。隋朝統一天下時，已經過了數百年的亂世，北方長期由「五胡」統治，即匈奴、羯、鮮卑、羌、氐等民族；漢人的傳統文化只在南方的偏安政權中勉強維繫著。在隋朝統一天下前，沒有人知道天下還會繼續紛亂多久。中土胡風盛行，禮教衰微，李世民自己也有著鮮卑的血統，雖然父親是漢人，但當時中原的胡人也好，漢人也好，對於儒家禮教、道德規範的觀念，應是非常薄弱的。唐朝男女平等，女權高漲，婚姻自由，都是明顯的胡風遺存。所以當李世民的性命受到兄弟的威脅時，爲了自保而發動政變襲殺兄弟，一來這是皇權之爭，本來就是你死我活的局面；二來在道德觀念薄弱的當世，沒有人會認爲李世民應當溫良恭儉讓，爲了展現孝悌之德而乖乖束手就擒，引頸受死。他出手殺兄戮弟之舉，在當時的大環境和皇室背景之中，實在是無可厚非。

我在書中對李世民的描述還是比較正面的，說他受到老和尚的影響，懷有拯救萬民之願。總括來說，他當上皇帝之後的表現確實可圈可點，不愧是一代聖君，相信他在少年時已是個行止光明、心地正派、知人善任的人物。我將李世民在史書中所記載的種種智計都歸功於小石頭的獻策，不免奪了他的風頭，但也反映出李世民的寬闊胸懷，大度納言。

寫這套書時，我自己的孩子也漸漸步入青少年時期，老大今年滿十三歲，正式步入青春期。老實說，我從他和他的朋友們身上，實在很難找到任何獨當一面的能耐，更難找到韓峰或小石頭身上的堅韌機智、吃苦耐勞和領袖之風。有時眞覺得我寫的東西是不是虛幻得太過分，把十二歲的孩子想像得太過成熟老練了？

然而在某些方面，我又能看到這個年紀孩子的能量和韌性。這本書很大部分是我坐在香港壁球中心的鐵椅上寫的。我的孩子差不多每天都跟一群青少年夥伴在壁球中心一起練球，一練就是兩個小時，由三位教練帶領，頗有點師父帶著一群弟子練功的味道。這群孩子都很勤奮，偶爾調皮胡鬧，但是練起球來一板一眼，認眞非常，兩個小時打完後，十多個小運動員坐倒在玻璃牆邊，汗如雨下，累得如要癱掉一般，卻沒有一個人叫苦。

我時時見到這些小球員跟大人比賽。十一二歲的小不點，跟比他們高兩倍的大人對打，往往能夠憑著高超的技巧、靈活的動作、拚命追球的意志，打敗無數的成人球員。當我寫韓峰十二歲打敗大將軍宇文述時，心裡想的就是這種以小搏大的局面，在壁球比賽上屢見不鮮，絕對可能，在武功上又爲什麼不可能呢？

在此特別要謝謝壁球中心的各位教練和球員們，我在你們身上得到了很多啓發，書中好幾個人物都是以你們爲範本寫的噢（不要問我誰是誰，請自行想像）。

快要截稿時，忽然覺得韓峰和小石頭跑了出來，好像就我身邊徘徊一般，變成了活生生的人。有點像當年重看《天觀雙俠》時那樣，我感覺主角凌昊天和趙觀已經活在某處，我必須將他們釋放出來，讓他們站起來，走出去，跳出我的電腦，去面對更廣大的讀者。這種被筆下人物「纏身」的經驗總讓我精疲力竭。那段時間裡，我感到身心都深深陷入韓峰和小石頭兩人的喜怒哀樂、愛怨悔憾等種種情緒之中，無法擺脫。但這種感覺也是很美好的。我能夠切身體會這兩個主角的人性，讓我感覺他們的感情都是眞實的，他們的痛苦和歡笑也都是眞實的。韓峰和小石頭之間眞摯的友情，以及之後逐漸轉化成的愛情，每每讓我感受到「情」之一字所能包含的種種酸苦甜美，良久難以自已。

四月初，草稿完成之後，我們也開始請插畫家李阿寬先生替這本書畫插畫。我一直很希望我的書能有插畫，這回很高興終於成功邀請到阿寬先生替這本書作畫。我也盡量提早將稿子寫完，好讓畫家能有足夠的時間構思。在這個過程中，我最記得畫家寄來的第一張稿子，是韓峰和小石頭舉著弓箭和彈弓針鋒相對的那張圖。我看了非常感動，因爲我正沉浸於被兩個主角纏身的情緒之中，陡然見到兩個跟我如此親近之人的面貌體態形象化地出現在眼前，那種感覺是很難描述的。我覺得我眞是太喜歡這兩個人了。我能夠將他們寫出來，而畫家能夠將他們畫出來，呈現在我眼前，心中眞是充滿了感激和感動。

之後修改插畫的過程漫長而繁瑣，在此再次感激阿寬先生的耐心和用心，將十二幅插畫精采地呈現出來，替這本小說大大增色。

剛開始籌思這個故事時，我一心往少年冒險故事去寫，結果寫出來的東西很平板，很沒有靈魂。後來又將主角個性改成調皮無賴，也不大對。後來有次跟一個朋友吃飯，她問我書寫得如何，我說無法決定主角的性格該是沉鬱還是跳脫，她說：「那就分開寫兩個人吧。」眞是一語驚醒夢中人，我回去後便開始大改，將主角分成韓峰和小石頭兩人，故事果然就此順暢地展開了。至於兩人之間的友情，小石頭其實是個姑娘的轉折，是到後來才慢慢順著故事成形的。

之前寫《天觀雙俠》採取了雙主角，這回寫《奇峰異石傳》又回到了雙主角，感覺得心應手。或許雙主角眞的是我擅長的一種寫作形式吧。

文中關於禪宗歷代祖師的敘述，大抵根據史實。關於禪修的開示，多取自《六祖壇經》。關於韓峰等西域之行的見聞，所經國家的風物人情、山河地理和種種傳說，取自於唐玄奘《大唐西域記》。

書中的歷史事件、人物，跟我以前的幾本書一樣，也都是參考大量史書後寫成的，虛構的部分則盡量在章節之後加以解釋。

關於小石頭的名字「宇文峘」，我使用「峘」這個字，不只是因爲它和「還玉」的「還」同音，也是有一點私心的：我們家老五的名字就是「峘」。當初翻遍字典才找到這個字，可說是個非常冷僻的字，既沒有日常生活的用處，也不能組成什麼詞語。這個字的意思也非常獨特：「高於大山的小山」。《爾雅・釋山》：「小山岌大山，峘。」就是說，峘的意思是「一座比大山還要高的小山」。

當我跟小孩解釋這個字的意義時，他們都露出懷疑困惑的神色：「什麼跟什麼啊，小山怎麼會比大山高？」我只能很勉強地試圖解釋：「想想看，一座小山可能是指範圍小，但是它高度比較高。一座大山可能只是占地範圍大，胖胖的，但是不高。」

至於古人爲何會創造出一個字來表達「高於大山的小山」這個意思，就眞的不得而知了。不過因爲這個字的字音、字形和字義都不錯，所以還是選了這個字做老五的名字。大家以後看到這個字，請不要懷疑，它就是念「ㄏㄨㄢˊ」。

前面三套書的時代背景都是明朝。這本從明朝跳到隋唐時期，跟其他三個故事完全無關，在寫作上確實是一個挑戰。比如魏晉南北朝以至隋朝的人穿什麼、吃什麼，平日是否用「吃飯」這樣的字眼，家具是什麼樣的，如何稱呼彼此，都得盡量找資料。找不到資料的，也只好就這麼寫著了。老實說，我到現在還不知道隋朝時人們是否使用「吃飯」這個詞彙，因爲不確定，就只好盡量少用。其他粗疏淺薄、因無知而誤寫之處，還請讀者多多包涵指正。

寫這本書的時候，正是我度過四十大關之前的兩年。我不得不承認，能夠熬夜改稿的日子已經過去了。不管是眼力、體力、毅力和專注力，都在明顯地走下坡。最後幾週的改稿期間，甚至弄得頸子肩膀僵硬疼痛，不得不去做按摩治療。之前聽人說四十歲是人生的分界點，我好像開始明白這句話的意義了。

尤其書中寫的又是一群情感豐富、活力十足的青少年，實在令人忍不住感歎：年輕眞好。

最後當然要再次感謝奇幻基地秀眞、阿東、雪莉等諸位替我審稿，指出種種情節上的缺失漏洞，建議可以如何調整，以及校正錯別字；也要感謝長期的支持者牛君老師，不但幫我從港大借來無數珍貴的參考書籍，更替我詳細閱稿，指出許多歷史、稱謂、邏輯和修辭上的錯誤，謹此致上誠摯的謝意。

鄭丰　於香港

二〇一三年五月九日

奇幻基地書籍目錄

http://www.ffoundation.com.tw/

BEST 嚴選

書 號	書 名	作 者	定價
1HB004X	諸神之城：伊嵐翠	布蘭登．山德森	520
1HB009	最後理論	馬克．艾伯特	320
1HB013	刺客正傳 1：刺客學徒（經典紀念版）	羅蘋．荷布	299
1HB014	刺客正傳 2：皇家刺客（上）（經典紀念版）	羅蘋．荷布	320
1HB015	刺客正傳 2：皇家刺客（下）（經典紀念版）	羅蘋．荷布	320
1HB016	刺客正傳 3：刺客任務（上）（經典紀念版）	羅蘋．荷布	360
1HB017	刺客正傳 3：刺客任務（下）（經典紀念版）	羅蘋．荷布	360
1HB018	2012：失落的預言	麥利歐．瑞汀	320
1HB019	迷霧之子首部曲：最後帝國	布蘭登．山德森	380
1HB020	迷霧之子二部曲：昇華之井	布蘭登．山德森	399
1HB021	迷霧之子終部曲：永世英雄	布蘭登．山德森	399
1HB025	方舟浩劫	伯伊德．莫理森	320
1HB027	血色塔羅	尼克．史東	380
1HB028	最後理論 2：科學之子	馬克．艾伯特	320
1HB029	星期一，我不殺人	尚—巴提斯特．德斯特摩	320
1HB030	懸案密碼：籠裡的女人	猶希．阿德勒．歐爾森	320
1HB031	迷霧之子番外篇：執法鎔金	布蘭登．山德森	320
1HB032	2012：降世的預言	麥利歐．瑞汀	320
1HB033	彌達斯寶藏	伯伊德．莫理森	320
1HB034	颶光典籍首部曲：王者之路（上）	布蘭登．山德森	499
1HB035	颶光典籍首部曲：王者之路（下）	布蘭登．山德森	499
1HB036	懸案密碼 2：雉雞殺手	猶希．阿德勒．歐爾森	320
1HB037	末日之旅．上冊	加斯汀．柯羅寧	399
1HB038	末日之旅．下冊	加斯汀．柯羅寧	399
1HB039	懸案密碼 3：瓶中信	猶希．阿德勒．歐爾森	380
1HB040	刀光錢影：戰龍之途	丹尼爾．艾伯罕	380
1HB041	懸案密碼 4：第 64 號病歷	猶希．阿德勒．歐爾森	380
1HB042	皇帝魂：布蘭登．山德森精選集	布蘭登．山德森	320
1HB043	第一法則首部曲：劍刃自身	喬．艾伯康比	380
1HB044	第一法則二部曲：絞刑之前	喬．艾伯康比	380
1HB045	第一法則終部曲：最後手段	喬．艾伯康比	450

幻想藏書閣

書號	書名	作者	定價
1HI001C	靈魂之戰 1：落日之巨龍	瑪格麗特．魏絲等	480
1HI002C	靈魂之戰 2：隕星之巨龍	瑪格麗特．魏絲等	480
1HI003X	靈魂之戰 3：逝月之巨龍（新版）	瑪格麗特．魏絲等	480
1HI004	黑暗精靈 1：故土	R．A．薩爾瓦多	380
1HI005	黑暗精靈 2：流亡	R．A．薩爾瓦多	380
1HI006	黑暗精靈 3：旅居	R．A．薩爾瓦多	380
1HI007	南方吸血鬼 1：夜訪良辰鎮	莎蓮．哈里斯	280
1HI010	南方吸血鬼 2：達拉斯夜未眠	莎蓮．哈里斯	280
1HI012	南方吸血鬼 3：亡者俱樂部	莎蓮．哈里斯	280
1HI029	南方吸血鬼 4：意外的訪客	莎蓮．哈里斯	280
1HI031	尼伯龍根之戒	沃夫崗．霍爾班等	360
1HI032	南方吸血鬼 5：與狼人共舞	莎蓮．哈里斯	280
1HI033	南方吸血鬼 6：惡夜追琪令	莎蓮．哈里斯	280
1HI034	南方吸血鬼 7：找死高峰會	莎蓮．哈里斯	280
1HI035	南方吸血鬼 8：攻琪不備	莎蓮．哈里斯	280
1HI036	黑暗之途 1：無聲之刃	R．A．薩爾瓦多	380
1HI037	南方吸血鬼 9：全面琪動	莎蓮．哈里斯	280
1HI038	邪馬台國戰記 II：炎天的邪馬台國(完結篇)	桝田省治	399
1HI039	南方吸血鬼 10：噬血王子的背叛	莎蓮．哈里斯	280
1HI040	黑暗之途 2：世界之脊	R．A．薩爾瓦多	380
1HI041	黑暗之途 3：劍刃之海	R．A．薩爾瓦多	380
1HI042	南方吸血鬼番外篇：我的德古拉之夜	莎蓮．哈里斯	299
1HI043	獵人之刃 1：千獸人	R．A．薩爾瓦多	399
1HI044	南方吸血鬼 11：精靈的聖物	莎蓮．哈里斯	280
1HI045	獵人之刃 2：獨行者	R．A．薩爾瓦多	399
1HI046	獵人之刃 3：雙劍	R．A．薩爾瓦多	399
1HI047	地底王國 1：光明戰士	蘇珊．柯林斯	250
1HI048	地底王國 2：災難預言	蘇珊．柯林斯	250
1HI049	地底王國 3：熱血之禍	蘇珊．柯林斯	250
1HI050	地底王國 4：神祕印記	蘇珊．柯林斯	250
1HI051C	龍槍編年史 I：秋暮之巨龍	崔西．西克曼&瑪格麗特．魏絲	480
1HI052C	龍槍編年史 II：冬夜之巨龍	崔西．西克曼&瑪格麗特．魏絲	480
1HI053C	龍槍編年史 III：春曉之巨龍	崔西．西克曼&瑪格麗特．魏絲	480
1HI054C	龍槍傳奇 I：時空之卷	崔西．西克曼&瑪格麗特．魏絲	480
1HI055C	龍槍傳奇 II：烽火之卷	崔西．西克曼&瑪格麗特．魏絲	480
1HI056C	龍槍傳奇 III:試煉之卷	崔西．西克曼&瑪格麗特．魏絲	480
1HI057	靈視者哈珀康納莉 I：觸墓驚心	莎蓮．哈里斯	280
1HI058	靈視者哈珀康納莉 II：移花接墓	莎蓮．哈里斯	280
1HI059	靈視者哈珀康納莉 III：草墓皆冰	莎蓮．哈里斯	280
1HI060	靈視者哈珀康納莉 IV：不堪入墓	莎蓮．哈里斯	280
1HI061	地底王國 5：最終戰役	蘇珊．柯林斯	250

書號	書名	作者	定價
1HI062	死亡之門 1：龍之翼（全新封面）	崔西．西克曼&瑪格麗特．魏絲	360
1HI063	死亡之門 2：精靈之星（全新封面）	崔西．西克曼&瑪格麗特．魏絲	360
1HI064	死亡之門 3：火之海（全新封面）	崔西．西克曼&瑪格麗特．魏絲	360
1HI065	死亡之門 4：魔蛟法師（全新封面）	崔西．西克曼&瑪格麗特．魏絲	360
1HI066	死亡之門 5：混沌之手（全新封面）	崔西．西克曼&瑪格麗特．魏絲	420
1HI067	死亡之門 6：迷宮歷險（全新封面）	崔西．西克曼&瑪格麗特．魏絲	420
1HI068	死亡之門 7：第七之門（完）(全新封面）	崔西．西克曼&瑪格麗特．魏絲	360
1HI069	南方吸血鬼 12：神祕的魔法鎖	莎蓮．哈里斯	280
1HI070	滅世天使	蘇珊．易	280
1HI071	天使禁區	麗諾．艾普漢絲	250

境外之城

書號	書名	作者	定價
1HO003	天觀雙俠・卷一	鄭丰（陳宇慧）	250
1HO004	天觀雙俠・卷二	鄭丰（陳宇慧）	250
1HO005	天觀雙俠・卷三	鄭丰（陳宇慧）	250
1HO006	天觀雙俠・卷四（完）	鄭丰（陳宇慧）	250
1HO018	筆靈 1：生事如轉蓬	馬伯庸	199
1HO019	筆靈 2：萬事皆波瀾	馬伯庸	240
1HO020	靈劍・卷一	鄭丰（陳宇慧）	250
1HO021	靈劍・卷二	鄭丰（陳宇慧）	250
1HO022	靈劍・卷三（完）	鄭丰（陳宇慧）	250
1HO023	筆靈 3：沉憂亂縱橫	馬伯庸	240
1HO024	筆靈 4：蒼穹浩茫茫	馬伯庸	240
1HO025	神偷天下・卷一	鄭丰（陳宇慧）	250
1HO026	神偷天下・卷二	鄭丰（陳宇慧）	250
1HO027	神偷天下・卷三（完）	鄭丰（陳宇慧）	250
1HO028	五大賊王 1：落馬青雲	張海帆（老夜）	280
1HO029	五大賊王 2：火門三關	張海帆（老夜）	280
1HO030	五大賊王 3：淨火修練	張海帆（老夜）	280
1HO031	五大賊王 4：地宮盜鼎	張海帆（老夜）	280
1HO032	五大賊王 5：身世謎圖	張海帆（老夜）	280
1HO033	五大賊王 6：逆血羅剎	張海帆（老夜）	280
1HO034	五大賊王 7（上）：五行合縱	張海帆（老夜）	280
1HO035	五大賊王 7（下）（終）：五行合縱	張海帆（老夜）	280
1HO036	三國機密（上）：龍難日	馬伯庸	320
1HO037	三國機密（下）：潛龍在淵	馬伯庸	320
1HO038	奇峰異石傳・卷一	鄭丰（陳宇慧）	250
1HO039	奇峰異石傳・卷二	鄭丰（陳宇慧）	250
1HO040	奇峰異石傳・卷三（完）	鄭丰（陳宇慧）	250

國家圖書館出版品預行編目資料

奇峰異石傳．卷三／鄭丰作, -初版-台北市：奇幻基地出版；家庭傳媒城邦分公司發行；2013.07（民102.07）
面：公分. -（境外之城）

ISBN 978-986-5880-35-4（卷3：平裝）

857.9 102010546

All Rights Reserved.
著作權所有．翻印必究

ISBN 978-986-5880-35-4
EAN 4717702100384

Printed in Taiwan.

奇幻基地臉書粉絲團
http://www.facebook.com/ffoundation

鄭丰臉書專頁
http://www.facebook.com/zhengfengwuxia

城邦讀書花園
www.cite.com.tw

奇峰異石傳．卷三（亂世英雄書衣版）

作　　者／鄭丰
企劃選書人／楊秀真
責 任 編 輯／王雪莉
版權行政暨數位業務專員／陳玉鈴
資深版權專員／許儀盈
行 銷 企 畫／陳姿億
行銷業務經理／李振東
副 總 編 輯／王雪莉
發　行　人／何飛鵬
法 律 顧 問／元禾法律事務所　王子文律師
出版／奇幻基地出版
城邦文化事業股份有限公司
台北市 104 民生東路二段 141 號 8 樓
電話：(02)25007008　傳真：(02)25027676
網址：www.ffoundation.com.tw
e-mail：ffoundation@cite.com.tw
發行／英屬蓋曼群島商家庭傳媒股份有限公司城邦分公司
台北市 104 民生東路二段 141 號 11 樓
書虫客服服務專線：(02)25007718．(02)25007719
24 小時傳真服務：(02)25170999．(02)25001991
服務時間：週一至週五 09:30-12:00．13:30-17:00
郵撥帳號：19863813　戶名：書虫股份有限公司
讀者服務信箱 e-mail：service@readingclub.com.tw
歡迎光臨城邦讀書花園　網址：www.cite.com.tw
香港發行所／城邦（香港）出版集團有限公司
香港灣仔駱克道 193 號東超商業中心 1 樓
電話：(852) 2508-6231　傳真：(852) 2578-9337
e-mail：hkcite@biznetvigator.com
馬新發行所／城邦（馬新）出版集團
【Cite(M)Sdn. Bhd】
41, Jalan Radin Anum, Bandar Baru Sri Petaling,
57000 Kuala Lumpur, Malaysia.
Tel: (603) 90578822 Fax:(603) 90576622
email:cite@cite.com.my

封面設計／陳文德
排　　版／浩瀚電腦排版股份有限公司
印　　刷／高典印刷有限公司
■2020 年（民 109）5 月 28 日二版初刷
■2021 年（民 110）6 月 22 日二版1.5刷
售價／300元

廣　告　回　函
北區郵政管理登記證
台北廣字第000791號
郵資已付，免貼郵票

104台北市民生東路二段141號11樓

英屬蓋曼群島商家庭傳媒股份有限公司城邦分公司 收

請沿虛線對摺，謝謝

奇幻基地

每個人都有一本奇幻文學的啓蒙書

奇幻基地粉絲團：http://www.facebook.com/ffoundation

書號：**1HO040Z**　　書名：奇峰異石傳．卷三（亂世英雄書衣版）

請於此處用膠水黏貼

奇幻基地

讀者回函卡

謝謝您購買我們出版的書籍！請費心填寫此回函卡，我們將不定期寄上城邦集團最新的出版訊息。

姓名：________________ 性別：□男 □女

生日：西元________年________月________日

地址：________________

聯絡電話：________________傳真：________________

E-mail：________________

學歷：□1.小學 □2.國中 □3.高中 □4.大專 □5.研究所以上

職業：□1.學生 □2.軍公教 □3.服務 □4.金融 □5.製造 □6.資訊

□7.傳播 □8.自由業 □9.農漁牧 □10.家管 □11.退休

□12.其他________________

您從何種方式得知本書消息？

□1.書店 □2.網路 □3.報紙 □4.雜誌 □5.廣播 □6.電視

□7.親友推薦 □8.其他________________

您通常以何種方式購書？

□1.書店 □2.網路 □3.傳真訂購 □4.郵局劃撥 □5.其他

您購買本書的原因是（單選）

□1.封面吸引人 □2.內容豐富 □3.價格合理

您喜歡以下哪一種類型的書籍？（可複選）

□1.科幻 □2.魔法奇幻 □3.恐怖 □4.偵探推理

□5.實用類型工具書籍

您是否為奇幻基地網站會員？

□1.是□2.否（若您非奇幻基地會員，歡迎您上網免費加入，可享有奇幻基地網站線上購書75 折，以及不定時優惠活動：http://www.ffoundation.com.tw/）

對我們的建議：________________

____

____

請於此處用膠水黏貼